重生

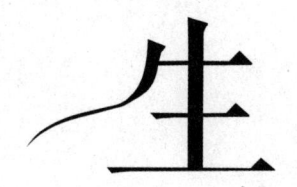

菱花舞 / 著

图书在版编目（CIP）数据

重生 / 菱花舞著. — 重庆：重庆出版社，2014.11
ISBN 978-7-229-08526-1

Ⅰ.①重… Ⅱ.①菱… Ⅲ.①长篇小说—中国—当代
Ⅳ.① I247.5

中国版本图书馆 CIP 数据核字（2014）第 175844 号

重生
CHONGSHENG

菱花舞　著

出 版 人：罗小卫
策划编辑：沈　彻
责任编辑：袁　宁
责任校对：郑小石
装帧设计：林菓设计

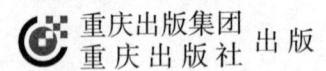

重庆出版集团
重庆出版社　出版

重庆长江二路 205 号　邮政编码：400016　http://www.cqph.com
北京宏泰恒信文化传播有限公司制版
北京天宇万达印刷有限公司印刷
重庆出版集团图书发行有限公司发行
E-MAIL:fxchu@cqph.com　邮购电话：023-68809452
重庆出版社天猫旗舰店
cqcbs.tmall.com
全国新华书店经销

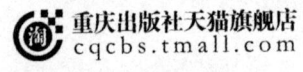

开本：787mm×1092mm　1/16　印张：22　字数：280 千字
2014 年 11 月第 1 版　2014 年 11 月第 1 版第 1 次印刷
ISBN 978-7-229-08526-1
定价：32.80 元

如有印装质量问题，请向本集团图书发行有限公司调换：023-68706683

版权所有，侵权必究

目录 CONTENTS

第一章　路遇 / 001

第二章　福山 / 009

第三章　归途 / 018

第四章　应急资金 / 027

第五章　英雄救美 / 037

第六章　相遇是缘 / 046

第七章　李代桃僵 / 056

第八章　十一朵红玫瑰 / 065

第九章　选择 / 074

第十章　约会 / 082

第十一章　同历惊险 / 091

第十二章　落花有意,流水无情 / 100

第十三章　从天而降的姑姑 / 110

第十四章　心上人 / 119

第十五章　车钥匙的故事 / 128

第十六章　冷漠的亲情 / 139

第十七章　美人计 / 148

第十八章　不同版本的回忆 / 157

第十九章　萝卜青菜,各有所爱 / 165

第二十章　宝贝 / 174

第二十一章　车祸女孩 / 183

第二十二章　平安归来 / 193

第二十三章　心结 / 202

第二十四章　出奇制胜 / 211

第二十五章　上代人的恩怨情仇 / 222

第二十六章　踏破铁鞋 / 232

第二十七章　各怀己见 / 242

第二十八章　曾经的恋人 / 251

第二十九章　爱情阻碍 / 261

第三十章　心有灵犀 / 269

第三十一章　网 / 279

第三十二章　配型 / 287

第三十三章　聪明反被聪明误 / 296

第三十四章　老鼠爱大米 / 306

第三十五章　一家欢乐一家愁 / 315

第三十六章　八个点 / 323

第三十七章　蝴蝶项链 / 331

第三十八章　佳偶天成 / 339

第一章　路遇

　　2011年8月13日，山东境内，一辆从S县开往L县的公共汽车正在路上快速行驶。乘客们大都东摇西晃，昏昏入睡。詹晓龙——S市人民医院的普外科实习医生，双手抱臂坐在车窗边，神情冷峻地凝视着窗外，似乎在思索着什么。他今年26岁，大眼隆鼻，头发寸许，看上去帅气干练。在他斜后方，有个身材矮小的年轻人，目光不时瞟着他，似在探究他的思想。此人一身黑运动装，面孔冷漠，一缕头发瀑布般从前额斜垂下，遮住了半只右眼，特像动画片中冷酷人物的造型。

　　暮色降临，夕阳逐渐变红，悄悄沉落。一抹红色透过车窗斜射进来，车内顿时添了一抹血色。

　　"车已进入L县境内，15分钟后到车站，请乘客们清醒一下，准备下车。"女售票员瞥一眼窗外，伸个懒腰站起身来说道。

　　詹晓龙梦中惊醒般目光回收，扫视一眼蠕蠕而动的乘客们，然后晃了晃发硬的脖颈。突然，他身子一震，脖颈在后转的方位停住了。嘴唇微微一动，却并未发出声音，似乎为证实什么，他随即转身，目光如炬向斜后方望去。

　　詹晓龙目光所及之处，正是一直探究他的斜刘海儿。此刻，斜刘海儿慌忙垂头，那缕标志性刘海儿遮住了他的面孔。

　　詹晓龙坐正身体，心想自己每日面对的病人太多，面熟者随处可见。虽如此想，但他的心，却仍为没看清斜刘海儿而感到遗憾。斜刘海儿仿佛料到詹晓龙还会回首，低垂着脑袋，眼睛在刘海儿下悄悄上翻，密切关注着他的动作。只要詹晓龙身体微有变动，他的头便会垂得更低。

重生

车站到了。詹晓龙拿起旅行架上的黑色背包,不忘再瞅一眼斜刘海儿,此刻斜刘海儿深深低头站起,转身背对他的目光,里座乘客走出后,他又坐回原座。詹晓龙见斜刘海儿如此,摇摇头,把背包放到肩上,大步走出公共汽车。斜刘海儿估计詹晓龙已下车,目光向车窗外一扫,抓起旅行包,随即迅速下车。

路灯亮了。L县城通往J镇的公路上,詹晓龙身背黑包踽踽独行。此次他单身出行,表面上是旅游,实际是去完成外婆给他的一个任务。

初秋时节,虽凉风阵阵,但詹晓龙因走得快而急,脸上不由得汗水涔涔。他停下来,呼出一口长气,从牛仔裤口袋中掏出一方手帕,边擦汗边解粉色衬衫的纽扣。

路上来往车辆极少,偶有几个淳朴乡民骑车经过,步行者却仅他一人。回首望,县城已被远远甩在后边。

抬头,月儿初圆,温润如玉,缓缓在云间穿行;点点星辰,闪闪烁烁,友好地向他眨眼微笑。望着辽阔的夜空,詹晓龙双手合十,喃喃自语:"妈妈,为了妹妹的重生,保佑儿子此行成功吧。"

一辆出租车从后面驶来,在驶近他处减速,司机探头道:"小兄弟,上来吧,车费我可以便宜点。"

詹晓龙犹豫一下,想起囊中羞涩,摇头道:"不用,我比较喜欢走路。谢谢师傅。"

司机无奈笑了:"那好,小兄弟,再见,祝你好运。"

望着出租车离去的影子,詹晓龙想起刚出县城,这位司机从后而来问他坐不坐车的情景,无声一笑,自语道:"这司机真怪,要挣钱不在县城,偏要来这不见人影的公路上,不亏本才怪!"

詹晓龙向前望去,几星灯火在不远处闪烁,像挂在树上高低错落的灯笼。他仿佛看到希望,大踏步继续行程。天空突然落下几粒雨点,并逐渐加密,他仰头望望,月儿与星辰依旧挂在天上,雨点在路灯下像飞蛾一样拥挤着飞舞。他奔跑起来。

"嘀嘀……"车喇叭声在詹晓龙身边响起,他停下脚步循声望去,只见一辆黑色奔驰缓缓停下来。车窗滑下,后座的一个中年男人探头问:

"小伙子，你去哪儿？"

"J镇。"詹晓龙答道。

"正好顺路，上车搭你一程。"中年男人说。

顾不得细想，詹晓龙便坐进车后座。擦拭着头发上的雨水，他抬头道谢，中年男人惊异道："飞虎！"

"谁是飞虎？"詹晓龙心内一惊，禁不住暗暗自语。

年轻司机回头瞥一眼詹晓龙，向中年男人说道："哎呀，滕总，他长得太像经理了！"

被称作滕总的中年男人点头："是啊，小于，确实像！"

接着又问詹晓龙："你叫什么，孩子？"

"詹晓龙。"詹晓龙回答。

"不错的名字。"滕总惊诧的目光隐去，随之浮出一分好奇，"你多大了，晓龙？"

"26岁。"

"哦，真巧。我儿子也26岁。"

"是吗？真挺巧的。"

詹晓龙并未感到惊奇，因为同龄人随处可见。但滕总说到儿子时那份自豪，却给他一种说不出的温暖，也许这与他从没得到过父爱有关。他暗暗羡慕那个同龄人。

"我儿子，名字是——飞虎。"滕总微笑道，"你们不仅年龄相当，而且模样非常相像。"

詹晓龙瞪大眼睛，摸一下头顶的短发，惊奇而难以置信："竟有这种事？"

车平稳向前驶去。滕总点了点头。

短暂沉默中，詹晓龙趁此打量起飞虎的父亲。四方脸，一字眉，右眉心有一个痦子。眼睛雪亮，似乎能一眼把人看穿。嘴唇厚嘟嘟，带点憨厚相。总之，从滕总相貌看，他属于既精明又诚恳的那种人。不知为何，他觉得滕总面善，似曾相识。

"怎么，想在我身上寻找飞虎的影子，晓龙？"滕总笑道，"这你就

第一章　路遇

大错特错了！飞虎完全不像我，我女儿模样倒与我有些相似。别看我矮，两个孩子却遗传他们母亲的基因，都是高挑个子。飞虎高且壮，同你一样，你有一米八吧？"

"一米八一。"

滕总再次惊诧："巧了！飞虎与你丝毫不差。"

递过一张名片，他自我介绍道："我叫滕冲，很高兴认识你！"

詹晓龙无法相信滕冲的话，甚至觉得，所谓的飞虎，完全是杜撰的一个人，不然，怎会与他一模一样。除非飞虎站在他面前，否则，他只当这是一个玩笑。接过名片，握住滕冲的大手，他问道："叔叔，你要去哪儿？"

"回老家。J镇向东一里的滕村。你呢，晓龙，到J镇做什么？"

"到福山游玩散心，顺便给家人祈福。"

"福山风景的确不错。我也好久没去了，明天给你做向导，一同前行怎样？"

"真的？"詹晓龙高兴笑道，"这次出门运气好，遇到贵人——滕叔叔！"

滕冲微微一怔，詹晓龙的笑脸，与儿子是如此相像，若不是儿子发型更时尚帅气些，他真会把詹晓龙当成儿子。滕冲认为这是缘分，于是诚恳邀请詹晓龙到老家去住宿。詹晓龙觉得太打扰滕冲家人，便婉拒了。滕冲留了詹晓龙的电话号码，说明早8点准时来接他。

雨早已停了，空气湿润而清新。J镇一家旅馆前，詹晓龙下了车，挥手目送黑色奔驰远去，转过身，不禁惊讶地"咦"了一声。不远处一家百货铺前的灯光下，一辆出租车刚刚停下，车牌号码7712，正是路上他遇到的那辆出租车。

司机右边的乘客沉稳而坐，既没有给司机路费，也不像要下车的样子。他的目光，一直望着詹晓龙的方向。

今天的巧遇，多得不寻常，不能再简单地归为"巧遇"。他想理顺一下思绪，但浑身疲惫不堪，大脑也不肯配合，甩甩头，他迈进了旅馆大门。

借着旅馆屋檐下的电灯泡灯光，呈现在詹晓龙面前的，是一派杂草丛生的景象。几条小路弯曲在及膝杂草间，从旅馆大门通往各个房间。乍望之下，一种荒凉感油然而生。

詹晓龙依然记得，二十年前的清明时节，他和妹妹曾随外公、外婆回 L 镇老家上坟，就住这家旅馆，后来上学后，便再没来过这儿。

清一色的红砖平房，木格玻璃窗，里面糊着报纸，旅馆还是二十年前他来时的老样子，一点没变。詹晓龙不禁感叹，山外世界日新月异，山里小镇却宁静祥和，独守着那一份清贫，安然度日。

旅馆最东面，有间不大的屋子，办理住宿手续就在这儿。里面是一对年近七旬的夫妻。男人高瘦，满脸皱纹，腰佝偻得厉害，接钱的手一刻不停地颤抖着。女人很矮，个子只及男人肩，短发，一只眼睛有点斜视。从相貌举止，詹晓龙一眼认出，这正是二十年前那对中年夫妻。时光荏苒，如今两人已步入暮年，头发花白，行动也变得迟缓。詹晓龙感叹不已，时光就是如此神奇，可以让他从一个矮小的孩子变成高大的青年，也可以使一对身体结实的中年夫妻变为耄耋的老年人。

"7 号房。"老板娘微笑着递过钥匙，又弯腰提起一个暖瓶，"有热水，烫烫脚去乏。"

詹晓龙点头，心内十分感激。今晚是必须要用热水的，虽然并非是泡脚。他接过钥匙，便到自己的房间去。打开 7 号房间的木门，一股香烟味扑面而来，詹晓龙不吸烟，因此很是讨厌烟味。他想上位房客定是个大烟民，整日烟不离手，才会造成室内如此味道。打开电灯，他做的第一件事就是开前后窗。房内陈设简陋，只有一张木床和一对木桌椅，但看上去还算干净。户外的新鲜空气穿房而过，詹晓龙满意地笑笑，从背包中拿出一个面包，就着热水狼吞虎咽。院里响起脚步声，随后是轻声的交谈和钥匙叮当的碰撞。他侧耳倾听，知道又有新房客，默然一笑，心想居然还有比自己晚到的投宿者。脚步声渐近，从开着的门前经过，詹晓龙扭头一瞧，却是路遇几次的那个出租车司机。司机颔首示意，詹晓龙微笑回应。

室内烟味已了无踪迹，詹晓龙起身关好门窗，为谨慎起见，只留木

重生

门上方一对窗户开着。然后,他撕开一小袋龙井茶,放入床边旧花瓷脸盆,壶中开水全部倾进,茶叶翻飞,慢慢舒展,像一个个飞蛾旋舞。望着这些舞动的茶叶,他耳边响起外婆的话:"龙井茶水泡一晚,早起茶水出现莲花水纹,把宣纸放进去,地图就会显现。做标记的地方是路线和地点。"

詹晓龙的食指触到水面,又猛然缩回,迅速放到嘴边对它吹气。另一只手则把脸盆推到床下。做完这一切,他仰身躺到床上去。

朦胧中,外公突然走进来,欲言又止。詹晓龙问他怎么也来了?外公噏起嘴唇,伸出食指示意他噤声。然后在床边坐下,小声道:"晓晴得病的事,我都知道了。不过,这事只有我们两人知道就好。"

詹晓龙听到门外有细微动静,眼光一斜,发现从开着的门缝飘进一缕长发,便故意大声道:"晓晴,出来吧,我看见你了!"

一片"稀里哗啦"的声音,把詹晓龙从梦中惊醒,他跳下床,猛然发现在打开的门上窗户的窗棂上,放着一炷香,暗夜里,他清楚看到闪烁的香火。夜半三更,在人家窗上点香——他想踩着椅子把香取下,可走到椅子边,却感到力不从心,身子绵软倒下去,什么也不知道了。

"爱情像早晨的光芒洒向大地,你是爱神带着爱情降临,你为人们带来每段传奇……爱神降临,放飞所有爱情,你是唯一,我的唯一……"

早上,詹晓龙被一阵手机铃声唤醒。王明特别的声音和着音乐不间断传来,那声音,仿佛远在云天,又好似近在身边。音乐停了,不久又响起,再停,再次响起——詹晓龙的意识逐渐清醒,他睁开了眼睛。手指动动,想拿枕边手机,然而手臂却不听使唤,他只得暂时打消念头。阳光从未贴报纸的上层窗户射来,正照在詹晓龙的脸上,他眯细眼睛猜测时间:"大约7点钟吧。"

昨夜睡得好沉,居然一个梦都没做——不对——詹晓龙游移的目光停在门边木椅上,皱起眉头,脑海中闪过外公进门的情景,与这情景相连的一片记忆,突然如泉水般汩汩冒出,他一时觉得不可思议。

身子终于能动了,他起床,双手捧住头停了几秒。他的脑袋木而钝痛,仿佛昨夜失眠,没睡好的样子;腿也不听使唤,犹如两根木棍,僵硬得很。站到木椅上，他想寻找昨夜那炷香，影踪皆无，只有一小撮灰烬，证实昨晚一切并不全是梦。

跳下椅子，他一把抓过桌上的背包。背包最上面是一个崭新的记事本和《知音》，下面有几件替换内衣。背包里侧袋的钱包里，崭新的两百块钱耀人眼目。背包里一切东西整齐有序，钱也分文未少。但记事本和《知音》，他怕页脚卷了，特意贴包壁竖放，现在，却平放在包最上面。也许是自己想错了？！他心内暗道。不过，令他疑惑不解的是，他清楚记得昨晚趴到了椅子上，醒来却安稳躺在床上，这，又说明什么？难道有人来过。他猛地把背包放倒，立刻，一个隐形拉链呈现在面前，轻缓拉开，里面空空如也。詹晓龙把两个手指伸进去，轻拨开一层布，一个小红包像一个袖珍新娘探出头来。藏宝图还在，他暗暗松了一口气。

打开红包，是一张折叠成正方形的宣纸，颜色淡黄，一望而知年代久远。詹晓龙警惕四望：窗外没有任何动静，屋内只有他自己。他蹲下身子，从床下拖出旧花瓷脸盆，盆内褐色的水面上，浮着一朵美丽的莲花状水纹。詹晓龙欣喜万分，把宣纸打开——居然干净整洁，无字无画——但奇迹就在刹那间出现，16开的宣纸平放到水纹莲花上，从模糊到清晰，宣纸渐渐呈现出一幅山水图。

詹晓龙把宣纸小心提起，平放桌上。凝神细看一番，然后在记事本上记下几个字：右拐、下。

五分钟后，宣纸上的图渐渐模糊，直至不见踪迹。詹晓龙直起身，想把笔放到上衣口袋，却发现自己居然只穿了一条内裤，哑然失笑。他立刻到床头寻找衣服，在目光接触到衣服的刹那，不禁怔了。他记起昨晚未脱衣，而现在却只穿着内衣……

突然，王明的《爱神降临》再次响起，吓了他一跳。

犹疑几秒，他接起电话。

"喂，你好！"

"晓龙，刚起床？你们这些年轻人哪，就喜欢睡懒觉。咱们几点出发？我去接你。"

"谢谢滕叔叔。现在几点？我还没洗漱。"

重生

"八点一刻。八点半怎样?"

"好。"

"一会儿见。"滕冲挂了电话。

詹晓龙放下手机,对着衣服低声自语:"一定有人来过!会是谁呢?"

迅速穿好衣服,他在室内仔细检查,门锁完好无损,窗户也不见损坏的迹象。奇怪的香火和失去知觉这两个疑问串在一起,一星火花蓦然从他脑中迸出,詹晓龙如醍醐灌顶:迷香!他的晕倒、一夜未醒以及早起的各种身体不适,与迷香大概都有关系。

桌上宣纸仍在,詹晓龙附上几片手帕纸,揭去后,再附上几片,宣纸很快变干,他小心翼翼折叠,包上红布放到旅行包底部。然后,借倒茶水之机,仔细观察门外情况。门口有蓝砖的小碎片,他捡起来,沉思的目光在院中巡视一圈,最后锁定不远处一小块歪斜的杂草。果然,那里散乱躺着五块蓝砖,手里的碎片,正和其中一块砖头的断口吻合。

十五分钟后,詹晓龙走出旅馆大门,滕冲的车已停在门口。

第二章　福山

　　福山原名斧山，主峰酷似斧头，相传为太上老君之神斧，无意中掉落凡间，自此成一巍峨高山。世人觉得"斧"为利器，听着不吉利，但因是神斧，却能保平安，令人幸福安康，便以"福"字代之。山顶有老君殿堂，据说家有烦难纷争，只要到殿堂烧香许愿，烦难纷争不日自会消解。由此，老君殿香火四季长盛不衰。当然，只有这些，并不足以吸引游客，据说自清嘉庆年间，福山始见黄栌，入民国后，黄栌逐渐成林，布满山峦。每当深秋，霜打栌叶，遍山红透，成为一大景观。

　　现在，仅是初秋，绿叶皆未变红，站在山脚下，天高云淡，漫山碧绿，如斧头般的福山主峰上，大书"L县人民欢迎您"几个白色大字，自成一幅令人心胸开阔的美图。

　　虽是星期日，游人却并不多。司机小于望着福山山顶，称自己小腿痛，在山下等滕冲和詹晓龙。两人并不在意，兴致勃勃地上了山。滕冲在前，导游般不断解说。詹晓龙怀着新奇而快乐的心踏上福山台阶，感觉此时的福山与小时候印象已大不相同。

　　一路上，群峰环翠，壁立千仞，嶙峋夔石，青者如黛，白者如垩，峭者如削，剥者如脱。詹晓龙目不暇接，叹为观止。加上阳光明媚，鸟语阵阵，秋高气爽，常人若有烦心事，也将被这自然美景荡涤一空，只剩下快乐轻松的心情。然而，詹晓龙最关心的似乎并不是这一路美景，滕冲解说间隙，他立刻低声问："滕叔叔，南崖洞穴快到了吗？"

　　"过去仙水池就到了。"滕冲笑问，"以前来过还是在网上搜的？"

　　"小时候陪外婆来上过坟。"詹晓龙笑道，"洞穴名字印象深刻，洞穴样子记不太清了。"

"福山洞穴以险闻名。耳听为虚，眼见为实，看了再下评语。"滕冲向右一指，道，"咦，前面有位相面的道长，咱们去瞧瞧？"

石阶拐弯处，飘扬着一面白幡，上书"相面"两字。一个身材瘦小、道服装扮的人坐在马扎上，上半身被不断飘起的白幡遮住。

詹晓龙对命运的看法是，命运掌握在自己手中，想要改变它，不努力永远只是妄想。不过，小时因外婆喜欢算卦，他也着实迷了一阵。高考时，外婆让一位算卦灵验的先生，给詹晓龙和妹妹算了一卦，结果说妹妹会高中，而他则名落孙山。幸好外婆并未把这卦告诉他，不然，他准会落榜。他的分数比妹妹高出二十多分，两人同时被中国医大录取。后来，外婆无意中吐露出这事，引起他的深思。早在高中，他就和一个同学辩论过算卦先生，同学说这些人惯会见风使舵，察言观色，所谓点中别人心事，不过是猜中而已。当时他极力辩解，认为事实绝非如此。并拿出外婆的论断，命中该有的东西，谁都抢不去，命里无时，再怎么努力也得不到。而这些，都在脸上写着，并举出种种例子证明。两人各执己见，互不相让，最后不了了之。高考之卦，使他对算卦先生产生了怀疑。当他将这事告诉外公时，外公却说，孩子，那是外婆的信仰，我们不必把这作为自己的信仰。但是，不能因此和外婆争论，毕竟，她是长辈嘛！詹晓龙这才明白，原来，外公并不相信算卦，可是因为爱，他表面上却同外婆一样深信不疑。自此，詹晓龙向外公学习，变得既有自己的论断，又依然与外婆和平相处。

对于滕冲的提议，詹晓龙如平日对外婆，并未反对。两人很快来至空无一人的卦摊前。算卦的道士或因常年在外，灰色道装脏兮兮的，好似经年未洗；平底布鞋犹如经过长途跋涉，浮着一层土；他最引人注目的是眉毛和胡子：八字眉，浓黑粗长，嘴上一副黑色长髯，足有三十公分，飘然而袅。小眼睛、直筒鼻子穿插在这些黑色毛发中间，像一堆茅草中的小小点缀。他的年龄约有40岁，额头眼角却光洁如20岁，使人顿生道业深厚之感。

"两位要相面还是卜卦？"道士声音悠长尖细，像从嗓子眼中徐徐挤出来的。

"相面。"滕冲说。

"这位先生天庭饱满地阁方圆，一望而知事业有成家庭和睦。不过，先生印堂有一点暗迹——显示最近家中不太平，但无关大碍。"道士眨巴着小眼睛煞有其事道。

"道长神验。"滕冲佩服不已，"老母近日小病，已经好转。"

"令尊与令堂阳寿还有30年。"道士点头颔首道。

滕冲惊喜问道："若有这样造化，真是我们滕家前世修来的福分。"

"岂止如此，先生此后也是生意兴隆，财源广进。"

"多谢道长，多谢道长！"滕冲喜不自禁，拱手称谢。"晓龙，赶紧让道长给你瞧瞧。"

詹晓龙微微一笑。尽管滕冲家事被算准，他却依然不信。但好奇心驱使他点头——他倒要瞧瞧，道士能不能算准自己家事。若不准，他会劝道士改行，不要骗人混饭吃。

道士似乎猜到詹晓龙心事，意味深长地望着他，嘴角浮上一抹不易觉察的微笑。

"这位小施主印堂发暗，家中有大变故，此变故需要天力——"道士故弄玄虚，停顿一会儿，眯起眼睛道，"但也需要财力。"

詹晓龙心下一惊，强作镇定："那依道长看来，此大变故会向哪个方向发展？"

"施主印堂正中有一星亮点，代表金，若有了金，天力自会来助。"道士说得头头是道。

詹晓龙瞪大眼睛。难道这道士能未卜先知？不可能！但在这陌生小镇，无人知他家事，为何偏被他说中？！

此时道士似对詹晓龙微微点头，目光却越过他的头顶，詹晓龙觉得奇怪，回首一瞧，一个白净帅气的年轻人从此处经过，目光与道士对接，稍一点头，随即离去。

重生

滕冲仔细观察詹晓龙的面孔,那张白皙的脸上,看不到任何发暗或发亮的痕迹。但詹晓龙的表情告诉他,道士句句言中。他暗想:这道士,神人。

詹晓龙心下虽不服气,但因道士之话都是好话,无法驳他。他学滕冲的样子拱手:"多谢道长指点迷津。"

两人相面钱共一百元,滕冲抢付,多给道士一百元算作感谢。

他们来至仙水池,滕冲仍念念不忘那道士,忽然笑道:"从前山上并没见过道士。不知这道士哪儿来的?若果真这样灵验,在山上盖处道观,一定香火鼎盛。"

詹晓龙心不在焉地附和,并再次问起南崖洞穴。滕冲说前面就到。

仙水池只是一个小小的石头池,里面清水盎然,据说池底有泉眼,还有一个出水洞,故此泉水总保持在同一水位。站在池边向里望去,池底铺着零星一角、五角的硬币,宽厚的石头池沿上,放着一尊小小的观音瓷像,一望而知是现代作品。仙水池前面,放着募捐的木箱,里面只有几张一元纸币。

"很久之前,这儿没有观音像,那时来这儿的人,都会带些仙水池的水回去,据说治百病。现在有了观音像,游客喜欢把硬币扔水池里,这水,真是可惜了。"滕冲惋惜地摇头。

仙水池之水能治百病的传说,詹晓龙不感兴趣。他甚至在心内暗暗反驳:"若如此,人还有什么不可治愈之病?"

过了仙水池,折东而南,咫尺石径,步履维艰,蜿蜒盘曲,只能手脚并用爬攀而上。两人小心翼翼过一石桥,南崖洞穴立刻展现在面前。詹晓龙向洞穴望去,洞口处似见人影一晃,定睛细瞧,却什么都没有。

"滕叔叔,洞口处好像有人,你看到了吗?"詹晓龙揉着眼睛问。

滕冲向洞口望去,摇头道:"晓龙,眼花了吧,此处路险得很,哪有人影?这儿只有我们两个人。"

詹晓龙的疑惑如同清晨的露水,经过滕冲话语的阳光照射,瞬间蒸发,不留一丝痕迹。

洞穴紧邻悬崖,三个并排,像一个三孔窑洞,两边洞小,只能容一人低头弯腰而进。中间洞穴却足有三米宽,两米高。小洞中不时有鸟儿飞出,舞翔山涧,和鸣深谷,滕冲说这就是所谓的"双雀迎宾"。

两人没有探险的爱好,自然只走进中间洞穴。洞穴深不见底,入口三五米尚且能见点亮光,继续向内,漆黑一团。两人各拿手机照明,惊起几只蝙蝠在头顶盘旋。地面越来越坎坷,滕冲拉住詹晓龙道:"里面没什么可看的,咱们出去吧。"

詹晓龙心有不甘:"再走几米,说不定会有意想不到的风景。"

话未说完,只听"呀"的一声凄厉鸣叫,和着"哎哟"之声,滕冲已然趴到地上。一只乌鸦扑翅从头顶飞出洞外。滕冲借此再不肯向前,执意要出山洞,说游客大都只在洞口一两米处瞧瞧,没人曾深入此洞。詹晓龙只得一起出来。

洞口外,詹晓龙对脸色苍白的滕冲道:"滕叔叔,这样好了,你在外边等我一会儿,我进去瞧一眼,赶紧出来。"

滕冲拉住詹晓龙摇头道:"晓龙,没什么可瞧的!"

詹晓龙笑了:"滕叔叔如果有事,就先下山好了。我想看一下,里面还有什么动物或者鸟。"

滕冲无奈放行:"好,那我到外边等你。如果有意外,打电话或者大喊。记住,别走太远。"

詹晓龙点头,随即大步走进去。只身一人,再加上对路况有些熟悉,他走得从容不迫。不过,他一直贴在洞的右侧走,并不时用手机照一下洞壁。突然,右边洞壁处又现出一个分洞,他惊喜不已,欣慰自语:"可找到了!"

一声脆响,似乎什么东西落到地上跌碎了。然后是一阵节奏欢快的DJ音乐在洞内回响,寂静之下突起此音,詹晓龙不由得浑身起了鸡皮疙瘩,他本能回应道:"谁?!"

随着"谁"字出口,詹晓龙突感头顶被人"噗"地拍了一下,不轻不重,却足以令他三魂出窍。他喊道:"谁呀?"声音在洞内回响,猛转身,身后却空无一人。

无人应答。这声凄厉大喊,早被音乐掩埋,不留一丝声息。詹晓龙

重生

扶住墙壁,腿颤抖不已。一曲罢了,另一曲接上,这音乐似乎永无休止之日。詹晓龙身子贴住洞壁,拿手机在周遭照一圈,亮光所及之处,只有惊起的蝙蝠在飞。他定定神,停止了前进,然后反身出洞。而那 DJ 音乐,却一直追在他的身后。

走到洞口处望见外边的阳光,詹晓龙只觉亲切异常。他几步跑了出来,想把洞中惊险告知滕冲,却发现洞外静悄悄,空无一人。

"滕叔叔——滕叔叔——"詹晓龙跑到来时路口,对下面大喊。

"在这儿呢。"声音来自身后,詹晓龙不由得一激灵。

"怎么,吓着你了?"滕冲笑着走来,"你入洞后,我到洞那边方便了一下。"

詹晓龙目光顺着滕冲手指望去,地点在小洞里侧,怪不得没瞧见他,刚才差点以为他是从大洞中走出来的。

詹晓龙把洞中经历,原原本本讲了一遍。滕冲同詹晓龙一样摸不着头脑,他说这洞深不可测,一般游客只在洞口瞧一眼,并没人深入过此洞。他分析里面不会有人,所谓的被人拍,可能是被蝙蝠翅膀碰到。这点詹晓龙赞同。只是那声脆响以及音乐,滕冲也无法解释。

两人回到洞口处,大洞里面静悄悄,听不到任何声音。詹晓龙希望滕冲再陪他进洞,探个究竟解开疑团。滕冲却连连摆手,称自己自幼胆小,这样的事从不敢参加。又劝詹晓龙,说以后可带几个胆壮的朋友一起进去,这次就算了。詹晓龙觉得滕冲言之有理,便也作罢。

两人继续行程。山顶老君庙前,滕冲买两炷香,和詹晓龙一起上香祈愿。詹晓龙此时此刻一心一意为妹妹祷祝。

下山途中詹晓龙十分沉默。滕冲只以为他在洞中受到惊吓,也不说破,仍旧尽心解说。

福山山路九九归一,最终又回到来时路。此刻,这条路上既有上山游客,又有下山游客,虽不拥挤,却比来时看上去热闹多了。滕冲问詹晓龙下山后有何打算?已经 10 点钟,詹晓龙仰望山顶,神情恋恋不舍,叹口气,正要回答滕冲,却突然听到背后有女子大喊:"小偷,捉小偷!"

回头，只见刚与他们擦肩而过的一位紫衣女子，正奋力追赶一个瘦小黑衣人。黑衣人三脚两步跳入路边树林，眨眼不见踪迹。

"我的项链——"女子无奈而失望地摇头。

此刻詹晓龙早已似箭离弦，冲了出去。目标越来越近，前面小偷急了，把手中东西向后一甩，一条闪烁着金光的链子，正甩到詹晓龙胸前。詹晓龙措手不及，金链落进脚下草丛里。等他捡起金链，四望一片野生植物齐至腰间，满眼绿色，哪里还有小偷的影子？他举着这根粗大的黄金项链，像举着一串闪闪发光的黄色野果，返回石径，问那女子："是这个吗？"

女子期待的脸上顿时布满惊喜，接过项链鞠躬致谢："是的，是的，谢谢你，小伙子！"

"不用客气。"詹晓龙说，"阿姨，遇到这事最好报警。"

"既然项链追回，就算了。不然，今天上山也不能玩个痛快了。"说着，女子打开斜背的随身包，拿出几张百元大钞递来，"一点小意思，请收下。"

詹晓龙连忙推托，拉起滕冲就要下山。滕冲却站在原地不动，望着女子试探问道："是冯敏吗？"

女子一惊，仔细打量着滕冲，点点头："我是冯敏，你是——"

"果然是你！"滕冲大笑，露出一颗虎牙，"我是你同桌！"

"虎牙！"冯敏脸上绽开一朵惊喜之花，"是你吗？我都不敢相信自己的眼睛。你比从前胖了，初中那会儿，你瘦得跟个猴子似的。"

"你那会儿倒丰满些，如今身材苗条，更有风韵。咱们多少年没见了？30年？"

趁滕冲和冯敏叙旧之时，詹晓龙细细打量起冯敏：鹅蛋脸，眉眼很精致，及肩淡黄色卷发，随意而自然。淡紫色纱质长款坎肩，搭一件白色吊带小衫，膝盖处泛白的蓝牛仔裤，米色花朵平底皮鞋，时尚靓丽。笑容甜美，眼角的细纹显示她年龄四十多岁。举手投足娴雅安然，浑身散发出一种成熟美。

重生

詹晓龙听他们谈话，得知两人是初中同桌，后来冯敏转校，自此再没见过面。冯敏硕士毕业后去美国读博，之后留美工作。不过，她一直单身，至今未婚。这次回国探亲，将小住两个月。今天是回国第二日，居然遇到滕冲。而滕冲高中毕业未能考上大学，他先在一家装饰公司打工，后自己注册一家小装饰公司，现在，已是下设十家分店的S市腾飞装饰有限公司董事长。滕冲兴奋之余，要陪冯敏爬山，中午联系几个当年同学，一起聚聚。

詹晓龙听到滕冲的打算，思量自己最好先回S市，于是便跟他们告辞。滕冲和冯敏都不放他走。冯敏说："这样好了，我快些上山，你们在山下等我，中午呢，我请你们吃L县特产'全羊'宴，午饭后咱们一起回S市。同学嘛，有的是时间，改天再聚。小伙子，你看怎样？"

滕冲赞成："好，听你的。不过，你现在是客，午饭当然我请。你一人上山孤单，我们陪你。"

冯敏笑道："我倒是乐意，只是不知道小伙子什么意见？"

詹晓龙表示不想再去，在山下等他们。他与滕冲、冯敏分开后，来到入口外，边走边向南望去，只见水泥广场两边摆着许多商贩摊位，山里特产、各种小纪念品琳琅满目；商贩南边，散乱停放着一些汽车和三轮车，滕冲的车也在其中。从商贩摊前走过，他买了一些核桃、板栗和几袋煎饼，算是给外公和外婆的礼物。纪念品摊上，小饰品大都粗糙，只有一幅红叶蝴蝶标本做工精细，构图别致，被他一眼看中买下，作为送给妹妹的惊喜。

买好东西后，人有些乏，但心情却比刚下山时好了许多。詹晓龙找到滕冲的车，司机却不知去了哪儿。在车背阴里，他寻了一块石头坐下来歇脚。太阳明亮，耀得人眼花；蔚蓝的天空，则像无边际的大海；白云朵朵，似美丽的白莲花，绽放在蓝色水面上。仰望蓝天，令他心胸开阔，觉得人生事，只要有信心，一定能达成心愿。

他给妹妹发出一条短信："晓晴，哥给你带了件意想不到的礼物，猜猜是什么？"

短信很快得到回复："是个可爱的布娃娃。"

"不是。"

"那是什么呀？猜不出，呵呵。"

"嘿嘿，不告诉你，下午给你惊喜。"

"哥，还是你疼我，谢谢喽。外婆喊我，先去了，下午见。"

"好。"

已经 10 点 50 分，滕冲和冯敏还没回来，詹晓龙后背贴住车身，有些困意。此处人乱，他怕有闪失，为驱赶睡意，便四处溜达。猛然，一辆车引起了他的注意。

第二章 福山

第三章　归途

在二十几辆机动三轮出租车的中间，停着一辆浅蓝出租车，车牌号码7712。所停地点离入口最远，显示出租车来的时间过晚，前面无处容身，只好挨次停在此处。

出租车司机不在，可能爬山去了。而想起这辆出租车与自己的缘分，詹晓龙不禁笑了。

可是，由出租车司机，他却联想到旅店遭遇，舒展的眉头皱起，心内也是一沉：烧迷香者是什么人？他的目的是什么？

自己这次出游，除了外婆、外公和妹妹，并无外人知道，若说有人跟踪，他却不信。但此人的目的也是蹊跷，居然不偷钱财——詹晓龙百思不得其解。然而念头一转，他却忍不住倒吸一口冷气：难道此人是为他的宝图而来？！

"晓龙！"

一声男人浑厚的喊叫，将詹晓龙的头牵转回望，滕冲和冯敏正大步向他走来，两人大约因为运动的缘故，脸上红扑扑的。他喜出望外，应声跑了过去。不远处，司机小于看到滕冲二人与詹晓龙接上头，立即启动车来到他们身边。

滕冲提议马上回L县城。冯敏和詹晓龙没有异议，于是立刻启程。

L县城南环路有家"香满口全羊"，店不大，但是非常干净，做的全羊回味悠长。滕冲是这儿的老顾客了。四人进店，一楼散桌已经人满为患，矮胖的老板手拿食谱迎上，笑容满面地问："滕老板，还是二楼雅间？"

见滕冲点头，老板伸手道："8号，请。"

二楼，四人坐定，滕冲不顾冯敏和詹晓龙阻止，接过食谱点了十道菜。冯敏边吃边夸，说二十多年没吃过家乡菜，如此好的美味，会让她乐不思蜀。滕冲说，那就留下，国外有什么好的。冯敏只是笑。滕冲突然问："二十多年？难道你出国后，一直没回来过？"

冯敏感慨万千："是啊，这次回国，咱们的S市里，与我出国前是大相径庭了。走在大街上，找不到一点旧日的回忆。"

"我很奇怪，冯敏，你为何一去不回头？"滕冲审视的目光想要穿透冯敏的思想，直接找到答案。

冯敏脸色黯淡："这件事羞于启齿。我家人和我最要好的朋友之间发生了一些事情，我无法接受，因此远走他乡。其实，这也是我为什么一直单身的原因。"

滕冲眯起眼睛，满脸困惑。

冯敏叹气道："唉，说来话长，这些私密事，有时间再告诉你。"

滕冲点头。

詹晓龙和司机小于默默吃菜，偶尔望他们一眼，像两个乖孩子，丝毫不打扰他们的谈话。

一刹那的沉默。在这段谈话的空白里，滕冲为触到冯敏的痛处，而后悔当初的发问；冯敏呢，则沉浸在昨日的回忆中，心情灰暗。

"冯阿姨，你在美国做什么工作？"詹晓龙打破沉默，使有点窒息的空气开始流动。

被一个年轻人救场，滕冲心内感激，不由得另眼相看。同学相见，只顾畅谈，竟冷落了他，而他，在沉默的外表下，居然掩藏着调节冷场的能力。

"大学教授。"冯敏挣扎出回忆的沼泽，勉强笑道。

"真的？冯阿姨，你真棒！"詹晓龙伸出大拇指继续追问，不给人喘息的机会，"那边的教育，跟我们中国的教育有什么不同？"

"中国教育紧张、压力大，但学生基础知识非常牢固；国外教育比较宽松、自主，注重想象力的开发。各有所长吧。"冯敏终于绽开笑脸。

餐桌的气氛恢复如初。

"晓龙,能否跟阿姨介绍一下你的情况?"冯敏问道。

"我在市人民医院工作,跟外公、外婆住一起,还有个孪生妹妹。"詹晓龙简约回答着冯敏的问题。

"是吗?你们兄妹长得像不像?"冯敏好奇地问。

"不太像。"詹晓龙说。

"那你爸妈呢?刚才没听你讲起他们。"冯敏接着问。

"弟弟跟他们一起生活。"詹晓龙垂下眼睑,把玩着手中的酒杯。

滕冲看詹晓龙的表情,觉得他似有隐情,怕冯敏追问下去,出现之前的尴尬气氛,一拍双手笑道:"冯敏,你们两个的眉毛——哈哈,特别像。"

冯敏却不吃惊,笑道:"虎牙,别瞎说好不好?人家帅哥一个,我怎能跟人家比?我现在开始怀疑,你在山上说的那话——晓龙长得像你儿子——里面是不是掺了水分?不然,我和晓龙素不相识,怎会眉毛特别像?"

"好,好,我不说了。"滕冲举起手,做投降状,"我只是表达我的观点,你不相信就算了。但我家飞虎同晓龙长得像,这是无可争议的事实。等过几天他从青岛出差回来,你见见就知道。"

四人吃完饭,经过一楼收款台时,有两人从詹晓龙身侧挤过,碰擦到他,詹晓龙转头看,这两人已超过他,大摇大摆向门外走去。詹晓龙只望到一高一矮两个背影。

他们乘滕冲的车回到S市里。滕冲打算将詹晓龙送回住处后,再带冯敏在市里四处转转,但冯敏却以累了为由,要滕冲送她到回归大酒店,她在那儿订了一间客房。

冯敏既然回国探亲,为何不回家住?滕冲和詹晓龙十分讶异,对视一眼,把疑问在目光中交流,最后咽回了肚里。

冯敏下车前,存了詹晓龙的电话,说处理完一些私事,会去他家拜访。

詹晓龙与冯敏挥手道别,从反光镜看到一辆蓝色出租车的影子。S

市出租车车身为绿色，蓝色出租车是 L 县的标志，詹晓龙悄悄留意了一下。他发现那辆车不远不近一直跟在后面，便把这事告诉了滕冲。滕冲说："放心，有小于呢，看他怎样让它现出原形。"

小于回首一笑。

奔驰在路上快速行驶，行至一僻静地段，小于看左右无车和行人，突然右拐进入一条城中村小巷。蓝色出租车出乎意外，急踩刹车，却已过了路口。奔驰车直线行驶，来到城中村的主干路上。此路北边不通，且有一辆空货车停在路边，南边直走则很快就会到市里街上。小于向北打方向盘，将奔驰停在货车北面。不一会儿，蓝色出租车径直向南驶去，詹晓龙藏在货车后，等出租车向南而去时，他探头望了一眼，那辆车的车牌号为：7712。

滕冲此刻来到詹晓龙身边，道："想跟踪咱们，这人还嫩了点。"

又微蹙眉头问："晓龙，你什么时候发现它跟上咱们的？"

詹晓龙便将一路与这辆出租车的巧遇，细细讲了一遍，但是，他隐瞒了旅馆中被人迷倒的情况。

滕冲分析着："这车跟踪你的可能性比较大。晓龙，你在医院是否得罪过什么人？"

詹晓龙茫然摇头。滕冲吸一口凉气："难道，是跟踪我的不成？"

"晓龙，"滕冲疑虑重重道，"咱们此后都要小心。"

话未说完，他的秘书来电话，讲昨天预约的客户，20 分钟后到，不知他能否赶回公司，滕冲说没问题。

出租车已不见踪影，滕冲送詹晓龙到希望苑门口，立即赶赴客户之约去了。詹晓龙还沉浸在甩掉出租车的喜悦之中，一路走着，轻轻哼起欢快的《青春圆舞曲》。

人高兴时常会忘乎所以，詹晓龙也不例外。希望苑有 27 栋楼，三栋一排，共九排。詹晓龙外公家在第 6 排中间——17 号楼，他大步流星走着，拐弯后却发现，这排楼房第二栋楼前的绿化带里，有棵硕果累累的石榴树，这是小区的镇园之宝，也是小区唯一的石榴树，亦是第 7 排楼的标志。他自嘲一笑，决定从石榴树前返回。

第三章　归途

重生

一抹蓝色的影子，隐约在前方楼边，因被一辆越野车挡住视线，他不能完全看清。好奇和疑惑促使他继续向前弄个明白。至近前，他浑身一冷，血液似乎凝住，胳膊起了一层鸡皮疙瘩。依旧是那辆出租车，车上人却不在。他呆了一瞬间，清醒后，脚底像被烫到般蹦了起来，随即迅速折回，向家的方向跑去。

17号楼第一单元楼口，他拍拍发烫的脑门，竭力让自己冷静，然后悄然四顾，直到确定并无可疑之人，他才快速走进楼洞。

楼梯上，他给妹妹发出一条短信："晓晴，我被人跟踪了。怎么办？"

"你在哪儿？"

"门前楼梯上。"

"回家再说。"

二楼门开了，一个清秀的长发女孩子将詹晓龙迎进去。随着门的一声脆响后，女孩子迫不及待问道："哥哥，到底怎么回事？"

詹晓龙把包递给妹妹，示意她帮忙挂到墙架上，说："我渴了。"

八十平方米的两室一厅，空间不大，但是干净整洁。进门右侧是一个枣红鞋柜，左侧是同色电视柜和29寸彩电，一幅精心装裱的花鸟牡丹图，悬在迎面墙上，使室内添了一些艺术气息。花鸟图下，一套浅绿色转角沙发，成为古朴家具中的一点亮色点缀。玻璃茶几上，茶盘中摆着一套陶瓷茶具，几个药瓶，散在一个大凉水杯旁。

詹晓龙换了拖鞋，倒了一杯凉开水，一饮而尽。抹把脸，他低声问妹妹："外婆呢？"

"去外公那儿了。"

"晓晴，帮我把包里的记事本和笔拿出来。"

晓晴打开拉链，惊叫一声："哥——"

詹晓龙以为里面爬进小虫，因为妹妹平生最怕虫，见到它必会惊叫，吓得脸变色。他三脚两步跳过去："怎么了？"

低头向包里一瞧，詹晓龙不由自主地"啊"了一声。

包中间部位被割了一个洞，不大，他放在包上层的记事本和笔，都已不见，《知音》和那幅枫叶蝴蝶标本因紧贴包壁，与核桃、栗子、煎饼一起留在包内。包内侧袋里的钱包，倒依旧完好无损。

他把枫叶蝴蝶标本拿出，若有所思地递给妹妹，然后默默把核桃等东西放到茶几上。仔细回忆，包一直未曾离身，那么，包是何时被割的呢？他记得装枫叶蝴蝶标本时，包是完好无损的，那么，包一定是在回程中被割。而回程只有他们四人，除去吃饭时——对了，那时有两个人从他身边挤过——他心内暗道："没错，应该是他们！"

詹晓晴静静坐到沙发上，决定等哥哥理好思绪，再告诉她发生的一切。詹晓龙到卧室书桌找到纸和笔，写道："晓晴，我怀疑家里有窃听器。"

詹晓晴看到这行字，一脸诧异，她在下面写道："不可能！家里几乎天天有人在，怎会被安装窃听器？你说有人跟踪，是什么人？"

"不知道。蹊跷的是，我在旅馆被人用迷香迷倒了，但那人却只翻了我的东西，钱包里的钱分文没少，而门窗也丝毫未见损坏迹象。我怕的是，我们的事情已经泄露了。"

"这件事，只有你、我和外公外婆知道，怎么会泄露？"

"所以，我才怀疑家里隐藏着窃听器。"

"这怎么可能？！"

"一切皆有可能！"

"真可怕。哥哥，要不在外婆回来之前，我们先把隐患找一找？"

"好。"

两个人立刻行动，在房子里寻找起来。家里搜了个遍，一无所获。詹晓龙想起他去L县之前，家人一般是在客厅交谈，就把搜索重点放在客厅。他蹲下身子，手贴沙发下部，细细摸了一遍。抬头，遇见妹妹询问的目光，他摇摇头，站起来，又把手伸到沙发右侧的木制花架下，蓦然，他触到一块凸起，心内一喜，笑着对晓晴招手。凸起很坚固，似乎无法弄下，詹晓龙只得把花架上的兰草搬下，给半米高的花架翻身大检查，一瞧，哑然失笑，原来只是一块木头的凸起。詹晓龙做事向来有种"不到黄河心不死"的精神，他揣测窃听器不会放到电视附近，因为如果打开电视，一定会影响窃听内容。而一家人谈话，大部分在沙发上，窃听器极可能就在沙发周围。沙发被他从墙边拉开,但沙发背侧,什么都没有。

唯一的希望破灭了,他灰心丧气地把沙发摆正,直起身子,目光透过对面博古架,望着卧室外边摇摆的杨树枝,不知下一步该做什么。或许家里根本就没有窃听器,他想。可是,若真如此,这个秘密外人是如何得知的呢?

"哥哥,那里——"詹晓晴手指博古架:"看过了没有?"

詹晓龙似从梦中惊醒,一跃跳上沙发,然后脚踏沙发背,一手拿住博古架,目光向最上层几个格子扫去。最东侧格子里,是一瓶可以以假乱真的满天星,詹晓龙的手在花瓶里侧探摸,不一会儿,在他张开的手心里,多了一个黑色的火柴盒样的东西。

詹晓晴眼里满是惊喜,接过他手中黑色物件,翻来覆去把玩着。詹晓龙跳下地,见妹妹伸出拇指,向他露出开心的微笑。詹晓龙拉她来到阳台,用铁锤把窃听器砸碎,又怕它阴魂不散,扔进马桶冲跑了。

"哥,你怎么会想到窃听器的?"随着窃听器的消失,詹晓晴忍不住开口问。

"我只是怀疑,并没料到家里真有这个。晓晴,你还记得前些天家里进贼的事吧?"

"当然记得。希望苑好几家被盗,我们家的手提电脑被偷走了。"詹晓晴说着,脑中浮现出那次偷窃案。

那是一个月前,被盗人家有一个共同特征:都是未装防盗窗的住户。小偷夜半从厨房窗口进入,神不知,鬼不觉。直到第二天早上,住户才发现家里被盗,急忙报警,但小偷是惯犯,偷窃时戴着手套,因此毫无线索。

隔天,詹晓龙突然收到短信:"手机sim卡已更换,可电话联系此短信发送号码,帮助找回手机。可使用指令远程控制手机,追踪手机位置:weizhi# 防盗密码;响警报音:jingbao# 防盗密码;锁定手机:suoding# 防盗密码;防盗触发:fangdao# 防盗密码;删除数据:shanchu# 防盗密码。"

这部手提电脑带有防盗设置,去年买回后,詹晓龙通过它的防盗系统，尝试完成了换卡发回短信、远程系统控制、远程删除文件、远程锁定手机等功能。当时只为好玩，没想到真正派上了用场。

他当时很激动，但怕手机号码是无注册号，若拨电话会打草惊蛇。这时，另一个手机号码发来同一条短信，詹晓龙有了信心，立刻报警。警方从L县追回手提电脑，并在此人处得到线索——L县一手机店买的。据手机店人员回忆，卖给他们手提电脑的人，铜铃眼，中等个子，年龄二十多岁，S市口音。线索到此戛然而止，至今毫无进展。

"哥哥，这和偷盗案有何关系？"詹晓晴一头雾水。

"当然有关系。我怀疑窃听器就是手提电脑失窃那次放上的。"詹晓龙慢悠悠地说。

"啊？！"詹晓晴顿时吃惊地张大了嘴巴，"那，我们家里的所有谈话，岂不是都被他们听去了？"

"对，这也是我去福山被跟踪的原因。"詹晓龙摸着头顶短发，蹙眉道，"会是谁呢？"

"不知道被盗的其他人家里，是不是都安装了窃听器？"

"可能性不大，因为窃听器价格在千元以上，而不是百十块钱就可以买到的东西。"

"这么说来，是有人盯上我们家了？"

"有这种可能。"詹晓龙咬紧嘴唇点头。

"幸好，祖先规定只有一人可以看图，外婆悄悄告诉你看图方法，没被窃听到。不然，后果不堪设想。"詹晓晴后怕地连吸几口冷气。

"但这给我很大压力，我怕万一出意外，图落入外人手中——还好，图完好无损带回，我若失败，可以再用一次。"

"哥哥，别说了，都是我，我是你们的累赘……"詹晓晴双手蒙脸，啜泣起来。

"傻瓜！"詹晓龙把妹妹揽入怀中，抚着她的长发道，"你怎会是累赘呢？你是我们家的天使，是我们家的开心果！"

"真的？"

"当然。"

重生

　　詹晓龙的肯定回答，使妹妹破涕为笑，詹晓龙帮她擦去脸上泪痕，笑道："来，瞧瞧哥哥买的礼物怎样？"

　　"哥哥最懂我的心了，超喜欢。谢谢！"詹晓晴轻抚着枫叶蝴蝶标本，脸上现出甜美的笑容。

　　这时，詹晓龙的手机响了，居然是滕冲。原来他送走客户，正要坐车出去，司机从副驾驶座上发现了记事本和笔，滕冲想可能是詹晓龙遗落的，因此给他电话，并说一会儿会从他们小区前经过，詹晓龙如果在家，可出来等他。詹晓龙连说谢谢，飞速起身，换上鞋子跑了出去。

第四章　应急资金

已经是傍晚，滑落到西天的夕阳，褪去热辣辣的威力，两腮大红胭脂轻涂，换上飘逸飞扬淡粉云纱裙，预备华丽赶赴晚宴。詹晓龙拿到记事本正要回家，却发现一个熟悉的身影：红色半袖，黑色肥裤子，骑一辆银灰色老人乐，斑白的短发在风中飘起；年龄约有70岁，身材高瘦，脖子细长，小圆脸上皱纹纵横。那一刻，詹晓龙心酸眼潮，这不是外婆吗？！

"晓龙？"外婆看到詹晓龙，有点意外，阳光般的微笑瞬间布满沟壑纵横的面孔，"等我？"

"记事本丢了，人家才给送回，恰好遇见你。"詹晓龙跟在老人乐旁边阔步走着，瞥眼一瞧，老人乐后斗中有苹果、葡萄，和新鲜的油菜，显然，外婆从外公那儿离开后，去市场了。

"怎么这么大意？丢哪儿了？谁捡到的？"外婆唠叨出一串问题。

"外婆，这次出门发生的事情太多，回家细细告诉你。"小区内来往的车和人不少，詹晓龙怕人多耳杂，有些事，还是自家人知道最好。

老人乐拐弯，他陪外婆走过第一栋楼，心内蓦地记起一件事，说："外婆，你先回家，我去看看希望苑的镇园之宝长的石榴怎样。"

不等外婆回答，詹晓龙径自跑开去。回首望外婆，她已笑着并摇着头，继续赶路了。石榴树前，两个抱婴儿的年轻妈妈，正在交流育儿经验，他并未停留，继续大步向前走去。第7排楼西边马路上，只有几辆电动车跑过，停放的越野车和蓝色出租车都不见了踪影。詹晓龙悬着的心，归至原位。

重生

回到家,外婆已在厨房准备晚饭。他忙去给外婆打下手——洗菠菜,顺便讲起此次出游的奇事。当他讲到滕冲差点错认他为儿子时,外婆失惊问道:"他是不是还有一个女儿?"

"是有个女儿。外婆,你认识滕冲?"外婆的话使詹晓龙讶然,巧合太多,再加一个又如何?

"不认识。"锅里油熟了,外婆把葱花放进去,一阵"哧哧"声后,葱花的香味在厨房弥漫开来。詹晓龙把切好的菠菜倒进锅内,外婆翻炒着,漫不经心道,"他儿子和女儿是孪生吧?"

"他没说。"詹晓龙好奇地望着外婆,"外婆,你怎么会知道这些?"

"当年,一个我熟悉的产科护士告诉我,你妈在产房当天,有个女人比你妈早几分钟产下一对龙凤胎。据说,那女人丈夫姓滕。你遇见的滕冲,不知是不是那女人的丈夫?"

"原来如此。我打电话问一下滕叔叔,一切自会真相大白。"詹晓龙兴奋地说。

"不急。人家这次好心帮你,有时间你该到他家拜谢,顺口问问就好。"外婆向锅中加一些热水,若有所思道。

詹晓龙虽觉外婆虑事周到,但他等不及,即刻拨通了滕冲的手机:"滕叔叔,你儿子和女儿是双胞胎吗?如果是,他们出生时,是不是在人民医院,生日是农历八月十三?"

"是呀,有什么事吗?"滕冲不明就里,一头雾水。

"没什么,就是问一下。"詹晓龙惊喜万分地向外婆做着鬼脸,"改天告诉你缘由,呵呵,你忙。"

滕冲确实在忙,因此并未细究便挂了电话。这边的詹晓龙一蹦三尺高:"外婆,是真的!"

外婆惊喜地笑了:"有缘人哪!改天你们两对兄妹,一定得认识一下。"

水沸腾起来,外婆忙搅好鸡蛋倒进去。詹晓龙应一声"是",开始给外婆讲在洞里的遭遇,最后叹口气说:"下次一定带个手电筒。"

外婆认真地望着詹晓龙,说道:"晓龙,此次事情,外人不可参与,切记小心、小心再小心！"

詹晓龙点头，匆匆走出厨房，不一会儿，手托一个小红包进来。

"完璧归赵，外婆收好，以防万一。"

"没有万一，晓龙！它关系到妹妹的重生，你可知道？！"外婆目光严厉，像两把锋利的刀，詹晓龙垂下眼睑，诺诺着，"知道。"

外婆摇头叹气，两大串热泪从脸上滑落。詹晓龙见此情景，慌得手足无措，搂住外婆瘦弱的肩膀，轻声安慰："放心，外婆，一切都会顺利的。"

饭做好不久，外公下班了。他是个性格内向，沉默寡言的人，身量与詹晓龙相仿，70岁的人，走路健步如飞；满头银丝，寻不出一根黑发，走在路上自成一道风景。他大名詹向阳，曾是盐业公司一名司机，退休后，在外婆曾经的工作单位——市棉纺厂家属院谋到看大门的工作，至今仍旧在岗。他做事认真，又身材魁梧，年龄虽大，却身手矫捷，曾捉住盗窃者数次，因此，物业公司并无换他下岗的想法。当然，各物业公司看大门人员，因工资只有一千多元（前些年只有六七百元），年轻人不愿干，只能找年龄大些的人来做。他们都是三班四倒，晚上巡逻时身穿保安装、手拿电棍，看上去倒也威武。

今天接詹向阳班的同事老李因家中有事，要他替了几个小时，故此回来得比较晚。

一家人开始吃晚饭。詹向阳尝一口菜，拿过餐桌一边的高脚玻璃酒杯，望向厨房窗台。那儿，有一个空空的二锅头酒瓶。

"木兰，我的二锅头没了。"他说。

外婆恍然大悟般猛一拍前额："瞧我这记性，下午刚买的。晓龙，去客厅给你外公拿酒来。"

詹晓龙给外公斟满酒杯，詹向阳笑道："我这个爱好，多亏你们外婆支持。木兰，还是你懂我。"

詹晓龙兄妹微笑对视一眼，点头称是，外婆脸上顿时红光满面。外公平日话不多，每次换新酒，不管谁买的酒，都要说这句话，一字不变，自詹晓龙兄妹记事起，即是如此。

重生

外婆曾偷偷告诉詹晓龙兄妹,外公当年并不姓詹,而是姓吴,名舍儿。吴舍儿5岁时,父母暴病双亡,而他的祖父母,在唯一的儿子死后,伤心过度,半年后竟也双双离世。吴舍儿真正变成了舍儿,每天讨饭度日。一日傍晚,寒天大雪,又冷又饿的吴舍儿晕倒在詹家村前。那日恰3岁的外婆感冒,外婆父亲詹遇之请医归来,见到一团被雪覆盖的东西,上前细瞧,竟是个满脸脏污的小孩子,伸手到鼻下,尚有一丝气息,于是爱怜地把他抱回家。

回家后,詹遇之用雪搓热吴舍儿全身,给他喝下妻子熬的姜汤,不一会儿,吴舍儿便醒了。詹遇之的妻子给吴舍儿擦净脸,居然是个眉清目秀的孩子,喜之不尽。她40岁时生了外婆,此后一直未孕,于是认为吴舍儿是上天所赐,自此留他在家做养子,取名詹向阳。詹向阳和外婆长大后,在父母示意下完婚,两人成为了夫妻。对他们的婚姻,外婆很满足,虽然,他们的一子一女,如今都已不在身边……而外公这辈子最担心的事,是他和外婆因病倒下,令他们兄妹像外公小时一样,变得无依无靠。

生活中的外公沉默,但宽容大度,尤其对外婆。无论外婆做什么决定,他都支持。但外公越是如此,外婆反而常常要外公帮他拿主意。看表面是外婆主家,真实情形却是外公撑着。当然,外婆对外公也特别好,外公与朋友相聚,常喝酒无度,外婆规劝不听,只得每次默默备好蜂蜜水为他解酒。这种状况持续到外公50岁,就在那年,他居然因喝酒导致胃溃疡而住院。病好出院没几日,他好了伤疤忘了痛,又要喝酒,外婆把高脚酒杯和二锅头放到他面前,说:"喝吧。"外公看外婆脸色,并无一丝阴云,他微笑,对当时只有6岁的兄妹二人道:"我这个爱好,多亏你们外婆支持,木兰,还是你懂我。"

自此,每日一杯,绝不多喝。

"晓晴,今天身体感觉怎样?"詹向阳转移话题,目光停在詹晓晴脸上。

"很好啊。外公——我想去上班。"詹晓晴撒娇道。

"我同意,"詹向阳脸色越加和蔼,把皮球轻轻抛给老伴,"但你外婆恐怕不舍呢！"

静观事变的詹木兰，立刻哄小孩子般道："乖晓晴，听话，好好在家养着，等病好了再去。"

詹晓晴嘟起小嘴。詹晓龙瞥妹妹一眼："晓晴，明儿午饭后，我带你去公园走走。"

"好。"晓晴无可奈何地应声。

詹晓晴因就读中国医科大学的护理专业，而轻松找到了工作，成为妇幼保健院的一名护士。春末开始自觉虚弱乏力，且伴有低烧、齿龈、咽喉肿痛等症状，开始认为是感冒，吃了一些药，不见好转。后来在詹晓龙陪同下，到人民医院做全身检查，血液检查出现贫血、血红蛋白和血小板数减少，周围血象中见到大量异常原始白细胞。血细胞化学染色方法、骨髓穿刺确定为急性淋巴细胞白血病。

詹晓龙在医科大学时，业余自学考上研究生，毕业后不久，恰S市卫生局招考医师，他紧急备考，不想一举中的，经过培训，于去年冬天进入S市人民医院工作。初到医院，先在各科室学习，半年后定岗在普外科。妹妹初期生病，他并不在意，半月后，见她仍无好转迹象，仔细问过症状，才断然陪她做全身检查。检查结果不出所料，但他依然有些慌神。毕竟，生病者是自己的孪生妹妹。不过，孪生者骨髓配型符合率会比一般兄弟姊妹可能性要大，若是同卵孪生，配型成功、外周血干细胞移植后，发生排异的可能性将大大减少，身体恢复相对而言也快些。

詹晓晴确定病情后，立即住院治疗。詹晓龙和詹晓晴商量，将实情瞒住外公、外婆，只说詹晓晴是一般血液病，很快能治好。詹向阳夫妻相信了。

第二日午饭后，詹晓晴睡了，临床5岁的女孩也在父亲的轻拍中闭上了眼睛，病房门处的病人——四十几岁的中年女人刚刚躺下，她的女儿正帮她扯着被角。病房里静悄悄的，毫无睡意的詹木兰想透口气，于是走出病房，坐到外边会客桌前的椅子里。临床女孩的妈妈（一个怀孕8个多月的少妇）正在这儿低头接电话，只听她说道："是啊，是白血病，

第四章 应急资金

重生

都说女孩子生白血病的概率少，可豪豪却偏偏得了这病。谢谢你，表姐，你的钱是救命钱……"

说到这儿，豪豪的妈妈哽咽了。

"难道晓晴也是……"詹木兰不敢想下去，赶紧打住念头。可是这个想法却梗在心中，如同胃里消化不了的硬东西。

豪豪妈妈挂断电话，抬头看到詹木兰，红着眼睛点一点头，随后走向病房。她正要开门，门却自己打开，中年女人的丈夫和女儿出现在门口，见到她，他们立刻闪到一边，请豪豪妈妈先进门，然后才走出来。

詹木兰目光虽注视着他们，脑子却像鹰发现猎物，围绕"白血病"这三个字盘旋不已。

"爱佳，你若辍学，你妈会生气的。听话，今下午赶紧回学校，钱的事不用你管。"中年女人的丈夫低声说着，一边和女儿坐到詹木兰左边的会客桌前。

"爸——"爱佳的眼里饱含泪水，泫然欲滴，"我很担心妈妈……"

"母女连心，你妈也担心你，她怕你知道她得白血病而影响学习……所以，爱佳，你要装作不知道，每天给她发个短信或打个电话，她就会很高兴。辍学的事情，再不要说了，听到没？"中年男子讲完这番话，见女儿点头，又说道，"如果能配型成功，爱佳，爸砸锅卖铁也会为你妈做手术的。"

"我相信你，爸！"爱佳垂了头，眼泪如同断线珍珠，散落到会客桌上。

父女间的这番对话，全部落进詹木兰的耳中，她突然想求证——思想的鹰盘旋得太累，也该锁定猎物了。她轻轻走向这对父女，说："唉，咱们这个病房，都是白血病人，听说这病难治……"

父女二人听到声音，抬头望着詹木兰，父亲说："是啊，可这是没办法的事。谁也不愿生病，特别是这种病。咱们病房的豪豪，她父母与她配型都未成功，为救她，她妈又怀孕了。我妻子的两个哥哥、我以及女儿，都没有与她配型成功，现在只能求助骨髓库。你们都比我们强些，听你家女孩的孪生哥哥说，他们过段日子要去配型——我听医生讲过，孪生配型成功的几率比较大。"

"我不懂这个。"詹木兰艰难笑笑,脸色苍白地说。她得到了答案,心中说不出的惊骇。怕控制不住情绪,她对父女二人点一点头,然后走开了。

詹木兰并没埋怨詹晓龙兄妹。她知道,孩子们是怕她和老伴担心。而詹晓龙发现,外婆知道了实情,这不但省却许多麻烦,还有许多意想不到的好处。他这个平时撒谎脸红之人,不必再遮三掩四提心吊胆,也不必事先编谎言应对,最重要的,是他可以和外公、外婆商量给妹妹治病的计划了。比如将詹晓晴转到千佛山医院,他给妹妹做配型——老两口听说若配型成功,詹晓晴的病就能痊愈,立刻赞同。尽管配型失败,他和妹妹只有三个点吻合,但这怨不得谁,他归为自己与妹妹不是同卵孪生。再后来,詹晓龙想到父亲和弟弟,也可为詹晓晴做配型,便同詹木兰商量。詹木兰虽对詹晓龙父亲一腔愤恨——当年女儿詹雨儿若不是因为他,便不会含恨自杀……但为了宝贝外孙女,无奈之下,只得同意詹晓龙给父亲打电话。詹晓龙父亲接到电话,得知詹晓晴需要配型,很是吃惊,稍微沉吟后,他答应为女儿做配型。至于詹晓龙的弟弟,他没应承,只说同詹晓龙继母商量后给他电话。

父亲的电话一直没打来,詹晓龙再打过去问,父亲却说,他和詹晓龙弟弟都是肝炎患者,不宜给晓晴做配型。詹晓龙脸色铁青,咬紧牙关。他清楚这是父亲推托之词,心想这只是需要他配型而已,若以后手术用钱,还不知什么嘴脸呢。詹木兰似乎早猜到这结果,并不生气。她说:"晓龙,前几天你讲什么中华骨髓库,我们可以到那儿给晓晴配型。"

在中华骨髓库,想要配型成功,这也需要一笔不小的费用。詹晓晴的住院,不但将一家人微薄的积蓄花光,妇幼保健院捐的两万元钱也即将用完。詹晓晴病情逐渐稳定,詹晓龙与外公和外婆商量:把妹妹接回市人民医院继续治疗,这样,离家近,生活方面可以省一部分开销。

从没愁过钱的詹晓龙,为妹妹的巨额治疗费用犯愁了。自高中开始,有个匿名好心人曾暗中资助他们兄妹,一直到他们大学毕业,因此,两人上大学,虽花钱不少,但只回家取些生活费,并未给家里造成债务负担。而现在则完全不同，妹妹若配型成功，几十万的移植费用，是他们一家做任何努力都无法得到的。外婆尚不知手术费用，真要知道了，恐怕也会愁得个昏天黑地。

回到 S 市，詹晓晴在医院治疗一段时间后，回家疗养。詹木兰借到两万块钱为詹晓晴做配型用。自退休后一直照顾家的她，开始每天早起去蔬菜批发市场，捡拾人家挤压变形扔掉的蔬菜，载回来，收拾一番，每天在路口处，贱价处理。家里蔬菜，自此很少买，除非是晓晴点名吃的，蔬菜市场难得捡到的。外婆每日的辛苦，詹晓晴看在眼里，急在心上，因此常说要去上班，但依她的身体状况，全家人谁都不会同意。

当然，詹木兰每日卖菜所得的三五十元，并不能减轻手术费用的压力，但她并不急，詹晓晴出院后，她和全家商议，要动用祖先留下的那张图。但祖先有规定：其一，此图不到家中万不得已，不能启用；其二，此图只准一人观看，若看图之人已殁，则交由下一人；其三，看图之人必须是詹家血亲。

詹木兰听父亲詹遇之讲，这张图是清朝一位祖先传下的，到她这一代，已是第七代。据传说，这位祖先的父亲名为詹祖颜，曾祖的祖父是朝中大官，显赫一时，至詹祖颜这代，逐渐没落，家徒四壁，卖字为生，26 岁，尚未娶妻生子。家中仅有一件宋代《金刚经》值些钱，不想被一个好古物的知县得知，巧取豪夺掠去了。他母亲在此事中受到惊吓，不几日就身亡了。他父亲身染重病，无钱医治，气愤郁闷的他，真想一死了之。

父亲看出詹祖颜异常，对他悄悄说夜间须如此如此，他家境况自会改观。夜半，詹祖颜去至离家二里的家坟，到曾祖坟前松树下，挖出直径约两手掌大小的一个瓷坛，又悄悄将土掩好，将要走时，突然听到不远处女子呻吟之声，以为遇见"女鬼"，吓得缩成一团在树下颤动不已。但那声音并不近前，他壮壮胆子，抱着瓷坛走向声音处。家坟不远有处乱坟，他走过去，借着微弱的星光一瞧，一副棺材板上放着一个长长的黑东西，声音正是从里面传出的。他浑身哆嗦，牙齿打战问："你……是人……是鬼？"

声音突然消失了。詹祖颜干脆一不做二不休，弄清楚这长东西是什么再说。夜黑风高，天上的星星幸灾乐祸地望着他。他将牙一咬，一手抱瓷坛，一手向那黑乎乎的长东西摸去。正是深秋，寒意阵阵，手触的东西冰凉、硬滑、有许多纹理，他猜是张包死人的席片。那东西扭动一下，吓得他差点把瓷坛掉落。

"你……是活人……还是……死人？"詹祖颜提起胆子再问。里面依然没有声音。对峙半晌，他放下瓷坛，摸到绑住席片的两根细绳，用力一拽，席片"噗"地打开，里面躺着一个直挺挺的人。他再次摸去，却没受到任何阻拦，只摸到一团柔软若水的东西。那直挺的东西陡然发出一声凄厉的女人声音："啊——别碰我！"

他后退一步，吓得差点跌倒。然后结巴道："我……我……不是……坏人。"女人声音再次响起："好大哥，求你帮我松开手脚。"

确定是人后，詹祖颜放松了。给女人解开缚住手脚的绳子，那女人站起，"噗"一声跪到他面前。

原来，女子芳名尹娴玉，是当地尹富商小妾公孙氏之女，在正室齐氏操纵下，许配给齐氏内侄。昨天是她大婚之日，上轿前，无意听到齐氏两个丫头的私语，才知所嫁之人小时骑马跌伤，成了傻子。她只晓得齐家是大户，却不知如此内情，想起母亲当初拼命反对此婚事，后来郁郁得病而终，她恍然大悟。此刻已不容她选择，况人多杂乱，即使要死，也不能达成心愿。吉时已到，她被人扶进花轿，心内想的却是如何报复齐氏，雪此婚姻之仇。尹、齐两家相距不远，走路只需二十分钟，尹娴玉迅速做出决定，以死做抵抗。她解下红腰带吊在轿顶，伸出雪白的玉颈……醒来时却发现身体被绑，动弹不得。四处黑暗一片，被缚的手脚疼痛，忍不住呻吟，却听到男人之声，以为是歹徒，吓得不敢出声。没想到被解救，而这里，居然是乱坟岗。

詹祖颜听女子讲是尹富商之女，忙扶她起来："你今天既然活转，等天亮我送你回府。"

尹娴玉哭道："既被恩公相救，就请恩公带走小女子，今世做牛做马，报答恩公救命之恩。小女母亲亡故，府内已无牵挂之人，齐氏彪悍，常欺辱小女,父亲也无可奈何。因此回府之事,请不要再提起。"

詹祖颜道:"我家贫窘,怕小姐不能过惯。"

"只要有口饭吃,粗茶淡饭,小女子亦是感激不尽。奴家虽为富商之女,却也学得一手刺绣活,到恩人家绣些物件,恩人拿去卖掉,也可贴补家用。"尹娴玉婉婉道。

詹祖颜还礼不迭,见其心志已决,便找到瓷坛,与尹娴玉一起回家。詹父听完詹祖颜当晚经历,欣喜不已,病竟去了大半。父子俩灯下细瞧一身新娘装扮的尹娴玉:面似芙蓉细眉如柳,眸含春水清波流盼,肩若削成腰若束素,肌若凝脂气若幽兰。两人疑是仙女下凡,竟看得呆了。尹娴玉见詹祖颜虽旧衣寒服,却丰神俊美,风流倜傥,不免含羞低了头。詹父见其形态,心内暗暗高兴。便喊儿子打开褐色瓷坛,里面竟是十块金元宝。他吩咐儿子一早先去镇上,将金锞子兑换成散银,顺便打探一下尹家嫁女的事。

早起,詹祖颜拿一块金元宝去银铺兑换,听里面人正谈昨日尹府嫁女之事:尹小姐轿中自缢身亡,尹家陪嫁丫头轿外喊小姐,轿内不应,揭轿帘才知小姐自缢。幸而未到齐家,迅速返回,悄悄将一丫鬟代嫁出去。尹小姐被扔入乱坟岗。

詹祖颜知确有其事,喜滋滋跑回家,将所闻告诉父亲和尹娴玉。詹父大喜,挑个好日子,悄无声息地给儿子和尹娴玉完了婚。又置了几亩良田,一家三口过起了新生活。后来,尹娴玉生了六个子女,中了探花的大儿子从父亲故事中得到启示,制作出秘密图纸,代代相传,以备万一急时之用。这位探花并未告诉后代图中有何东西,因此,詹向阳一家并不清楚,詹晓龙会按图索骥到什么,但既然祖先说过万一急时之用,相信一定会是金锞子之类的东西,恰可以应詹晓晴手术费用之急。

第五章　英雄救美

　　第二天午后，开屏公园内走进一对年轻人，男孩高大挺拔，一身黑色运动装，更显出其健壮的身姿；女孩玫红连衣裙，窈窕身材一览无遗。男孩手举一把花伞，两人在公园湖边慢步走着。

　　此刻的公园，恬静幽寂，少见人影。灿烂的阳光下，风吹湖面，碧波粼粼，犹如宝石的绚丽光芒，耀人眼眸。湖边有处坡岭，男孩提议到坡岭中间的小路上去，那儿高林密布，十分凉爽，偶有秋蝉的鸣叫，白日练声的京剧爱好者，打破了午后的这片静谧。女孩同意了。男孩收起花伞，两人从近旁一条石子小路左拐，爬到一米左右的坡顶。坡顶小路起伏不平，男孩见女孩有些气喘，关心道："晓晴，前面有张连椅，休息会儿吧。"

　　"好。"女孩微笑赞成，张开双臂做个拥抱蓝天的姿势道，"哥，好久没到公园了，心情真好。"

　　原来，这对年轻人是詹晓龙兄妹。

　　"只要你想来，哥随时奉陪。"詹晓龙对着一棵松树摩拳擦掌，做拳击状。

　　"有个哥哥真好！"詹晓晴衷心感叹着，在连椅上坐下，神色幽然道，"唉，只是我的福气，不知道还有多久？"

　　不等詹晓龙接话，又说："哥——若我不在了，你要替我多孝敬外公和外婆。"

　　此话一出，詹晓晴低了头，一串泪珠，闪着晶莹的光落到玫红连衣裙上。瞬间，泪水滴落的地方颜色变深，成为玫色里一块深深的心事。

詹晓龙停下动作，递给妹妹一方纸帕："晓晴，这个你别指望哥哥，各人孝敬各人的，我代替不了你。劝你这话别对外公外婆讲，若他们听了，只会伤心。"

"还有，晓晴，虽然哥哥未能和你配型成功，但我们不正在中华骨髓库寻找配型吗？中华骨髓库的配型成功率很高。晓晴，别灰心，相信自己，一定能好。"

詹晓晴不语，她双手蒙了脸，肩头不断耸动着。詹晓龙正要坐下安慰妹妹，不远处传来一个女孩尖利的声音："强子，你干什么？！"接着，听到一个男子低沉吃痛地"啊"了一声。

急促的高跟鞋声传来。前面树影里出现了一个红衣女孩，气喘吁吁地向这边跑来。在她身后，一个身着绿色半袖T恤的彪汉，边追边喊："飞英，等等我，咱们有话好好说——"

詹晓龙最爱打抱不平，顾不得安慰妹妹，向前一跃，转眼已来到被称作飞英的女孩身边。詹晓晴听到对话声，也张开泪眼向脚步声处望去。

此刻，彪汉紧追过来，他伸长了手臂，指尖已触到飞英的衣衫，詹晓龙一掌推去，彪汉的手臂立刻不由自主转了方向，而飞英已被詹晓龙掩到身后。彪汉又急又气，瞪着两只血红的眼睛道："什么人？敢拦你爷爷？"

说着，右拳直捣詹晓龙面门。詹晓龙身形轻闪，以迅雷不及掩耳之势，把彪汉右拳的力化解了，一把拧到背后，又趁彪汉疼得龇牙咧嘴之际，把他的左手也拧成了麻花。

"放开！你什么人？敢在太岁爷爷头上动土？"彪汉被擒，双目通红，却不服输，厉声恐吓着，"小子，活得不耐烦了？快点放开，老子饶你一命！"

詹晓龙毫无惧色，微微一笑："任你是谁，大白天撒野，遇上我就甭想溜！说句软话，本爷爷就放了你，哼！"

"呸！你算哪个林子里的野鸟，也配本爷爷求饶！要杀要剐，随你便就是！"彪汉一脸不屑。

詹晓龙微笑，双手用力下压，彪汉"哎哟"一声痛弯了腰，差点跪到地上。

"晓晴，马上拨打110，就说在公园捉住一个……"詹晓龙瞥一眼低着头的飞英，脑中如风车般快速旋转着，如何才能既要让彪汉害怕，又免了女孩的尴尬呢？他微皱眉头思索几秒，一丝不易觉察的笑意浮上嘴角，"抢劫犯！"

"大哥，求你，别打电话！我以后再也不敢了，真的，我以后再也不敢了！"彪汉听到"抢劫犯"三字，猛然惊醒般低头求饶认错，"我错了。我不该喝酒，不该一时冲动，饶了我吧！"

"饶你？"詹晓龙道，"等110来，让他们饶你吧。"

"饶了他吧！"飞英突然道，"他确实喝了酒。"

"哥——"詹晓晴拿不定主意，以目光问询，打还是不打电话。

"你确定？"詹晓龙转头问飞英，只见她低着头，长卷发遮住脸颊，似乎怕人认出她。轻轻点头，她"嗯"了一声。

詹晓龙对妹妹摇头，松开了彪汉。彪汉一心只在红衣女孩身上，他甩着两只胳膊，走到她面前，道："飞英，谢谢你！今天我喝多了酒，做出这样的事，请你原谅。可我是真心喜欢——"

飞英转身以背相对："你走，我再也不想见到你！"

"我送你回家。"彪汉固执说着，声音变得温柔起来，"我，我保证，再不做这混账事，好不好，飞英？要不，你打我，泄泄气？"

"我们从此是陌路。再见！"飞英语气冰冷僵硬。彪汉无奈转身离开。飞英低首对詹晓龙道："谢谢你！"说完这话，她双手捂脸，委屈地啜泣起来。

詹晓晴走近飞英，手扶着她的肩膀，轻轻道："你家住哪儿？我让哥哥送你回家。"

飞英摇头又点头。詹晓龙看一眼手机上的时间：1点。医院下午1点30分上班，他平时都是1点15分出门，10分钟后到医院。他脑中飞速旋转，骑着电动车的他，该怎样将她们两个送回家中，而又不耽误上班。情急生智，他想起外婆——不如让外婆接回妹妹，他给这女孩子打车，自己直接回医院。这样，无论怎样，自己也不会晚点。

第五章 英雄救美

重生

　　想到就做，他给外婆打电话，外婆说一会儿到。
　　此刻，詹晓晴已扶着飞英同坐到连椅上。詹晓龙上前，正要对妹妹说自己的打算，一直垂着头的飞英，擦干了眼泪，把挡在脸前的长发分开，抬起头来。
　　这是一张白皙的瓜子脸，尖尖下巴，眼睛清亮，黑长的睫毛上还沾着泪水，小嘴不染自红，一头蓬松的长卷发，衬得她像个清纯的布娃娃。
　　詹晓龙望着这张精致清秀的脸，呆住了。飞英见他如此，以为身上哪儿不对劲，低头一瞧，本就低领的韩版红色半袖，扣子开了一个，不由得脸红到耳根，低头，任长发遮住脸，悄悄将扣子系好。
　　詹晓晴见哥哥发痴，轻咳了一声，詹晓龙立刻意识到自己失态了。他的目光转向妹妹：尖下巴，一模一样的眉眼，不点自红的樱桃小嘴，她们二人的唯一区别，仅在头发。
　　詹晓龙怀疑自己身处梦境，悄咬一下舌尖，一阵钻心疼痛传来，他这才相信，眼前的一切都是现实。
　　詹晓晴用奇怪的目光研究着哥哥，不知哥哥在想什么。这时，她的手机响了，原来是外婆，她马上到公园，问她在哪儿？詹晓晴说在北门碰头，挂断了电话，手拍着飞英的肩膀说"我哥送你"，然后，起身就走。
　　飞英再次抬头，黑亮的眼睛里布满真诚："谢谢你！不用你哥送，我自己回去。"
　　詹晓晴见对方是个与自己年龄差不多的女孩，心生好感，笑道："没事的，你家在哪儿？"
　　飞英说在市中心。詹晓晴略带笑意的目光停在哥哥脸上："哥，任务交给你了，你正好顺路。"然后，她又揽住飞英胳膊，亲热地一起走。詹晓龙看看手机上的时间，焦急地跟在身后。北门就在眼前，门外一个高个儿老太太正给老人乐上锁，一眼瞧见他们，立刻停下动作向他们招手："晓龙，快点上班去，别迟到！晓晴，我在这儿。"
　　兄妹俩同时答应了一声。
　　詹晓晴突然问飞英："你上不上班？不上班的话，可以来我家玩。"

飞英犹豫着："改天吧，我要去店里。"

詹晓晴点头，然后摆手道别，目送飞英和哥哥去得远了，才到外婆身边。詹木兰笑眯眯问她："晓晴，那女孩子是谁？个头、身段跟你一样呢，只是没看清模样。"

詹晓晴明白，外婆一定把飞英误会成哥哥的女朋友了，赶紧解释道："今中午刚认识的，只知道她叫飞英，别的一概不清楚。咱们慢慢走着，我把认识她的经过告诉你。"

詹晓龙快步如飞在前，飞英小跑跟在后，两人很快来到东门。詹晓龙有些内向，不太会同女孩子打交道，除去在大学暗恋过一个女孩之外，并无任何恋爱经历。上班后，医院的同事，倒是常给他介绍对象，但也没个看对眼的。詹晓晴病后，他拒绝再去相亲，只说等妹妹病好后再说。

飞英一直没正眼瞧过詹晓龙，后来两人出公园，她亦没见过詹晓龙正面。在她到达东门时，詹晓龙已手脚麻利地骑上电动车，只等她坐上来了。

飞英侧坐到电动车上，见詹晓龙沉默不语，便问他在哪儿上班，名字，今年多大之类的话，又问他电话、QQ号码，詹晓龙一一作答。飞英自我介绍，姓滕，今年26岁，市中心圆满小区居住，在步行街经营一家花店，并要詹晓龙从市中心直走，送她到花店。

詹晓龙依言，在一家名为"缤纷飞英"的花店前停下，回首一笑，喊声"再见"，电动车便迅速没入车流，眨眼不见踪影。

滕飞英待在原地，一脸吃惊表情，望着詹晓龙远去的背影出神。一个娇小的短发女孩从花店走出，调皮笑道："飞英姐，你的魂儿呢？"

滕飞英听到声音，回首却不解其意。

女孩眯起一只眼睛，故作恍然大悟状："哦，原来飞英姐的魂儿是被帅哥勾跑了！"

"玫瑰，你瞎编什么？看我不撕烂了你的嘴。"滕飞英笑着追进花店，即将要捉住玫瑰时，她的手机振动起来："美女，来电话了！美女，来电话了。"

"哥,干吗?我昨晚说过的,中午不回去吃饭,爸爸也知道。不接你电话?我想接,但是别人不准。不信算了,我又没要你非相信不可!"滕飞英气呼呼地挂了手机,噘嘴自言自语:"什么事都要管,就不听你的,哼!"

但是,手机却再次颤动,滕飞英瞥了一眼,刚要挂断,突然想起一件事,眼前一亮,摁上接听键:"哥,今天,我见到你的影子了。"

在医院门诊,相对而言,下午一般比较清闲。詹晓龙跑进普外科时,墙上的石英钟显示13:28。坐诊董医生已到,詹晓龙轻舒口气,对他点头示意,并迅速换上白大褂。奔四的董医生,追求时尚,发型设计得极有特色,头顶发仅有寸许,两鬓及后脑勺处,则剃得发青。白胖大脸,肚子圆滚,乍望之下,就像一个球。他的话不多,除去与病号交流之外,几乎不多说一句。下午有五个病号,是上午遗留,一小时后,普外科清静下来。詹晓龙清楚,剩余的几个小时,只偶尔会有病号,大部分时间会像现在一样,清闲自在。董医生出去了。詹晓龙伸个懒腰,站起身来。

医院门诊楼所有的办公桌,都是临窗设置,站在窗边,门诊楼前的一切尽收眼底。

一辆黑色宝马驶进院内,车里走出的年轻人,令人眼前一亮:一袭黑装,衬出高大伟岸的身姿;半袖上衣柔软贴身,胸肌隐现,显得性感健壮;直筒裤子,潇洒挺拔,给人洒脱不羁之感;头顶一圈棕色卷发蓬松浓密,在阳光下闪着淡淡的光芒。向楼上张望一眼,他抿紧嘴唇,大步走进门诊楼。

门轻响了一下,詹晓龙以为是董医生回来,并未在意。身边突然响起手指敲击桌面的声音,詹晓龙回转头,面前站着的竟是宝马车上的男孩。他面色冷傲,鼻梁高挺,深邃的眼眸定睛望着他。

"稍等,医生马上回来。"詹晓龙点头伸手,请男孩在办公桌边方凳上坐。

男孩坐下,望着他的胸卡道:"我不看病。我找你——詹晓龙。"

詹晓龙一脸迷惑。男孩嘴角微动,微笑道:"我妹妹,她说中午和你在一起。"

"你妹妹？"詹晓龙更加迷惑，"她叫什么名字？"

"滕飞英。"

詹晓龙恍然大悟，原来是她。

"是，中午恰巧遇见，其实，不管是谁，遇见这事，也要打抱不平的。"詹晓龙误以为是滕飞英让哥哥来道谢，便谦虚道。

这次，轮到滕飞英的哥哥莫名其妙了。

"什么？"他眯起晶亮大眼，蹙眉问，"什么打抱不平？"

詹晓龙见滕飞英哥哥居然不知道这些，有点讶异，随即想，可能女孩子不好意思对家人说起这事——可，她跟哥哥说什么了？不会栽赃自己吧？他惊出一身冷汗。

滕飞英哥哥见詹晓龙不答，目光凌厉逼视着他："你要喜欢飞英，就正大光明，不必偷偷摸摸。我爸和我，都是直爽的人，不喜欢家人搞地下工作。"

这算演的哪一出？詹晓龙决定先解释清楚，免得被误会，搞得焦头烂额。他把中午的奇遇详说了一遍，最后，对滕飞英哥哥道："今天之前，我并不认识你妹妹，怎么可能喜欢她？我的话并无虚言，你如果怀疑，可以打电话给我外婆和妹妹证实。"

他拿出一张纸，刷刷写上两个电话号码。

滕飞英哥哥脸色青紫，两只大手掌对握，攥得关节"咯咯"响。他猛地站起来，咬牙切齿问："欺负我妹妹的人，你认识不？"

詹晓龙摇头，把写有电话号码的纸片递给滕飞虎："你妹妹一定认识，问她就是了。哦，这是我家人的电话。"

"这丫头，中午的事情都在隐瞒，怎会告诉我这些？唉，自我妈前年车祸去世，她就像变了个人，现在，我和我爸谁都管不了她。"滕飞虎并没接纸片，"我相信你——她说和你在拍拖，中午相约吃饭，还要我别管你们的事。我信不过，她就告诉我你的工作地址和电话，我以为她瞎编造，没想到真有其人。"

詹晓龙无法相信，中午所载开朗的女孩子，在家里居然如此桀骜不驯。她清纯的洋娃娃模样，至今清晰地印在脑中，当然，这与她同自己的妹妹极其相似有关。

一阵笑语声，门突然开了。董医生在前，脸上笑意未尽；后面，跟进一个年轻的细高个儿实习女医生。见到他们两个，董医生和实习女医生都显露出吃惊的神情。董医生反应快，脱口而出道："小詹，这是你哥哥还是弟弟？"

"詹晓龙，你不会是三胞胎吧？你们两个，简直就是一个模子里刻出来的。"实习女医生瞪圆乌黑的小眼，眼珠几乎要突出来，大惊小怪地喊着。

滕飞英的哥哥站起来，目光逐一滑过室内的人，他的惊讶不亚于这两位推门而入者。

"他是我朋友的哥哥。董医生、张青，不要夸张。"只有詹晓龙最冷静，他伸出双手，似乎要压住他们的惊讶，然后走至滕飞英的哥哥身边，右手在两人头顶平行量着，慢条斯理道："我们两个的个头，应该差不多。"

"哎哟——"张青装作再次失惊，嘴唇张成"O"形，高颧骨显得更高，"信不过我们两个？我找几个人来验证，大家的眼睛可是雪亮的。"

詹晓龙相信张青说到做到，吓得赶紧摆手。这是什么地方，大张旗鼓地做与工作无关的事，影响多不好！这个张青，性格外向张扬，到哪儿都喜欢成为焦点人物，再加上泼辣异常，是个天不怕地不怕的人物。詹晓龙不喜欢这样的人，平日尽量避免跟她接触。但她却常在下午清闲时，到普外科串门，带点吃的小东西——水果、零食之类，偷塞给他和董医生。董医生很喜欢她，说娶妻就要娶这样的，保证持家有方，里外一把手。后来董医生有次闲谈，说起张青没对象，要给詹晓龙做媒，詹晓龙以自己正谈着一个为由，婉言谢绝了。但张青对此事似乎并不在意，依然常来常往。詹晓晴在人民医院住院期间，她常去看望问候，嘘寒问暖。陪床的外婆得知是詹晓龙同事，十分感动。又见她模样虽长得一般，小嘴却甜得如同抹了蜜，便不止一次在詹晓龙耳边说起"张青这女孩不错"的话。但这并未改变詹晓龙对张青的印象。詹晓晴转至千佛山医院后，詹晓龙为给妹妹做配型，请了几天假，张青不断电话问询进展状况。配型结果出来那日，心情万分低落的他，不胜其电话打扰，直截了当道："你既然这么想知道，我就告诉你，我们配型没成功。不过，我们一家都没放弃希望——为妹妹寻找配型为她手术，直到她健康。这需要三十万或者更多钱，并且意味着家徒四壁的我们，将不惜一切借钱、贷款，然后为还债清贫度日。"

詹晓龙曾听董医生谈起过，张青家在邻县农村，家境贫寒，为供她和哥哥上大学，家里借过债。他的这番话起到了作用。自此，张青决不再为与工作无关的事，打电话给他。虽然，她还是会来他们科室串门，但对他冷淡多了。

"相信你！相信你！"詹晓龙息事宁人地伸出两手，"这总成了吧？"

张青笑着点头，眼睛含羞带电，不时瞥向滕飞英的哥哥："这位帅哥，你是哪儿人？在哪儿工作？叫什么名字？和詹晓龙什么关系？"

滕飞英的哥哥愣了一下，对董医生和詹晓龙笑道："怎么，她是便衣户籍警，专查户口的？"

"你可真幽默哟！"张青飞一个白眼道，"不是帅哥，我还不查呢。"

"滕飞虎。这是我的名片。"滕飞虎分别递给他们一张名片，"如果房子需要设计装修，尽管来找我。"

"腾飞设计装修有限公司经理。"张青轻轻读出滕飞虎的职务，喜笑颜开，"不仅帅，还年轻有为呢。"

董医生随声附和。

福山路上的情景在詹晓龙脑中悄然浮出，所有的疑惑，在温暖的阳光下，如同冬日身体里的寒气，被烘烤得一干二净。他默然而笑，问道："飞虎，滕冲是你爸爸？"

第五章 英雄救美

第六章　相遇是缘

滕飞虎不可思议地望着詹晓龙："你认识我爸爸？"

"说来话长。"詹晓龙正要讲认识滕冲的经过，却不料进来一个农村中年女人，手拿病历望着他们。他打住话头，对滕飞虎道："有空再说。"立即招呼病号坐下。董医生已悄然入座，开始问询病人。张青趁他们招呼病号之时，眼色示意滕飞虎一起离去。滕飞虎欲言又止，遇上詹晓龙扫来的目光，点头，摆手，跟在张青身后去了。

下班前，詹晓龙收到一条短信："你好！我是滕飞虎，下午未能畅所欲言，晚上想请你吃个便饭，不知可否赏脸？"

"好！"

"6点'缘分天空'见。"

"缘分天空"是一家布置别致的酒店，一楼是散座，白墙壁贴悬着绿色的垂藤植物，每个咖啡色的桌上，都有一支玫瑰，插在白瓷仕女图的细长花瓶中。进门即会听到轻柔的音乐如水般在室内流动。

二楼是大小不一的包间。滕飞虎预订了一个三人雅间。他早到了几分钟，在酒店门外等着，直到詹晓龙来到。

两人都是酷酷的黑衣，一路走上去，见到他们的人，都侧目而视。滕飞虎悄悄道："看来，我们是真的相像。我带了一面圆镜，到包间仔细瞧瞧。"

二楼包间居然是玻璃天窗，可以望见淡蓝的天空。两面壁上，莲花状造型奇特的壁灯下，是几幅形态各异的荷叶图，红色金鱼动感十足，悠游其间，让人顿生水中就餐的美妙感觉。

滕飞虎坐下，打开随身背包，拿出一面铜圆镜。铜镜足有脸盆大小，古色古香，上面带有菱形花纹。詹晓龙忍不住笑了："洗手间有镜子，何必带这么个古物？"

"仿制的，不值多少钱。"他也笑道，"在洗手间让人遇上，会不好意思。就我们两个多自在。"

两人的脸凑到一处，向镜里望去。镜里呈现出两张帅气的面孔：同样的四方脸，剑眉和黑亮大眼形状如同翻版；鼻子高挺，唇形一致，线条坚毅刚劲。区别仅在于发型：一个头发寸许，显得精明干练；一个前额一点短碎发，头顶一圈蓬松棕色发，好似柔软的鸟窝，时尚前卫。

看完镜里人影，两人对视，无声而笑。

"飞英说你像我的影子。"滕飞虎把铜镜装回包中，道，"所以我才要去找你。不过呢，我主要目的是想看她交的朋友。意料之外，你居然认识我爸爸，看来我们缘分不浅。"

詹晓龙笑了。缘分这东西，确实存在，不由人不相信。特别是这几日的遭遇，让他感慨万千。他把认识滕冲的经过，详细地讲给了滕飞虎听。滕飞虎说自己上午刚从青岛出差归来，滕冲却到子公司去了，至今未回，因此父子还没谋面。两人正谈得火热，一个女孩清脆甜美的声音飘了进来："我没来晚吧？"随即，门被推开，滕飞英笑着走了进来。只见她肌肤似雪，卷发随意散在肩头，外穿大红丝绸小坎肩，里面是白色半袖T恤和黑色至脚踝的长裙，袅袅婷婷，犹如从画中走出的美丽天使。

詹晓龙定睛望着她，道："没有，菜还没上呢。"

"怎么这么看着我？哪儿不对劲？"滕飞英疑惑地问着，目光转向滕飞虎。

"你，有点，有点像我妹妹。"詹晓龙说着，脸色微红，似乎在说谎。

"我怎么可能像你妹妹？！我是天下无双独一无二人见人爱花见花开的滕飞英！看清楚了，怎么可能？"滕飞英横睨一眼詹晓龙，一屁股坐到滕飞虎身边，扭头对滕飞虎道："是不是，哥哥？"

"自我感觉良好——"滕飞虎撇嘴摇头。

重生

滕飞英狠狠白了哥哥一眼,又换上一副笑颜对詹晓龙说道:"你妹妹人不错,很温柔。把她接来一起玩,岂不更热闹?"不等詹晓龙回答,她转头对滕飞虎道:"哥,你去接,好不好?"

滕飞虎脸上浮起好奇的笑容,问询的目光转向詹晓龙。

詹晓龙赶紧道:"我妹妹不能出来,她,她有病。"

滕飞英莫名其妙地望着他,目光流露出明显的怀疑痕迹。滕飞虎则有些好奇,等待着他的解释。

"她是白血病。"詹晓龙艰难地咽口唾沫,"因怕感染,人多的地方她不能去。"

此言一出,滕飞虎兄妹唏嘘不已,说改日一定去看望她。

菜很快上齐,三个年轻人,同举杯共庆相识。因年龄相当,话也投机,不知不觉中,他们聊到了9点。詹木兰给詹晓龙打来电话,要他早回,三人这才散了。

詹晓龙回家路上,突发奇想——若滕飞虎能帮忙,取出洞中东西的阻碍将会大大减少。他停电动车到人行路上,给滕飞虎发出一条短信:"飞虎,有一件事,万分需要你帮忙。酒桌上未曾讲,是因飞英在,此事只可你我二人知,天知地知,不可再让别人知道。你若同意,我便讲是何事。"

"何事?只要能帮,我一定会帮。绝对保密。"滕飞虎车刚进入圆满小区,看完短信,立即回复。

"我妹妹治病需要一味药,这味药就在福山南崖洞穴,我单枪匹马去过一次,不但没找到,且发现陌生人跟踪。希望你能陪我再去一次。此事关系到我妹妹的生命,读完短信,请删掉,切记。"

一个人肯把最重要的事托付给另一个人,两人的关系一定非同一般。滕飞虎和詹晓龙只有两面之缘就受此重托,滕飞虎立刻把詹晓龙划归好友之列,并保证随叫随到。

詹晓龙心内一块石头落了地。不过,回家路上他又开始筹算,此次去南崖山洞如何才能不被跟踪。

次日晚上，两个年轻人站在詹向阳家门外轻敲了几下。詹木兰听到声音前去开门，见是一对金童玉女，不由万分惊讶地喊道："哎呀，我的天！你们，你们，找谁？"

詹晓晴坐在客厅沙发上，正边看电视边刺十字绣。外婆突然增大的声音，把她的目光吸引到了门口。

"飞英！"詹晓晴亲热地喊着，放下手中活计迎了上来。

"晓晴！"滕飞英张开双臂，两个女孩子抱在一起。

书房电脑前的詹晓龙听到动静，也走了出来。意料之外见到滕飞虎兄妹，他立刻笑道："贵客临门，快请坐！"

詹木兰站在门边，望望一对如花女孩，瞅瞅两个魁梧帅哥，有点摸不着头脑。

"外婆，我来介绍，"詹晓龙上前揽住外婆肩膀，指着滕飞虎兄妹道，"帅哥是飞虎，靓妹是飞英，他们这对孪生兄妹是滕冲叔叔的孩子。"

詹木兰笑着点头，等詹晓龙介绍完，她故作神秘地说："孩子们，跟我来，我要给你们一个惊喜。"

客厅向里走，是洗手间，墙上镶嵌着一面镜子。她站在洗手间里招手道："晓晴，你和那个妹妹先过来。"

詹晓晴不解其故，滕飞英也疑惑着，两人走到镜子前面。后面的滕飞虎看到镜子，立刻猜到是怎么回事。他进门瞥见詹晓晴，也是内心一惊。幸而昨日詹晓龙有言在先，不然，他也极可能会像外婆，喊出"我的天"来。詹晓龙是最早发现他们两对孪生相像的人，因此并不惊讶，扭头遇上滕飞虎了然的目光，不由得会心一笑。

镜子前的滕飞英"啊哟"了一声，遇见鬼般大惊失色道："哥哥，我怎么像她的影子？"

"她也像你的影子。"滕飞虎打趣道。

詹晓晴默默望着镜中人，感觉万分意外，她瞧惯的黑亮丹凤眼，柳叶眉，小巧直挺的鼻子，樱桃嘴，还有圆圆的脸，尖尖的下巴，居然还有翻版。而在她身后的哥哥,也有个一模一样的翻版。她怀疑所有人都有相似的另外一个,但外婆却孤单地站着,证明并非如此。头顶的圆形灯,将洗手间照得如同白昼,镜里的所有人,因灯光的照耀,脸上蒙着一层白膜。她呆呆地站着,打了一个寒噤。

詹晓龙注意到妹妹脸色苍白,怕她受刺激,身体承受不住,把手轻按她肩头,低声道:"别乱想。我们是有缘的两对孪生兄妹。"

詹晓龙大手的温暖以及他如春雨般的话,化解了她的惊惧。回首,她的脸上,绽开了一抹淡淡的微笑。

"回眸一笑百媚生",詹晓晴这一笑,看呆了一个人,此人正是滕飞虎。詹晓晴的笑,单纯、无邪、温柔而纯净,即使如飞英的面庞,却也与活泼调皮的飞英有着迥然之别。

詹木兰见镜前两朵花验证完毕,对帅哥们喊道:"晓龙,来,换你们两个。"

詹晓龙和妹妹互换位置,滕飞英见哥哥发呆,调皮一笑,趴到他耳边悄声道:"怎么,哥,你这铁心男,也有动心的时候?!"

滕飞虎猛然惊醒,小声呵斥:"别胡说。"

滕飞英做个鬼脸,把他推到镜前。

詹木兰庄重地说:"26年前同一天出生,26年后居然重逢,所谓巧合,其实是上天的眷顾。你们两对兄妹,可要好好珍惜来之不易的缘分。"

同年同月同日生这件事,除詹晓龙与外婆知道之外,其余三人一概不知。詹晓龙把此事的来龙去脉一讲,滕飞虎兄妹和詹晓晴彼此瞅着,都有点激动。

滕飞英嚷道:"咱们应该庆祝一下。K歌去吧?"

詹晓龙提议:"不如就在家里,喜欢唱的清唱几首,外婆和晓晴也可以参加。"

"这主意不错,我赞成!"滕飞虎举起手来。

"外公没福气,今晚上四点班,不然,也可以一展歌喉。"詹晓晴边举手赞成,边对外婆说。

詹木兰微笑:"我代表你外公了!"

"好,既然大家都同意,就办得热闹点。主持我来当。"滕飞英性格活泼大方,喜欢唱歌跳舞,而且写得一手漂亮的毛笔字。大学时,她是班里的文艺活跃分子,她怕詹晓晴跟她抢主持位子,立刻毛遂自荐。

大家都说好。詹木兰洗了些水果,拿出一些零食,詹晓龙则搬出外公的一套茶艺瓷具,泡上碧螺春。

滕飞英等大家都落座,清清嗓子,以手做话筒道:"今天,为詹晓龙、詹晓晴和滕飞虎、滕飞英两对孪生兄妹的有缘相聚,举办一个小小的庆祝活动,希望大家喜欢。"

观众"哗哗"鼓掌。

滕飞英继续道:"下面是第一个节目,歌舞《好日子》,由著名歌手滕飞英表演。"

掌声又起。

滕飞英依旧是昨日的小红坎肩、黑长裙,她轻甩长发,扭着秧歌唱起来:"哎——开心的锣鼓敲出年年的喜庆/好看的舞蹈送来一天的欢腾/阳光的油彩涂红了今天的日子哟/生活的花朵是我们的笑容/哎——"

滕飞英的歌声,甜美奔放,闭目听去,犹如原唱。这次的掌声经久不息,里面夹杂着叫"好"的声音。

一曲终了,她在掌声中深深鞠躬,感谢大家的支持。下一个节目立刻上演,是詹木兰的《在北京的金山上》。

詹木兰进卧室,出来时已完全换了装束:白色藏袍,头发用发夹夹起,一圈与衣服相配的藏环戴在头上,一看就是专业表演服。她是老年舞蹈队的骨干,年年都要排练节目参加一些演出,因此有自备演出服。未到客厅,她已舞动着唱了起来:"北京的金山上光芒照四方/毛主席就是那金色的太阳/多么温暖/多么慈祥/把翻身农奴的心儿照亮……"

行家一出口,就知有没有。詹木兰的声音,沧桑又野味十足,一嗓子就把这些小辈们镇住了。并且她年纪虽大,舞动起来身子却柔软异常,每个动作都很到位。

重生

欢声雷动。滕飞虎用劲鼓着掌,吹起口哨;滕飞英大喊"唱得好";詹晓龙兄妹快乐地笑着,猛劲鼓掌,为外婆加油。在小辈们赞许的掌声中,老人家快乐微笑着,两颊通红,像绽放的红花。

滕飞虎与众不同,表演口技。他学的鸟叫清脆婉转,惟妙惟肖,大家听得津津有味。

詹晓龙说自己压轴,要妹妹先表演。詹晓晴唱了一首许茹芸的《独角戏》。她文静地站在那儿,一脸抑郁,目光中流动着淡淡的哀伤:"是谁导演这场戏/在这孤单角色里/对白总是自言自语/对手都是回忆/看不出什么结局/自始至终全是你/让我投入太彻底/故事如果注定悲剧/何苦给我美丽……"

她唱完了,大家还沉浸在歌声里,心情染上淡淡的惆怅,不能自拔,甚至忘记了鼓掌。

"声情并茂,唱得很好。可是太悲伤了,我感觉自己深陷进歌里面,忍不住要流泪了。"滕飞英评论着,带头鼓掌。大家回过神来,赶紧叫好。滕飞虎吹出的几声口哨,在此起彼落的掌声里回旋着。

詹晓晴微笑鞠躬,直身时,大家都注意到她眼里闪烁的泪光。望着妹妹楚楚可怜的模样,詹晓龙心内一阵绞痛,只有他清楚,妹妹依然旧情未了,虽然,那个负心郎至今音讯全无。

詹晓晴大学时曾是校花之一,追她的人排成队。大三,同乡的校友陈俊旭,用自己的善解人意赢得其芳心,两人花前月下,海誓山盟,演绎了一场轰轰烈烈的爱情交响曲。毕业前夕,陈俊旭将恋情向家人公开,他父母以詹晓晴的家庭特殊为由坚决反对,但两人并不气馁,想只要坚持,一切总有改变的日子。毕业后,陈俊旭进入中医院工作,詹晓晴则进入妇幼保健院,两人背着家人,依然天天联系,经常偷偷见面。

平日联系,两人一致认为打电话太贵,主要依靠短信和 QQ 聊天。那日确诊白血病,詹晓晴第一时间把这消息发短信告诉了陈俊旭。只因为,她已经把他当成自己最亲的人。陈俊旭立刻回了短信,说自己在开会，要她不要着急，国内现有很多白血病手术后痊愈的例子，并约好晚上老时间见。

晚上8点30分，詹晓晴准时坐到手提电脑前，打开QQ等待陈俊旭上线。等至10点，他的头像却如无油的煤油灯，一直不见点亮。陈俊旭以往失约，定会发短信说明情况，这次詹晓晴的手机沉默着，没有一丝动静。陈俊旭曾说，晚上不要发短信，因为在家里，他怕偶尔手机放桌上会被父母发现。詹晓晴只得给他留言，说明天中午等他上线，然后郁郁寡欢地上床休息了。

第二天中午，陈俊旭的QQ头像依然像关闭的电灯一样。下午打他电话，居然停了机。自此后，陈俊旭如同平地蒸发，再也联系不上了。为这事，詹晓晴常偷偷暗地流泪，而他们恋情的曲折变化，詹晓晴只肯告诉哥哥。詹晓龙对妹妹说，陈俊旭在爱人最需要他的时候消失，足以说明他的爱不是真爱。早断早散更好，天涯何处无芳草，等养好病，找个比他更好的。话虽这样说，但谁都知道，一个人的感情，不是说断就能断的，必定会经过一段痛苦的挣扎。詹晓晴郁闷时，詹晓龙便会想法陪她散心，并期望她尽快忘掉陈俊旭，以开始全新的生活。

詹晓龙看到妹妹眼中的泪光，很想代替她遭受这段感情的煎熬。然而，有些东西是无法替代的。他竭力搜索脑中的笑话段子，希望能逗妹妹一笑，让她暂时忘却心中烦恼，可是越急，脑中反倒越一片空白，什么笑话都忘记了。

詹晓龙不知道，在他为妹妹心痛的时刻，还有一个人在为詹晓晴心痛。此刻，这个人和詹晓晴迎面擦肩而过，走到大家面前，笑道："我想再次献丑，给大家表演口技。"

詹木兰也正为外孙女难过，见有人肯调节气氛，两手抖劲鼓起掌来。

滕飞虎不慌不忙地站定，先摁住鼻孔，学几声老牛叫；又半弯身子学狗叫，每叫一声，头和胳膊都配合有动作，样子滑稽至极，逗得大家哈哈大笑。詹晓晴也忍俊不禁，露出了笑颜。詹晓龙望着妹妹的笑脸，十分感激滕飞虎。

重生

学完狗叫,滕飞虎闭起眼睛,满怀深情唱起邓丽君的《我只在乎你》:"如果没有遇见你／我将会是在哪里／日子过得怎么样／人生是否要珍惜／也许认识某一人／过着平凡的日子／不知道会不会／也有爱情甜如蜜……"滕飞虎嗓子五音不全,调子跑到南山去,且学邓丽君温柔的女声,听来完全是搞笑版《我只在乎你》。不等唱完,滕飞英站起来:"哥,饶了我们可怜的耳朵吧,求你别唱了!"

其余人都忍住笑,说:"他这么喜欢唱,让他唱完。"

滕飞虎听到他们对话,张开眼睛,停下来抱歉鞠躬道:"不好意思,如果惊扰大家的耳朵,请见谅。下一个节目登场——"

詹晓龙闻声即动,把一张宣纸放到地上,蹲下身子,凝气在腕,然后一挥而就四个龙飞凤舞的大字:"相遇是缘。"

滕飞英欣喜异常,要了支小一点的毛笔,先在宣纸左边中间,竖写"相遇",又在右边相同位置竖写"是缘"。字体虽小巧,但也是草长莺飞之势,与这大字,恰相映成趣。

大家围着他们,齐说加上这两行小字,格外有意境。詹晓龙对滕飞英连连拱手:"不知飞英居然有此功力,失敬失敬!以后要向你学习。"

"晓龙,你的字笔意淋漓,阳刚之气尽显,我的就差些。"滕飞英笑着自谦。

滕飞虎撇嘴:"你们两个互相恭维,酸不酸?"

"我们这是酸?哎呀,哥,不跟你讲,我和晓晴唱歌去。"滕飞英握住詹晓晴的手:"咱们合唱一首《常回家看看》,好不好?"

詹晓晴点头。她们的声音相似,听的人根本无法分辨。詹木兰静静坐在那儿,望着这对如花女孩,想着外孙女此后连能否简单活着都是未知数,何谈常回家看看?而另一个像她影子般的女孩,却不仅生活富足,而且一帆风顺,不由得感慨万千,差点落泪。

滕飞虎见两个女孩子合作得完美异常,也邀请詹晓龙合唱。两人叽咕一阵,决定演唱刘德华的《爱你一万年》。

不知是詹晓龙嗓音好,将滕飞虎声音遮掩,还是滕飞虎之前因学女声而变音，总之，两人声音富有磁力，毫无一丝杂音，合作很成功。

　　五个人倾情演绎，不觉一个小时过去了。滕飞虎见詹晓晴面有倦色，便和妹妹起身告辞。詹晓龙送到楼下，滕飞虎附耳低语道："周五去福山。"

　　詹晓龙面露喜色："好，一言为定。"

第六章　相遇是缘

第七章　李代桃僵

　　滕飞虎兄妹赶回家，门开处，室内的情景令他们大吃一惊。一个陌生女人从褐色沙发上站起，神情慌张，眼睛红肿，一看就知刚刚哭过。而沙发上的滕冲，手中还握着一张纸巾，不用猜，准是预备给那女人的。

　　父亲平日应酬多，中午很少回家吃饭，晚上也常有应酬，他们兄妹对此已习以为常。滕飞虎下午约父亲今晚去串门（他故意隐瞒是去詹晓龙家），父亲答应了。傍晚，兄妹二人回到家，却听保姆刘姨说，他们父亲有应酬，不回来吃晚饭。滕飞虎本想给父亲个惊喜，没料到他没时间，只好和妹妹两人同行。

　　不过，他们父亲晚上应酬，从来都是10点后回家，这次算是例外。聪明的兄妹二人，意识到父亲借应酬之名约面前陌生女人外出吃饭了，对望一眼，彼此心领神会。

　　滕冲对两个孩子的出现并未表现出惊讶，他不慌不忙站起来道："冯敏，我来介绍，这是我的两个宝贝：飞虎、飞英。"

　　"两个孩子这么大了，真是一对金童玉女。"冯敏微笑，"飞虎确实挺像晓龙的。"

　　"飞虎、飞英，这就是我跟你们说起的冯阿姨。"滕冲笑着介绍。

　　"你好，冯阿姨！"滕飞虎兄妹很有礼貌地打招呼。

　　"你们好。"冯敏瞥一眼墙上的石英钟，道，"已经9点30分了，时间不早，我该回去了，你们也早点休息。"

　　"我们睡得晚，不急。你一人在宾馆也寂寞，不如大家说说话。"滕冲望着滕飞虎兄妹，眸中亮光一闪，"干脆，就在我们家住下！客房一直闲着呢。"

"这怎么成？"冯敏笑了，"老同学，你的好意我心领了。但我还是回去比较好。"

"冯阿姨，我们家180平方米的大房子，六个卧室，爷爷、奶奶回了老家，太空荡了。在我们家住下吧，要是一人睡不惯，和我一个房间，好不好？"滕飞英挽住她胳膊道。

冯敏有点左右为难。

"就这么说定了，冯阿姨。"滕飞英快乐得像个小孩子一样，"我去收拾一下。"

冯敏去留的问题被滕飞英一句话定了下来。大家又坐下开始聊天。滕飞虎将今晚的奇遇迫不及待地讲了出来。滕冲笑道："怪不得那天晓龙问我，你们是不是孪生，原来是在求证。"

滕飞英则讲起今晚的联欢，眉飞色舞，听得滕冲和冯敏心里痒痒的，觉得没去参加这种放松的家庭小聚会是一种损失。几个人聊到深夜才散。

两天后，滕飞虎驾驶他的黑色宝马和詹晓龙一起直奔福山。在他们身后不远，一辆黑色桑塔纳，不远不近地跟随着。

他们早上5点30分出发，到达福山时，差一刻8点。福山偌大的广场，空荡宁静，入口前门可罗雀，只有几辆电动车摆在售票处。詹晓龙上次来时，路两边的纪念品和特产摊都已不见，好似那天只是一场梦，醒来什么都没有。

戴大墨镜的詹晓龙和滕飞虎买票上山，后面的桑塔纳停在宝马左侧，车里钻出五个年轻小伙子，看上去年龄都在二十几岁，休闲衣装，彼此打趣说笑着，慢悠悠地走上山来。

詹晓龙搬着一个纸箱，封得严严实实的，纸箱四壁各写"苹果"两个红色大字。售票处的中年女人和两个保安觉得奇怪，不由得对他多瞅了两眼。

一路上清静异常，只有清脆的鸟鸣相伴。南崖山洞很快到了。詹晓龙和滕飞虎进入山洞后，随即打开纸箱，拿出一个大手电筒。滕飞虎抱

第七章　李代桃僵

重生

起纸箱继续前进。手电筒的光向洞内射去,足有二十米远,照到顶部岩壁上,惊起一片鸟和蝙蝠四下纷飞。有了手电,尽管地上有石块阻碍,一切却变得容易了许多。两人长驱直入,不必像上次小心翼翼、提心吊胆了。

走不多久,右洞壁出现一个狭窄的侧洞,詹晓龙借手电筒的光四下观察一下,转身拐入了侧洞。走不几步,詹晓龙脚底突然绊了一下,差点摔倒。手电筒雪亮的光,立刻照到脚下。原来是一块不大的石头,碍住了他的脚,他借着前扑的惯性,把石头挪了位置。石头旁边,静躺着一个手机后壳,黑色,比较宽大,是男性常用手机后壳。他捡起来,想起上次洞里的音乐声,恍然大悟,不禁做出如下推测:有人在洞内,听到他走近的声音,一时慌张,手机落到地上,音乐按钮被打开,音乐才会响个不停。后来他返回时,洞内已安静,证明那人找到手机,关掉了音乐。但手机壳落到这块石头下,却没带走。詹晓龙很满意自己的推测,捡起手机壳装入口袋。滕飞虎用胳膊肘碰他,一脸问询的表情。詹晓龙一笑,食指放在唇上,示意他先不要问。

两人继续向前,几步之后,发现了另一个洞。此洞窄小,洞口处还可站人,里面逐渐矮下去,高度不到一米。两人只在洞口张望了几眼,手电筒的光芒随即转移到连接两洞的侧洞最下方。詹晓龙蹲下身,一点点勘察,下方洞壁非常光滑,不见任何突起或凹陷,一无所获。捡起一块小石头,他试探着在下方洞壁上轻敲。滕飞虎放下纸箱,也学詹晓龙的样子,用石头轻敲洞壁,不久,他停下动作,侧耳倾听,然后微笑低声道:"晓龙!"詹晓龙抬头,遇到滕飞虎惊喜的目光,大喜过望,立即来到他身边,示意他继续敲击。滕飞虎加大力气,石壁似乎微有移动,他再接再厉,被敲击的石壁逐渐向里移动,现出一个洞口,此洞口直径四五十公分,是不规则的圆形。滕飞虎发现,移动的石壁似乎是块石板,拿手电照进去细瞧,果然是。他长臂伸进,搬起石板,掂量一下,居然不重,心内欣喜,向里又移动了一些地方。电筒的光再次照进,他探头望去,不由得"啊"了一声,向后跌坐在了地上。脸色苍白,嘴唇瑟瑟发抖说不出话。詹晓龙不知就里,但见滕飞虎的模样,像是受了惊吓。

把他拉到一边，要自己去探个究竟。滕飞虎抓住他的胳膊，满面恐惧神色，拼命摇头。

詹晓龙却目光坚定地眨动了一下眼皮。滕飞虎嘴里突然出声："蛇——蛇——"

詹晓龙犹豫了。他也极其怕蛇。怎么办？大手电雪亮的光在四周照了一圈，这儿除了石头，别无他物。那就用石头做武器，绝不能功亏一篑！决心已下，他拿起滕飞虎敲击用的石块，探进头去。

亮光所及处，一条碗口粗的眼镜蛇盘成一团，头高昂着，瞪眼吐舌，一副凛然不可侵犯的势头。詹晓龙吓得缩起脖子，他回头望滕飞虎，滕飞虎把头摇得像波浪鼓。詹晓龙稳定一下心神，再次探头入内，眼镜蛇的姿态依然如前丝毫未变。于是，他寻了一块小点的石头，调节好能快速回退的姿势，大着胆子向蛇头扔去。石块命中蛇头，他听到"当"的一声响，蛇头颤了几颤，居然还是吐舌的姿势。他笑了。

伸手摸向蛇身，冰凉坚硬，像什么金属制作。扳住蛇身，他用力把它拽出来。眼镜蛇太重了，只是从洞内到洞外的距离，居然累出他一身汗。

滕飞虎初见詹晓龙拽出眼镜蛇，吓得倒退了几步，不敢近前。但见詹晓龙手握住蛇脖，蛇居然纹丝不动，心下纳闷好奇，以为他有什么训蛇的绝招，便慢慢地凑了上来。

他们二人发现，龙盘虎踞的眼镜蛇，居然是一个铜制品，探出的蛇头下方，有一圈明显的凸起痕迹，很显然，这凸起的地方，应该是一个盖子。詹晓龙抚摸着蛇身，却并未打开，拿过带来的纸箱，变戏法似的掏出一个大菜篮子，把眼镜蛇放了进去，又掏出一个黑色塑料袋，从里面抓出一些新鲜野菜，将眼镜蛇覆盖住。

滕飞虎看得目瞪口呆。他没料到，詹晓龙居然如此心思缜密，一切安排得天衣无缝。更令他吃惊的还在后面——詹晓龙做完这一切，开始脱衣服，滕飞虎茫然不知就里，只傻愣愣地看着他。只见他迅速把黑色运动服脱下，从箱中翻出一套灰色旧衣穿到身上，又在头上戴一个发套，上唇则黏了一片短胡子。打扮停当，他站到了滕飞虎面前。

第七章　李代桃僵

重生

乱蓬蓬的短发，一字胡，再加上一身灰蓝旧衣，面前的詹晓龙，完全就是一个山村中年大汉。詹晓龙见滕飞虎目光中显露出赞许，把另一发套递给他，在手机上写道："戴上发套，换我的衣服，你和纸箱同时离开，在山下等我。"然后，他把手机递给了滕飞虎。

滕飞虎点头，换好装束后，抱起纸箱，手腕上挂着装有他衣服的黑塑料袋。詹晓龙提着篮子，两人一起走向洞口。离洞口处十来米远，两人停下，詹晓龙变戏法一般，从纸箱中提出一个真空封闭的小袋子，打开后，居然是一件旧羽绒服。他在纸箱中装入几块碎石，把羽绒服放进去，胶带封好箱口，交还滕飞虎，并与他挥手作别。

10分钟后，腾飞虎早已不见踪迹，詹晓龙来到洞口探看，外面空无一人，只有一片阳光温暖地平铺在洞前。他眯起眼睛，适应着洞外的光线，然后微微佝偻起身子，提着菜篮，疲乏无力地低头下山而去。

一路只遇到一对情侣游客，三两个山里人，寂静冷清的山路，一人独行似乎格外漫长。无人处，詹晓龙会直起身子走得快些，见到人影，他立刻弓腰垂头慢行。行至山下入口，他只看到一辆红色宝马。红色宝马里面的人也看到了他，驱车来到他身边。近了，詹晓龙往里一瞧，司机正是滕飞虎。他立刻开车门坐进去。滕飞虎转弯加速，一溜烟奔向归程。售票处外溜达的保安，见提篮子的山里人坐进宝马车，惊异万分地对售票的中年女人喊："看，快看！"

中年女人闲极无事正低头织毛衣，听到喊声抬头望时，只看到宝马远去的背影。保安把见到的情景同她讲，两人兴致颇高地谈论此事，最后一致认为，开车之人是山里男子的儿子，在外打拼成功，如今衣锦还乡，也算为山里人争了一口气。

詹晓龙坐进宝马，第一件事便是给妹妹发短信。
"晓晴，一切顺利，你们那边怎样？"
"顺利。"詹晓晴很快回复。
詹晓龙放了心，身子完全放松，倚到后座上。滕飞虎从反光镜里看他一眼，说道："刚才太惊险了！亏你想得周到，不然，救你妹妹的药一准落入贼人之手。"

詹晓龙脸上露出淡淡的微笑。这些，早在他的意料之中。既然上次来福山被跟踪，这次，也一定会有人盯着。他制订的秘密计划，正为应对此次上山的危险。怕泄露秘密，计划内容只他一人知道。他只请滕飞虎带几个人保护他们两个，另外再安排一辆车，比他们晚半小时到山下，他下山后会坐这辆车。于是，滕飞虎调遣了腾飞装饰有限公司五个保卫人员陪他们同行。又让保卫科的司机，驾驶滕飞英的红色宝马，在山下等他们。

滕飞虎眼望前方道路，讲了事情经过。他搬纸箱出洞后，外边守候的五个人，团簇将他拥住走下山来。行至半路，突然从路边林中蹿出四个黑衣蒙脸汉子，手持木棍，扑上来就抢纸箱。他们几人赤手空拳，哪是对手？不消两三分钟时间，箱子即被抢走。很快，这群人隐入山林，不见了踪迹。

"他们五个回去了？"詹晓龙想起保护他们的人，问道。

滕飞虎点头笑道："六个，还有那个后来的司机呢。"

詹晓龙笑着点头，把手搭到滕飞虎肩膀轻轻一拍："如果抢劫者发现被骗，一定会卷土重来，也许会去追赶我们来时的那两辆车。而现在的我们反而安全了。飞虎，下一步我们去S市××银行总行。"

滕飞虎一脸疑问。

"这药存到银行保险柜，更让人放心。"詹晓龙解释着，随即又问，"银行——你有认识的人吗？"

詹晓龙见滕飞虎点头，释然微笑："最好单独存放。咱们可以付费。还有，知道此事的人越少越好。"

"没问题，我认识他们的行长。你把衣服换好，现在这身装束，会特别引人注目。"滕飞虎扭头哈哈笑了。

詹晓龙低头看着自己的旧衣服，也忍不住大笑起来。他把头套和衣服脱下，换上了滕飞虎的行装。

××银行。詹晓龙进入贵宾室办理业务，滕飞虎随身材发福的行长到他办公室小坐。

桌上的电话铃响了,行长对滕飞虎抱歉一笑,然后接起:"我就是。什么……金子?唔,好,按程序办。"

10分钟后,詹晓龙敲开行长办公室,与滕飞虎一起向行长致谢辞行。

两人来到银行外,詹晓龙说:"飞虎,今天多谢你。只为帮我,你爷爷、奶奶没接回,还要再跑一趟。"

"不用客气。早上我另派车由飞英去接他们了,估计现在已经到家。"滕飞虎微微一笑,提出一个建议,"晓龙,午饭去我家吃吧,顺便见见我爷爷奶奶。"

"我怕外婆担心,所以必须回去。改天一定去拜访两位老人。"詹晓龙说完,附耳低声道,"今天,我们搬家了,在避暑山庄。"

"为什么?"

"我怕抢箱的人发现被耍了,恼羞成怒,想方设法报复我们。晓晴有病,不能受惊吓,因此我早作打算,安排今天搬家。"詹晓龙低声解释。

听到晓晴的名字,滕飞虎的心莫名一跳,脑中闪现出她单纯文静的模样。只是一面之缘,这两日他竟时时想到她。而能够为她做事,是他的荣幸,他赴汤蹈火万死不辞。

此刻,滕飞虎非常佩服詹晓龙。他虑事的周全,是他滕飞虎万万不及的。那晚,詹晓龙给他发短信,讲上次去福山被跟踪,这次去福山希望他能帮忙。当时他只觉得刺激惊险,其余人的安全,却完全没考虑到。不过,既然只是救命药,为何被人苦苦追踪?疑惑像蜻蜓点水,从脑中一掠而过。也许是个秘方,非常值钱,他想。

避暑山庄内,每栋楼前都是三排杨树,它们郁郁葱葱,像一片片小树林,到了夏天,蝉鸣鸟叫,杨树下阴凉异常,避暑山庄由此得名。

院内,詹晓龙下车,邀请滕飞虎到新家瞧瞧。滕飞虎心内挂念詹晓晴,顺水推舟跟进詹晓龙新家。

这是避暑山庄最北边的平房,五六十平方米的样子,与前面楼房的距离只有二十米左右,由此室内见阳光时间段较少,显得有些阴暗。唯一妙处,是有个小院落。

滕飞虎进门,先见一张小圆桌,上面已摆好热气腾腾的几个菜,围圆桌摆了几个简易马扎;房内醒目的家具,是两张被褥齐全的床;厨房小到不能再小,只能容身一人,但炊具倒是齐全。

詹向阳夫妇和詹晓晴热情迎接他,并诚恳挽留他吃午饭。此刻已是12点多,滕飞虎的肚子"咕咕"抗议,他不再推辞,和詹向阳、詹晓晴一起坐到圆桌前。

詹晓龙和外婆到阳台,耳语了几句。然后两人拿一瓶二锅头、几盒果汁和酒杯出来。詹晓龙斟满一杯酒,递给詹向阳。詹向阳却把这杯递给滕飞虎,滕飞虎咋舌,摆手道:"平日常有酒场,胃一直不好,外公,不好意思,我就不陪您喝了。"

詹向阳推让几番,见他实不能喝,也就罢了。詹晓龙不喝酒,与滕飞虎、外婆以及妹妹喝果汁。

"飞虎,我听晓龙讲了,晓晴的救命药能够取回,多亏你带人在洞外保护他,我代表我们一家谢谢你!"詹木兰感激地举起淡红果汁,眼眶已微微发红。

滕飞虎举杯道:"外婆不用客气,以后有什么需要帮忙的,尽管说。只要能帮上,我一定帮。"

"能遇上你们一家好心人,是我们的福气,来,干杯!"随着外婆的提议,大家举起酒杯,各自品着杯中的滋味。

詹晓晴瞅见外婆微红的眼睛,一丝抑郁神色,悄悄爬上那张白皙的脸。詹晓龙最懂妹妹心事,安慰道:"配型的事很快就会有着落的,晓晴,放平心态,不用发愁。"

滕飞虎等詹晓龙讲完,眼睛扫一眼全桌的人道:"如果可以,我和飞英给晓晴做配型,怎么样?"

詹木兰沉吟道:"这事儿,你得同家人商量一下再做决定。毕竟,如果配型成功,是要一帮到底的。"

滕飞虎点头,微笑着望着詹晓晴,正要说他们一定会同意,手机却不合时宜地响了。

他低头瞅了一眼，是妹妹打来的。

"哥，你的事情什么时候办好？爷爷在向爸爸告状，说你没去接他们呢。爸爸要你快点回来。"妹妹的声音很小，滕飞虎猜测，她一定又像往常躲到卧室，避开家人打的电话。

平日，爷爷奶奶因他是滕家独子，对他宠爱有加，妹妹虽小，却并未得到他们多少关爱。不过，妹妹有爸爸和妈妈，自然也不缺爱。妈妈去世后，妹妹性格变得特别逆反，无论是爷爷奶奶，还是爸爸和他，偶有言语冲撞，她立刻会夜宿花店，直到他代表家人向她致歉，她才肯回家。不过，平时在长辈面前偶有什么错处，她还是和他一条心，帮忙瞒着他们，以免遭受唠叨之苦。

滕飞虎饭后立刻告辞回家，爷爷奶奶见到他，如同见到凤凰，围上来嘘寒问暖。滕飞英撇嘴，不屑地做了一个鬼脸。

滕冲坐在沙发上，眉头微蹙，似有心事。他等父母同儿子叙罢寒温，请父母去午休，他有事找飞虎谈。滕飞英觉得父亲有些神秘，不顾他示意她离开的目光，径自留在客厅。滕飞虎以为父亲为公司的事情烦心，满脸期待地望着他。

"飞虎，爸爸需要你为我找个人。这人姓詹，名向阳，是个70岁左右的老人，二十年前在盐业公司开车，现在退休在家。"滕冲见儿子满面疑问，解释道，"是别人托我的事情，我问过盐业公司一个朋友，人家不认识。詹向阳外孙与你一般大，我想，你的朋友同学中，说不定有人会认识他。"

第八章　十一朵红玫瑰

对父亲的寻人要求，滕飞虎一口答应。不过，他却提出一个条件，要父亲帮他一个忙。滕冲笑了："飞虎，咱们是父子，还提什么条件？你先说事情，我看能不能帮上，如果能帮又不违法，我当然会帮。"

"爸，说得好！这忙，你一定能帮上。"滕飞虎见父亲如此说，一伸大拇指，然后正色低声道，"是这样的，詹晓龙的妹妹詹晓晴有白血病，现在还没找到合适的配型，我和飞英想去试试。"

滕飞英仰头努嘴，横他一眼道："哼……我可没想去。要去你自己去。"

滕飞虎见妹妹如此，立刻赔笑道歉："飞英，哥是以为你想去，顺口说说，绝没强迫你的意思。对不起，对不起。"

"嘿，既然你如此诚心道歉，我是必去的了。不过，哥，你什么时候变得肯勇于认错了？"滕飞英神秘地一笑，"嘿嘿，莫不是中了詹——"

"别胡说。"滕飞虎脸色微红，喝住滕飞英，转头望向滕冲，"爸，你对这事的意见是？"

滕冲凝神静听两兄妹谈话，并未插言，见滕飞虎问，便道："见人有难出手帮，这是好事。但做好事也有底线，不要对自己的健康造成危害。飞虎、飞英，你们明白我的意思吗？"

滕飞虎大喜过望，微笑低语："放心，爸，我刚咨询过深圳一位医生同学，他说不会有危害。不过，这事我们要瞒着爷爷奶奶，别让他们担心。"

见滕冲点头，他接着道："爸，詹晓晴如果手术将需要几十万，就他们家的条件,把房子卖了恐怕也难凑齐。公司既然经常捐助失学儿童,也可以捐助白血病患者——况且,我们两家如此有缘!"

滕冲望着滕飞虎,赞赏地点头:"救人一命胜造七级浮屠,飞虎不愧是我滕冲的儿子。这事爸支持你!"

第二天是周六,早起天气薄阴,太阳被一层灰云遮住,天空只挂着几条飘带般的红云。詹晓龙上班前,对外婆讲没事少出去,买东西尽量在附近。而他为避免被人发现新家位置,决定近几天暂不回家。

今天,詹晓龙跟董医生查房,又学到不少实践知识。他是好学上进的人,这些知识为防遗忘,都记录成笔记,如今,他的笔记已快将一个精装厚黑皮本记满了。忙碌了一上午,近下班时间终于得到片刻清闲,他打开笔记本,身心立刻完全浸入其中。过不多久,医生们脱下白大褂,互打过招呼先后离去,詹晓龙走在最后,他伸一个舒服的懒腰,又扭扭僵直的脖颈,合上笔记本,准备去医院餐厅就餐。

手机响起,是詹晓晴打来的,她的语气里带着不安:"哥,外公至今没回家,手机也关机了。外婆要你去棉纺厂家属院瞧瞧。"

"告诉外婆别急,外公可能替班,过会儿给你回电话。"詹晓龙的疲惫状态一扫而光,他迅速换下白大褂,大步向外走去。

平日常在餐厅里吃饭的同事见了他,都诧异地笑着打招呼,问他为何不回家吃?他谎称有急事搪塞过去。买了几个蒸包,寻一张空桌坐下,低头狼吞虎咽起来。张青端餐盘到他对面,笑眯眯地问:"詹晓龙,你那个叫滕飞虎的朋友,什么时候还来玩?你联系一下他,我们一起K歌去。"

为摆脱张青,詹晓龙胡乱应着。吃完饭,顾不得喝水,他立即赶往棉纺厂家属院。

早起薄阴的天,已转为一片晴朗。虽是秋天,外边仍旧有些热,但骑在电动车上,却是凉风阵阵,舒适非常。

詹晓龙赶到棉纺厂家属院时,已经12点多,外公工作的地方——东门清静异常。北边的小平房里,詹晓龙透过宽大明亮的玻璃,看到两个男人正在交谈。门边的一个，保安制服鼓胀，像要把扣子撑开；脸色黝黑，大眼不时向门口瞟着。此人曾到詹向阳家去过，因此詹晓龙认识他——接外公班的老李。

老李看到詹晓龙，胖脸上堆起笑容，对同伴点一点头，来到门外。詹晓龙迎上问道："李爷爷，我外公在不在？"

"下班后他就回家了。"老李说。

"哦，李爷爷，他对你讲什么特别的话没有？"

"没有啊。"老李做冥思状，突然一拍脑袋，"唉，人老记性也差，我想起来了，他说过两天可能会辞职。"

昨天，詹晓龙曾劝外公辞职，但他不肯。外公觉得，即使要辞职也要等公司找到顶替他的人。詹晓龙清楚外公的固执性格，只得随他去。

外公能去哪儿呢？詹晓龙想不出。告辞老李，他给詹晓晴打电话，告诉她寻找外公的结果。并说外公也许去了朋友家，要她和外婆不必担心。而外公手机关机，极有可能是电池没电。詹晓龙虽如此安慰妹妹，自己心里却惴惴不安。福山抢箱子的那伙人，他们的装扮、人数以及抢东西的地点，显示早有预谋，不然速度不会这么快，消失得不会这么彻底。但是，当他们发现精心设计的局，换来的只是几块坚硬的石头，他们会不会恼羞成怒？答案不得而知。詹晓龙想到这儿，不禁打了一个寒战。他特别怕外公被这伙人跟上，或被他们绑架，以此要挟，要他交出那些救命基金。

回医院的路上，他心不在焉地骑着电动车，默默祈祷外公别出意外，晚上能够平安归家。

"詹晓龙！詹晓龙！詹——晓——龙！"一阵呼喊声从身后传来，将他从自己的思绪中喊出，扭头一望，居然是滕飞英。她开着红色宝马，正与詹晓龙的电动车并驾而行。

"去我店里，有事告诉你。"因是周末，步行街车辆颇多，滕飞英不容分说前头带路，詹晓龙只得跟随。

几十米的路程，很快就到了。詹晓龙抬目望去，只见花店门口正上方悬挂着醒目招牌"缤纷飞英"，这四个镂空金属大字，被粉色绢花拼成的巨大"心"形包围，显得别具一格。

滕飞英在前推开花店门，请詹晓龙先进。恭敬不如从命，詹晓龙说声"谢谢"，迈进了花店。

店内面积约有30平方米，地上、墙架上，触目皆花，甚至屋顶也垂下条条绿藤。百合、玫瑰、康乃馨、满天星应有尽有；孔雀毛、万年青等奇花异草，整齐地排列在墙架上，似选秀美女；最吸引人眼球的是架上几个水晶器，上端是棵小小的凤眼莲，下部悠游着两条色彩斑斓的热带鱼。詹晓龙被水晶器吸引，看得呆了。

"喜欢就送给你了！"滕飞英大方地说。

詹晓龙正要回答，迎面墙上的镜子突然开了，原来是扇小门，通向里间小屋。一个身穿白色韩版长款半袖、娇小玲珑的短发女孩走出，瞥到詹晓龙，戏谑道："飞英姐，来帅哥了，赶紧介绍！"但她随即吃惊道："哟……哟……是大哥？换了发型，没认出来，不好意思。"

"不是大哥！他叫詹晓龙！这位美女嘛，是我们花店的主打力量高玫瑰。"滕飞英否认了高玫瑰的话，脸却微微红了，如晴空下含苞待放的花骨朵儿。

"詹晓龙……跟大哥简直一模一样。"高玫瑰盯着詹晓龙，上下打量，直瞅得他如芒刺在背，局促不安。她摇头叹道，"大千世界，无奇不有！"

"改天，我带我的影子来，让你再惊叹一次。"滕飞英神秘地笑道。

"什么影子？说清楚点。"高玫瑰被吊起胃口，紧追不舍。滕飞英却故意卖关子，说天机不可泄露，以后自会告诉她。高玫瑰把手中红色女包放到肩上，可爱地撇嘴道："好，记得改天一定告诉我！我有事出去一趟，你们聊吧。"

滕飞英点头，詹晓龙对她摆手，她在二人的注目礼中走出花店。

"爸答应我和哥哥给晓晴做配型呢。"滕飞英在花店高脚玻璃圆桌边坐下，伸手示意詹晓龙坐，然后问，"不知什么时候可以去？"

詹晓龙想到外公，便说近几日恐怕不行。滕飞英"哦"了一声。詹晓龙性格内向，满心以为性格活泼的滕飞英，会提起话题，不让空气停滞，以消去孤男寡女间沉默的尴尬。但滕飞英却若有所思，不再说话。

詹晓龙如同身处泥沼，拔不出又走不脱，无奈之下，拿出手机看时间。此刻已经一点钟，詹晓龙便想以上班为借口离开。滕飞英蓦然道："昨晚，我做了一个奇怪的梦，梦到和你在一片油菜花地里漫步……"

说完，两腮像涂了胭脂，晕红起来。詹晓龙见她脸红，自己的脸居然也莫名其妙地发烧，问道："是吗？"

"是啊，你居然牵着我的手，"滕飞英活泼地笑着，恢复常态，"那种感觉真奇妙。"

这下，詹晓龙完全被逼入死胡同，不知如何回答。他笑，脸上却是严肃的表情，肌肉紧绷，简直就是硬挤出的皮笑。

"不跟你说这个了。"见詹晓龙这副模样，滕飞英忍不住"扑哧"笑了，她看出詹晓龙的尴尬，便起身道，"给你看样东西。"

詹晓龙好奇的目光追随滕飞英打开镜门，见她回身招手，他不解其意，木然走过去。里屋是另一番境界，迎面墙上，有幅裱起的墨宝，笔力酣畅，龙飞凤舞，煞是好看；一张大床，贴墙而立，黄绿色的床单被罩，温馨异常；床头有张大书桌，书桌一角是电脑；正中有个何仙姑造型的墨盒，古色古香精巧异常，堪称艺术品；仿古瓷荷花笔筒，与何仙姑手中的荷花相映成趣，内中插几支粗细不一的毛笔；墨盒与笔筒下边，是一幅"愿梦想成真"的毛笔字，秀丽多姿；一叠用过的宣纸，蓬松如云堆放在这幅字旁。

相同的爱好，更易于沟通。詹晓龙翻着堆放的宣纸，脸上逐渐有了笑意。宣纸上的字都是隶书，这也是他一直想练的字体。

"你的隶书写得如此漂亮，佩服！"詹晓龙衷心赞叹。

"还差得远，隶书的'迟送涩进'，需进一步摸索。"滕飞英谦虚地说着，从"愿梦想成真"的宣纸下，拿出一本毛笔字帖，翻开后递给詹晓龙，"在练'曹全碑'，你呢，现在还练不练字？"

"得空就写上几笔。"詹晓龙翻了几页字帖道，"你的隶书，已有自己的风格了。我若练隶书，就练'张迁碑'，方正雄厚，适合男人的性格。"

"这话说得好。"滕飞英点头，道，"男人就该——"

"滕老板，买花。"外间响起一声男子呼喊，滕飞英应声"来喽——"，对詹晓龙歉意笑笑，走到外间去。詹晓龙听声音有些熟悉，又怕上班迟到，也跟出来。

是一个二十多岁的男孩，细高个儿，长胳膊长腿长脸，戴副近视眼镜，文质彬彬的样子。

"红玫瑰，十一支。"他说着，目光与詹晓龙不期而遇，两人都怔住了。

"是你呀，陈俊旭！"滕飞英打着招呼，一面麻利地选择玫瑰，丝毫未注意到陈俊旭和詹晓龙的面部变化。

詹晓龙定睛瞅着陈俊旭，目光中流露出不屑。陈俊旭满面通红低了头，好似做了亏心事。他嗫嚅道："大哥，这么巧，你也在。"

"这世界真小！"詹晓龙冷笑，目光如刀，"俊旭，你们一家过得很幸福吧？"

"还好。大哥，"陈俊旭辩解着，"当初不是我，都是我妈——"

"这话你早已讲过，没必要再重申。"詹晓龙打断他，走到滕飞英身边，道，"包十一枝红玫瑰，送给我妹妹。地址我一会儿发你手机上。"

滕飞英惊愕地瞥着屋里两个男人，忘记了手中的工作。詹晓龙的话，使她回过神来，"哦"了一声。

"100元够不够？"詹晓龙见滕飞英点头，把钱塞到她手里，"我上班去了。"

滕飞英左手拿着一支玫瑰，右手举着百元钞票，对詹晓龙背影喊道："等一等，找你钱。"

詹晓龙并不答话，骑上电动车就走了。

陈俊旭冷冷望着詹晓龙离去，一改刚才懦弱模样，恨恨道："哼！偏碰到他！倒霉！"

"你们认识？！"滕飞英看着他的神色，不知二人有何瓜葛，小心翼翼地问。

"岂止认识？哼！"陈俊旭猛然觉得这样有损自己形象，立刻换上一副笑脸，"你们认识？看你们挺熟悉的样子。"

滕飞英随意答道："刚认识几天。"

"一般朋友还是别人介绍的相亲对象？"陈俊旭弯腰轻笑问。

"朋友啊，你想哪儿去了？"滕飞英笑着，把包好的玫瑰递给陈俊旭。

"那就好。"陈俊旭松了一口气，笑眯眯地说，"飞英，十一朵红玫瑰送给你，代表我一心一意！"

"哎哟，我不敢收！"红色的玫瑰像烫手的山芋，滕飞英死活不接，"陈俊旭，对不起，你不是我喜欢的类型。"

"没关系，我会继续努力，直到你喜欢我。"陈俊旭说着把花放到玻璃圆桌上，拿出一张百元大钞，"不用找，晚上请你和玫瑰吃饭。"

似乎怕滕飞英会拒绝，不等她回答，他已转身走出花店。滕飞英抓起花和钱追出去，却看到灰色捷达启动，像鱼儿归大海，瞬间汇入车流之中。她对着车影喊道："我不去。"

詹晓龙下午心情不佳，脸上难觅笑影。上班后小忙，清闲后却一人对着电脑屏幕，闷闷沉思。

"外公的事情已经够让人担心，干吗还要被这种没良心的人搅乱心思。"为驱赶烦闷，詹晓龙心内自语道。

他甩头，却想起那束玫瑰，于是编一条短信发了出去："飞英，我妹妹现在避暑山庄，到那儿后打她电话，号码是1806663×××。告诉她，花是一个陌生男孩送的。"

滕飞英回信："一会儿玫瑰去送花，就按你说的去做。问个问题，不想回答算我没说：'你和陈俊旭是怎么回事？'"

詹晓龙翻着这条短信，心潮起伏。这个陈俊旭，正是晓晴的前男友。自春天晓晴查出白血病，在她最需要人安慰时，陈俊旭却销声匿迹了。詹晓龙为稳定妹妹情绪，曾到中医院找他，告诉他晓晴非常需要他，希望他抽空去瞧瞧。陈俊旭一脸冷漠，推托这段日子忙，没时间。这不明摆着嫌弃晓晴有白血病吗！那一刻，詹晓龙脸色铁青，真想揍这个薄情的家伙一顿，让他尝尝苦头。但他忍住了，他不想晓晴为此事闹心。回家后，他对晓晴谎称陈俊旭到北京学习了，晓晴聪明，立刻明白是怎么回事。那段日子，她着实萎靡，心情低落到极点，完全不肯配合治疗，

重生

有次竟然对他说："活着有什么意思？不如死了算了！"

詹晓龙平常总安慰她，世上好男人多的是，以后自会找到更好的。但晓晴求死的想法，令难得发脾气的他，狠批了她一顿："你以为你的命是你自己的？外公外婆辛苦养大我们，省吃俭用供我们上学，你却说出这种话，如果我是他们，早寒彻心扉了！晓晴，你只认为自己可怜，你想没想过，你死了，外公外婆会怎样？！他们就不可怜，他们还能好好活着吗？"

这番话义正词严，晓晴顿时哑口无言。她趴在詹晓龙肩头无声地哭泣，泪水湿透了詹晓龙的衣衫。自此之后，晓晴虽沉默，却肯积极配合治疗了，詹晓龙悄悄松了一口气。

作为哥哥，詹晓龙非常清楚晓晴心里的苦，而这苦对于治病并非好事。于是，他再次找到陈俊旭，低声下气请求他去瞧瞧生病的晓晴。陈俊旭仍以工作忙推托，詹晓龙被逼无奈，说可以代他去找他们院长，请求他给陈俊旭几日假，专门陪妹妹几天。陈俊旭无话可说，脸色一转，诚恳解释说是他妈听到此事严禁他与晓晴来往。手机换号也是他妈所为。他妈对他放言，假如他背地和詹晓晴往来，她就死给他看。他妈是个烈性子而他胆小，实在不敢冒这险。詹晓龙还能说什么呢？即使看出实情并非如此，他也懒得费唇舌揭穿他。这样的男孩子，不值得晓晴去爱。他瞥一眼装模作样的陈俊旭，毫不犹豫地转身离去了。

幸而晓晴看似柔弱，抗击打能力却比较强。自那次被哥哥狠狠批评之后，她不再谈起陈俊旭，只一门心思要活下去。这病反而成了她的精神寄托，她接受它，为它欢喜为它沮丧，正因此，她挺过了失恋的打击。

他们兄妹两个，自此再未见过陈俊旭。只有一次，詹晓龙从一个认识陈俊旭的同事口中得知，他经常买些女孩子喜欢的小玩意儿，似乎又有了新恋爱对象。

今天意外遇到买玫瑰的陈俊旭，使詹晓龙相信了这个传言。可是，这与他有什么关系？这个负心郎，已经和晓晴分手了！

该怎么对滕飞英解释他和陈俊旭的关系呢？对，直接说他是晓晴前男友得了！在晓晴最困难时，抛弃她的前男友！詹晓龙想到这儿，紧皱的眉头舒展开来。

　　滕飞英得知陈俊旭是詹晓晴前男友，大出意外。陈俊旭是高玫瑰高中同学，初秋的一天，他随高玫瑰到店里玩，他们由此相识。陈俊旭对滕飞英是一见钟情，狂追不舍。但她不喜欢他那细瘦的身体，仿佛风一吹就倒，怎能替她遮风挡雨？现在，詹晓龙的短信更证实此人不但不能为爱人遮风挡雨，还在风雨到来之时临阵脱逃，简直就是道德败坏！想起晚上他要请客，滕飞英一阵恶心，当即决定把花店所有事情以及那一百元钱，都交由高玫瑰处理，她则早早离开花店，避开他。

第九章 选择

滕飞英主意已定，便给詹晓龙电话，说请他吃晚饭，之后一起去夜市玩。詹晓龙心事重重，正在考虑下班后去哪儿找外公，于是说晚上有事，回绝了滕飞英。

被人拒绝，滕飞英心里老大不乐意，很自然地，她问到底是什么事，可否改天去做，今晚就破例陪她。詹晓龙因心情不好，拒绝得干脆，也觉懊悔，毕竟，和滕飞英还未熟到可以把情绪发泄给她的份上。而她不但不着恼，还有礼貌地请求自己，更觉过意不去。于是便将心事透露出来，说改日闲了他请她。

听说詹晓龙的外公不知去向，热心肠的滕飞英立即表示要陪他去找。她小幽默了一句："我哥受我爸所托，也焦头烂额地满世界寻找一个叫詹向阳的老人。"

滕冲找外公？詹晓龙这一惊非同小可，心中冒出两个疑问，像鱼儿吐的泡泡：他怎会知道外公名字？第一次去福山就巧遇他，难道追踪自己以及福山抢箱子的人是滕冲的手下？两个疑问泡连到一起，令他惊出一身冷汗。幸好滕飞虎不知其父亲内情，不然，他精心设计的福山计划，必然失败。

詹晓龙怕出意外，谢绝了滕飞英的好意。挂断电话，他双手用力揉着脑袋，好像要把所有烦恼揉掉。

自从詹晓晴生病，作为哥哥的詹晓龙，感到了他肩上的沉重压力。最近去福山被跟踪，又添了紧张，心疲惫不堪却无法放松。有时暗夜失眠，想起那些跟踪者，不由得恨得牙根痒，真想立刻把他们揪出扭送公安局。可那些人在暗处,他在明处,找到他们不容易,只能步步为营事事小心。

窗外,太阳已经偏西,阳光透过窗户,在詹晓龙背上画出明亮的光影。詹晓龙站到窗边,望着外面的天空,只见太阳周围白云翻卷,仿佛生活中的浪涛,不断变幻。他感觉自己仿佛就是那颗太阳,睡梦中都要睁大眼睛,来应对莫测的生活。

门铃响了,詹晓龙本能地扭头,看到董医生和张青一前一后进来。张青走至詹晓龙身边,拍着他肩膀问:"哎,詹晓龙,你给滕飞虎打过电话没?"

詹晓龙恍然记起午饭时张青和他的对话。他以为是玩笑,没想到她居然是认真的。

"既然想见他就自己打呗。"詹晓龙奇怪,以张青的性格,早该自己联系滕飞虎了。

果不出所料,张青满面怨色道:"我打过了,他总说忙,没时间。"

停了一下,观察着詹晓龙的面部反应,她又笑道:"你约他出来,咱们四个人K歌去,我请客!"

"家里事情闹心,没心思K歌。"詹晓龙断然拒绝。

"好,你不去总成吧?但你得帮我们联系。"张青不肯就此罢休。

"没心情。"詹晓龙懒懒地说。

"詹晓龙,你太不给人面子了!"张青的脸色说变就变,仿佛六月里的天。

詹晓龙向门口张望两眼,幸而没人。斜目睨着张青,他抿紧嘴唇来了一个沉默是金。张青本想他会回击,这样她就可以发射猛烈的语言炮弹镇压住他。詹晓龙的沉默,令她始料未及,就像一拳打到棉花上,软绵绵的,力道都给卸了。她思索对策,势必要把詹晓龙降服。但在此刻,詹晓龙的手机响了。

"晓晴!"詹晓龙走出医生办公室,他十分感激妹妹的电话帮他解围,不然,张青还不知会缠到什么时候。

"外公回来了!"詹晓晴的这句话,像一阵春日暖风,催开了詹晓龙

重生

脸上花般的笑容。

"怎么回事？详细说说。"詹晓龙迫不及待地问。

詹晓晴详细讲述了事情经过。原来，早晨六点多，上零点班的詹向阳打扫大门外卫生时，瞧见两个鬼鬼祟祟的年轻人在大门外低声交谈，眼光还不时斜瞟向他。这两个年轻人都是二十出头，一个瘦小，一个彪壮。凭以往经验，他感觉这二人定有见不得人的秘密，于是故意装作不在意，继续自己手头工作。这两人嘀咕一阵，坐进路边一辆黑色北京现代里。打扫完卫生，他回到北边平房，那辆车淡出了视线。不过他心里总在打鼓，怕他们与人勾结，偷小区东西，想等下班时将情况告诉接班的老李，让他注意点。这样想着，詹向阳望向窗外，却恰巧看到一辆黑车停到马路对面一棵树下。虽没看清车内之人，但詹向阳却一眼认出，这辆车正是刚才两个年轻人坐进去的北京现代。他想，既然他能轻易看到对方，对方也一定能轻易望见他。工作认真的詹向阳，怕车内两人瞅他不在，做什么小动作，尽管饥肠辘辘，却不敢擅离岗位去买早饭。幸而有个卖粽子的南方人从此处经过，詹向阳好似沙漠中干渴的旅人突然遇到卖水者，欣喜异常，立刻买了几个粽子充饥。早饭后，他发现黑车里的小个子下车离开，再回来手里多了几个火烧。这情形更让詹向阳心下不安，隐隐感到要出什么事。

8点，老李准时接班。詹向阳将事情原委始末告诉他，并把那辆黑车指给他看后，才骑单车离开了东门。他打算先去五金门市部买个水龙头后再回家。卸下工作压力，想到晓晴手术费用也有了着落，他浑身轻松，一路上自我陶醉摇头晃脑地哼起了京剧。一个十字路口，在等待绿灯亮起的时刻，因要左拐，他推单车变换车道从车缝中穿行，无意中向等待的长串汽车张望，不远处，居然发现了那辆黑色北京现代。詹向阳做保卫工作多年，反应敏锐，立即得出结论：这辆车可能是在跟踪他。为得到证实，他原路返回，并磨磨蹭蹭地，故意在下个路口遇到红灯。他先是停下，随后不等绿灯亮起，突然右拐进入另一条道路。路边有小卖部，他假装买东西，把单车停在小卖部门口。借锁车的工夫，他悄悄观望，那辆北京现代刚刚右拐，此刻正徐缓前行，慢慢停到路边。

一切都已明了，这辆车确实是在跟踪他。詹向阳想起晓龙在福山的遭遇，现在终于信以为真。当时他只觉得像故事，虽是晓龙亲身经历，却仿佛离现实很远。并且，福山毕竟同 S 市不在一个县市区，那儿治安不好也是有的。晓龙去福山前安排他们搬家，他不以为然，因晓晴执意要搬，他才勉强同意了。昨晚晓龙又希望他辞职，说怕人会跟踪他。他不以为意，笑说等物业找到顶替他的人再说。如今亲眼所见被人跟踪，他再不敢掉以轻心，并开始佩服晓龙安排周到。昨晚若不来上班，便不会有跟踪之事，对自己的坚持己见，他后悔不迭。

詹向阳猜测着跟踪者的目的：或者与福山所取东西有关？但那是晓晴的命根，决不能有任何闪失。而若跟踪者因他找到他们的新家，那他将无法饶恕自己的罪过，因此他无论如何也要摆脱跟踪者。

詹向阳从小卖部出来，神态安详，他已想好对策，十拿九稳可以甩掉跟踪者。他把手里提的小瓶矿泉水放进单车篮子，气定神闲地上路了。

左拐右拐，二十分钟后，他来到公安局大门前。门卫问他做什么，他说找人，并把名字告诉他。门卫放行了。

詹向阳把单车停好，偷眼向大门外一瞥，看见跟踪他的车，无可奈何地停在了路边，心内暗暗高兴，只觉得计划已成功一半，不用多久，他将很快平安回到家中。谁知计划不如变化快，詹向阳所寻之人蒋助（詹向阳好友之子），因事到基层去，估计晚上才能回来。詹向阳手机没电，无法联系蒋助，请蒋助同事帮他通了一个电话，蒋助说下午会尽快回来。詹向阳不想把事情闹大，因此并未想到报警，此刻，他一腔兴头败了一半，只得筹算下一步该怎么办。走出办公楼，向大门外一瞧，那辆黑车不见了踪影，还没来得及高兴，搜寻的目光已经在对面马路的一排车中发现了那辆黑车，此刻的他知道，绝对不能走出这个大院，更不能回家。目前只好委曲求全，在这儿等蒋助回来。

他瞅着路对面的黑车，低语一声"恕不奉陪"，到单车篮里取出矿泉水，来到办公楼背面，拧开盖子一气喝完了，然后他拣个干净地方坐下，身子靠住楼壁，决定先休息一下再说。毕竟年老之人，加上熬了半宿夜班，詹向阳坐下后，顿觉浑身疲软，刚刚的精神头全部消失，再不想站

第九章　选择

起了。不一会儿,他的眼皮开始打架,面前的一切开始朦胧,既然蒋助一时不能回来,他决定睡一会儿养养精神再说。

詹向阳梦中被黑车追赶,拼命地奔跑着,就在筋疲力尽眼看要被追上的紧急时刻,突然斜蹿出一辆大货车,横在公路上挡住了它,他终于得以松了口气。黑车气急败坏,接连鸣笛,他忍不住快乐地笑了。正是这一笑,把詹向阳笑醒,他揉着眼睛,察看四面环境,发现在他对面的停车位,许多都空了,离他不远处一辆车开出车位后熄火,后面一辆车不断鸣笛示意。詹向阳想起梦中车笛,不禁微笑。他两手撑住地面,要站起来,却发现腿麻飕飕的不听使唤,只得揉着僵硬的两腿,等有知觉再站起。

楼后的车基本都开走了,詹向阳走到有阳光的地段,仰头观察太阳,发觉已经正午,显然,刚才是公安局下班了。

或许上夜班的缘故,他口渴异常,肚中反倒不怎么饥饿。他想到外边买点水喝,又怕再被跟上,索性熬着又睡了一会儿。

詹向阳睡眠特别好,无论何时,想睡就睡。即使在这样的地段,同样不受影响。等他再次醒来,已经日光西斜,他拍拍屁股上的土走向办公楼,看蒋助是否已经回来。恰遇蒋助从办公楼里走出,詹向阳便将自己被跟踪,想要他送自己回家之事说了。本想将黑车指给他瞧,路对面却不见了黑车的影子。蒋助毫不犹豫地答应了。他向领导请假后,带詹向阳从楼东小门走出转到楼后。他告诉詹向阳,他父母近日到上海妹妹家去了,不然他父亲知道詹向阳来,一定会留下他畅谈一通。詹向阳也说好久不见他父亲,怪想他的,等他从上海回来,他们一定要聚聚。

两人上车,詹向阳记起了单车,蒋助要他别担心,改天他把单车给他送回去。

蒋助的私家车车窗都贴了膜,车内人看外边没问题,车外人却看不到里边。詹向阳为保险起见坐在后排,一路再无波折,他顺利回到了家。

詹木兰和詹晓晴见詹向阳平安归来,悬了一天的心终于回归原位。一家人对蒋助千恩万谢。蒋助说以后有事尽管找他。送走蒋助,詹向阳把这一天的遭遇详细讲说,夸赞晓龙比他虑事周到,并表示以后要常听他的意见。詹晓晴偷偷笑着到卧室给哥哥打电话，报告外公回家的喜讯，顺便把外公夸他的话告诉了他。

詹晓龙完全放下心来，他满面春色，像过节一样高兴。突然记起滕飞英兄妹决定要给晓晴做配型的事儿，便做为惊喜告诉了妹妹。或许由于失望太多，詹晓晴并不抱多大希望，只说很感谢他们。詹晓龙清楚，久病的人常会变得多愁善感抑郁难解，于是他开导妹妹，说不管怎样，这总是一线希望，若没有他们给她做配型，连希望也没有。

"什么希望？"身边有人问，詹晓龙回头一瞧，却是张青。于是对妹妹说声"有事"，挂断了电话。因心里厌恶张青偷听谈话，故意对她视而不见，走向医生办公室。

"303病房刚来个病号，董医生要我来喊你。"张青瞅詹晓龙脸色漠然，解释道，"我可没偷听你电话。"

"多劳费心。不过，这似乎不是你的工作！"詹晓龙手握办公室门把手，点一点头，闪身不见了人影。

下班前，詹晓龙电话约滕飞英，请她去吃莱阳炒鸡。滕飞英为躲避陈俊旭，此刻正在购物城闲逛，接到电话欣然答应。时间尚早，她决定在赴约前，带上詹晓龙喜欢的水晶器。

归路上手机响了两次，滕飞英都未接。打电话者是陈俊旭。滕飞英不愿跟他绕口，只想快点到花店拿上水晶器走人。不过，她也暗中祈祷，千万不要遇上陈俊旭。

正所谓冤家路窄，滕飞英刚下车，陈俊旭的捷达也到了。滕飞英故意装作没看到，自顾自走进了花店。同高玫瑰打声招呼，把水晶器用一个小盒子装了，匆匆忙忙就要离去。陈俊旭站在门口，瞅着滕飞英做完这一切，问道："这是要去哪儿？有人相约？"

"是啊。不好意思，请让一让。"滕飞英眼睛一斜，望向门外，漠然无视他的存在。

陈俊旭不但未闪开，反而向前迎了一步，将细长胳膊一伸，瞬间将她拥入怀中。滕飞英未曾料到这一招，狠命把他一推，自以为能把他推

第九章 选择

开，岂不知陈俊旭虽瘦，却毕竟是男子，力道总比女孩子大，纹丝未动。滕飞英扭头呼救："玫瑰！"

　　陈俊旭见高玫瑰去了里间，又觉滕飞英平日活泼，料定不会反抗，才敢如此妄为，今听到滕飞英呼喊，立刻松开她，无事人般站到一边，低声道："飞英，我的约会在先！"

　　"什么事，飞英姐？"高玫瑰从镜门内探头问道。

　　"问你同学都做了些什么？！"滕飞英说着，白了陈俊旭一眼，"陈俊旭，我想和谁约会，是我的自由。你管得着吗？"

　　说完气呼呼地夺门而出。陈俊旭望着她的背影，失望至极。自詹晓晴得病以来，他受母亲影响，怕被拖累，果断单面决定分手。但突然间没了恋人，他的生活空虚寂寞无比，一次高中同学聚会，他遇到久不见面的高玫瑰，留了联系方式，常打电话聊天解闷。休班没处可去，高玫瑰请他到花店看看，他如约而至，于是，如同做梦般见到了与詹晓晴极其相像的滕飞英。陈俊旭从高玫瑰处得知滕家富有，而滕飞英至今单身，便觉这是上天所赐良缘，暗地对滕飞英展开攻势。滕飞英无意于他，平日只在花店和他开开玩笑，从不应他之约。他回家告诉母亲此事，母亲劝他少安毋躁，女孩需要哄，他多买些女孩儿喜欢的东西送她，自然慢慢会对他产生好感。然而母亲这招并未奏效，陈俊旭买了许多可爱的小玩意儿送给滕飞英，她却从不接受。后来听说女孩子都喜欢毛绒玩具，他到玩具店选了一只白色的毛绒狗，期望会博千金一笑，可惜的是，滕飞英说家中有个一模一样的，不想再要。这些小玩意儿，以及毛绒狗，既然滕飞英拒收，陈俊旭就送给了高玫瑰，她倒是来者不拒欣然接受。陈俊旭常暗地叹气，想滕飞英若像高玫瑰一样就好了。昨天，母亲问他追滕飞英进展，他摇头叹气，母亲便给他出主意，要他约滕飞英外出吃饭，若她不应，不妨带个外人，免得她不自在。现在看来，不是他不努力，而是滕飞英完全不给他机会，她就像一匹桀骜不驯的小马，追得越紧，跑得越远。可是这反而更激起他得到她的愿望。大凡人都如此，得不到的都是好的，日夜想着得到；身边唾手可得的，即使再好，因太容易得到，反觉稀松平常，懒得注意一眼，更不用说珍惜了。等到得不到的已成定局，回首却发现，曾经一直在身边的那个，已经伤透心背转身了。

高玫瑰莫名其妙地望着滕飞英的背影，以眼神示意陈俊旭，想知道发生了什么，陈俊旭头耷拉着，有气无力地问："玫瑰，今晚陪我去吃饭好吗？"

高玫瑰欢欣雀跃道："好，你等着，我收拾一下就来。"

滕飞英来到医院，詹晓龙已经下班。她把车停在医院单身职工宿舍楼边，下车给他打电话。有个高身量女孩从她身边走过，瞥她一眼，突然笑问："你是詹晓龙的妹妹吧？"

滕飞英笑笑算作回答。女孩又问："他没回家？我带你去他宿舍。"

滕飞英点头，把手机挂了。走到一楼，手机铃声大作，是詹晓龙打来的："你到炒鸡店了？时间还早呢。"

"没有，我在医院宿舍楼。"滕飞英面向高个儿女孩笑着，"遇到你一个女同事，她带我来找你。"

"我去接你。"

"好。"

滕飞英收起手机，就听到匆促的脚步声，不一会儿，詹晓龙已经来到面前。

"我的任务完成，快带你妹妹上去吧。"高个儿女孩笑着转身离去。

"张青，谢谢了！"詹晓龙对她的背影喊道。

"不用谢，举手之劳而已，希望你也可以这样帮我。"张青回头，意味深长地说。

詹晓龙明白她话里的隐语，一时语塞。

"宿舍在几楼？"滕飞英不知就里，见詹晓龙愣怔，问道。

"二楼。"詹晓龙笑道，"不知道你来，宿舍里乱糟糟的，希望不要见怪。"

第九章 选择

第十章　约会

詹晓龙宿舍在206室，四张床，进门处两张空着，据詹晓龙说，他唯一的宿舍同伴今夏结婚，东西虽在，人却不来住了。由此，这儿简直成了詹晓龙的单身宿舍。室内并不凌乱，床上被褥干净整齐，几本医学书像厚厚的砖块垒放枕边。南首矮矮的床头柜上，镜框中的詹晓龙如同武林高手，身穿白色衣衫，双目炯炯，威武地注视着室内。床头柜边是张木桌，柜、桌紧密相邻，好像一高一矮两兄弟亲密无间挨在一起。笔记本电脑安坐桌上，神态安然地等待着主人的开启。

"你练过武术？"滕飞英笑问着，一耸肩膀，"我在大学学过剑术，久不练习，都忘记了。"

詹晓龙说自己当年上大学时，非常喜欢武术，恰巧有个体育老师是散打健将，他和几个爱好武术的同学，相约拜师学艺，所学散打招数，经过刻苦练习，现实中百试不爽。

滕飞英暗想，怪不得那日在公园，他一下就把强子制服，原来是练家出身，心里不由得对他更加佩服。她环视室内说道："武林高手的屋内有些冷清，该养点花草之类，弄出些生机来。"

"哎，送你的！"滕飞英变魔术般从随身带的纸盒中，捧出个晶莹剔透的水晶器。

"谢谢！"詹晓龙眉开眼笑，"改天带回家，晓晴一定会喜欢。"

又道："你坐会儿，我冲个澡就来。"

詹晓龙拎着换洗衣服去二楼洗澡间，滕飞英枯坐无聊，打开手提电脑，见屏幕壁纸显示为几个刚劲有力的草书字，不禁微笑了。共同的爱好，总让人感觉亲切。

她搜出一首《月光下的凤尾竹》，在音乐中静等詹晓龙。

手机铃声响起时，滕飞英正把一张百元钞票，压到水晶器下。接起电话，居然是滕飞虎，问花店里的水晶器还有没有，要她带一个回家，他要送人。水晶器是店里卖得最火的，滕飞英前两天买进20个，至今只剩2个。送给詹晓龙1个，那么店里就只有1个了。滕飞英告诉哥哥，她今晚在外边吃，已经向爷爷奶奶请过假了。水晶器得等她吃完饭才能带回去。滕飞虎急问她在哪儿，要立马来取花店钥匙。滕飞英故意刁难哥哥，说只有讲清送给谁，她才肯告诉他她现在在哪儿。滕飞虎被逼不过，只得承认是送给詹晓晴的。滕飞英笑了，说15分钟后莱阳炒鸡店前等他。

此刻，詹晓龙已经冲完澡回来，他擦着湿漉漉的头发，说现在可以出发了。

滕飞英点点头，笑着看他一眼道："水晶器你放宿舍养着，晓晴自有人会送她。"

詹晓龙以为滕飞英要再送妹妹一个，说："不必了，我这个给她就好。"

滕飞英只得解释，不是她送，是另外有人，并且是个男孩子。而这个人到底是谁，她暂时保密，他以后可以自己问晓晴。詹晓龙瞧着滕飞英如此胸有成竹和知内情的样子，有些讶异和惊奇，但心内却涌上一阵欣慰，终于，晓晴身边又有了爱慕者。

莱阳炒鸡店门前，滕飞虎的高大身影像白杨树一样醒目地矗立着，滕飞英一眼就望见了他。她把车开到哥哥身边，开车窗把花店钥匙递了出去。滕飞虎接过钥匙，见到詹晓龙在车内有些意外，他斜瞟妹妹一眼，微微一笑。詹晓龙邀他同去吃饭，滕飞虎以今晚父亲不在他必须回家为由推辞了。把钥匙环套在食指上摇着，滕飞虎对妹妹做个鬼脸，笑着离开了。

炒鸡店内，中间的大厅安放着两排散桌，南边和西边各是单间，詹晓龙和滕飞英选了一个小单间，刚要进去，一个服务员从邻间开门走出，

第十章 约会

重生

滕飞英瞥到一个熟悉的身影:"爸爸?"

滕冲对面坐着一个女人,滕飞英来不及观察那女人,服务员已把门关上。自母亲去世后,虽有许多提亲者,但父亲一直未娶,这让同母亲感情特别好、母亲去世后异常逆反的滕飞英,对父亲在此事上还算满意。母亲虽已去世两年,但若父亲真正恋爱,由另外一个女人占据母亲的位置,她依然不能接受。

因发现父亲与异性单独在一起,滕飞英的心悬着放不下,又不好直接闯进去,吃饭时不由得眉头紧锁若有所思。

女服务员进来送菜,滕飞英一心只在此事上,默望着手中筷子,思考着对策,恍若未见。服务员放好菜盘,眼睛直望着她,面露惊喜:"飞英姐,好久不见了!"

滕飞英抬头,讶异道:"川花,你怎么来这儿了?"

"工作没着落,先在这儿挣点零花钱。"川花说着,眼睛悄向詹晓龙一斜,用力眨了几下眼睛,"这位是?"

"你想哪儿去了,川花!"滕飞英蓦然明白她表情的含义,"这是我的朋友詹晓龙,人民医院的实习医生!哦,晓龙,这是高玫瑰的表妹。"

"唔,你好!不打扰你们了,请慢用。"川花向詹晓龙笑笑,就要撤身而出。滕飞英突然计上心来,蹙紧的眉头舒展,喊住她说要请她帮个忙。川花一脸诧异,滕飞英笑拉她到包间外,附耳低语一阵。然后从手腕上褪下一只细银手链,说是送给她的一点谢礼。川花推辞着,滕飞英却不由分说地给她戴上:"去吧,这事全靠你了!"

滕飞英乐滋滋回到包间,詹晓龙问她要川花帮什么忙,如此神秘?滕飞英笑道:"一会儿你就知道了。"

詹晓龙不知滕飞英葫芦里卖的什么药,见她一改刚来时的模样,回归活泼本色,不由得暗暗称奇。几分钟后,滕飞英手机铃声响起,她摁断了却接着回拨,对方同她一样未接,隔了几秒,她又回拨一次,对方很快挂断,她装好手机,笑吟吟地拿起筷子,连连向一盘白菜拌虾米展开攻势:"这个好吃,晓龙,快尝尝!"

詹晓龙探究地望着她,迟疑地夹了一口白菜,瞬间,眼泪鼻涕一起出来。他不断"嘘——嘘——",指着滕飞英说不出话。原来,这盘白菜并非普通蒜拌,而是用芥末汁调的,滕飞英吃菜,看似连连夹菜,实际每次仅是夹起几根而已,自然不会感觉太辣。詹晓龙则不同,一筷子夹起好些,出现此反应也在意料之中。

滕飞英笑得花枝乱颤,抬不起头。包间门响,两人居然没听见。川花闪身进来,把大屏手机放到滕飞英面前:"已经得了。"

滕飞英擦眼泪细瞧,眉尖微蹙道:"是她?!"

她谢了川花,又悄对她说"他们走时,告诉我一声",才放川花出去。詹晓龙口里辣劲此刻已过,见滕飞英和川花叽叽咕咕,好奇心大作,忍不住问:"川花给你看的是什么?"

滕飞英故弄玄虚道:"一张相片。这人你也认识。"

"谁?"

"冯敏。"

"冯敏?"

"我爸和冯敏在我们邻间。"

"你怎么知道的?"

滕飞英笑了笑,把来时见到父亲和一女人在东边邻间,为看清女人模样,而托川花拍照的事,和盘托出。他们吃饭间隙,滕飞英收到的电话,就是川花的暗号,说明她马上到包间;滕飞英挂断,回电话时川花挂断,证明她已入包间;她再拨过去,川花再挂断时,川花已把菜摆到桌上,顺便借挂电话之机拍照。川花给滕飞英看的图片,就是在邻包间拍摄的,由于离滕冲二人稍近,冯敏又并未向她转脸,她无法调节角度,只拍到她半边脸。虽然如此,滕飞英还是一眼认出了她。

詹晓龙沉吟道:"我们,是不是应该同他们打个招呼?"

滕飞英冷笑道:"不必了。吃完饭,我会会他们。"

詹晓龙注视着她,满面讶然。

"看什么,吃饭哪,傻瓜!"滕飞英冷若冰花的脸,瞬间柔如春风。詹晓龙甚至以为自己看花了眼,那冷冷的笑容,怎会在如此活泼可爱的女孩脸上出现呢?

第十章 约会

085

重生

川花走后,滕飞英便催詹晓龙要主食。詹晓龙点了两碗米饭。滕飞英只吃了几口,说去趟洗手间,匆匆起身离开了。

詹晓龙左等右等,不见滕飞英的影子。他想她或是去找川花了,便喊服务员来付了账。不大一会儿,有手机铃声响起,詹晓龙四处寻找声音,发现铃声是从座位上的女包内传出的。打开这个精致的小红包,拿出手机,上面显示"川花"来电。他接起,尚未开口,只听川花说:"飞英姐,经理要我到后边帮忙,你托我的事情,我恐怕帮不上了。"

詹晓龙见川花把自己当作滕飞英,忙解释:"不好意思,我是詹晓龙,飞英不在,她回来我转告她。"

手机里传来一个男人的呼叫,川花应着,对詹晓龙说声"拜托",挂了电话。

詹晓龙把手机放回女包,思索了几秒,来到东邻间门外。轻敲几下,无人回应。耳朵贴到门上,他隐隐听见里面有吵嚷声,便悄悄推开了门。眼前的一幕把他惊在原地:滕飞英背门而立,正大声说"我不信",滕冲手搭到她肩上,请她少安毋躁,要慢慢跟她解释,但滕飞英猛劲把他的手甩开,转脸向滕冲对面的冯敏开了炮:"我妈妈去世还不到两年,你,你甭想取代她!"

冯敏恳切地请求听她解释,滕飞英却不能冷静,哭喊着:"我不听!你和我爸爸都是骗子!"

滕冲被女儿骂,脸上红黄不定,见女儿哭闹不休,他火气上来,喝道:"飞英,你太过分了!"

父亲威严的喝令把滕飞英镇住了。滕冲瞅准机会,拉她坐下,眼风却瞥到了门口怔住的詹晓龙。

门半开着,外边来往的人,都向里面投来奇怪的一瞥。滕冲怕家庭闹剧被外人看了笑话,立刻招呼道:"晓龙,进来坐。"

詹晓龙脸色通红低应一声,关好门后,坐在了冯敏身边。撞见滕冲父女私下争吵,倒好像是他的错,一时他不知该说什么。对面的滕飞英,眼皮红肿,泪痕未干,还在轻轻抽噎。滕冲拍她肩膀,示意她不要再哭:"晓龙不是外人,可以给我们评评理。"

"今天，你冯阿姨因家事约我，希望能帮忙出个对策，不想被飞英瞧见，她闯进来，给我们戴了一顶'别有用心约会'的帽子。我向她解释，她反而诬赖你冯阿姨图谋不轨，想要嫁给我。"

滕飞英扭头望着父亲，张嘴欲辩解，滕冲却不给机会，继续道："晓龙，你冯阿姨是国外大学教授，人家肯屈尊嫁给我？我怕委屈了你冯阿姨，都不敢有这想法。偏偏飞英硬把我们扯到一起，你说说看，这算哪一回事？"

滕冲话音刚落，滕飞英憋在心里的话立刻冲口而出："爸，上次冯阿姨去我们家，你们难道不是相约在外面吃的晚饭？那晚我和哥哥心照不宣，只是没说破罢了。那时，我们深信你们的关系是纯洁的同学关系。可是这次你们又偷偷约会，我就不这么认为了。老是孤男寡女，自然让人起疑心。况且，每次见到你们，冯阿姨都在抹泪，第一次或许不在意，第二次，我疑心也正常。冯阿姨在你面前伤心，一定是她家人不同意你们在一起。"

"飞英，你越说越不像话了！"滕冲的怒火又被引燃了。

默不作声的冯敏突然开口道："滕冲，不怪飞英，都是我的家事搞的，唉，都说家丑不可外扬，不管这些了，今天就把我的秘密告诉他们，免得再被误会。"

冯敏回国后，先找好落脚宾馆，然后到福山祈愿，回来后去找唯一的哥哥，因为母亲一直同哥哥在一起生活。然而，冯敏的哥哥早已搬家，她找不到他了。冯敏只得回老家，询问本家一位堂哥，堂哥告诉冯敏，在她出国一年后，她母亲已病逝。冯敏听到此消息，无异于五雷轰顶，差点晕倒。后来，她随堂哥到母亲坟前哭了一个昏天黑地。那次在滕冲家流泪，就是因此缘故。从堂哥处冯敏得知哥哥住在秘园小区，于是便去找他。她在哥哥家门外敲了半天，没人应答，无奈之下，拨通堂哥给她的联系电话。冯敏哥哥接起电话，问她找谁？冯敏说就找你，我是你妹妹。她哥却说开什么国际玩笑，他没妹妹！一句话把冯敏噎住，不等她反应过来，她哥已挂了电话。冯敏气得当时就怔在了原地。过一会儿再拨过去，她哥居然直接摁断了。连拨三次，她哥关了手机。冯敏再没招可用，只得先回宾馆。越想越难过，20年来，她以为母亲健在，给家里寄钱之事从未间断，至今，已寄了有二三十万人民币。这些钱，必然是哥哥领走了。可是，他居然不认她……

冯敏不甘心，她决定要个说法。当晚8点，她又来到哥哥家，但他家中却依旧无人，只得回了宾馆。近10点，哥哥门前再次出现她的身影。这次敲门，有女人绵长的应声，问谁呀？冯敏说是我，有事找你们。门很快打开，里面的人和冯敏都大吃一惊。冯敏吃惊，是因为面前的人变化太大，20年前苗条的身子，如今居然如同水桶，大脸仿佛银盘，红润至极，脖子粗短，几圈赘肉，像项圈一样挂在上面。若不是眉眼神情一似当年，又加上在哥哥家，冯敏不会相信，此人是她的同学兼嫂子铎佳。铎佳吃惊，却是因冯敏的突然现身，冯敏变化不大，她一眼就认出了她。她瞪着铜铃眼，下巴的赘肉颤动着："冯敏？！"

"不错，是我回来了！"冯敏强自镇定，淡淡道，"你胖了，铎佳。我哥呢？"

"寰鸥，冯敏回来了！"铎佳大声喊着，把冯敏让进客厅。客厅里坐着两个男的，一个头微秃，四十多岁，剑眉直鼻；另一个二十多岁，铜铃大眼。他们看到冯敏，一起站起来。

"哥，你没有妹妹吗？"冯敏目光如刀，射向头微秃的男人。

"对不起，阿敏。"寰鸥尴尬万分，解释道，"你回国也不给我们个消息，我还以为是骗子呢！"

"是啊，我是骗子。妈妈去世二十多年，我居然不知道，还一如既往给妈妈汇钱，不知谁是骗子？"冯敏犀利的目光紧盯住哥哥。

"哟，这是怎么了？二十多年没见，兄妹俩该亲热地谈心才对，怎么一进门，火药味就这么浓呢？"铎佳笑里藏刀，给冯敏捧过一杯茶，让她坐了，"你哥可是时刻记挂着你，常说你在国外不容易之类的话，座羲，是不是？"

电视里正在播放S市大明星海选节目，座羲眼睛像黏在电视上，他点头，漫不经心地"是"了一声。

"是吗？"冯敏冷冷地反问，"既然记挂我，妈去世怎么不通知我？

我很想知道原因。"

"即使告诉你,你也无法回来出殡,只能徒增你的烦恼,为你着想我才没通知你。本想等你回国——谁知你竟一去20多年。而这事既然瞒了,又不好再说破,所以拖到现在。"寰鸥一脸无奈和歉意,"好了,阿敏,都是哥的错。既然你回来,哥明天陪你给妈上坟去。"

冯敏眼里满是泪水:"就算我原谅你,妈也不会原谅你。"

"走了的人已经走了,你们活着的兄妹俩,可要好好珍惜。"铎佳说着,拉过座羕,"座羕,快来见过你姑姑。"

"姑姑。"座羕并不把冯敏放在眼里,但迫于母亲的威严,只得勉强叫道。

冯敏打开随身的大帆布包,拿出两个包装精美的盒子递给座羕,座羕立刻打开,见是天美时的时尚男表,撇撇嘴把表放到茶几上:"又不是什么名表,我不稀罕。"

铎佳道:"你这孩子,什么样的表才算名表?"

"至少过万的表。这表不过千把来块钱。"座羕对母亲的无知表示鄙夷。

铎佳"哦"了一声,脸上的笑纹有所减少。

当年的铎佳就是势利眼,最爱的是财,她的孩子,自然随她的脾性。这样一想,冯敏心里的懊恼也便化解了。她递给铎佳一件羊毛衫:"好不好的,别嫌弃吧,毕竟是漂洋过海带回来的。座羕,不喜欢你就送人,姑姑不会收回。另一块天美时,是送你爸爸的。"

铎佳接过羊毛衫假意笑道:"'千里送鹅毛,礼轻情意重',多谢了。"

她胖脸上堆起的假笑就像面具,冯敏恨不得一把扯下,扔到地上。

寰鸥坐在沙发上,似笑非笑地望着冯敏和铎佳,两只手互相绞着,好似考试时紧张的孩子。座羕无视家人的任何动作,沉迷到电视中,看到精彩片段,毫无礼貌地哈哈大笑。铎佳极力掩饰住失望,紧挨冯敏坐下,打开羊毛衫的盒子,研究着它的质地。

冯敏不适应这种家庭气氛,她简捷问道:"哥,那两个孩子怎样了?"

寰鸥眼睛向铎佳一斜,见铎佳毫无接话的意思,便道:"已经长大了。"

"他们现在住哪儿？你常去看他们吗？"冯敏急切问着，她发现，铎佳的脸色越来越黑了。

"这个，这个……"寰鸥不知何缘由，回答不出这两个简单问题。"啪"的一声，羊毛衫和盒子，一起落到茶几上。铎佳面色青黑道："他们与我们有什么关系？"

"哥，"冯敏并不理会铎佳，只追问哥哥，"他们住哪儿？这两个孩子可以与铎佳没关系，但与你难道也没关系？他们身上流着你的血啊！"

"我们与他们久不联系，确实不知他们住哪儿。"寰鸥悄悄瞟铎佳一眼，诺诺道，"今年春天，他们给我来过电话，不知他们怎么打听到我的手机号码，但我没存下。"

冯敏眯起眼睛，注视着这一家人——这一家与她血缘最近的人，失望却如雪崩，不可避免地扑面而来。

"江山易改，本性难移"，这句话从脑海中骤然冒出，冯敏忍不住嘲笑自己天真幼稚。再坐下去毫无意义，她起身告辞了。寰鸥默然无语，铎佳脸上挂起瓷器裂纹般的笑容，假意请冯敏搬到家中来住。座袤全身心扑到电视上，根本未听到她告辞。

寰鸥夫妇送她出门，她甚至没有回头望一眼，她感觉自己像被雪原冰封，寒彻肌骨。

回国之前，冯敏做了一个梦：嫂子向她哭诉，她的两个孩子衣食无着，生活得很苦，希望她能帮忙照看他们。正是这个梦，促使她下了回国的决定。

冯敏讲完，滕飞英迷惑不解地问道："你哥家三个孩子，为何只养一个？那两个孩子，难道送给人家了？"

第十一章　同历惊险

冯敏解惑道："都怪我讲得不清，我有两个嫂子，梦里的嫂子是哥哥的前妻，两个孩子是她的。他们都跟外公生活。"

詹晓龙脸色苍白，低头望着手指出神。

"在国外20多年了，回来突然知道母亲去世，又无家可归，这种心情，飞英，你，你能理解吗？"冯敏眼中泪花旋转，声音哽咽了。

滕飞英岂能不理解？妈妈去世后，她真是肝肠寸断，几个月了，只要想起她，依然泪水涟涟。而晚上睡觉，也常在梦中哭醒。冯敏一席话，使滕飞英前嫌尽失，诚恳道歉："我能理解，冯阿姨。都是我错了，以后你有事情，尽管找爸爸商量，我再不打搅你们了。"

"我们应该退出了！"詹晓龙站起身笑道，"飞英美女，请。"

"谢谢你，飞英！"冯敏真诚道谢。

四人作别，詹晓龙和滕飞英驱车来到广场。正是一年中温度最适宜的季节，广场上人流如潮，音乐此起彼伏，荷花形的街灯，将广场照得光亮如昼；东南角，锣鼓喧天；阵容庞大的秧歌队，像长龙一样单队盘旋，身着彩服的阿姨们，手拿粉扇，踩着鼓点，前三退二，扭动腰肢，洋溢着美满和喜悦；广场南首中间，是名副其实的露天卡拉OK，不管是谁，都可以登台献艺，围观的人们听得如醉如痴，喝彩声和掌声起伏不断；西南角舞台上，华尔兹舞曲悠扬动听，翩翩起舞的人们，如同蝴蝶纷飞……

两人看得眼花缭乱，目不暇接。每个热闹处他们都要停留一番。滕

重生

飞英按捺不住,先是跑进秧歌队扭了一段;卡拉 OK 处又献曲两首;来到交谊舞舞池边,心内发痒,邀请詹晓龙共舞。詹晓龙连连摆手,他大学时只学过基本步,毕业后从没跳过,所学都还给舞蹈老师了。滕飞英却是舞场老手,见他如此,怕被踩脚,也就作罢。二人正要离开,身后一个声音突然道:"美女,会跳舞吗?请你跳一曲?"

滕飞英和詹晓龙回头一瞧,见是一个帅气男孩微笑着等滕飞英作答。滕飞英点头,大方地随男孩来到台上。两人搭好架姿,翩然舞动。男孩白衣黑裤,身形挺拔,动作娴熟到位;滕飞英红色 T 恤,白色长裙,舞动起来柔若无骨。两人搭配极为和谐,一时成为舞池亮点。詹晓龙在台下,目光随他们身影游移,看得发呆。一曲罢了,两人下台,娇喘微微的滕飞英寻到詹晓龙,两人一同向广场北边走去。那帅气男孩的眼睛向滕飞英一瞟,对台下稍远处两个男孩点一点头,然后装作漫不经心的样子,跟在詹晓龙二人身后,另外两个男孩迅速跑到他身边。

詹晓龙微笑着拿出纸巾,轻轻递给滕飞英,滕飞英说声"谢谢",接过拭汗,偶一抬头,看到天空中好似悬着许多灯笼,惊喜叫道:"看呀,好漂亮的孔明灯!"

詹晓龙抬头望去,墨蓝的夜空之中,一盏盏孔明灯,如同发光的神鸟展翅翱翔,天幕上的星星,倒成了珍珠般的点缀。

"真想放一个。"滕飞英眼中放光,羡慕不已。

不远处,几个人围着一个男子,在瞧什么稀奇。詹晓龙眼尖,人缝中看到好些孔明灯,笑着对滕飞英道:"前面有卖的,我们去买一个。"

他们买了两个孔明灯,滕飞英小孩子心性,兴奋异常,点上灯,许了心愿,立刻把它放飞到空中。詹晓龙手拿另一只孔明灯,说要回家送给妹妹,因此他只看着滕飞英放。在灯起飞的瞬间,他悄悄许了一个心愿:"希望晓晴能快些找到配型!"

孔明灯飘飘摇摇飞上天空,愈来愈远,愈来愈小,两人虽仰得脖酸,却很高兴。滕飞英笑称这是自她母亲去世后最快乐的一个夜晚。詹晓龙沉默片刻,说道:"飞英,虽然你妈妈去世,但不管怎么说,你曾经感受过母爱,而我们兄妹,连妈妈的面都没见过。你爸爸非常爱你,我们的爸爸,对我们不闻不问,由我们自生自灭,你呀,比我们兄妹幸福多了!"

滕飞英目不转睛地盯着詹晓龙,叹口气说:"唉,从前,我总以为自己是最不幸的,独处时,常自怨自艾,而今听你一番话突然明白了,其实我是身在福中不知福。"

说完,她攥拳捶腿道:"好累!找个地方休息下吧。"

广场锻炼和游玩的人已开始退潮般向广场外涌去,詹晓龙拿出手机瞅了一眼:"现在9点45分,稍坐一坐,该回去了。"

随后他又提议,既然滕飞英的车停在广场东边的公路对面,他们可以到广场东外缘草地上,那儿清净又空旷,想离开时,几米外就是公路。滕飞英觉得有理,于是,两人并排向广场东边走去。不远处的树林里,三个男孩挤坐在一块大石上,一面低声嬉笑,一边盯着他们二人的举动。见他们起身离开,三人敏捷跳下大石,不远不近地跟在了他们身后。

草地的白色椅子上,詹晓龙和滕飞英相挨而坐。秧歌队早已离去,锣鼓喧天的场面不再,围观者亦消失得无影无踪,两人只觉眼前空旷、耳根清净。远远飘来卡拉OK的音乐,悠悠扬扬,格外动听。仰望夜空,浩瀚如海,无数晶亮的星星,好似筛出的金沙,闪着诱人的光芒。滕飞英叹口气:"广场热闹时,自有热闹的快乐;清静了,自有清静的妙处。"

詹晓龙默然笑了。他理所当然地认为,以滕飞英的外向性格,只会喜欢热闹,现在看来,喜欢清静,并不是内向人的专利。

"我从小喜欢仰望天空,总相信妈妈会在天上同我对视。虽然不知道哪颗星是妈妈,但我知道,天上的每颗星,都是一个灵魂,它们闪烁的光芒,是与我们交流的心声。"詹晓龙说。

"你的想法很奇特,若妈妈也在天上看着我,我会感觉好幸福!"滕飞英微笑着注视夜空,伸开双手,像要拥抱浩渺的宇宙。

正在这时,她的手机突然响了。滕飞英一惊,缩回手臂接起电话:"哥,知道了,马上回去。"

第十一章 同历惊险

093

重生

詹晓龙早已站起，等滕飞英起身后，两人沿着弯曲的石子小路来到了路边。正要穿过马路，不知从哪儿跳出两个戴黑色大口罩的男人，其中瘦小的一个抱住滕飞英，手捂在她嘴上，拖起便走；另一挺拔的高个儿，抡起拳头直捣詹晓龙心窝。詹晓龙身子轻跳闪过此拳，把孔明灯放在脚边，飞起一脚踢到对方左脸，那人"啊呀"一声倒地。詹晓龙撇下他，去救滕飞英。一辆黑色北京现代逆行而来，停到小个子身边，小个子竭力想把滕飞英拉进车内。詹晓龙在小个子身后划一个扫堂腿，猝不及防的小个子，"噗"一声跪倒地上，身子不由得向前趴去，前额撞到黑车车身，只听"嘭"的一声闷响，小个子"哎哟"叫着，手捂额头一动不动。

詹晓龙拉起滕飞英欲跑，谁知"螳螂捕蝉，黄雀在后"，高个儿已经起身，并从后面紧紧抱住了他。詹晓龙对滕飞英喊道："飞英，快跑，打110求救。"

黑车司机见形势不利，立即下来帮忙，正遇到滕飞英从面前过，一把抱到怀里，向车门走去。

"强子？！"尽管司机和另两人一样，戴着黑色大口罩，滕飞英还是从他熟悉的眼睛认出了他。

司机身子一震，稍微迟疑，瞬间捂住了她的嘴。他已经打开车门，预备把滕飞英塞进车内。

詹晓龙被高个儿从后抱住，情急生智，拉起高个儿的中指，向后用力拧去，高个儿痛得脸变形，"啊"地惨叫一声，迅速松开手，詹晓龙一拳捣在他胸口上，高个儿跌了一个仰面朝天。詹晓龙回头一瞧，滕飞英半个身子已被塞进车内，司机一手摁住她的上身，另一只手则搬起她的腿，预备放进车内。情势紧急，心急如焚的詹晓龙腾空跃起，飞起连环腿，把司机打倒在地。此刻，小个子抹了一把青紫的额头又扑上来，高个儿也翻身跃起助阵，詹晓龙一把拉起滕飞英掩到身后，摆出架势，慢慢后退。小个儿和高个儿则对视一眼，一左一右开始夹攻詹晓龙。詹晓龙对滕飞英低声道："快打110。"

滕飞英慌里慌张地找手机，发现装手机的手提包不知哪儿去了，颤抖着声音说道："找不到手机了，怎么办？"

"快跑！"詹晓龙的手机在口袋里，但高个儿和小个儿已追过来，情势危急，不容詹晓龙再有任何别的动作，口中喊着，他将滕飞英推出，轻轻一闪，顺手扯了高个儿一把，高个儿和小个儿的拳头，立刻落到对方的身上。

"哎哟，干吗打我？！"

"你干吗打我？！"

高个儿和小个儿互相埋怨着，但顷刻又合起来，继续他们的进攻。詹晓龙这次反攻为守，向高个儿虚踢一腿，在小个儿放松警惕之际，猛然把他的胳膊拧到背后，当作工具撞向高个儿。小个儿扑到高个儿身上，两人同时倒地。詹晓龙趁此机会，转身飞步去追滕飞英。滕飞英却因跑得急崴了脚，蹲在了路边。詹晓龙独战三人，体力不支，此刻见滕飞英如此，暗暗叫苦。

紧要关头，警笛大作。已爬起的司机见他们二人被打倒，独身不敢再战，听到警笛，拉起同伙迅速跑进车内，落荒而逃。

警车呼啸着紧追黑车而去。

见他们去得远了，詹晓龙突然感觉精疲力竭，浑身一点力气都没有了。他一屁股坐到路沿的石头上。几个远远观看的人围上来，问他们刚才是怎么回事。詹晓龙一时说不清，只把事情经过讲述了一遍。其中一个中年男子道："刚才见你们打斗，腿都软了，好一会儿才摸出手机报警。"

有个30岁左右的女人，手指不远处问："草地边的红包，是你们的吗？"

滕飞英惊魂未定，浑身哆嗦，对人家的问话置若未闻。詹晓龙瞥了一眼，道："是我们的。"然后要起身去捡，那女人见他疲惫不堪，摆手说可以帮他去拿，回来顺便把孔明灯捎带了，得知是詹晓龙的，一并交还给他。

第十一章　同历惊险

重生

詹晓龙谢了这两个帮忙的好心人,扶起浑身哆嗦的滕飞英,滕飞英崴了的左脚刚一落地,立刻痛得冷汗直流,詹晓龙只得背着她走。

坐进车内,两人沉默了好大一会儿。滕飞英稳定好心神,欲启动车,却发现左脚无法踩离合,叹口气,找出手机向哥哥求救,发现有两个未接电话,都是哥哥打来的。她拨通他的手机,告诉他脚崴了,需要他帮忙。

滕飞虎焦急万分,问她痛不痛,有没有去医院,并告诉她原地别动,他和爸爸一会儿就到。

詹晓龙细想这三个歹徒的形态,小个子面目熟悉,很像他去福山时,在公共汽车上遇到的年轻人。不过,那年轻人有斜刘海儿,现在的小个子,额前发全部向后拢起,摩丝固定。因他们都蒙着脸,他不能十分确定。高个儿是和滕飞英共舞的男孩,他的衣服、发型都没换,即使蒙住半边脸,却还是无法逃过詹晓龙的火眼金睛。司机嘛,他在打斗时听到滕飞英叫"强子",看他身形,正是那日公园里欲对滕飞英不轨之人。既然滕飞英认识"强子",不妨就从这儿寻找线索,看这伙人到底是些什么人。

他主意已定,若有所思道:"飞英,对不起,今晚的事情,都是我连累了你。外公曾说有辆黑色北京现代跟踪他,今晚这辆车,估计是跟踪外公的那辆。"

"与你何干?今晚他们明摆着是要绑架我,我想一定是强子策划的。那日公园被你撞破,我把他的QQ号删除了,电话也加入了黑名单,他自然找不到我了。今天偶尔遇见,便仗着人多势众,想把我劫走。没想到你英勇无敌,把他们打得落花流水,又有路人帮忙报警,我们得以安全脱身。其实,该说对不起的人是我。"滕飞英说得有点急,咳了两声。

滕飞英的话不无道理。其实,这伙人无论针对谁,詹晓龙都不敢掉以轻心。不管怎么说,强子是条重要线索,从他入手,说不定能够打开缺口找到这伙人。而只有这样,他们才会变被动为主动。想到这儿,他问道:"强子是你朋友?你们怎么认识的?"

"是一个网友，两人颇有共同语言，聊了一年多，互留了电话，从没见过面。那天在公园，是初次相见，没想到出了那事。幸而我留了一手，只说自己叫刘飞英，没把真实身份和工作告诉他。"滕飞英心有余悸地说。

"他的名字、工作单位告诉你了吗？"

"他说叫孟成强，货车司机，在鸿运物流。名字和工作单位不知真假，工作似乎是真的，他曾为常年在外边跑，而向我诉苦，说要调换工作。"

詹晓龙心内有了底，决定悄悄打探一下，看能否找到此人。

滕冲父子很快赶到了。滕飞英瞧见他们，慌忙说道："晓龙，我认识强子的事，千万别告诉我爸和我哥。"

詹晓龙点头。

滕飞虎拉开车门，将滕飞英抱到后座，立刻按父亲指令去医院。滕飞英不肯，詹晓龙说该去拍个片子看有没有伤到骨头，也好放心。滕飞英接受了他的建议。

詹晓龙带他们去人民医院的骨科病房办公室，开单先去拍片，幸好只是扭了筋，未伤及骨头。大夫看了片子，说不碍事，回去平躺，把脚垫高，先冷敷12小时，再热敷12小时，然后吃些活血化瘀的药，静养几日就好了。

滕飞虎到药房取药后，一家三口回去了，只剩詹晓龙一人，孤孤单单地回到宿舍。这时已是凌晨，他推门开灯，宿舍里冷冷清清，只有水晶器里的凤眼莲给室内添了一丝生机。两条红色热带鱼，摆动着裙摆般的尾鳍，悠游来去，詹晓龙看见，心里一暖，孤单的感觉不翼而飞。不过，詹晓龙觉得奇怪，水晶器内的水，本是无色，门口瞧去，居然隐隐带着血红，他以为自己眼花，走近细瞅，水晶器下压着张百元钞票，原来是钱的颜色上映到了水里。他知道是滕飞英留下的，收了起来，简单洗漱后就躺下了。今晚因一场打斗，弄得人疲累不堪，自以为会一觉到天明，却在躺下后辗转反侧不能成眠。想那伙人一定不会善罢甘休，还会出来干扰，只愿滕飞虎兄妹能够快些给妹妹配型，只要有一人配上，

第十一章 同历惊险

晓晴就能得救。但是有那伙人在，即使配型成功，妹妹能不能安然无恙做手术，尚是个未知数。这让他恨得牙根痒。对了，不要忘记，从明天开始，他要暗地去调查孟成强。由孟成强，他想到滕飞英——此刻他的意识开始朦胧——脑海中如同电影片段，映出与她第一次相见的情景，而今晚的惊险场面，却不受控制地横插进来——三个歹徒离开后又回转，继续追赶他和滕飞英。他背着她慌张地跑进一片漆黑树林，在一棵几人合抱的大树后，静悄悄地躲了起来。歹徒们乱找一气，徒然无功，最终失望地离开了。滕飞英紧紧偎在他怀中，身体轻轻颤抖着。他想快些离开这是非之地，却不料滕飞英突然转身，双臂紧紧抱住了他的腰。黑暗中，她的体香，轻柔的呼吸，无不勾起他内心强烈的热望。然而，就在此时，三个歹徒突然从他们背后跳出，大喊道："终于找到你们了！"

一身大汗，詹晓龙睁开了眼睛。此刻天已大亮，回想梦中情景，犹历历在目。翻身坐起，他定了一下心神，伸手抹了一把额头的汗水，起身去冲冷水澡。

因是周日，詹晓龙到门诊轮值，9点去厕所时，在甬道里听到一个新闻：昨晚广场边发生三人团伙抢劫，警车赶到时，抢劫者驾车逃逸，虽然全力追赶，但还是让抢劫者逃脱了。因这个新闻，昨晚惊心动魄的一幕又开始在詹晓龙脑中回旋，他摇摇头，把这些印象甩掉了。滕飞英的影子却老在眼前晃，挥之不去。于是他觉得应该问候一下她的脚，却四处找不见手机，想来应该是遗落在宿舍，跟董医生打声招呼，跑回宿舍，在枕边找到了手机。

有三个未接来电，詹晓晴的两个，另一个是滕飞英打来的。他先给妹妹回电话，詹晓晴告诉他，滕飞虎昨晚去过家里，给她带去一个水晶器，里面有漂亮的热带鱼，上面是碧绿的凤眼莲，她很喜欢。还说滕冲不仅同意滕飞虎兄妹给她做配型，并且要给她手术捐款。詹晓龙恭喜妹妹，说既然遇到这些好人，她配型的问题，肯定很快也会解决。心内却想，若早知道滕冲能捐款，他就不必去福山，从而引发被人跟踪闹得一家不安了。但有些事情，都是意料之外的，他又怎能预测到？

詹晓晴问哥哥昨晚过得可好，她不知怎么回事，昨晚上床后，突然莫名地心里恐慌，睡不着，闹了半宿，直到快零点才睡去。詹晓龙把昨晚发生的一切告诉了妹妹。他心中冒出一个想法：孪生兄妹心灵相通，因此他遇到凶险之事，妹妹也能感知。

同妹妹正聊着，手机轻响一声，提示另有电话打来。詹晓龙看是滕飞英，跟妹妹说明情况，詹晓晴立刻挂断，让哥哥和滕飞英通话。滕飞英说今天脚不痛了，只是有一点肿。她爸爸和哥哥中午都不能回家，她守着唠叨的爷爷奶奶闷得慌，希望詹晓龙中午去她家吃饭，顺带陪她聊会儿天。詹晓龙有家不能归，觉得到滕飞英家去感受家的温馨也是一件幸事，于是他同意了。

第十一章 同历惊险

第十二章　落花有意,流水无情

中午下班后,詹晓龙如约而至。此时滕飞英正躺在沙发上翻着几张齐鲁晚报。爷爷奶奶则分别坐在两张单人沙发上,观看图文台连续播放的电视剧。见到詹晓龙,两位老人热情地围上来,喜笑颜开:"这一定是飞虎说的那个晓龙了!"他们仔细打量着他,弄得詹晓龙怪不好意思。滕飞英见到詹晓龙,把报纸扔到一边,就要坐起。奶奶皱眉道:"你这孩子,从小喜欢自作主张,医生都说崴脚要平躺休养,你偏要反着来。今天你爸安排好了,要我看着你,你就安安稳稳躺着吧,吃饭,刘姨自然会给你送来。"

滕飞英只得依旧躺着,偷白奶奶一眼,噘了嘴低声自语:"从小不听大人话?!哼!什么都是哥哥好,我哪儿都不成。"

午饭已经做好,餐桌上鱼、虾、青菜俱全,飘出的香味足以让人馋涎欲滴。刘姨果然用几个小盘将桌上各色菜盛了,摆在一个四方小茶几上,搬到滕飞英的面前。滕飞英"唉"了一声,道:"我怎么这么命苦?"

詹晓龙听她如此说,便要陪她一起吃。爷爷奶奶不同意,但詹晓龙执意如此,最后奶奶喊来刘姨,把餐桌上的菜转移至大茶几,大家同滕飞英一起吃。

爷爷问起詹晓龙的外公和外婆,说欢迎他们到家中做客。詹晓龙笑称一定转达。心下却暗想,唯有找出幕后追踪者,他们一家才能自由出入,而为了晓晴,一家人别无选择,只能暂且隐身。

饭后,大家正在聊天,刘姨把家里的移动电话拿给了爷爷,说滕总问一个电话号码。爷爷接过，大声问什么号码？大家停止了聊天，凝神屏气等他打电话。他流利地报出一串数字，说就是这个，没错。

刘姨等他打完电话，接过话机离开，滕飞英问爷爷："爸爸问什么号码？"

爷爷笑了，和奶奶会心地对望，告诉她是S市综艺台的电话。奶奶说，这电话还得从昨晚说起。

滕冲昨晚回来已9点多，家里只有滕老夫妇在，他对父母讲起帮冯敏找侄儿和侄女的事，唉声叹气地说若再无线索，他直接到电视台登个广告悬赏找人。滕老夫妇平日无事，又没任何爱好，除去偶尔出外溜达，便是在家看电视。老两口一听寻亲，登时两眼放光，说S市的综艺电视台有个节目，上面经常播放一些失学孩子，节目播出，很快会得到社会回应，人们纷纷捐款，于是，这些孩子便摆脱了困境。滕冲不明白，父母说的帮助孩子和寻亲有什么联系。他父亲看出他的疑惑，告诉他可以让电视台录制寻亲节目，这样的寻亲效果自然事半功倍。滕冲高兴又忐忑，就怕电视台不制作这样的节目。他征求冯敏的意见，冯敏的回应是：只要能找到侄儿侄女，任何办法都成。滕老爷子告诉儿子，明天上午综艺台有重播节目，他把电话号码记下，滕冲用时，可以找他要。

"爷爷，上午你在客厅走来走去，咕咕哝哝，原来是背诵电话号码！哈哈……"滕飞英大笑起来。

詹晓龙默然若有所思。滕冲帮冯敏寻人，让他忆起滕飞英昨晚之言"我哥受我爸所托，也焦头烂额，在满世界寻找一个叫詹向阳的老人"，而妹妹所讲滕冲要给她手术捐款，此刻也在耳边响起。他一会儿觉得滕冲是好人，一会儿怀疑他是追踪他们一家的幕后主使。这两个念头此起彼伏，一刻不休地折磨着他。

滕飞英以为他上班累，才会如此默然无精神，便喊刘姨收拾客房，要詹晓龙进去午休。詹晓龙不肯，说有点私事，需要早点回去。滕飞英答应了，说自己这样躺着闷得很，要他常来。詹晓龙点头，辞别她和家人，来到了大街上。想起寻找孟成强的事，就不知道他的名字和单位是

第十二章 落花有意，流水无情

101

否属实，如果属实，他只要细细探访，不怕找不到他。若不属实，可就难说了。时间还不到12点30分，他可以到南环路的物流门头去问一下。

南环路南边除两三家民营小企业外，其余都是大棚和田地，只在路边村庄所处之地，偶有一两个饭店，物流一个没有。路北则不同，长长一串沿街房，饭店、理发店、小百货店、修车铺等，各种行当齐全。而在这些沿街房中，隔三岔五，就穿插一个物流门头。什么顺风物流、长城物流、伟业物流，什么鑫鑫物流、远航物流、奔腾物流等，真是百家争鸣。里面确实有个鸿运物流。詹晓龙走进这家去问，鸿运物流工作人员打量他一番，告诉他这儿没有叫孟成强的司机。从鸿运物流出来，他并不气馁，决定挨家问询。他随机应变编出一个寻亲故事：说孟成强是自己表哥，五年前因家庭矛盾，愤然离家出走，他父母后悔不迭，五年来从未间断过寻找。近日偶然听人说，见他在S市里做长途货车司机，便全家出动四处问津，希望能找到他。各个物流门头的工作人员听到这个故事，都很配合，说如果听到有叫孟成强的司机，一定告诉他。然而詹晓龙沿路问去，却并无孟成强此人。因要上班，他暂且打住了问询。归来路上想要小解，四下张望却难寻厕所踪迹，只得走进路边驴肉店，问有没有厕所。服务员手向里面一间小门指去，詹晓龙连说"谢谢"。推开小门，是一个四方小院，来到男厕旁，正要举手推门，只听里面一人道："隋丛，我不听你瞎叨叨，要去，你们两个去，我不去！昨晚那人明明是飞英，你们偏说是詹晓晴！我就奇怪了，既然你和卜崂获都见过她，怎么会认错？我辩不过你们，又存着一点私心，认为你们也许会让飞英对我回心转意，结果呢，我被她认出来，幸亏我开车技艺好，不然，咱仨全军覆没。那个谁，谁来着？"

詹晓龙在门外捏着一把汗，紧张地等待谜底揭晓的瞬间，犹如赛后进入前三公布名次的时刻。

"我一生气忘他名了，他什么东西，龟缩着脑袋瓜子，暗地操纵着我们这些傻蛋替他卖命。隋丛，做这事他给你一分钱没有，你这么替他卖命？不说了，老子睡觉去，还是干老本行顺手。听那龟孙子指挥，早晚喝西北风。"

打电话者紧要关头掉链子，詹晓龙充满希望的心，像气球破灭，碎片飘飞。不过，虽然未能获知幕后主使，收获却也不少：第一，打电话者一定是孟成强；第二，得到了另外两个歹徒的名字；第三，确定了这伙人是针对他和妹妹，而不是滕飞英；第四，幕后主使不肯就此罢休，他还得倍加小心。这些收获抚平了失望，让他的心情好了不少。怕遇见孟成强，他顾不得小解，便悄然溜走了。

这段偶遇使詹晓龙认为，孟成强极可能用的是假名，并且就在驴肉店附近的物流公司工作。他若在这儿遇见他，反倒打草惊蛇，更为不妙。权衡轻重，他决定不再寻找孟成强。

自周日詹晓龙去滕冲家中做客后，连着三日，上午11点以及下午快下班时刻，滕飞英都会准时打詹晓龙电话，请他到她家吃饭。詹晓龙盛情难却，本心也想见到滕飞英，或者还有一点没保护好她的愧悔，因此对她的邀请，无不答应。滕冲父子都是大忙人，难得回家吃饭。周三这日中午，詹晓龙照例来到滕家，破天荒地见到了滕冲。他满面春风坐在沙发上，兴冲冲地告诉家人，综艺台要为冯敏录制寻亲节目了。

这是件大好事，大家都问他详细情况。滕冲说当初给综艺台打电话，综艺台工作人员说这事要问领导，他们台从未做过这样的节目。滕冲告诉工作人员，冯敏是美籍华人，只在国内暂住两月，然后将返回美国。他希望电视台能够网开一面。工作人员沉吟着，说尽快给领导打报告，估计三五日内有结果。等了两天，冯敏急了，说实在不成就到省台去。滕冲请她少安毋躁，以他再问一下电视台为由稳住了她。电视台工作人员告诉他，报告已交上去，要他再等等。上午，综艺台工作人员正式通知冯敏，领导批准了报告，今天下午2点，在电视台录制节目，明晚在综艺台播出。

詹晓龙坐在沙发一角，默默地观察着滕冲。看他激动得满面红光，好似录制寻亲节目的人是他。他如此热心地帮助冯敏，通情达理地同意

第十二章 落花有意，流水无情

重生

滕飞虎兄妹为晓晴做配型，甚至，晓晴将来的手术费，他答应全部包揽，这一切，在滕冲的外围，镀了一层金，使他看上去金光灿烂。可是，自从滕飞英告诉他，滕冲要滕飞虎寻找詹向阳的事后，滕冲在他心目中的形象，因疑问而变得神秘莫测，由此，他对滕冲，已存了几分戒心。他想不明白，滕冲为何会寻找外公。若他真是追踪他们一家的幕后主使，那他目的何在？既然肯捐给晓晴手术费用，那就不会在乎他们家祖传的那点救命金——疑问和矛盾太多，詹晓龙想得头痛，只得打住思绪。

下午近下班时刻，张青来到普外科病房办公室。她仔细打量着詹晓龙，意味深长地说道："近日红光满面啊！敢情是有女朋友了吧？老实交代！"

詹晓龙自嘲地笑了："像我这样，衣食不保，哪个女孩子敢把终身托给我？"

"哟，是吗？"张青的目光漫不经心地掠过董医生，笑问道，"那每日问候不断的人是谁？总不会是个小伙子吧？！"

詹晓龙立刻明白，是董医生出卖了他。他笑道："只是个普通朋友而已。你们误会了！"

"不用狡辩，我和董医生都替你高兴。不过，你也该帮帮我这单身的人。"张青拐弯抹角道。

詹晓龙望着张青，想等她讲完，她却停下了。他脑海中蓦然冒出她请他约滕飞虎出来卡拉OK之事，以及她带滕飞英到宿舍找他时所言："不用谢，举手之劳而已，希望你也可以这样帮我"。

"明白了。稍等，我立刻帮你约帅哥。"詹晓龙会意笑了，电话拨通，他眼睛向张青一瞥，问道："飞虎帅哥，晚上有没有约？有人请你卡拉OK。"

滕飞虎说没有，不过，他像往常一样，7点后会有些事情，而卡拉OK一般会玩得晚些，就算了。

詹晓龙故意把滕飞虎的话，口述一遍给张青听，张青嘴张开，无声道："那就一起吃饭。"

詹晓龙复述张青的话。滕飞虎问是谁请客，这么神神秘秘的？詹晓龙刚要回答，他身后的张青，手拍他肩膀，神色慌张，拼命摇头。

詹晓龙说见面后自然知道，于是定了5点30分在泡泡花海鲜馆见。滕飞虎答应了此事，却提出一个条件：詹晓龙必须同行。詹晓龙正要推辞，张青却摁着他肩膀，连连点头。詹晓龙只得同意。

董医生双手抱臂，冷然望着他二人，目光中流露出一丝嫉妒的神色。张青瞧见，笑约他今晚同去。他眉毛抬起，眼睛注视着窗外道："我老了，和你们年轻人有代沟，怕谈不到一起扫你们的兴，还是有点自知之明，不去为妙。"

詹晓龙极力相劝，说若董医生去，他这个电灯泡，就不会感到拘束了。

董医生听到"电灯泡"三个字，咬住嘴唇说："好，那咱们就当电灯泡，照得雪亮，让他们两个无法说私密悄悄话。"

滕飞虎赶到泡泡花海鲜馆时，比约定时间晚了十分钟，詹晓龙独自在海鲜馆外等他。滕飞虎连说"对不起"，又问请客之人到底是谁？詹晓龙神秘兮兮地笑道："是个美女。"

"啊？！不会是张青吧？"滕飞虎失声惊问，惊慌地拉住了詹晓龙的胳膊。见詹晓龙点头，他拍着脑袋，急道："哎哟，我的命怎么这么苦？！"

詹晓龙莫名其妙地望着他。

"不成，我得赶紧离开这是非之地！晓龙，你就说我没来！"滕飞虎转身欲走，詹晓龙用手指着背后悄悄道："你瞧瞧，她正目不转睛地盯着你呢！"

滕飞虎的眼睛向海鲜馆内悄然一瞥，可不是吗！张青坐在落地玻璃边，见他回望，微笑着向他抛了一个媚眼。他吓得不轻，立刻转回目光，急得满脸通红，不断原地打转。詹晓龙不明就里，看着他的样子，只觉好玩。滕飞虎转了几圈，立住脚问他："晓龙，我没跟你讲过张青的事情吧？"

第十二章 落花有意，流水无情

重生

　　詹晓龙顽皮地一眨眼，摇摇头。滕飞虎无奈道："那就告诉你。"

　　滕飞虎那次去医院找詹晓龙，曾给张青留下一张名片，他万万没想到，这成了他噩梦的开始。张青先是发短信，告知他这是她的电话号码，随后用短信方式聊天，问他在做什么，上班忙不忙？他对她并无好感，便回道："很忙，请上班时间不要发私人短信。"张青见短信被拒，便在下班时间打电话。每天中午、晚上都要打，约他出来玩。他不肯，她就在那边撒娇卖嗲，弄得他浑身起鸡皮疙瘩。无奈之下，他把她拖入电话黑名单。他的世界，一下子清静了。但没两天，她换了号码又开始打他电话，这次，他撒谎骗她，说自己已有女朋友，她这样纠缠不休，女朋友定会吃醋。张青却说早探问过他公司职员，他至今单身。滕飞虎只有叹气，请求张青饶过他，他们两人并不适合做恋人。张青自作多情地说："你既然想到合适不合适的问题，就一定在意我，因此我们先处一段朋友，然后再讲合不合适。"滕飞虎自认是能辩之人，却被张青击败。他不敢再讲什么，断然挂断电话。自此陌生号码一概不接，可是因这，使他失掉了好几笔大业务。这两日正在想，该怎样才能既不受她骚扰，业务方面又不至损失，不想，又被詹晓龙秘密出卖。

　　詹晓龙听他一番诉苦，也觉张青太过分。他向滕飞虎保证，此后绝不会再有这样的事情发生。但今晚既然来了，就进去坐坐，吃过饭再走，他自会帮他脱身。而他被电话骚扰的苦恼，可以用换手机号码来处理，既简单又方便。新换号码客户群发，无非名片再重印些，不会有什么大损失。老号码可以继续用几日，客户若打旧手机号码时，提醒一声，过几天会换新号，请他们不必再存旧号。

　　詹晓龙的提议，扫清了滕飞虎脸上的阴霾。滕飞虎胳膊搭到詹晓龙肩上，两人亲热地走进了海鲜馆。

　　张青起身迎接滕飞虎，目光含情脉脉。滕飞虎故作视而不见，只点点头，就去同董医生搭讪。张青手拿菜谱，柔声请滕飞虎点菜，说他们三个早已点了。滕飞虎望着菜谱，勉强点了一个凉拌白菜。詹晓龙听惯了张青声音的脆薄冷厉，如今再听这种作假的柔声，说不出的别扭。董医生冷眼瞧着他们，默不作声。

张青问大家喝什么酒？董医生立刻活跃起来，像水中将死的鱼虾突然吃了柴油，热情有加地对滕飞虎笑道："滕经理，我们喝白酒如何？"

滕飞虎微微一笑，点头道："好！"

张青称喝酒过敏，点了一瓶饮料。

菜上得差不多了。董医生举起酒杯："难得大家凑到一起，我呢，年龄最大，先带三杯。"说罢一口吞下，对滕飞虎和詹晓龙照杯。滕飞虎一饮而尽。詹晓龙从没这样喝过白酒，试探着一口饮尽，辣得脸红脖粗。张青见他如此，眼里微露不屑，嘴里却道："詹晓龙，酒量不行，就多吃菜，别逞能，对身体不好。"

詹晓龙瞥了她一眼，没有说话。董医生带的三杯酒喝完，滕飞虎起身，张青手握住他胳膊，满脸关切地问他是不是不舒服？滕飞虎说没事，去趟WC。董医生望着他的背影，满眼里都是敌意。滕飞虎出去了，董医生对邻座詹晓龙道："小詹，我们是陪客，要把客人的酒陪足。"詹晓龙摇头说不会喝酒，这重担交由董医生来挑。张青脸色黯淡，说大家在一起不过是玩，别喝酒过量伤身体。

不一会儿，滕飞虎回来了。董医生立刻眼色示意詹晓龙。詹晓龙装没看到，董医生只得说："晓龙，陪滕经理喝三杯。"

詹晓龙摆手道："我现在已经发晕，实在不能了，你们要喝，随你们便。"

"好，那我代你陪滕经理喝三杯。"董医生举起酒杯笑道。

张青伸手拿过滕飞虎的酒杯："我代滕经理喝这三杯。"说完，不等董医生说话，一口饮尽，接着又是两杯，喝完，负气般对他们三个男人照了一照。董医生呆了一呆，没有话说，只得连喝三杯。滕飞虎的手机此刻突然响了，他接起，小声道："嗯，快了，一会儿就赶回去。什么？好，那我马上就走。"

他拱手对大家道："公司有事，必须回去，各位，抱歉！"

董医生此时已是猪肝脸色，晃晃悠悠站起来，道："别走，我还

第十二章 落花有意，流水无情

没……没和你喝个尽……"话未说完，身子软瘫下去，幸而詹晓龙眼疾手快，一把抱住他，不然，他一准儿滑到桌底去。

张青送滕飞虎出门，含情脉脉，恋恋不舍，柔声埋怨道："你怎么那么忙？聚个餐也不能安安顿顿地吃。好了，走吧，慢点，啊！"

滕飞虎强忍内心泛滥的厌恶，点头离开。张青站在海鲜馆霓虹灯下，脉脉含情眺望着滕飞虎离去的方向，久久不肯离去。

第二天晚上，詹晓龙又被滕飞英邀去家中。饭后，爷爷拨到S市综艺台，眼巴巴地坐到电视机前，呼唤家人快来，说综艺台的节目就要开始了。

19点50分，寻亲节目正式开始。演播室布置成小客厅模样，短发大眼的主持人竺美微笑着，正对镜头独坐在一张大沙发上；神情严肃的冯敏坐在她右侧的单人沙发里，她们二人前面，是一张长方形玻璃茶几。茶几上两杯茶水热气袅袅，如同寻亲过程中的茫然雾气。竺美先讲一段开场白："几天前，综艺台工作人员接到一个电话，说一位美籍华人回国寻亲，因只有两个月期限，焦急万分，故而寻求电视台帮忙。我身边这位女士，就是那位寻亲者。她是美国密西西比大学的教授，25年前出国，因家人变更地址，由此断了联系。今年回国后，发现母亲已去世，她的一对跟随外公生活的孪生侄儿侄女却已不知去向。冯女士，请您详细讲一下他们的情况好吗？"

冯敏接过话筒："我先解释一下，我随母姓，而哥哥随父姓，因此两个孩子的姓氏与我不同。当年出国时，这对双胞胎兄妹已经交由他们的外公抚养，名字分别是甄健健、甄美美，他们的外公，名字叫詹向阳。他……"

詹晓龙听到这儿，头"嗡"的一声，什么都听不见了。抚着胸口，他另一只手在腿上用力搓着。滕飞英奇怪地望他一眼，道："晓龙，你怎么了，脸色这么苍白？"

"胸有点闷，我先回去了。外边空气凉爽，或许会好一点。"詹晓龙抚着胸口起身，滕飞英怕他路上出事，极力劝他到房里休息一会儿。爷爷奶奶也来相劝。詹晓龙勉强挤出一丝笑容道:"你们放心,我没事。别忘了,我是医生。"

告辞滕飞英一家来到楼下,他推起电动车,呆呆地步行了一段路。喇叭声使他如梦初醒,原来他不知不觉走到路中间,一辆轿车想要超车,摁喇叭提醒他。他把车子停在路边,拿出手机摁出了詹晓晴的手机号码。

"晓晴,你看综艺台节目了没有?"

"没呢。飞虎和外公下棋,我是观众。"

"外婆呢?"

"在看电视剧。"

"好,你到卧室去,我有话跟你讲。"

第十二章 落花有意,流水无情

第十三章　从天而降的姑姑

詹晓晴来到卧室，把门关好后，轻声问道："哥，什么事？"

詹晓龙强压内心激动，把冯敏的话重复了一遍。

"虽然她侄儿外公的名字和我们外公名字一字不差，但从记事起，我们就是现在的名字呀。"詹晓晴心内微感惊诧，但还是冷静分析道。

"甄健健和甄美美，这两个名字虽然与我们不沾边，但是，晓晴，别忘了，我们父亲的名字是甄寰鸥。"詹晓龙停一停，又补充说道，"前几天在饭店，冯阿姨曾讲她哥家一些事情，说她哥哥叫寰鸥，侄儿叫座羲。当时，我就有些怀疑。"

"哥，难道她真是我们姑姑？"詹晓晴讶然了。

"难说。外公和外婆从没说过我们有姑姑啊。"詹晓龙严肃地说，"外公的名字，务必不要让滕飞虎得知。幕后追踪者还没查到，我们要谨慎。"

"飞虎绝对不会乱说什么的。哥，你忘记了吗？他曾帮你取回洞里的东西。"詹晓晴替滕飞虎分辩，少不得用往事提醒哥哥注意。

"我记得，晓晴。我是怕他在不知情的情况下，无意中泄露外公的名字。好了，告诉外公，近段日子不要外出，家庭用品尽量由外婆来购买。他若问起为什么？就说是我说的。"詹晓龙嘱咐着妹妹。

"好，一切听你的。"

詹晓龙继续推电动车慢慢前行。抬头望远处，无数盏路灯，放射出柔和的光芒，宽阔的公路，犹如罩了一层橘黄的薄纱。那些奔跑的汽车，来往的行人，似乎都变成童话里的小人儿，匆匆忙忙，奔向未知的前方，好似永远走不出薄纱笼罩的世界。而他自己，就是薄纱笼罩下的一员，不知何时才能走到光明大道上——什么都不用想，什么都不用怕，像从前一样，过快乐坦荡的生活。

詹向阳家，詹向阳与滕飞虎下了三局象棋，他只赢了一局。不甘心的他总想继续，期望下一局反败为胜。因要小解，便起身道："飞虎，等我，咱们一会儿继续。"

滕飞虎点头，詹晓晴趁外公离开，坐到他的位子上，对滕飞虎温柔一笑："看得手痒，我们下一盘如何？"

滕飞虎欠身应道："能跟美女下棋，三生有幸！"

两人坐好，互相推让对方先走，最后，詹晓晴说："这次我先走，下次你先走。"

说完，她拿起一子，笑着轻放到棋盘上。滕飞虎也微笑摆上一子。詹向阳小解回来，发现位子被占，只得充当观众。初始，他见两人你来我往，摆子的速度很快，逐渐地，滕飞虎脸上微笑隐去，浓眉微蹙，摆子速度也慢了下来。有时，一个子，他思考三五分钟才肯落下。詹晓晴却轻松自如地微笑着，滕飞虎的子刚落下，她的子已跟上。眼看已是败局，滕飞虎急得手心出汗，抓耳挠腮，一门心思要扭转局面。他握着一子，沉吟半晌，刚要落下，詹晓晴的子已跟来，吓得他立刻缩回手，重新思考另外落子之地。偏巧在这时，他的手机响了。

詹晓晴笑对他点头，要他先接手机。滕飞虎瞧了一眼，是滕飞英打来的。于是站起来接通电话，伸了个懒腰。

"喂，飞英，什么事？"

"哥，我今晚看冯阿姨的寻亲节目了，她的侄儿侄女，也是一对孪生兄妹呢！"

"是吗？这么巧呀。"

"年龄居然与我们一般大，就像晓龙兄妹一样。我想，若冯阿姨找到他们，我们定要和他们认识一下，说不定会很投缘呢！"

"这倒难说。我还有事，不聊了，有话回去说。"滕飞虎记挂着那盘残局，匆忙挂了电话。

第十三章 从天而降的姑姑

重生

詹向阳看滕飞虎回座，颇有深意地对他眨了眨眼，他却木然不知何事。握住手中子，他的眼睛盯在棋盘上。棋局似乎微有变动，但他却说不上变动在哪儿。迟疑良久，手中子终于落下，詹晓晴点头，立刻落上另一子。滕飞虎大喜过望，詹晓晴出了一个破绽，看来这局棋输赢难说。为防詹晓晴反悔，他迅速落下一子。意料之外，詹晓晴再次落下失误一子，滕飞虎喜上眉梢，两人落子的速度，又回到初始阶段，几分钟后，滕飞虎笑道："我赢了！"

詹晓晴起身，把外公拉过去，继续与滕飞虎博弈，轻拍前额笑道："飞虎好棒。外公，你们下吧，我累了，休息一会儿。"

詹向阳点头，爱怜地看着她离开。滕飞虎觉得詹晓晴温柔的赞赏有种异样的魅力，而她累了的样子，在他眼里反倒成了别具一格的美。他怔怔望着她的背影，嘴角泛起一丝发自内心的微笑。詹向阳见滕飞虎发怔，正要提醒他继续下棋，岂料滕飞虎的手机再次响起。滕飞虎全身一震，猛然惊醒般接起手机。

"喂，你好！"

"飞虎，马上去回归大酒店，你冯阿姨有事要你帮忙。"是滕冲，他的声音带着焦急，"尽量快一点。"

"知道了，爸，我马上就走。"滕飞虎起身，对詹向阳笑道，"外公，我有急事，明晚再陪你下棋。"

詹向阳笑了："好，明晚等你。"

滕飞虎驱车来至回归大酒店，冯敏已在大门外等他。她坐进滕飞虎的车，紧张而简略地说："有人约我见面，说知道我侄儿情况，地点在'星光微现'咖啡厅。"

"电话里也可以把线索告诉你呀。"滕飞虎有些不解地问道。

"他说怕我赖掉一万块悬赏钱。"冯敏笑道，"电视节目都上了，我怎么会赖账？怕就怕提供的线索不准确，还要来讹钱。"

"不怕，有我呢。"滕飞虎把胸脯拍得"噗噗"响。

冯敏被滕飞虎逗乐了，紧张情绪一扫而光。望着窗外一闪而过的树影，她道："飞虎，你和你爸一样，善良又勇敢。今晚，那男人来电话，说如果今晚不去,他便不再告诉我了。我虽想快些找到侄儿和侄女,但孤身一人总有些担心,打电话跟你爸爸商量,他有应酬脱不开身,要我稍等,说让你陪我去。而你又这么快赶到,我这心里呀,真是——唉,大恩不言谢,等以后你们有时间到美国,就去找我,我当你们的导游!"

这个建议很有诱惑力。滕飞虎扭头笑道:"好,冯阿姨,你可不要后悔,我是一定要去的。等我有了女朋友,飞去美国旅游结婚。"

"怎么会后悔?非常欢迎!"冯敏高兴地说着,感觉车在拐弯,向窗外一瞧,"星光微现"已在面前了。

咖啡厅里五彩灯光幽幽流动,情歌缓缓飘荡,好像专为情人们而设。里面人不多,大都是情侣对桌而坐,啜着咖啡四目含情对视。冯敏下车时,拨通了一个电话,告诉对方"我到了"。两人进门,一个挺拔帅气的年轻人迎上来,笑眯眯问:"是不是冯小姐?"

冯敏答"是",他伸手做一个请的姿势:"二位这边。"

三人在临窗一张桌前坐了,滕飞虎点了三杯加糖咖啡,冯敏迫不及待地问道:"先生贵姓?请具体讲一下我侄儿的情况。"

帅气男孩拿出一盒烟,伸手递给滕飞虎,见滕飞虎摇头,他点起一根,深吸一口,慢悠悠地说道:"免贵姓卜,未卜先知的'卜'。你侄儿现在是人民医院的医生,大名詹晓龙,他——"

"是他?!"滕飞虎失声惊问,"你搞错了吧,卜先生?他父亲姓甄,他应该姓甄才对!"

冯敏心内虽惊,却故作镇定,她拍拍滕飞虎肩膀:"飞虎,不要插话,听他讲下去。"

帅气男子点头,继续说道:"他外公正是詹向阳。詹向阳因唯一的女儿死了,便把一对孪生兄妹换了姓氏改了名字,于是,他们由甄健健与甄美美变成了詹晓龙和詹晓晴。"

卜姓年轻人说到这儿,停住话头,借啜咖啡之机,察看冯敏和滕飞虎的反应。只见二人微微蹙眉,认真等待他的下文。

"詹晓龙是人民医院普外科医生。詹晓晴得了白血病,至今没找到配型。"卜姓年轻人说话就像挤牙膏,一点一点往外吐。他狠吸一口烟,闭住嘴，卖弄地让烟从他的鼻孔钻出来。

听说侄女得了白血病，冯敏坐不住了，她急切地问道："他们现在住哪儿？"

"这个我也不知道。你还是去问你的侄儿吧。我想他会告诉你的。"年轻人喷一口烟，跷起二郎腿，"你认了侄儿侄女，悬赏钱可不要忘记。写个证明吧，也可让我放心。"

"你的话不知真假，这证明没法开。"冯敏抱了双臂，正色望着他说，"这样好了，你若信不过我，明天你拨电视台电话，复述一遍今晚的话，也算是个证明。只要确定詹晓龙是我侄儿，我立刻把悬赏金分文不少付给你。"

她从包里拿出一个记事本，就着昏暗的光线写了几笔，撕下来递给卜姓年轻人："给，这是电视台座机号码。"年轻人接了，塞进口袋，站起来伸出右手："好，希望我们合作愉快。"

冯敏与他握手，点头微笑。滕飞虎也与他握了一握，随后付账，一起走出了咖啡厅。乍从幽暗的咖啡厅出来，外边的世界在霓虹灯与路灯映照下，感觉如同白天一样明亮。年轻人紧盯着滕飞虎，迟疑问道："你，你不是詹晓龙吗？"

滕飞虎哈哈大笑，抚着自己头顶一圈卷发说道："你眼花了吧？詹晓龙可不是这发型。"

年轻人怔怔地点头："是，是，我眼花了。对不起。"

"没关系，后会有期。"滕飞虎摆手作别，和冯敏一起上了车。那年轻人则走向一辆黑色北京现代。飞虎的车轻轻启动，经过北京现代，一声鸣笛，打开车门的年轻人赶紧回身，双手举起作投降状，微笑着点了点头。

滕飞虎驶入正常车道，突然疑惑地说："冯阿姨，看到那辆车没有？车牌好像用什么东西包住了。并且车里还有两个人。这人不会是骗子吧？"

"唔，没注意。我正在想明天去找晓龙的事。是不是骗子，见到晓龙一切自会真相大白。"冯敏双手捂住因激动而发热的脸颊，蓦然想起小时候看童话书,忘记什么故事了,只记得有个变化无穷的魔法棒,想要什么,或者改变什么,魔法棒一指,立刻随心所愿。她现在比小时候还要迫切地想拥有一支魔法棒,把时间指针轻轻一拨,"刷"地跳入自己想要的时间。

滕飞虎送回冯敏,到家已近十点半。家里人都睡了,客厅里一片黑暗。他开灯换好拖鞋,转身却与一个人影打个照面,吓得他差点大喊出声。原来是刚回来一会儿的滕冲,躺在沙发上等儿子,却不想睡着了。滕飞虎开灯把他惊醒,怕谈话影响家人,他特意来到儿子身边,没想到吓了他一跳。

"爸,干吗呢?"滕飞虎小声埋怨着,又低声问道:"爷爷他们呢?都睡了?"

滕冲点头,一脸歉意地笑:"睡了。本来他们在等你,我把他们赶去睡了。刚才不好意思,飞虎,原谅爸爸。"

听到儿子小声说"没事",滕冲脸色一正接着问道:"你冯阿姨的事情有什么进展?"

滕飞虎把见面情况以及他们离开时那辆车的奇怪之处,详细讲了一遍。滕冲同儿子想法相似,觉得此人提供的消息未必可靠。

第二天早上六点,詹晓龙被手机铃声吵醒,他摸起枕边手机,想看是谁这么早打扰他,瞅了一眼,却是个陌生号码:"喂,你好,谁呀?"

"我是冯敏。晓龙,对不起,搅了你的美梦吧?"冯敏的声音微微颤抖,"我,我昨晚听一知情人讲,你外公名叫詹向阳?"

"谁说的?这人真粗心,他说错了一个字,我外公叫詹向昊。"詹晓龙脸不变色心不跳,语气里很替外公感到委屈。

"哦,原来如此。"冯敏声音里透出掩饰不住的深深失望,詹晓龙听了,一丝隐隐的愧疚,在心内悄悄升起。

"可是,那人说你们兄妹是外公给改换了姓名,他非常清楚你家的状况,说你在医院上班,妹妹得了白血病,不了解你家的人,是不会知道得这么详细的。"冯敏不甘心,把自己的疑点讲了出来。

"我也奇怪此人居心何在。冯阿姨,我们兄妹从小没爸妈,据外公讲,

第十三章 从天而降的姑姑

重生

爸爸本是孤儿，后被一对不会生育的老夫妻收养，但在他20岁时，养父母一病不起，很快相继离世。他和妈妈结婚时，依然是个孤儿，孑然一身没有家人。知情人没说过这些吧？"詹晓龙的这番话，如同一盆冷水，彻底扑灭了冯敏心中的希望之火，电话那边的她，半晌无语。詹晓龙关切地问道，"冯阿姨，你没事吧？若不信，你可以去见我外公，让他把我们的家事详细讲一讲。"

"不必了。唉！"冯敏沉重地叹口气，胸口犹如大石挤压，憋闷得不能自由呼吸。整晚的快乐失眠却换来如此结果，任谁也不能一下子就把心情调整过来，"对不起，晓龙。再见！"

冯敏先挂断了。詹晓龙放下手机，重又躺下来。闭上眼睛，耳边却满是冯敏失望的叹气声。翻来覆去，直到6点30分闹铃响，他也没睡着。他一骨碌从床上爬起，拨通了一个电话："晓晴，告诉外公，有人以我们姑姑的名义在找他，若有人问他名字，就说自己叫詹向昊。无论对谁都这样说，即使滕飞虎一家，明白吗，晓晴？"

"怎么回事？"詹晓晴的声音带着一股慵懒，很显然还没起床。

詹晓龙把早上与冯敏的通话讲了一遍。

"哥，依我看，冯敏很可能是我们的姑姑。"詹晓晴听完，认真地说道。

"也许。你可以跟外公确定。"詹晓龙起身下床，"挂了，我得赶紧洗漱去！"

詹晓晴挂断哥哥的电话，像打了兴奋剂，立刻起床去找詹向阳。詹木兰在做饭，从厨房门口猛然瞅见她头发蓬乱地跑到院子里，不知道发生了什么事情，紧跟在她身后走出来。

詹向阳身穿一身白衣，潇洒地在院中练太极。只见他动静开合刚柔并济，上下左右顺逆缠绕，忽隐忽现虚虚实实，以意带力，到点融化于全身，劲断意不断，然后再轻轻启动，挥洒自如。詹晓晴每日起得晚，从没见过外公练太极，她好奇地站在一边歪头瞧他，想等他练完再问他话，却被外公的太极动作迷住，不由自主跟着比画起来。詹木兰看詹晓晴如此，悄然一笑转身回屋。

詹向阳练完太极，两手手心轻抚丹田，在院中闭目养了一会儿神。睁开眼睛，见晓晴居然也在，笑道："咦，今天怎么起这么早？"

"外公，我要跟你学太极！"詹晓晴亲热地挽住詹向阳的胳膊，调皮地笑道，"可不可以嘛？"

詹向阳这几日没班可上，又不能出去，每日闷在家中，很是枯燥，听詹晓晴要学太极，非常高兴："当然可以，吃过早饭再教你，外公现在饿了。"

"好！"詹晓晴像个小孩子得到礼物般快乐，陪外公一起回房。

"外公，哥哥今早打电话，说有个叫冯敏的人……"詹晓晴说到冯敏，语速慢下来，细细打量着外公，但外公表情却平静如初，她稍微停顿，继续讲下去，"她自称是我们的姑姑。"

"什么？！"詹向阳猛然扭头，蹙眉惊问，然后向厨房喊，"木兰！木兰！"

"哎，饭马上就来。"詹木兰应声从厨房走出，手中端着一个盛汤的双耳小瓷盆，詹晓晴跑进厨房，托出一盘葱花炒鸡蛋和几张薄薄的饼。

"木兰，甄家那个女儿叫什么名字来着？"詹向阳拿起一张薄饼问。

"哪个甄家？"詹木兰疑惑地问着，詹向阳手对厨房门口的詹晓晴一指，她登时明白了，回忆的线路上冒出两个字："阿敏。"

"大名，那该叫甄阿敏了！"詹向阳凭经验推断着。

"大约是这样吧，不确定。"詹木兰接过詹晓晴递来的勺子和碗，一面舀银耳红枣汤，一面说，"问她做什么？同她哥哥毫无区别，对两个孩子没一点情分。"

"你问晓晴。"詹向阳撕着薄饼，一片片放进汤碗里。

詹晓晴迎着外婆的目光，把今早与哥哥的通话内容讲了一遍。两个老人听她讲完，对视一眼后，却沉默不语。詹向阳用筷子夹起薄饼，边吹边吃，詹木兰嚼着鸡蛋，却味同嚼蜡。

"二十多年都没露个面，晓晴生病大半年，他们甄家也不见个人影。现在来认孩子，难道想来瞧我们的笑话？"詹木兰委屈地说着，老泪纵横。

"别把人都往坏处想。我记得米米曾告诉过我们，雨儿在世时，总说

第十三章　从天而降的姑姑

阿敏人不错的。"詹向阳开导妻子，"也许，她有不得已的苦衷，才没来看孩子。"

"是吗？不得已的苦衷让她苦了二十多年，谁信？！"詹木兰把筷子"啪"地一放，接过詹晓晴递来的面巾纸擦眼泪，"好，她既然找到门上，就让晓龙跟她说，只要她能让甄寰鸥父子俩给晓晴做配型，我立即同意他们相认。"

"这个难度很大。"詹向阳挺起身子摇头。

"那就不认。晓龙编好的故事，就是我们的从前，她找到我们时，大家口径要一致。"詹木兰擦干眼泪，斩钉截铁地说。

虽然詹木兰如此说，詹晓晴私下却很想见一见这个从天而降的亲姑姑。父亲和继母的冷漠，她和哥哥亲身所历，深入骨髓之中，因此不会有任何想见到他们的想法。但这位从大洋彼岸飞回的姑姑，虽未谋面，詹晓晴却认为她既和蔼可亲，又善解人意，还一定很漂亮。

第十四章　心上人

詹晓晴吃过早饭后，到卧室偷偷给哥哥打电话，告诉他外公和外婆对这件事的看法。詹晓龙非常赞同外婆的观点，他对妹妹说："现在我们万事俱备，只欠东风。这东风，既然父亲和弟弟不肯借，我们也不强求。你的身体暂时比较稳定，我们慢慢找配型，不着急。"

詹晓龙自与妹妹通过电话后，不知为何，总是心绪低落闷闷不乐。忙到近11点钟，滕飞英邀他吃饭，他以昨晚失眠中午要补睡为由拒绝了。下班后，去医院食堂的路上，张青从后面追上来，说何时詹晓龙请客时再把滕飞虎喊上。詹晓龙心情不佳，不愿搭理张青，只快步赶路，默不作声。张青连问三遍，急脾气上来，一把拽住了詹晓龙，声音像闷雷滚过："詹晓龙，我问你话呢，你听到没？"

詹晓龙望着不远处草地里的一丛翠竹，点了点头。

"那你回答我！"

詹晓龙目光回收淡淡地平视着她，一声不吭。他的样子激怒了张青，只见她挡到他面前说道："要想去吃饭，必须回答我这个问题。"

詹晓龙冷笑一声，目光越过她的头顶。一阵风吹过，他听到翠竹的飒飒声，有几只鸟儿从竹枝上飞起，叽叽喳喳叫着落到了草地上，自由自在地漫步。

"想要我请客，"詹晓龙一字一顿地说，"好，随时恭候！但找滕飞虎，那是你的事，我没义务管。"

"你……"张青铁青着脸，突然又温柔地说，"帮人帮到底，你这是做善事积阴德，知不知道，詹晓龙？"

重生

詹晓龙正要回敬她"我求你做件善事积点阴德，从我面前离开"，他的手机却响了。真是说曹操曹操到，原来是滕飞虎。

"飞虎，"为避免被张青打扰，詹晓龙转身向来路走去，"有事？"

滕飞虎没有直接回答，而是问道："冯敏联系你了没有？"

詹晓龙微笑，把早上的事情复述了一遍。滕飞虎哈哈笑道："昨晚，看到知情人开的那辆旧北京现代车牌被故意遮住时，我就觉得这事不靠谱。"

"北京现代？是不是黑色的？"詹晓龙警惕起来。

"黑色。他车里另有两个人，一直没露面。多亏冯阿姨有自知之明，要我陪她去，不然，发生意外的可能性很大。"滕飞虎说完，又问道，"你吃饭没有？没吃的话请你。"

"没吃。那车……"詹晓龙话未讲完，被一个温柔的声音截断了，"滕经理，我也没吃呢，可以一起去吗？"

詹晓龙转头一瞧，张青不知何时站到了他身侧，正伸长脖子对着他的手机，脸上两团红晕，自认为风情万种地扭着身子，慢悠悠地说。

电话里沉寂下来。

"飞虎……"张青甜而柔地呼喊着。

詹晓龙说不出地厌烦，迅速把手机移到左耳，"先挂了，一会儿再打给你。"然后大步跑开了。

张青见他毫不客气地把手机挂掉，红晕满布的脸上登时透出缕缕青色。不一会儿，青色消失，她脸上挤出一串僵硬的笑纹。她本想好言好语哄詹晓龙把手机借她一用，却不想他开溜了。这只是瞬间的事，她来不及多想，满心只想抓住这次好机会，立刻跟了上去。高跟鞋"哒哒"地响，詹晓龙不用回头，就知道追他的是谁。他跑得更快了。

草地里有条凹凸不平的石子小路，他拐进去，三脚两步穿过，再一拐，便进入了两栋楼之间的楼缝，后面有"哎哟"声响起，他顾不得回头，跑到保健楼前面，边擦汗边停下回望了一眼。张青早已不见踪迹，估计是在石子路上出了一点小问题。

想跟我玩，哼，差得远呢！詹晓龙心内自语着，脸上浮起胜利的微笑，他放慢了脚步，拨通滕飞虎的电话，说一会儿到医院门口等他。滕飞虎却被吓破了胆子，不敢去接詹晓龙。詹晓龙被张青一闹，跑得大汗淋漓，整个上午的郁闷之气反倒发泄了出来："那好，我们改天一起吃饭。哦，忘记告诉你，那辆黑车可能是在广场追赶我和飞英的那几个歹徒的车。"

滕飞虎难以置信地说："是他们？！真巧！昨晚那人自称姓卜，他今天会给电视台打电话，把知道的一切告知寻亲栏目组，而他的名字，也会在电视台留下。等知道他的名字，他就跑不了了。"

"真是踏破铁鞋无觅处，得来全不费功夫。就是他！卜崂获，还有一个叫隋丛，只有另一个人名字不确定。"詹晓龙想起那日中午寻访孟成强，厕所外无意中听到的那番话，激动又兴奋，"你先稳……"

一个人轻轻揪住了他的胳膊摇晃，他扭头一瞧，指着她说："张青，你，你，你怎么又来了？"

"我怎么就不能来呢？詹晓龙，你太小瞧我了。要不是我假装崴了脚，你会在大门口光明正大地等滕飞虎？"张青低声说着，趁詹晓龙吃惊之际，夺过手机，撒娇道："滕经理，你快到了吧，我要跟你们一起去吃午饭。"

手机里面突然传来"嘟嘟"的声音，张青原形毕露，对着手机咬牙切齿："不识好歹！"

詹晓龙怔怔地望着她，想如此可怕的女人，哪个男人敢要？张青把手机塞到他手里，没好气地嚷道："呆子，看什么看！要不是你，今中午我就能和滕飞虎共进午餐了。遇上你，算我倒霉！"

詹晓龙张大嘴欲争辩，却被她一番颠倒黑白搞得不知从何说起。只好眼睁睁地看她逍遥离去。

下午在病房办公室，詹晓龙神经紧张，怕张青来找他麻烦，还好，直到快下班，也没见她的影子，心里总算舒了口气。滕飞英来了电话，他怕晚上再遇见甩不掉走不脱的张青，因此一口答应了去她家。

滕飞英的脚已无大碍，詹晓龙刚进门，她立刻迎上来，告诉他下午她去花店的事。詹晓龙劝她少出去，等完全恢复再忙工作。滕飞英撇嘴，

重生

小声说道："真要那样，除非你天天陪我，不然我会在家里憋死。"

"哦，我还有件事要问你。"滕飞英神秘地放低了声音。原来，昨天滕飞英睡了一整下午，晚上躺下好久不能入睡，在卧室内听到了父亲和哥哥的对话。现在的她满心谜团，只等詹晓龙来解开。

詹晓龙把今早冯敏和他通电话的事情告诉了她。滕飞英低声叹息道："冯敏要是你姑姑，该多好啊！"

餐桌上饭菜都已摆好，滕冲父子又是都不在家，爷爷奶奶从阳台出来，见他们二人在门边小声交谈，爷爷干咳了一声，道："飞英，赶紧让晓龙里面坐，门口站着像什么样子？"

滕飞英回首对爷爷调皮一笑，道："爷爷说得对，晓龙，我们先去洗手，爷爷奶奶两位老太君到了，午饭马上开始。"

一番话说得大家都笑起来。

四人刚在餐桌边坐好，门铃音乐却如流水舒缓地流放出来。刘姨赶到门边问是谁，要找谁？对方说送花的，找滕飞英小姐。刘姨回首笑道："飞英，有人给你送花。"然后把门打开了。

一阵脚步声从楼梯由下而上，很快来到了门前。滕飞英起身，看见一个熟悉的人影走进门来。

"陈俊旭，你怎么来了？"滕飞英既意外又吃惊，虽然讨厌他，但在自己家中，也不好表现得太没礼貌，于是微笑道，"吃饭了没有？一起吃吧。"

陈俊旭将手中一束红玫瑰递给滕飞英："还没，听玫瑰说你下午去过花店，想你的脚该好了。"

滕飞英并不接玫瑰，而是手向餐桌一伸："来这儿坐吧。刘姨，添副碗筷。"

陈俊旭只得将玫瑰交给刘姨。滕飞英连忙把他介绍给爷爷、奶奶："陈俊旭，玫瑰的高中同学，现在在中医院工作。"

爷爷招呼陈俊旭坐下，偷偷与老伴会心一笑。滕飞英看到爷爷、奶奶的小动作，也不说破，瞧了一眼只对陈俊旭冷淡点头的詹晓龙，计上心来。

詹晓龙此刻如坐针毡，想今天定不是什么好日子，不然，中午遇见难缠的张青，晚上为躲张青，又遇上讨厌的陈俊旭。他决定吃完饭立即告辞，一个人到外边走走，不必在这儿尴尬对坐。

陈俊旭的神情也有些不自然。不过，看到滕飞英的笑脸，他的尴尬很快便飞到爪哇国去了。

"陈先生，"滕飞英笑眯眯地问道，"最近有女朋友了没有？"

陈俊旭一愣，随即答道："没，没有呢。心上倒有一个人，不知道人家喜不喜欢我？"

"喔，是这样。"滕飞英恍然大悟般点头，"那就去表白呗。我们这代人都比较开放，不像爷爷奶奶他们那辈人，保守又不能自己做主。是不是，爷爷奶奶？"

爷爷和奶奶一起微笑点头。他们历经沧桑，早已看出陈俊旭访问的用意。对于餐桌上的两个男孩，他们更中意詹晓龙，只因他像他们的宝贝孙子。但滕飞英却对他们两个都很热情，他们老两口猜测不出，孙女儿到底喜欢哪一个。

陈俊旭此刻脸红到脖根，他虽然并不内向，但要他当着两位老人以及詹晓龙的面承认自己喜欢滕飞英，他不仅有些难为情，还有些顾虑。他迟疑地望着滕飞英，对方只是对他微笑。他内心把这笑当成鼓励，鼓足勇气说道："心上那人远在天边，近在眼前。"

滕飞英故作不知，向餐桌上另外三人看看，装傻问道："谁呀？这么有福气，能成为陈先生的心上人？"

"飞英，这儿只有你一个女孩。"陈俊旭再次鼓足勇气说道。

"是我吗？不会吧。"滕飞英"咯咯"笑起来，"你看清楚了，我不是滕飞英，我是刚刚烫了卷发的詹晓晴。你喜欢我？"

陈俊旭的脸，仿佛吹足气的红色气球眼看就要涨破："你，你到底是谁？怎么会在滕家？"

"飞英同学聚会，我和哥哥等她未归，就留下吃晚饭了。想不到仅仅半年不见，你就不认识我了！"滕飞英幽怨地说，"天天想你，今日巧遇，你却已经移情别恋。唉，只怨造化作弄人，不过，幸亏上天赐予我白血

重生

病，让我及时认清某人的真面目，我死而无憾了！"

"你不会死的，晓晴，因为你是好人。对不起！"陈俊旭无地自容，忙把母亲拖出来做挡箭牌，"我们的事情，都怨我妈，你能原谅我吗？"

"是吗?！"滕飞英反问着，眼光如刀冷冷地望着陈俊旭。陈俊旭浑身如芒刺在背，坐立不安，为掩饰自己情绪，他转移了话题，"晓晴，听玫瑰说飞虎兄妹要为你做配型，这是真的吗？如果是，就太好了！我希望他们能和你配型成功！"

爷爷不知孙女演的哪出戏，只是静静观看，很快，他听明白了。但是这个陈俊旭的爆料，做什么配型他却不明白，心内疑惑，趁无人应答之际，他问道："配型是什么？做什么用的？"

"爷爷，配型是——"陈俊旭刚要解释，被滕飞英厉声喝止，"够了，用不着四处卖弄你那点可怜的医学知识。"

"飞英，怎么说话呢？小陈是客人，说话那么冲干吗？"爷爷看不入眼孙女的嚣张跋扈，沉下脸训诫着。他现在已不关心孙女的终身大事，他的宝贝孙子给人家做配型一事，搅扰得他心内像进了老鼠，四处乱串，必须得捉住它，心才能得到安宁。

"飞英?！"陈俊旭被弄糊涂了，望着滕飞英，试图得到答案。

"喜欢一个人，而不能认出她，谁会相信这人是真心的呢？"滕飞英笑得花枝乱颤。

陈俊旭无地自容，此刻只想地下能够裂开一条缝，他钻进去逃之夭夭。

"小陈，做配型对身体有没有害？"爷爷丝毫不关心他们的对话，只想得到一个确切答案。

"一般不会。"陈俊旭勉强回答，站起身来，"我记起还有事，先走一步，不好意思。"

说完起身低头快步离去。滕飞英起身相送，笑道："陈先生，以后再来玩哦。"

"喔。"陈俊旭应着，疾步下楼而去。他望着一节节楼梯，想起来时的急切快乐的心情，只为能快些见到心上人；而今匆匆离开，却只为逃遁那段已断的恋情。滕飞英今晚的玩笑，让他彻底看清自己与滕飞英牵手无望，此刻的他，心内羞愧又灰暗无比。

看到陈俊旭自己开溜，滕飞英暗暗佩服自己不露痕迹的演技。此刻，她的心情舒畅无比，就像中了大奖一样兴奋快乐。脚步轻快地回到饭桌上，她调皮地对詹晓龙做了一个鬼脸。詹晓龙的眼皮轻轻一眨，目光随即转移到她的右侧。滕飞英不明就里，嬉笑着扭头，只见爷爷和奶奶两人正冷冷地盯着自己，她僵住了。

爷爷威严厉声问："你们做配型的事情，同谁商量过？"

滕飞英这才明白爷爷发怒的原因。她心内暗想，都怪自己下午不小心对玫瑰说溜了嘴，这臭丫头嘴快居然告诉陈俊旭！而陈俊旭偏来这儿现眼卖弄，唉！这就叫一报还一报！好，陈俊旭，我们扯平，此后谁都不欠谁的了！

爷爷背后的鱼缸里，色彩斑斓的热带鱼摆动着飘带般的尾巴，不断吐出一串串气泡，滕飞英憋闷得很，也想如鱼般随意呼吸，但是，爷爷的威严使她不敢，她只能小心翼翼地无声呼吸。头顶的枝形灯光从没像今晚这么刺目耀眼，照在人脸上就像覆了一层白膜，仿佛电视剧里面的白无常。爷爷尤其像。

她知道逃不过，只好乖乖服罪。若哥哥在就好了，他可以做自己的挡箭牌。所有念头只在刹那之间，滕飞英沉默半晌，低声说道："并没定非要去，只是说着玩呢。"

"这种事可以说着玩吗？对身体有害的事情，你们兄妹想都别想。"爷爷声色俱厉。

滕飞英仿佛暴风雨中的鸟儿，无力鸣叫，垂着头，只想寻找个温暖之地，好好梳理淋湿的羽毛。

"不用问，一定是飞英的主意。人小鬼大，每次做什么事情，都是她做出头鸟。飞英，要想配型你自己去，你哥是我们家独子，这种事我们不准他去。"奶奶开始数落孙女，她的孙儿永远是最好的。

老夫妻一唱一和，滕飞英只是闭嘴不语。詹晓龙于心不忍，想要代她解释，可因此事关系到妹妹，他也不好说什么，只能陪她挨过这如坐

重生

针毡的一刻。把手机放在手心,他打出几个字:"我们溜走吧。"然后在桌下悄悄伸到滕飞英前面,滕飞英低着头,瞧见这几个字,脸上凝滞的表情微微缓和,头轻轻一动。

"爷爷、奶奶,我回医院看个病号。"詹晓龙起身告辞。

"吃完饭再走吧。"爷爷极力挽留,可是詹晓龙微笑摇头去意已决。

"我送他。"滕飞英乖乖站起,偷向詹晓龙伸了一下舌头。

外边的空气凉爽舒适。詹晓龙提议去吃麻辣烫。滕飞英同意了。她坐到詹晓龙的电动车上,轻轻抓住他的衣襟,幸福地仰望着夜空。两排槐树之间的天空,墨蓝明净,像宝石般闪着幽幽光芒的星星,在树梢间时隐时现,用洞察一切的目光俯视着这个扰攘红尘。

沉浸在夜空美景中的滕飞英,身子陡然不受控制地挪动,出于不被甩下车的本能,她双手抱住了詹晓龙的腰。

"对不起!"詹晓龙放慢车速,滑到路边停下,"没颠痛吧?好像是个钥匙,我去瞧瞧。"

滕飞英满面通红地松开他的腰,低头说道:"没事。你去吧。"

詹晓龙大步走向来路,四下看无车辆经过,弯腰捡起一串钥匙。看钥匙形状,他猜测是车钥匙。走回拿给滕飞英看,她瞧了一眼,脸上顿时露出惊异之色:"这儿光线暗,我到那边看一下。"说着,便向路边一家灯光明亮的古玩店走去。

詹晓龙点头,目送她走到古玩店前。只见滕飞英举起钥匙,似乎在寻找钥匙的什么瑕疵,蓦然,她身体一震,静止不动了。詹晓龙看到滕飞英脸色陡变,呆立原地,不一会儿,仿佛发高烧般双手抱臂浑身颤抖起来。他把车子搬到人行路上,向她跑过去。滕飞英满面泪痕,对詹晓龙说了一句"钥匙,我妈妈的钥匙",然后就哽咽着再也说不下去。

詹晓龙爱怜地抚着她头发道:"飞英,到底怎么回事,慢慢说。"

滕飞英越发哭得凶了。那泪水,简直如同决堤的大河,源源不断。詹晓龙手足无措,拿出纸巾不断递给她。过了一会儿,她抽泣道:"晓龙,我们走吧。"

"好,是回家还是吃麻辣烫?"詹晓龙推起电动车,轻轻问道。

"我想找个清静的地方坐坐。"滕飞英说着,泪水又无声流下。

詹晓龙安慰地拍拍她胳膊,然后跨上了电动车。滕飞英在后座抱住他,头紧紧地贴到他背上。这一刻,两个年轻人都无丝毫杂念,他们只是自然地做出这个动作。

电动车向南而去。詹晓龙在路边买了一些麻辣烫,然后,两人来到公园里。

从公园北门进入,他们沿一条石子路来到湖边。在一个僻静些的角落,他们找到一张长椅坐了下来。晚饭两人几乎没吃,如今都饿了。滕飞英情绪已稳定,她递给詹晓龙一串麻辣烫,自己也拿起一串,大口地吃了起来。

詹晓龙却小口咬着,见滕飞英恢复平日神色,小心翼翼地问道:"飞英,我记得你爸说过,你妈前年出车祸,那串钥匙怎么会是你妈的?"

滕飞英的伤心事再被提起,吃东西的速度明显下降,她叹口气说道:"我妈的车是辆白色旧现代,它是我们家最早买的一辆车,距今有10年了,爸想给妈换车,妈妈不肯,认为还是节约些好,况且自己不上班,开什么车都无所谓,因此没换。我练车都是用它,有次我开车出去,车停路边却被后面车撞了,回家后遭到爷爷奶奶训斥,心里生气又不能反驳,就拿圆珠笔在钥匙后面的孔里画竖纹,直到几个钥匙上都密密麻麻排满了,他们才罢休,而我也借此泄了一些怨气。从前常开妈妈的车,钥匙的形状,一看就知道是不是。但现在毕竟已两年了,我不太敢确认,于是到灯下去细看,那些标记居然都在……"

第十四章 心上人

第十五章　车钥匙的故事

　　滕飞英讲到这儿，情感再次控制不住，低头哽咽起来。良久，她抬起头："晓龙，你现在肯定迷惑，我妈妈已经车祸去世两年，钥匙怎么会出现在路上？要解开这个谜团，必须从妈妈的车祸说起。"

　　詹晓龙目不转睛地望着她，认为其中一定有不为人知的秘密。

　　据滕飞英讲，2009年农历八月十二晚，她的妈妈袁薇爱，到百货大楼金饰品处，为她挑选一套花朵耳坠和项链作为第二日送她的生日礼物。返家路上，袁薇爱接到了滕冲朋友的电话，说他在城外一家乡村家宴店喝高了，非要自己开车回家，朋友苦劝不住，希望她来劝解。

　　袁薇爱问清地址方位，掉转车头向那家乡村家宴店驶去。出城后要经过一处偏僻公路，那儿不仅没有路灯，而且晚上几乎不见车辆行人，路两边则全是成片即将成熟的玉米，袁薇爱虽是赶夜路，但因坐在车内，丝毫未觉得害怕。车祸就在此刻发生了。一辆翻斗车从后面驶来，斜撞到车侧后方，袁薇爱的车被一股猛劲推着冲向路边石，轰然翻了车。袁薇爱当时还未昏迷，她艰难地摸出手机，打给滕冲朋友，声音微弱道："小黄，我出事了，在……"

　　"喂，嫂子，你在哪儿？喂！喂！"小黄焦急呼叫，但那边已一片寂然。他大声对喝迷糊的滕冲道："嫂子出事了！我们去看看。你必须坐我的车。"

　　滕冲摇着头："别哄我，我不信！我要自己开车回去。"

　　"我没骗你！嫂子真出事了！"小黄把一块湿毛巾捂到他脸上，"由不得你了！老景，帮我把他拖我车上去。"

滕冲奋力挣扎，两人连拖带抱，好不容易把他弄上了车。他们沿途驶去，并未发现路上有车相撞。再打袁薇爱手机，已经关机。他们不甘心，重又返回。在那条偏僻的公路上，老景发现了一大摊血迹。他们停车下来观看，细心的老景观察到，路边的草地上方有许多碎玻璃。

"看这摊血迹与这些碎玻璃，人似乎磕得不轻。"老景猜测道，"难道他们去了医院？"

没人回答，滕冲看到血迹，又被风一吹，也清醒了。他无意中向公路旁边的斜沟里一瞧，一团黑乎乎的东西蜷在那儿。他心里不安，打开手机照着，溜下坡去。

"薇爱！"看清浅蓝色的小外套和熟悉的长卷发，滕冲呼喊起来。他轻轻把侧蜷身子的袁薇爱抱起，手放到她鼻下，已经气息全无。老景和小黄听到喊声，奔到沟里，帮他把袁薇爱抱到车上，飞速向医院驶去。

小黄在去医院的路上报了警。警方介入后，推断出事地点就在发现袁薇爱的公路上。那条路因是条乡路，没人打扫，积了许多尘土，他们通过车印判断，是翻斗车撞到北京现代，导致北京现代冲向路边石后翻车，前车玻璃破裂，袁薇爱头部受重创。根据现场的摩托车印迹，袁薇爱的随身携带物品（除了手机，被她紧攥手中外）均已不见，而北京现代也不见踪影的迹象判断，很可能是一伙抢劫犯在超市盯上了袁薇爱，从市里跟踪至此，不想她无意中被翻斗车撞翻，而翻斗车司机见袁薇爱昏迷，吓得立刻逃逸，摩托车上的几个抢劫犯才得以下手。这些推断似乎有些道理，但袁薇爱已死，司机和抢劫犯一直未捉到，推断至今也只是推断。

滕飞英讲完，举头望天，说道："妈妈在世时，要爸爸雇个司机，爸爸不肯；妈妈去世后，爸爸为圆妈妈心愿，找了专职司机。唉，但愿妈妈在天堂过得好！"

詹晓龙一直以为滕飞英的妈妈是真正意义上的车祸身亡，不想却有这么多曲折。他若有所思地说："飞英，这串钥匙也许可以引蛇出洞。到那时，你妈妈的车祸真相就会大白天下，她也可以瞑目了。"

滕飞英摇摇头："未必。心怀鬼胎者丢了钥匙，宁肯另想办法，也不会想着找回丢的那把。况且，我们该如何把钥匙的消息公布出去？总不会满大街贴小广告吧？这样，恐怕不是引蛇出洞，而是打草惊蛇了。"

"我不相信有人傻到把抢来的车自己用。"詹晓龙深思熟虑地说道，"只有找到车主，顺藤摸瓜，才可能真相大白。"

"好，那就试试看，我记得电台有个节目，常播放一些丢失东西和捡到东西的信息，玫瑰知道，我现在就问她。"

当晚9点15分，滕飞虎回家，进门即被爷爷喊到身边，警告他以后有事，不准擅作主张，必须先请示他。而给詹晓晴配型的事，他们兄妹不必妄想。爷爷脸色青黑地讲完这番话，手抚胸口，不住地大喘粗气。滕飞虎见爷爷动气，不敢违拗，连连点头称是。他笑眯眯地站在爷爷奶奶身边，为他们捏肩捶背，哄得他们眉开眼笑，才进卧室去。

躺到床上，他想起近段日子瞒着爷爷奶奶与詹晓晴相处，心里说不出地快乐。今晚特意去她家吃饭，饭后詹晓晴似乎心情不好，他和詹向阳下棋，她没像往日兴致勃勃地做观众，而是默默地回房去了。滕飞虎整晚心不在焉，连输三盘。三局过后，他向詹向阳请假，说要与晓晴谈点事情。敲开詹晓晴的房门，他见她眼皮红肿，刚哭过的样子，便问她何事如此。詹晓晴说也不知为何，只觉得特别伤心。滕飞虎劝她，任何事都要看开些，等飞英的脚完全好了，他们兄妹会一起去为她做配型。这样说着，詹晓晴的脸上渐渐有了笑影。

"唉，想不到爷爷会知道这事！"滕飞虎烦躁地在床上翻个身，"该怎么向晓晴交代！"

飞英这丫头，鬼点子多，等她回来问她。这样想着，滕飞虎一跃而起，不想正听到对面房间开门的声音。他推开卧室门，小声叫道："飞英，飞英！"

滕飞英恰从外边回来，在客厅又被爷爷奶奶训斥，追问她出去送人怎这么晚才回？要出去玩，跟他们打声招呼，不要目无尊长，什么事都自己做主。她清楚他们是为配型之事发余威，诺诺点头称是。这对孪生兄妹今晚都很乖，老两口的气全消了，极其轻易地对滕飞英放了行。

滕飞英正想等哥哥回来告诉他钥匙的事，听到喊声，悄悄来到哥哥房里。滕飞虎点着她额头问道："老实交代，今晚去哪儿疯了？"

滕飞英双手合十，笑道："小妹今晚被训，你也不来救场，只得去压马路，寻求心里安宁。"

"去你的。"滕飞虎忍不住笑了。

滕飞英抓住哥哥的右手，把手中的钥匙放到上面："哥，看看这是什么？"

"车钥匙。"滕飞虎不假思索地脱口而出，但是，他随即蹙眉细瞅，说道，"钥匙很熟悉，我好像见过。"

滕飞英深吸口气，把今晚的经历详细讲了一遍。滕飞虎万分惊讶，蹙眉思索一会儿，问道："你们报警了没有？"

"没有。"滕飞英回答得干脆，咬牙切齿道，"我要亲自替妈妈报仇！"

"不行！这样太危险，必须报警！"滕飞虎正色说着，手中钥匙却被滕飞英一把抢走。

"你要报警，我再不认你这个哥了！"撂下这句话，冷了脸的滕飞英转身就走。滕飞虎清楚妹妹脾气，说到做到，一把拉住她，软下脸笑道："飞英，别走，哥跟你闹着玩呢！"

滕飞英停下，嬉皮笑脸地说："嘿嘿，我也跟你闹着玩呢。"

滕飞虎坐到电脑桌前的转椅里，旋了几个圈："你有什么打算，不妨说来听听。"

"先守株待兔，找到那伙人再说。"滕飞英紧闭了双唇，长吸一口气，"计划不如变化快。我的方针是：以静制动。"

"哥相信你。"滕飞虎摸着刮得光滑的下巴，一脚点地，在椅子里左右摇摆着，"配型的事呢，怎么办？是谁把这事泄露给爷爷奶奶的？"

"都怪那个可恶的陈俊旭！"滕飞英坐到床上，恨得牙根痒痒，把晚饭时发生的一切讲给哥哥听。滕飞虎听妹妹讲完，笑着对她伸出大拇指。

"配型的事，你这滕家独子，看来得缓行——"滕飞英揶揄笑着，又做个鬼脸，"我呢，等过几日，抽个空说去就去了。"

"好妹妹，替我想个办法，我们一起去。"滕飞虎坐到妹妹身边，哄

第十五章 车钥匙的故事

小孩似地说,"只要你帮哥这个忙,你要什么,哥哥都给你。"

"这可是你自己说的,不能反悔哦!"滕飞英"咯咯"笑起来。

"君子一言,驷马难追!"滕飞虎伸出小指,勾住滕飞英的,"这下相信了吧?"

"好,你就安心等着吧,哥!睡觉去喽!"滕飞英拍一下哥哥的手背,哼着歌曲,起身离去。

滕飞虎一下倒到床上,轻轻低哼起邓丽君的《我只在乎你》。

此刻的冯敏正和滕冲在宾馆聊天。今晚滕冲好不容易得空,约了她共进晚餐,结果却有朋友请客,他称有事不能赴约,但朋友说:"请客不到恼煞主人,你来了哪怕喝一杯酒就走,也证明你眼里有我。"滕冲无奈只得赴约。他同冯敏约好,七点半后,冯敏拨打他电话,隔几分钟一次,连打三遍。冯敏依言而行。滕冲酒过三巡,便要告辞,朋友们哪肯放他,只得重新坐下。幸亏冯敏电话催他,连着三遍,朋友们不好再留,他才得以脱身。滕冲路上买了几个熟菜和馒头,本想和冯敏一起吃,冯敏却已吃过了。他在朋友处只喝了一些酒,肚子依然空着,便笑道:"那我一人吃,你嘴闲着,就讲讲今天的寻亲进展。"

冯敏望着他,说今上午8点,电视台给她来电话,要带她去各个派出所查一下户籍。查户籍的路上,综艺台主持人竺美告诉她,在接她之前,电视台工作人员接到一个电话,那人自称卜崂获,说知道冯敏侄儿的情况,讲完后留下了自己的联系方式,并一再强调,如果按他所说的情况寻亲顺利,一定不要忘记兑现赏金。工作人员告诉他,只要他提供的线索有用,到时必会通知他,而他只需要带着身份证,就可以领走赏金。冯敏一笑,马上明白此人是昨晚发生的事的知情人,便告诉竺美她已求证过詹晓龙的事。

一行人跑了一个上午,市里共查出3个詹向阳,只有一个符合条件,户口在盐业公司,并且户口下有一对孪生外孙、外孙女。外孙的名字正是卜崂获所讲的詹晓龙。回程路上,冯敏沉默不语,虽然找到自己想找的人,但早上詹晓龙的婉言拒绝,使她觉得认亲之路并没那么简单。竺美看出她的心事，笑着说："冯教授，你放心，我今下午有事情，明天我全程陪你。"冯敏心内稍安，握住竺美的手，说声"谢谢"，眼眶已经红了。

"有电视台帮忙，不用担心。"滕冲用纸巾擦着嘴角的油腻道。

"现在我不担心这个，我担心的是今晚出现的新情况。"冯敏右手抚着额头说。

"新情况？"冯敏的话勾起滕冲的好奇，他眼内流露出兴奋的光芒。

冯敏倒了一杯水递给他："是关于我处境安全的情况。"

今晚滕冲失约，冯敏饭后去超市买了些日常吃的小零食和水果，步行回来快到宾馆时，觉得手臂酸麻，便把购物袋放到地上歇息。一辆黑车穿过人行路，拐到宾馆对面理发店前。车停下，一个瘦小个子从后座钻出，在理发店门前台阶上四处望了一会儿，才推门进去。不一会儿，他又出来，仍旧在台阶上东张西望，一副等人的样子。冯敏在超市水果区曾看到小个子，那时他正向她所在的方向遥望。后来她在面包区再次遇到他，因此对他印象深刻。他乘坐的黑车是辆旧北京现代，面熟得很。

路上休息间隙，她给滕冲打了第一个电话，然后走回宾馆。客房窗户开着，她去关闭，突然想起小个子，于是探头从三楼窗口向下瞧，只见昨晚的知情者卜崂获和一个彪汉从黑车里钻出，小个子把手对宾馆指了一指。她怕他们瞧见她，慌忙把头缩了回来。

"偶然巧合，不用大惊小怪。"滕冲说。

"这样的巧合，总令人有点担心。"冯敏忧心忡忡。

"不会是跟踪你的。"滕冲安慰着冯敏，自己心里却在打鼓。他从窗口向外望，因理发店角度偏右，不能看清店内情况，只瞧见一辆黑车停在理发店前。看到车，他脑海中蹦出一件事，于是起身说道："上午从市图书馆路过，记得你从前喜欢读书，给你选了《唐诗大全》和《宋词大全》，忘在车上了。你等着，我去拿来。"

他下楼到宾馆外，进车里拿了书，给冯敏打电话说："2分钟后打我手机。"然后穿过马路，走进理发馆。里面有两个年轻理发师，其中矮胖的那个边给一个女孩卷头发，边同她小声交谈；一个留斜刘海儿的小个

重生

儿男孩理完头发，把钱递给另一高个儿理发师。小个儿男孩见到他，脸上浮现出一丝惊讶。滕冲眼角的余光瞥见小个子出门后钻进理发店门前停放的黑车里。他用眼角余光瞥着黑车，一面漫不经心地问理发师理发多少钱？高个儿理发师回答20元。恰在这时，滕冲手机响了，他接起说："好，好，我马上回去。"挂断电话，歉意笑笑："有点事情，一会儿再来。"

理发师点头，坐下休息。滕冲直奔宾馆而去。敲开冯敏的房间，他喘着粗气把书放到她手里，然后把所见所闻都告诉了她。

"我在你房间多坐会儿，等十点再走。如果那车还在，你去我家睡。"滕冲说。

"你晚点走可以，去你家就算了，我怕被你家人猜疑。晚上把门窗锁好，再顶个床头柜，料他们也不能把我怎么样。"冯敏把厚厚两本山水画封面的书翻了几页，说道，"虎牙，这么多年过去，你居然还记得我喜欢唐诗宋词，感动啊。"

"就算赔当年初三时弄脏的你那本《唐诗宋词精选》吧。那时不懂事，惹你大哭一场，现在想来真对不住。"滕冲笑着说。

冯敏也笑了。那年，做教师的父亲有次外出学习，给喜欢诗词的她买回一本《唐诗宋词精选》，她爱若珍宝，竖到课桌的书本中间，有时间便要翻开细读。有次课间，她只出去一小会儿，回来却找不见那本《唐诗宋词精选》了。

"我的书呢？"冯敏在书本中间寻找着，小声自语道。

"在这儿呢！我以为什么宝贝，不过是本《唐诗宋词精选》！"同桌滕冲鄙夷地撇撇嘴。

"还给我！"冯敏伸手欲夺。

"谁稀罕，给你！"滕冲把书一扔，刚好扔到课桌中间的墨水瓶上，墨水瓶盖子没有旋紧，墨水泼了一桌。

"哎呀，我的书……"冯敏伸手抢救，《唐诗宋词精选》却已被墨水渍了好几页。

"你是故意的！"冯敏气得发抖，"赔我的书！"

"一本破书，值几个钱？"滕冲抓过《唐诗宋词精选》，看了一眼书背面，又把书放到冯敏面前，从口袋中掏出一张人民币，说道："定价三块七，给你五块钱，不用找了。"

那时是1980年，五块钱对这些初三的孩子们来说，不是个小数目。周围看热闹的同学中有人喊道："赚大便宜了，赶紧收起来吧！"

冯敏却不接，眼泪汪汪地说："我不要钱，我只要书！"

"见过倔的，没见过你这么倔的！大家看看，我对她可谓仁至义尽，她不要，怨不得我！"滕冲把五块钱举起，对着看热闹的同学们晃晃，又放进口袋里，找一些废纸，把桌上的墨水痕迹擦掉，然后没事人般吹起了口哨。

冯敏趴到桌上大哭起来。

上课铃响了，冯敏依然在啜泣，老师问是怎么回事？滕冲把事情经过讲了一遍。当然，他隐瞒了自己讲的那些不入耳的话。老师听信了他的一面之词，对冯敏说："冯敏，滕冲不是故意的，并且想过赔偿你，虽然你不接受，但那是他的歉意表示，都是同学，互相包容些，这事就这么过去吧。"

冯敏没有争辩，但她好久都不搭理滕冲。直到后来，有次周末返校，滕冲四处找文具盒找不见，等想起丢在家里时，上课铃已响。老师叫班长代笔，在黑板上写了一些数学题，要大家抄到练习本上，他在教室里边走边查看。滕冲悄悄用手指捅前桌，前桌因老师在教室不敢回头。他无计可施，眼看老师就要转到他们这排，急得额头冒汗。冯敏从文具盒取出一支钢笔，轻轻推到他面前。他感激万分地瞅冯敏一眼，想用目光表示感谢，可是冯敏专心致志做题，好像什么事都没发生。老师已快来到，滕冲伏案疾书，奋力追赶同学们的进度。快下课时，他塞了一张纸条给冯敏，上面写着："冯敏，谢谢你！上次我错了，在这儿，我真诚地向你说声'对不起'！"

冯敏笑了，在纸条反面写下三个娟秀的小字："没关系。"

"问你个问题，滕冲，我真的很倔吗？"回忆起往事，冯敏认真问道。

"我觉得是挺倔的。可是倔也有倔的好处，假如没有这股倔劲，你考

重生

大学、考研究生、读博能坚持一路走下来？"滕冲分析得很有见地，冯敏忍不住点头。但滕冲话锋一转，"话又说回来，倔有时用错地方，会适得其反。比如你出国二十多年，中间居然一次都不回来看看……"

"唉，我很后悔！这二十多年，我错过了妈妈，现在似乎又要错过一次亲情的弥补！"冯敏摇着头说。

"错过的已错过，后面这件事情，很快就会有眉目，只要你坚持，"滕冲笑道，"只要你倔，水滴石穿，他们自然会接受你。"

冯敏点头，心内感激万分。在这个孤单的母亲国家，也只有他才会说出这些肺腑之言。打开久违的宋词，她默读着，品味着，思想完全进入了另一个世界，一个或悲伤、或快乐、或相思、或抑郁，但是单纯透明、令人回味无穷的世界。

滕冲打开电脑，搜到邓丽君的歌曲《月亮代表我的心》，任轻柔的音乐在室内流淌，又点开新闻网，一手托腮，关注国家大事去了。

不知过了多久，冯敏读书读得腰酸脖子痛，伸个懒腰，从椅子上立起身来。见滕冲毫无动静，过去一瞧，他居然闭目面对电脑。喊他一声，毫无反应。原来他今晚空腹喝了几杯酒，此刻酒劲上来，瞌睡难当，不由自主睡着了。

邓丽君的歌曲仍在循环播放，冯敏轻轻走到窗前望向夜空。墨蓝的天空像一幅巨大的幕布，闪烁的星儿是舞台上的演员，它们眨着顽皮的眼睛望着台下的世界。心内闪过一个车影，她的目光移向路对面：理发店门前，只有两辆电动车，黑车像蒸发般不见了影子。她心内悬着的石头落地了。

已经十点多，滕冲毫无醒来的迹象。冯敏轻轻将他喊醒，告诉他时间不早了和黑车已走的事实。滕冲揉着惺忪睡眼，连忙告辞。

他请冯敏止步，自己脚步不稳地下楼去。等在楼下的司机小于见他如此，赶紧把他扶进车内。车从回归酒店院内驶出，滕冲瞧见那辆黑车停在宾馆一侧的人行道上。怪不得冯敏以为黑车离开，原来是转移了地方。他想。

给冯敏电话提醒时，她正在刷牙，口齿不清地说道："好，谢谢你。

136

我会小心的。"

第二天，电视台的车 8:30 准时来接冯敏，车从院内慢慢驶出，冯敏的目光四处搜索，最后锁定人行路上停的正是昨晚那辆黑车。她低声将这事告诉了竺美，竺美瞧了瞧那辆缓缓启动的车，说道："大白天的，不怕！"

根据竺美的安排，此行第一路线是詹向阳户口本所填住址，结果却与冯敏来时一样，他家大门紧闭，摁门铃无人应答。询问邻居，都说近日不见这家人出入，可能是搬走了，但是并不知他们的新地址。

竺美只得转入第二路线——医院。由于冯敏知道詹晓龙在医院普外科，她们省去一部分打探时间，直接找到院长说明此事，期望院方配合。院长打电话到普外科，普外科主任详细介绍了詹晓龙的情况：去年来到医院，工作认真积极，家里有个白血病妹妹，至今未配型成功。竺美谢过院长，和冯敏到接待室等待詹晓龙。一身白装的詹晓龙见到冯敏和竺美，马上明白是怎么回事。他对他们点头微笑，脑子却像风轮机一样迅速旋转，希望能找出一个理由，应付这次会面。

"詹晓龙，"竺美开门见山地说道，"我们通过知情人提供线索和查户籍，确定你外公正是我们要找的詹向阳，而你和你妹妹，则是我的委托人冯教授的侄儿侄女。"

詹晓龙摇头："我和妹妹一直用现在的名字，从未改过。而外公外婆曾告诉我们，我们兄妹父母双亡，爷爷奶奶早已不在人世，因而父亲家里已无任何亲人。"

"空口无凭，有谁能证明这些？"竺美反击道。

詹晓龙想了一想，微笑了："那你们有谁能证明，你说的这一切属实？"

"你爸爸能够证明。"沉默不语的冯敏突然说。

"很好，我等着我爸爸的出现。"詹晓龙嘴角浮起一丝嘲讽的笑，"妹妹得了白血病，你可让他来做配型。顺便验证验证是不是我们的亲爸爸。"

"好，一言为定。"竺美笑笑，然后伸出手，詹晓龙紧握了一下，也说："一言为定！"

重生

"上午比较忙,我先回去了。你说的那个爸爸来时,电话通知我一声,我很高兴能够见到他。"詹晓龙笑向冯敏摆手,"再见,冯阿姨!"

冯敏点头,神色不太自然。

竺美说:"现在给你哥哥打电话,如果有时间,让他立刻赶来,车去接他也成。"

冯敏拿出手机,用世界上最慢的速度拨出一个号码:"哥,是我。我在医院,你可以过来一下吗?"

第十六章 冷漠的亲情

一阵沉默后,铎佳低到不能再低的声音传来:"问她在医院做什么?如果是她住院,我们就去;如果为生病的丫头,就不去。"

铎佳的话给冯敏提供了能够让哥哥来医院的理由:"哥,你来不来?我起床后突然晕了,服务员发现后打的120。"

"去,"甄寰鸥答应得很干脆,补问一句,"医生怎么说?"

"你来就知道了。头又开始晕,我挂了,快点来啊!"冯敏催促着哥哥。

"一会儿到。"

竺美用怪异的目光望着她。冯敏被她看得浑身发毛,挂断手机问:"怎么了,竺美?"

"冯教授,我发现你是一个撒谎高手!假话说得跟真话一样,不知你寻亲那些话有几成真?竺美自愧不如。"竺美讥讽着。

冯敏满脸发烧,像刚刚从烘箱里拿出的面包。

"有些事必须这样做。我比你了解我哥哥,若不如此讲,他绝不会来医院。"冯敏抚着发烫的面颊说。

"我尊重你的请求,在寻亲节目中没有提到你哥哥,现在我倒很想知道,他是不是像你说的那样,因你嫂子离世,自此萎靡颓废,一人生活至今,后来才与孩子们失去联系——"竺美嘴里吐出的每一个字都像一把犀利的小刀,在冯敏心上狠狠割着。

"不是!"冯敏感觉胸口憋闷,心痛难抑,她深吸一口气,对竺美大喊一声,流着泪说道,"对不起,竺美,我骗了你!"

重生

　　竺美大吃一惊，脸色变了："播出去的节目泼出去的水。你怎能欺骗全市人民？"

　　这个帽子扣得太重，冯敏承受不起。刚刚因深呼吸和大喊缓解的胸闷，现在如同挤进一块大石，不但胸闷，呼吸也变得困难了。

　　"我怎么敢！"冯敏辩解着，泪水纷落如雨，"竺美，等一会儿你见到我哥哥，自然会明白我为何要这么做。"

　　竺美不答话，走到窗前低头注视着楼下来来往往的人。会客室的这阵沉默，如同茫茫一片沙漠，望不到尽头。手机铃声响起，冯敏仿佛沙漠中干渴欲死的人听到驼铃声，立刻双目放光，期待着生命的转机。

　　"喂，哥，你来了？好，你先到住院部门口电话亭处，一会儿有人去接你。"冯敏走到竺美身边，"竺美，劳驾你去接一下我哥哥。谎既然撒下，得到这儿才能拆穿，不然，我哥哥不会上来的。"

　　"你太小瞧你哥哥了。"竺美揶揄着，脸色一变，"不过，我很好奇，他到底是个怎样的人。冯教授，你马上通知詹晓龙过来。"

　　住院部前的电话亭里，一个女人正在打电话，旁边站着一对四十多岁的夫妻，竺美问这对夫妻，见没见到一个四十多岁的男人。两人摇头，女的望着竺美，圆睁双眼，拖着甜美的长音道："这不是综艺台主持人竺美吗？真巧！"

　　竺美微笑点头："一个叫冯敏的朋友要我来接她哥哥。"

　　"是吗？"男人难以置信地问，"她在哪儿？"

　　"你是——"

　　"我是她哥哥。"

　　"跟我来吧。"

　　冯敏站在窗前眺望，见詹晓龙风风火火地跑来，赶紧收拾心情，准备认亲之事出现转机。突听到门外响起高跟鞋清脆的声音，清楚是竺美和哥哥，心开始莫名紧张。她坐到沙发上，手抚胸口，定了定神。

　　甄寰鸥和铎佳来到医院，以为会见到一个虚弱的、躺在病床上需要安慰的病人，而不是那个沉着冷静、令他们心虚的冯敏。门开了，甄寰鸥夫妇扫视室内一圈，看到两大四小六张沙发环墙而列，而与沙发合理搭配的四张茶几上，整齐摆放着饮料和矿泉水。这儿绝不像贵宾病房，只能是人们谈话聊天的地方。

冯敏请他们坐下。甄寰鸥夫妇关切地询问她的身体，冯敏只轻吐两个字"没事"，便不再开口。竺美见气氛尴尬，极力调节，问他们夫妻今天上不上班？怎么赶来的？

铎佳偷睨冯敏一眼，笑道："我们夫妻不上班，经营着一个百货店，勉强过日子。前几年买了辆皮卡，两人坐它来的。"

她刚说完，接待室的门开了，一个年轻帅气的医生站在门口，目光蜻蜓点水般掠过甄寰鸥夫妇，微怔了一下，随后走进来。

年轻医生正是詹晓龙。他心神放松回到医生办公室，认为一切已圆满解决，他不必再为认亲之事烦恼。屁股未坐热，冯敏的电话却像追命鬼一样追来，詹晓龙不得不再次前往医院招待室。他极度乐观地认为，许多年来，甄寰鸥连最简单的见面都不肯施舍给他们兄妹，这次会面，自然不会冒着为女儿配型的危险来为冯敏挺身而出。

当他开门的一瞬，面前的情景出乎意料。那个发福的男人，虽然身材变形，眉眼却与外婆家箱底那张照片上的男人一样！而外婆曾告诉他们，照片上的男人正是他们的父亲甄寰鸥。

冯敏见到詹晓龙，微笑着站起来，手向甄寰鸥夫妇一伸，问道："晓龙，这是你的爸爸妈妈，怎么不打招呼？"

詹晓龙微笑了。但那是嘲讽的笑，他至今记得千佛山医院拨打的那个电话。他辗转要来的联系方式，在他心上留下的不是温暖，而是一道深长的伤痕。他冷漠地摇头："对不起，冯阿姨，我不认识他们。"

自从詹雨儿去世后，因詹向阳接手抚养两个孩子，毫无牵绊的甄寰鸥于一个月后迎娶了现在的妻子铎佳，之后，两人很快又有了儿子，小日子和乐甜美，他哪还记得前妻的两个苦命孩子？如果说冯敏未曾尽到做姑姑的责任，她还有理由——远在美国，而甄寰鸥任何理由都找不出。他和詹晓龙兄妹同在市里，近在咫尺，但他们老死不相往来。由此，他们夫妻并不认识詹晓龙，但是只要仔细观察，在詹晓龙身上，他们既能寻出与詹雨儿貌似的地方，又能看到甄寰鸥年轻时的影子。

第十六章　冷漠的亲情

重生

甄寰鸥夫妇迷惑而慌乱，不知冯敏葫芦里装的什么药，两人都非常后悔这次贸然之行。詹晓龙的回答，使他们浑身一轻，从而想当然地认为，只要他不认自己的父亲，就不必为配型的事情害怕。

只有冯敏是最不甘心的一个。

"哥，你告诉孩子你的身份啊！"冯敏焦急地望着甄寰鸥，期望哥哥相助。甄寰鸥却不为所动："是他不认我。这么多年了，我不在乎！"

言下之意，似乎并非是他未曾负起做父亲的责任，而是詹晓龙兄妹不识抬举，一直对父亲心存成见，不肯认他。

"做人要诚实，"听甄寰鸥的话十分刺耳，詹晓龙有心逗他，"随便冒充别人的爸爸可不好！从小，我就知道自己父母双亡！"

甄寰鸥身边的铎佳，"腾"地站起来，手指詹晓龙鼻子骂道："不知好歹的东西，哪有儿子这么咒老子的？家庭不同，教出的孩子也异样！"

她的话句句如刺，直扎詹晓龙心窝。詹晓龙气得脸色泛白，血气方刚的他，差点走过去扇这个女人一巴掌。但他还是忍住了。换上一副无所谓的笑容，他说道："对面的女人，你听好了：第一句话，你说得很对，正因为他不是我老子，我才会如此说。第二句话嘛，可就有点刺耳了，我劝你，这样的话少说为妙，我的拳头，没长眼睛。"

詹晓龙握起拳头晃了晃。

"寰鸥，看你不孝的儿子！"铎佳话未说完，被一心想息事宁人快些离开的甄寰鸥打断了："闭嘴！"

铎佳从未见过如绵羊般的丈夫如此强硬，立刻乖乖地把后面的话咽下去了。

"你牛得很，但是你嘴里的我老子，却心虚不敢应招。我劝你没证据的事情少说为妙。"詹晓龙讥讽地说着，见铎佳脸上显出不服气的表情，冷冷一笑，"不服气？好啊，这儿就是医院，只要测个血型，真假爸爸立见分晓。如果还不服气，直接到大医院做DNA去。哦，对了，既然是我爸爸就应该清楚，他有个白血病女儿，至今还没找到配型，若可以，亲爱的爸爸，你能为自己的女儿做配型吗？"

铎佳泄了气，甄寰鸥低了头，两人坐在沙发上，噤若寒蝉。

冯敏心内有些惨然，见他们夫妻不敢应声，说道："既然孩子得病，做个配型有什么不可以的呢？"

甄寰鸥夫妇如同吃了哑药，一声不吭。冯敏见如此，怕自己的计划再次落空，委婉说道："配型的事情，即使是家人，也需要自愿。晓龙，我可以为你妹妹做配型。至于你爸爸，先测个血型消除你的疑惑，怎样？"

詹晓龙微笑着点头，注视着甄寰鸥，后者仍旧低垂着脑袋，一语不发。詹晓龙说道："冯阿姨，真对不起，病房上午比较忙，我先回去，等这位爸爸测完血型，你再给我电话。"转身时又追加一句，"我妹妹的病历在我办公室，上面有血型检测的化验单，到时我自会捎来。"说完便开门而去。

"晓龙——"冯敏喊了一声，失望而伤心地捂住脸。少顷，她在甄寰鸥身边坐下，眼中泛着泪花哽咽道："哥，算我求你，去做血型检测好吗？"

"冯敏，你哥有乙肝，身体不好，你就别勉强他了。"铎佳替甄寰鸥开脱解释着。

冯敏泪眼汪汪，仿佛没有听到，只是哀求："哥，好吗？"

竺美站在一边，看了半天，心内明白了八九分。詹晓龙的离去，在她看来理所当然，如果甄寰鸥不肯做血型检测，她们所有的努力，也将付之东流。

"血型检测与乙肝没任何联系，只需从手指取一滴血就可以，"竺美忍不住开口，以便打消甄寰鸥夫妻的顾虑，"当然，有乙肝的人，如果给白血病患者做配型，那是不可以的。"

甄寰鸥终于抬起头来。他从口袋中掏出烟盒，弹出一支烟，点了点头。

冯敏大喜过望，用手背一擦泪水："你同意了，哥？"然后，冯敏一把拉起他，对竺美和铎佳说："你们等着，我们一会儿回来。"

当詹晓龙再次接到冯敏电话时，他刚刚跟随董医生查房回来。他猜不出血型检测的结果，因此心内有点忐忑。而冯敏又卖关子，只告诉他见面再说。他郁郁找出詹晓晴的病历，对董医生说："董医生，我有点事情，出去一下。"

董医生点头，望着他的背影，对另一位医生挤挤眼睛，小声摇头道："不知出了什么事。"

詹晓龙一路走得极慢，头顶明媚的阳光也变得闪烁不定，仿佛此事无法确知的结果。如果冯敏能使甄寰鸥为晓晴做配型，他会立刻认冯敏这个姑姑。"不能有所期望，"他对自己说，"期望越大，失望越大。"

詹晓龙推开会客室的门，冯敏笑迎上来，把甄寰鸥的化验单递给他。他瞧了一眼，疑惑丛生，但随即微笑道："血型既然做了，那这个爸爸，肯不肯为妹妹做配型呢？"

竺美看到甄寰鸥夫妻闪躲的样子，赶紧调停："晓龙，今天先达成冯敏的心愿，这事情，以后有的是时间商量。"

詹晓龙怪异地笑道："是吗？我认为，恐怕没机会了！"

所有人都把疑惑的目光投向他。冯敏焦急地问："晓龙，怎么回事？你妹妹……"

"我妹妹现在很好。"詹晓龙举起手中病历："在我揭开谜底之前，我先讲个真实的故事：某个夜晚，一个十岁的白血病女孩，静静死在千佛山医院里。她的父母痛不欲生，肝肠寸断。父母曾为她做配型，结果都不合适。母亲为了救她，已经怀孕五个多月，她的父亲一手撕扯着自己的头发，一手紧握着女儿的手，哭着说：'老天，求你把我这条命收去，换我的孩子回来吧，她还没长大，还没尝过生活的乐趣啊！'"

冯敏和竺美眼睛湿润了。

詹晓龙继续说道："这是我在千佛山医院亲历的一个故事。我讲它的目的，只是想告诉大家，天下父母都爱自己的孩子，这是人类的本能。一个假爸爸，你要他强装爱别人的孩子，他是做不到的。不用说像故事里的爸爸，希望用自己生命换回女儿的生命——即使做个配型，他都不会轻易答应的。看行为，我们已经得出了结论，而血型检测，只是验证了这点而已。我妹妹是 O 型血，我是 B 型血，这位不知谁人的爸爸，他的血型是 A 型！"

根据遗传学，如果詹晓龙和詹晓晴分别是 B 型血和 O 型血的话，那么他们的父母，血型一定是 B 或者 O 型，绝对不可能是 A 型。"

所有人都诧异地睁大了眼睛。最惊讶的人是甄寰鸥："不可能，我是你们的爸爸，这千真万确。你应该是 A 型。"

詹晓龙从病历中抽出一张化验单："大家看好，这是我的血型化验单。"

冯敏第一个抢来细瞧，她不可思议地对竺美说："这怎么可能？这怎么可能？"

"怎么不可能？"铎佳从惊异中恢复，脑筋迅速转了一个弯，冷酷无情地说道，"傻子都会想到，这一定是詹雨儿同别人有私情，生下了他们。"

甄寰鸥愣住了。这种猜测他完全无法接受，他心目中的前妻，虽然内向，但是痴情而善解人意，若非如此，她也不会抑郁而死。铎佳的话给了他当头一棒，他软绵绵地说道："铎佳，请你不要说雨儿坏话，我知道她不是这样的人。"

詹晓龙走过去，一把抓起铎佳的衣领，举拳威胁道："真是狗嘴吐不出象牙，我警告你，最好把你的舌头管住，我妈妈是叫詹雨儿，但我爸爸已经死了。你要再敢血口喷人，小心我的拳头不认人！"

铎佳听到丈夫替詹雨儿分辩，醋意大发，正想说些更难听的话，以平心内愤恨，却不料被詹晓龙紧紧抓住衣领，憋得她脸红脖子粗，半句话也吐不出。而他的拳头青筋暴突，又大又硬，铎佳眼神里不由自主地流露出怯意。詹晓龙讲完，松开手用力一推，她重重摔倒在沙发上。

"晓龙，你是甄家的孩子，这绝不会有假！"冯敏的希望又将化为泡影，她捉住詹晓龙的胳膊，眼含一眶热泪，"我是你们的姑姑，这也不会有假。晓龙，求你了，就认了我这个不称职的姑姑吧！"

詹晓龙眼中发热，心下一软，迅速甩开冯敏："对不起，冯阿姨，你认错人了。诸位，对不住，我先走一步。"

他走出门去，冯敏失望的哭声在身后追了出来。一股温热的液体瞬间从眸中滑下，他站住，停了几秒，擦一把泪水，旋风一般下楼而去。

竺美完全被他们弄迷糊了。在见到甄寰鸥后，她就一直确信，詹晓

重生

龙是甄家的孩子。他们的眉毛、鼻子都极其相似，外人一眼就能看出。可是结果却大相径庭。冯敏的哭声让她很难过。她把刚发生的事情梳理一遍，搜出一个疑点：那就是詹晓龙的血型化验单。詹晓晴的病历蜷曲而卷角，封面也不干净，一望而知是有人经常翻看，才弄成如此模样。而这，又反过来证明此病历是真实的。詹晓龙的化验单则不同，崭新的一张，虽然日子写的是5月份，若说假造，他工作便利，也极有可能。

她把这个情况同冯敏讲了。冯敏擦着泪，抽噎道："即使是假的，又能怎么样？难道我们有办法让他再做一个血检？"

竺美心中突然闪过一星火花，紧握冯敏的手说："医院的职工档案里应该有血型记录。要不我们去看看？"

冯敏仿佛抓住一根救命稻草，失神的眼睛也有了亮光，连连点头："好！"

甄寰鸥和铎佳准备回去，听到他们的新主意，表示愿意跟随前往。竺美一人去找院长，很快，她回来了，兴奋地说："已经同档案室打过招呼，我们马上过去。"

档案室里，一个女孩搬出一本厚厚的16K册子仔细翻找着，不一会儿，她递过册子，微笑道："詹晓龙的档案。"

冯敏接过，竺美和甄寰鸥夫妇挤在她两边，都要亲眼验证血型真假。詹晓龙在家人一栏填着：父母双亡，外公、外婆健在。甄寰鸥看到这儿，好似自己是一个混迹在人世间的、别人看不见的孤魂，心内顿时灰暗无比。

"找到了，在这儿！"竺美眼尖，率先发现身高血型在此页中间，大家看时，那儿只有一个字母"B"。

冯敏默不作声地把资料还给女孩。竺美不甘心，问道："这资料是什么时候填写的？"

"去年。"女孩说着，把资料册合起，重新放到架子上。

"这个可以篡改吗？"竺美再次问。

"我们不是白吃饭的。"女孩以为竺美质疑她的工作，冷笑一声，"我在医院工作三年，没听说过这样的事情。"

冯敏感觉所有的希望全破灭了，失望万分的她，腿里像灌了铅，每走一步都像要费尽身体所有的力气。甄寰鸥不得不面对一个事实：前妻曾经背叛过她！尽管她已去世二十多年，他还是感到钻心的痛苦。铎佳一脸掩饰不住的喜悦，在另一个世界的那个对手，从此将彻底倒下，永不能翻身。竺美则感到寻亲工作任重道远，她必须打起精神面对。

第十六章　冷漠的亲情

第十七章 美人计

"缤纷落英"花店里,滕飞英聚精会神修剪着一枝玫瑰,面前玻璃茶几上,摆着一个即将完工的扇形花艺。几片碧绿的铁树叶是花篮背景,前面用红玫瑰、百合和满天星衬托搭配,显得雍容华贵,端庄大方。

高玫瑰打扫剪掉的枝叶,不时抬头瞧瞧花篮。

"完工了。"滕飞英把最后一枝玫瑰插进花篮,退后一步欣赏着自己的杰作,脸上笑容绽放,"造型不错,爸爸一定喜欢。"

高玫瑰由衷赞叹:"太美了!我也喜欢!"

滕飞英笑望着她,眼睛转了几转,低声说道:"等你结婚时,我送你一个更漂亮的,怎么样?"

一片红晕在高玫瑰脸上扩展:"飞英姐,你真坏,不跟你说了。"

她低了头,把枝叶装进铁簸箕。

滕飞英拨通滕冲的手机:"爸,花篮做好了,你什么时候来拿?"

"马上去。飞英,谢谢!"

"自家人客气什么?!等你啊,老爸!"

滕飞英挂断电话,先戴上手套把桌上的枝叶轻轻弄到一个口袋里。高玫瑰提着装满残枝碎叶的铁簸箕,直奔外边垃圾桶。滕飞英刚收拾完,突然听到一阵高跟鞋清脆急促的声音,扭头瞧见高玫瑰提着铁簸箕,飞也似地奔进房里,喘着粗气大叫:"飞英姐,来电话了!"

滕飞英不解其意,一脸的莫名其妙。高玫瑰弯了腰,吐出一口长气:"丢车钥匙的人来电话了!"

"是吗？"滕飞英脸上瞬间绽开一朵惊喜之花。昨晚，她请高玫瑰帮忙把钥匙信息在电台播放，并要她留她自己的手机号码。此刻，滕飞英仿佛怕高玫瑰逃跑，双手握住她的胳膊，急切地问，"什么人？什么时候来的电话？"

"我刚走到垃圾桶边，手机就响了。是个男人，说车钥匙是他的，要过来取。我问他钥匙有什么特别之处，他说圈上只有三把很旧的钥匙和一个如来佛小铜像，跟我们的钥匙情形刚好一样，不像前面打电话那两个人，完全对不上号。我跟他说，半小时后在新华书店路口等他。他却说中午请我吃饭，顺便拿走车钥匙。我答应了。"高玫瑰一口气说完，然后盯着滕飞英，看她什么反应。

"好，这事就看你的了，玫瑰。"滕飞英的嘴角浮上一丝不易觉察的微笑。

"我一人赴约？"高玫瑰眼中闪过一丝惧怕的神色。

"放心，我会找人在暗处保护你。"滕飞英安慰地拍着高玫瑰的肩膀说道。

11点15分，滕飞英离开花店，开车向人民医院驶去。宝马载上詹晓龙后又从另一条路返回，但他们没有回到花店，而是停在花店南面路口处的新华书店旁边。

此时已经11点39分，滕飞英拨出一个电话："玫瑰，一切安排妥当。"

正是下班高峰，车来车往，几分钟后，高玫瑰的身影出现在新华书店路口。詹晓龙戴一副茶色眼镜，以宝马旁边的一辆黑色越野车为掩护向路口张望着。差一刻12点，一个穿黑色马甲的男孩穿过马路走向高玫瑰。他中等个头，嘴里斜叼一根烟卷，一副放荡不羁的样子。詹晓龙见到这个男孩，立刻目不转睛地望着他，再近些，他看清男孩生着一对铜铃大眼，心内暗暗吃惊。

男孩停在高玫瑰身边，潇洒地喷一口烟，然后与她交谈着什么。高玫瑰瞪大眼睛，嘴微张开，一副吃惊神情。不一会儿，两人转身穿过路口，往男孩来时的方向走去。

重生

詹晓龙从越野车后走出,做了两次手掌平行向前的动作。宝马车里的滕飞英点头,将车开出车位,停到詹晓龙身边。詹晓龙迅速坐进车内,手指路对面一辆缓缓调头的黑色北京现代说:"保持距离。"

北京现代的最终目的地是莱阳炒鸡店。滕飞英也把车停在这儿。店门前车辆很多,宝马与北京现代间,隔着七八辆轿车。

下车前,滕飞英把卷发在脑后挽起,用发夹固定,再戴上红色镜框,登时变成另一副模样。她和詹晓龙扮情侣,手挽手进入炒鸡店。一楼大厅中间两排散桌上,人满为患,詹晓龙扫视一圈,没发现目标,悄声低语道:"给玫瑰发个短信,问她在哪儿?我们尽量要个离她近些的房间。"

滕飞英给高玫瑰发短信,得知他们在第五包间。她询问服务员,第六或者第七包间是否有人?结果服务员说,一楼只有第九包间空着。滕飞英对詹晓龙说:"外边散桌可惜都满了,不然,这倒是最佳位置。"

詹晓龙突然想起一个人,笑道:"在哪儿都一样,你这有密探,难道忘记了?"

"谁呀?"滕飞英问着,见詹晓龙用食指在空中写个"川"字,恍然大悟,拍着脑袋笑道,"瞧我这记性,怎么把川花给忘了。"

他们在第九包间坐下,詹晓龙点菜,滕飞英给川花打电话。不一会儿,川花端着一盘绿油油的拌茼蒿进来了,笑问道:"什么事,飞英姐?"

"川花,五号房间里,你表姐和一个男孩在谈鲜花生意。你抽空过去打个招呼,看他们聊得怎样。他们走时,也记得通知我们一声。说话时小心,别让男孩知道我们在这儿。"

"好。"川花应声而出。

半小时后,川花进来说:"我去过了,那男孩是我表姐的高中同学,姓甄,他们聊得正欢呢。"

滕飞英谢过川花,望一眼詹晓龙,笑着说:"这真是'无巧不成书'。"

低头吃菜的詹晓龙一震,抬起头来。滕飞英见他脸色苍白,不知怎么回事,问道:"怎么了,晓龙,不舒服吗?"

"唔,没,没什么。"詹晓龙模糊应着,拿起杯子喝水,不料因喝得急,把自己呛着了,剧烈咳嗽起来。

川花诧异地望他一眼,出去了。滕飞英起身替他拍背,詹晓龙一边摆手,一面咳得脸红脖粗、心虚气短。咳声止住了,他埋头等气喘匀,问滕飞英:"下一步你有什么打算?"

"美人计。"滕飞英眼睛晶亮,笑眯眯地说。

下午1点,川花电话通知滕飞英,表姐和她同学正在结账。滕飞英对詹晓龙点头,詹晓龙站到门边向外一瞅,又缩回身子,几秒钟后,他再次探头,收款台前已不见高玫瑰和那男孩。他和滕飞英几步来到店外,正看到北京现代开出车位。

新华书店前,高玫瑰从车里钻出,同男孩挥手作别。滕飞英开车跟踪到此,见他们分手,便和詹晓龙先回了花店。

高玫瑰哼着歌儿推开店门,笑吟吟地说道:"你们早回来了呀。"

"玫瑰,怎样?"滕飞英焦急地问着。

"他叫甄座栽,是我高中同学。高中那会儿他个子很矮,并且高一就退学了,我再没见过他。他先认出我来,自报姓名,我细瞅果然是他。他说这车是去年买的,因价钱便宜,虽明知是黑车,他还是怂恿父母买了。他说幸而买回后新配了一套钥匙,不然这次丢钥匙后,车怕是要重新换锁。卖车的是个中年男人,东北口音,在网上发布的卖车信息。两人只在交车时见过一面。他就知道这些。哦,我把钥匙给他了。"高玫瑰低了头,脸色微红道,"他约我晚上出去玩。"

"中年男人,东北口音——"滕飞英嘴里喃喃低语着,高玫瑰的话令她陡然抬起头来,"什么?他约你了?"

高玫瑰点头,滕飞英惊喜而神秘一笑:"玫瑰,这事非你莫属——我先送晓龙上班,回头细细跟你讲。"

滕飞英起身,詹晓龙却像没听到她的话,低头思考着什么。滕飞英奇怪地拍他肩膀道:"晓龙,走呀!"

詹晓龙如梦方醒,仓促站起与高玫瑰点头作别。

高玫瑰送他们二人出门,望着宝马远去,歪头自语道:"什么事情非

重生

我莫属?!"

路上,詹晓龙不时瞥一眼滕飞英,此刻,他很想把自己杂乱的心绪理顺一下跟她讲讲。然而滕飞英沉浸在自己的思绪中,一言不发。车子拐弯时,她无意间看到詹晓龙欲言又止的模样,便问:"想说什么?洗耳恭听。"

滕飞英的问话打消了詹晓龙倾诉的念头。他还是有顾虑,因为,今中午跟踪的黑车主人,关系到他复杂的家庭;而血型的事情则关系到他和妹妹的身世。他决定从外公和外婆处,先把自己的身世搞个水落石出。

"是这样,我和妹妹虽是孪生,血型居然不同。我B型,妹妹O型。你和飞虎血型一样吗?"他问道。

"这么巧,我也是O型。哥哥似乎没检测过,我不清楚。"滕飞英嘴角浮起一丝阳光般的笑影,"我和晓晴是有缘人。咦,晓龙,血型相同,做配型的成功率是不是高一些?"

詹晓龙摇头:"不一定。但是,如果血型相同者配型成功,干细胞移植时,痊愈后比血型不同者要好。"

"明白了。长了不少见识!"滕飞英将车停在医院大门外,"晓龙,你选个日子,我和哥哥去给晓晴做配型。"

"好,谢谢!"詹晓龙真诚道谢,下车挥动双手,"路上慢点。"

滕冲接到冯敏打来的愁闷电话时,正在接见客户,因此匆忙讲了几句话便挂断了。客户走后,他让滕飞英插一个鲜花篮,由司机取上,与自己写的信一并交给了冯敏。

冯敏心绪低落回到宾馆,把自己重重摔到床上,任泪水哗然而下。不同的血型,这到底是怎么回事?她相信詹雨儿不会背叛哥哥,而且绝没有背叛的机会。她的脑海中,浮现出哥哥与詹雨儿从相识到步入婚姻殿堂的过程,以及她所亲历的他们婚姻的分裂。

哥哥和詹雨儿是在施恩与米米三周年结婚纪念日上认识的。当时,哥哥是施恩的铁哥们儿,而詹雨儿是施恩妻子米米的同学,两人因此有幸同时来到施恩的家里从而得以相识。那天去的人有七八个，只有詹雨儿一个女性。男人们凑到一起，吆五喝六地划拳，差点把房顶掀飞。米米因女儿困了，带她去了卧室。詹雨儿性格温柔，喜欢安静，在酒桌上坐得无聊，悄悄溜出，来到施恩家的小院里。施恩与米米婚后，米米父母为能常常见到女儿，替他们租了邻家的房子。这儿属于城中村，小小的院落，给了城里长大的雨儿一份特别的安宁。那日是农历八月十六，月亮高挂天上，洒下一片淡淡的银辉。米米家屋檐下有个花圃，里面的地瓜花、海棠和月季开得正艳，她坐在花圃台上，借着月光，静静观赏这些美丽的花儿。哥哥去院中厕所，要进房时，发现同桌吃饭的紫衣女孩单手抱膝坐在花丛中。淡淡的月光倾泻到她身上，使她像个降落凡间的仙女，蒙着一层朦胧的神秘感。她伸手摘一朵红色月季，闭目轻嗅，美丽白皙的脸上显露出陶醉满足的神情。哥哥被她吸引，不由自主地停在她面前。良久，女孩长吸一口气，拿月季的手松开，一根长花枝从她面前弹走，晃了一阵。哥哥这才看清，原来，女孩刚才不过是把花枝拉近嗅花，而非摘下花朵。他怕惊到女孩，轻声道："请问，月季花的花香怎样？"

女孩听到声音，仿佛自己的隐秘园被人发现，匆忙站起，两颊晕红轻声斥道："好唐突的人，吓我一跳。"

哥哥听她发怒的声音也如此温柔入耳，不由得心里暗赞，抱歉地笑道："不好意思，打扰了。"

"没什么的。"女孩笑了，两个甜美的酒窝，如同一阵旋风，把哥哥的心旋了进去。

他默默地望着她，一时竟忘了回话。女孩见他如此便转身离开了："外边有点凉，我先进去了。"

后来，通过施恩夫妻牵线，哥哥与詹雨儿在电影院见面了。年轻时的哥哥剑眉虎目直鼻，个子1米78，可算得上响当当的帅哥，再加上那时父亲去世已两年，家中大小事都是他扛着，因此显得比别的男孩子成熟。通过这次接触，詹雨儿对他有了好感。此后，在哥哥的强烈攻势下，

重生

两人正式确立了恋爱关系。不过，詹雨儿父母得知此事后，通过熟人打探，发现哥哥只是初中生，且是人造板厂的普通工人，又是单亲家庭，认为他配不上他们的宝贝女儿（詹雨儿既是中专生又在棉纺厂财务处工作），坚决反对他们交往。詹雨儿因父母极力反对，开始对哥哥表现出冷淡。哥哥眼看大势已去，别无他法，只得对詹雨儿加倍关爱，言听计从，以期博得转机。功夫不负有心人，詹雨儿终于置父母的话于耳后，与哥哥热恋起来。而哥哥为得到詹雨儿，在外边租了一间小房，两人每个星期天都会到此偷偷幽会。不久，詹雨儿发现自己有了身孕。她慌了，把怀孕的事告诉了哥哥，说要去打胎。哥哥劝她留住孩子，他们一起去她家，求她父母准许他们结婚。然而，他们此行并不顺利，詹向阳暴跳如雷，说他们结婚的事，想都甭想。性格温柔的詹雨儿，等父亲吼完他们，一脸坚定地说，今生她非甄寰鸥不嫁。詹向阳气头上，瑟瑟发抖指着詹雨儿，说若是这样，他就当没有这个女儿。詹雨儿瞥父亲一眼，一言不发拉起哥哥就走。两人到单位开出结婚证明，去民政局办了登记手续，然后选了个吉日，简单请几桌喜酒，就算结婚了。

婚后，他们住在甄家的两居室内。冯敏回家，则和母亲同睡一床。那时她已在北京读研，偶尔回来，在与母亲的交谈中，得知小夫妻经常拌嘴，小日子过得并不和美。再后来，詹雨儿产下一对龙凤胎。半月后，她请假回家看望侄儿侄女，产床上虚弱的詹雨儿悄悄地塞给她一封信，请她不要让任何人看到。她把信拿回房，看完后大吃一惊，原来哥哥在外边另有情人，而哥哥的情人，居然是铎佳。

铎佳是冯敏的高中同学，户口在农村，高中毕业后没考上大学，只得回到老家。后来，不甘心在家务农的她，进城找到一份服务员的工作。大学暑假，冯敏有次去饭店吃饭，巧遇到她。铎佳对冯敏热情有加，要了冯敏的学校地址，两人开始书信来往。冯敏每次回家，总会去找铎佳，然后请铎佳到家里来吃饭，两个女孩子叽叽喳喳相谈别后的生活。大半年前，冯敏寄出一封信，铎佳一直没回，隔了段日子冯敏回家时去饭店找铎佳，老板却告诉她，铎佳已离开饭店半月了。她问老板铎佳的去向，老板称不清楚。冯敏再写信，就寄到铎佳老家，但是，信虽未被退回，回信却也没收到。上次回家，冯敏还对哥哥说起过，这个铎佳突然平地消失，也不知现在做什么，好久不见了，真有点想她。当时哥哥说"早晚总会遇到她"。她问哥哥，近段日子是否在市里见过铎佳？哥哥矢口否认。但从这封信来看，那时的哥哥，已与她有染了。

詹雨儿信中讲，起初她并不知情，临产前几天她收到了一封信，这一切才真相大白。写信人正是铎佳，她告诉詹雨儿，甄寰鸥爱的是她，每天他都会到他们租住的小屋，给她洗衣、买菜，不愧是一个好丈夫的典范。甄寰鸥还向她保证，等詹雨儿生完孩子，他会离婚然后娶她进门。信中这些话深深刺伤了詹雨儿，她将这个秘密压到心底，自己一个人默默消磨着痛苦。生完孩子后，心情极度抑郁的她吃不下睡不着，身体虚弱至极。她感觉自己时日不多，于是给冯敏写了一封信，只是为了要她告诉铎佳，若嫁进甄家，希望能对她的两个孩子好些。信还没有寄出，不想冯敏却回来了。于是，她亲手把信交给了冯敏。

冯敏决定去找铎佳，但是市里如此之大，怎样才能找到她？问哥哥是最简洁的一种方式，哥哥却未必会告诉她。经过深思熟虑，她决定跟踪哥哥。第二天，哥哥去上班，她悄悄跟在身后，直到他进厂。中午，她戴了一个大口罩和墨镜，早早来到人造板厂附近，等待哥哥下班。很快，从人造板厂大门口涌出的人流中，她看到了哥哥熟悉的影子。可是哥哥却直奔家的方向而去。她只得跟他回了家。午饭后，哥哥立刻就要回厂，说中午和晚上加班，晚饭不回家吃。哥哥走了，冯敏像个尾巴，悄无声息地跟在后面。但哥哥却没有回厂，而是东拐西拐一直拐进城中村里。最后，他把自行车停在一户人家院南的房子前。那些房子都是些小间，门口在院外，专门出租。冯敏没有跟过去，她躲到一个胡同里等待哥哥离去。半个小时后，她看到哥哥骑着自行车离开，马上推起自己的自行车，来到那间出租房前。

门是虚掩的，一推就开。正在床上读小说的铎佳，眼皮未抬，问道："你怎么又回来了？"

第十七章　美人计

重生

冯敏静静地望着她，道："是啊，我回来了。很想你，所以来看你。"

"是你，冯敏？"铎佳惊讶至极地望着冯敏，要不是身体笨重，她一准儿会从床上蹦起来。

"没想到我会来看你？"冯敏慢悠悠地问道，"你结婚了？这么大的事情，也不告诉我一声，很不够朋友吧？"

"不，不是，"铎佳的脸有如煮熟的虾蟹，结结巴巴地说道，"是，是，是这样的……"

第十八章　不同版本的回忆

冯敏目光如炬，似能洞穿铎佳的心思："还有呢？"

铎佳此刻冷静下来，也许还抱着一份侥幸心理，她恢复了平日的神态，轻拍着床说道："冯敏你坐，听我慢慢讲给你听。"

冯敏四下扫了一眼，屋子北边，贴墙是张矮旧的四脚木桌，像只狗似的趴在那儿；两个马扎左右各一，好似矮桌的两个侍从；锅碗瓢盆等厨房必备用品，摆在矮桌东边。屋里除去这些，就是西墙边这张简易双人木床了。冯敏不愿坐到床上，像从前一样与铎佳亲密地坐在一起；她也不愿坐在马扎上，矮铎佳一头，使铎佳产生居高临下的感觉。因此，她认为还是站着比较好，既可不与她亲近，又可保持一种姿态上的优势。

铎佳见她不肯坐，以为她嫌弃屋子狭小脏乱，便说："你也亲眼瞧见了，我的生活与你自然是天壤之别。"

冯敏在那一刻蓦地明白，铎佳自一开始与她的交往就是有目的的。那次饭店偶遇，是哥哥特意请她和母亲吃饭，因为他被厂里评为优秀员工。铎佳想要改变自己的户口和命运，办法不多，于是寄托于未来伴侣身上。但哥哥与詹雨儿相恋了，她并没得到自己想要的，可是，后来她是怎样与哥哥纠缠在一起的呢？

铎佳见冯敏静等她解答问题，继续说道："他是个有家室的人。"

冯敏脸色微红，等待铎佳说出哥哥的名字。但铎佳淡然道："他人很好，我们是真心相爱。"

"他的户口，"冯敏一针见血地反问道，"恐怕是非农业户口吧？"

重生

　　铎佳没想到冯敏问得如此直接，脸蓦地红了，随即反击道："是又怎么样？！"

　　"为达目的，不择手段！"冯敏轻蔑地斜她一眼，说道，"人家有家室，你还能跟人家结婚？！"

　　"你管不着！"铎佳火气上来，拍着床说道，"大研究生，你走你的阳关道，不必管我走什么独木桥！"

　　冯敏也被她激怒，抛出一枚重磅炸弹："本来我无权干预，但是，你既然和我哥哥混在一起，为了我们一家，我必须得管！"

　　铎佳张大嘴巴，愣住了。

　　冯敏见她愣住，语气软下来："铎佳，你应该知道，我哥有一对双胞胎儿女，他怎么肯和嫂子离婚？为了你自己，最好跟我哥哥一刀两断。"

　　"我——不！"铎佳瞪着冯敏，斩钉截铁地说道，"你哥答应我的，他会离婚！我相信他！"

　　冯敏无计可施，冷冷地说："那就走着瞧吧！"

　　傍晚，冯敏推着自行车出现在人造板厂大门外。当哥哥的身影出现后，她走了过去。哥哥只得跟她回家。

　　家里，在冯敏母女二人的卧室，冯敏先把自己会铎佳的事情讲给哥哥听，然后把发言权交给母亲。母亲站到哥哥角度，客观地替他分析他现在的生活状态：两个孩子，家庭负担已经够重，若继续和铎佳纠缠，凭他一人微薄的工资，负担詹雨儿母子三人的生活，已是所剩无几，铎佳的生活，他如何保障？母亲的话，似乎起了作用，哥哥当时垂着头，一副懊悔不及的样子。他说当初是落进了铎佳的圈套，才导致了现在无法收场的局面。他与詹雨儿结婚后，每次小两口闹矛盾，他就会心内郁郁，觉得詹雨儿像她家人一样瞧不起他。有次吵架后，他一人到饭店喝闷酒，那儿正是铎佳工作的饭店。他一人喝到很晚，直到醉得不省人事。第二天醒来，他发现自己在一间出租房里，而铎佳就睡在他身边。他连忙说"对不起"，并请铎佳不要将这事告诉冯敏。后来，铎佳去找他说自己早就喜欢他，现在她只求能和他在一起，不要名分。经不住诱惑，他常到她出租房去。但是，近段日子她开始哭闹，非要他答应以后和詹雨儿离婚，然后娶她。他稍微表现出不乐意，便威胁他要自杀，而一旦她死了，她朋友便会把她事先写好的信寄给公安局，将他们的事大白于天下。而她的信上则写着"如果我不在人世，凶手必是甄寰鸥"。他没奈何，只得答应了。若母亲有什么好招，能让她离开，他也可以放心地生活。

母亲想了想，点头答应了。当晚即和冯敏去找铎佳。母亲先把铎佳夸了一通，说她是个好姑娘，可惜甄寰鸥已经结婚，不然做她儿媳倒真不错。然后话锋一转，又讲寰鸥如今有老婆有孩子，这样不明不白地跟着他，不仅日子不好过，还要遭人闲话，不如趁早撒手，再找个更好的人家。铎佳低头不语。母亲拿出一千块钱，说她只要答应同寰鸥分手，这钱算是给她的一点补偿。

铎佳望着一千块钱，点了点头。母亲自以为一切办妥，高兴地和冯敏起身回家。然而，第二天，冯敏和母亲到铎佳的出租房时，已经人去楼空。

冯敏问哥哥铎佳的去向，哥哥也不知道。她把自己和母亲找铎佳谈话，铎佳搬走的事情告诉了詹雨儿。詹雨儿很高兴，那日吃饭也比平时吃得多。但是，一天后，詹雨儿收到一封信，她再次郁郁寡欢起来。冯敏问她信的内容，她不肯讲，只是默默流泪。她只得劝她凡事要看开，一切事情总有解决的办法。詹雨儿流着泪点了点头。冯敏在家住了五日，便回到北京继续研究生学业。两天后，詹雨儿吃安眠药自杀身亡。再后来，在哥哥的安排下，孪生兄妹被送到詹向阳家。而哥哥，在詹雨儿死去仅一月便和铎佳结婚了。冯敏无法接受这个事实，认为哥哥和铎佳一定是串通好了，才导致了詹雨儿的自杀。她想起那封信，那里面绝对隐藏着致詹雨儿自杀的秘密。可是，詹雨儿已死，那封信早不知哪儿去了。于是，导致詹雨儿自杀的秘密成了一个谜。

詹雨儿结婚后，因性格内向，极少出门，即使出外也总有哥哥陪同，若说是她有外遇，从而导致生下的孩子血型与哥哥不符，冯敏不相信。唯有一个可能，那就是詹雨儿同哥哥恋爱时，已经同别人怀孕，然后又同哥哥结婚。但这个假设太荒谬，冯敏不能说服自己接受。不过，看詹晓龙今天胸有成竹的表现，他似乎了解真相。可是，詹晓龙根本不接受

第十八章 不同版本的回忆

重生

她，怎么会同她讲真相呢？

正在苦恼之时，滕冲的花篮和信送到了。她嗅着花香，烦恼虽没有蒸发，心情却好了一些。打开信，只见滕冲写道："冯敏，不管遇到什么情况，都要保持一份好的心态，我相信，所有的问题，都有迎刃而解的那一天。放心，不要因归期而急躁，即使你回国了，我这个老同学，依然会帮你继续寻找侄儿的。"

冯敏手握这张薄薄的信纸，心潮起伏。此次回国，若非遇到滕冲，她可能已经心灰意冷地回美国了。从前，她一直把哥哥当作她心目中的好男人，但哥哥的出轨以及在詹雨儿死后他如此之快与新欢结合，把她心目中的好男人形象彻底毁灭了，与此同时毁灭的，还有冯敏对异性的幻想。亲哥哥尚且如此，别的男人她更捉摸不透了。从此之后，她对所有异性封闭了心扉。多年以来，她孤独地生活着，从没后悔过。现在，她心中倒塌的空位置，逐渐被滕冲占领，回首一望，他已稳稳立在心间，成为她心中的好男人形象。

滕冲给她一种安全感，天塌下来有他撑着的安全感，如同当年的父亲。这种感觉很奇妙，多年以来，都是她单打独斗一人独撑，突然有人能够替自己遮风，心内顿感无比轻松。

她记起了那次与滕冲吃饭时，滕飞英冲进去无理取闹，于是他要詹晓龙评理的话："晓龙，你冯阿姨是国外大学教授，人家肯屈尊嫁给我？我怕屈了你冯阿姨，都不敢有这想法。偏偏飞英硬把我们撮到一起，你说说看，这算哪一回事？！"

全心全意帮助她，却不存任何私念的男人，滕冲算是第一个。他不间断的真情，如同滴水，逐渐穿过她如同坚石的心，蓦然回首，冯敏发觉自己对滕冲有了依赖。

她坐下来，从记事本上撕下一页纸，用笔在上面写出无数个大小重叠的"滕冲"。窗外阳光明媚，冯敏站到窗前，望着路上川流不息的汽车，对寻亲之事又开始信心满满。她想，哥哥和詹雨儿真是孽缘，如果两人不认识，便不会衍生出如此之多的后事了。阳光在玻璃窗上跳跃，冯敏眼前发花，脑中却电光石火般闪出一个人名：米米。对，既然米米是詹雨儿的好姊妹，或许她知道一些内情。冯敏的心如同张满帆的小船，只要起航，仿佛立刻就能到达彼岸。

下午，她打出租车来到市里的北关村，多年过去，她已经忘记哥哥所说村子的名字，只记得是什么关村，由此，她直接先从北关村问起，然后再到东关村、南关村、西关村，不怕找不到米米。

她到村里，逢人便问，可是遇见的大多是租房者，并非本村人。其间有一个地道北关人，但是太年轻，根本没听说过这个名字。后来终于见到一个七十多岁的老人，但她却说不认识。

整整一下午，她走访了两个村子，一无所获。回程路上，她寻思还得需要竺美的帮助。

詹晓龙傍晚下班后，为弄清真相，特意借了一件黑色风衣和礼帽，戴上茶色墨镜，由滕飞虎开车，把他带回家去。

外公和外婆几天没见詹晓龙，都来嘘寒问暖。詹晓龙把外婆拉进卧室里，将上午发生的一切告诉了她。对于血型的不同，外婆也说不出所以然来。不过，为了帮助詹晓龙解惑，她把自己知道的都告诉了他。

据詹木兰回忆，当年詹雨儿与甄寰鸥恋爱，确实遭到了他们的反对。两人结婚也没得到他们老两口的祝福。后来，詹雨儿生下一对龙凤胎，詹木兰得知此事，便要去看女儿，詹向阳却不准她去，说等孩子满月，他们俩一起接她回来住段日子。左等右盼，眼瞅着快要满月，詹木兰准备了好些女儿喜欢吃的食物，还让詹向阳提前同他们单位领导打了招呼，预备满月那天用盐业公司的车去接詹雨儿母子。她扳着指头倒计时，在差三天到满月时，传来了詹雨儿的噩耗。来报信的正是甄寰鸥，当他跪倒在地，哭着说"雨儿昨晚喝药自杀了"时，詹向阳老两口是完全不信的，他们拉起甄寰鸥，要他立刻带他们去见女儿。在甄寰鸥家，静躺在床上的詹雨儿，骨瘦如柴，双目紧闭，眉宇间似乎隐着深深的哀愁。詹木兰扑上去，握住女儿冰冷的手，轻轻地说："雨儿，妈来接你了！"

"雨儿，你说话呀！妈来接你了！"詹木兰摇着女儿的手，关切地问道，"你病了吗，雨儿？怎么不回答妈妈？"

第十八章　不同版本的回忆

重生

"向阳，雨儿病了，快送医院！"詹木兰神思恍惚地起身，对詹向阳说，"你看雨儿，瘦得只剩一把骨头，快送医院，中午我炖鸡汤给她补补。"

詹向阳心如刀绞，满面泪水说不出话。

"向阳，快去喊车呀！"詹木兰急切地催促着，趴到詹雨儿耳边小声说，"乖雨儿，听话，爸爸去喊车，我们一会儿去医院。"

"向阳，你怎么了？哭有什么用？快去喊车快去喊车呀！"她回头瞧见詹向阳木然不动，吼了起来。

詹向阳抹着泪水，向外边走去。甄寰鸥的母亲见此情景，流泪劝道："老嫂子，对不住了。都是我们母子愚钝，没及时发现，她近段日子失眠，寰鸥给她买了一点安眠药，没想到她积攒起来，居然偷喝了下去——"

"胡说什么？走开！"詹木兰一把推开甄寰鸥的母亲，低头轻抚詹雨儿的额头："雨儿不过是病了，有医生呢，过几天就好了。"

救护车很快赶到了，但医生对手脚冰冷瞳孔扩散的詹雨儿已无能为力。

救护车离去后，詹木兰登时晕了过去。失女之痛，令詹木兰精神大受打击。她醒来之后，精神时而恍惚时而清醒，恍惚时便嚷着要去接詹雨儿母子，清醒了就抚摸着詹雨儿的遗物失声痛哭。詹向阳也是肝肠寸断，但他见老伴如此，只得强忍悲痛照顾她。

詹雨儿去世五天后，甄寰鸥突然和母亲带着两个孩子来到詹向阳家。甄寰鸥说他母亲近段日子腰椎间盘突出，照顾不了孩子，希望他们夫妇帮忙照看几日，等他母亲病好了，再接孩子回去。詹向阳当即答应了。詹木兰见到孩子，急忙找出前些日子买的小儿玩具，逗他们兄妹玩。詹向阳见到这两个可爱的小家伙，痛苦的心也像有了依托，跑到商店，奶粉、奶瓶、小孩子故事书，买了一堆带回家中。自此，詹向阳夫妇把失女之痛寄托到孪生兄妹身上，这个被悲痛和泪水填满的家，逐渐有了笑声。

詹向阳和詹木兰商量，等甄寰鸥来接孩子时就告诉他：孩子，他们暂且替他养着，等长大了再交还他们甄家。可是一个月过去了，甄寰鸥没来接孩子，两个月、半年、一年过去了，他们连甄寰鸥的影子都没见着。詹向阳起初心在孩子身上，并未在意，但日子一久，不由得有些生疑。想到两个孩子户口未落，孩子上幼儿园将会有麻烦，于是借给孩子落户口，他先去甄寰鸥家，探探是什么情况。

给他开门的人既不是甄寰鸥，也不是甄寰鸥的母亲，而是一个发福的年轻女人。他以为走错门，连忙问是不是甄寰鸥家？女人回答是。詹向阳又问她，甄寰鸥是她什么人？女人笑了，说自然是她丈夫。詹向阳全明白了。原来甄寰鸥把孩子送到他家，是为了甩掉包袱再婚。女儿莫名自杀，是否与这有关系？詹向阳怒火中烧，立刻跑到人造板厂找甄寰鸥。在厂门口，中年门卫拦下他，请他在警卫室稍等，他联系车间通知甄寰鸥来这儿见他。门卫问了詹向阳名字，联系好一切。又请詹向阳坐下，问他找甄寰鸥何事？詹向阳说有一笔旧账要跟他清算。门卫错解为詹向阳是追债者，悄悄告诉他甄寰鸥的一些家事。说他结婚不久就出轨，他老婆得知此事，一气之下自杀了。这事在他们厂传得沸沸扬扬，无人不知无人不晓。他老婆死后一月，他立刻和那相好结婚了。而甄寰鸥鬼点子不少，知道自己能力有限，养活不了孩子，便找了个理由，于再婚前把前妻的一对孪生儿女送到岳父家去了。听说他失去女儿的岳父老两口对这两个孩子爱若珍宝，至今还不知道他再婚的事呢。正讲着，甄寰鸥推门进来了。詹向阳二话不说，劈面给了他一巴掌。登时，甄寰鸥半边脸现出五个红指印。詹向阳再次欲打时，手被门卫捉住，情急之下，立即抬起另一手，当胸直捣甄寰鸥胸口。门卫连忙跑到他们中间，说道："有事说事，不要动手。"

甄寰鸥知道东窗事发，一声不语地低了头。

"我独生女儿死在他家，我打他两巴掌不成啊？"詹向阳对门卫大吼，"这儿没你事，一边去！"

门卫愣了，回过神后站到了一边。但他的目光还是不时紧张地扫视着詹向阳，以防他突然袭击，又把拳头挥向甄寰鸥。

"甄寰鸥，今天我们打开天窗说亮话，那两个孩子，你是要还是不要？"詹向阳鄙睨着甄寰鸥问。

163

重生

甄寰鸥小声说："要。"

"好，既然你说要，限你明天把孩子带走，若不带走，我告诉你，孩子从此改名姓詹，与你甄家再无任何关系！"詹向阳向前一步，逼视着甄寰鸥。

"好。"甄寰鸥回答的声音低得如同夏日蚊子的叫声。

詹向阳转脸对门卫说："告诉你，我跟甄寰鸥清算的是感情旧账！那巴掌和拳头都是代我女儿打的，但愿冤屈的孩子在地下有知，能够安息……"

他说完了，忍不住老泪纵横，叹口气，转身大步离去了。那门卫看得惨然，嫌弃地瞅一眼仍旧低着头的甄寰鸥："人都走了，不用在这儿装孙子了！早知如此，何必当初。"

詹向阳回家后，甄寰鸥并没来接孩子，于是他和詹木兰商量，给孩子取了两个新名字：詹晓龙、詹晓晴。自此，詹晓龙和詹晓晴户口落到詹家，并正式成为詹家一员。

詹木兰无论如何不能接受铎佳的话——詹雨儿同别人有私情，生下了詹晓龙兄妹。詹晓龙对外婆说，自己也不相信，这事，很可能另有隐情。

第十九章　萝卜青菜，各有所爱

第二天一早，冯敏立即与竺美取得联系，希望她能陪自己找寻知情人米米。竺美称上午事情已排满，下午可以陪她出去。

在宾馆闲极无聊，冯敏决定出外逛逛。走出宾馆，第一眼便瞧见那辆阴魂不散的黑色北京现代停在不远处一家银行前面。黑车所在的位置，她在楼上是望不见的。正想着"阴魂不散"这词用得恰当，不料黑车车门陡然打开，从里面跳出了小个子，大叫着说："见鬼了！见鬼了！"

紧接着，卜崂获也神色紧张地从车上下来。他和小个子瞪大眼睛面面相觑，相互点了点头。仿佛什么吓人的事情得到证实，两人身体逐渐发起抖来。不一会儿，卜崂获掏出手机打电话，而小个子则紧张地望着他。冯敏觉得好玩，故意从他们面前走过，他们两人专注于电话居然没有看见她。她听到卜崂获说："座羲哥，车上有鬼，有鬼呀！"

冯敏心内一震："座羲？！"

不知对方说了句什么，卜崂获又说道："是真的！这车我们是再不敢开了，你要不信，来试试就知道了。"

冯敏走进银行，坐到供顾客休息的椅子上，透过明亮的大玻璃窗望着他们。只见卜崂获挂了电话后，和小个子各点了一支烟，两人头凑在一起，不知在商量着什么。

不一会儿，路边停了一辆出租车，一个彪壮的年轻人从车里钻出，径直走向卜崂获和小个子。冯敏猜想，此人定是卜崂获嘴里的"座羲"。而此"座羲"非彼"座羲"，让她悬着的心彻底放下了。他们三人低语了一阵，"座羲"开着黑车离去了。

重生

卜崂获和小个子仿佛丢了魂，无精打采地走进宾馆对面的一家茶艺室。冯敏心情大好，跟踪者丢了目标尚不自知，真是一件大快人心的事。她给滕冲打电话，讲跟踪者遇"鬼"这件事情，滕冲乐得哈哈大笑，说这叫做"善有善报，恶有恶报，不是不报，时辰未到"。

冯敏不由也被滕冲逗乐了。滕冲又说道："中午如果没有客户，我请你吃自助餐。"

冯敏答应了。

中午，滕冲和冯敏来到市北段的开心自助餐厅，门口意外遇见滕飞英和高玫瑰，滕飞英见到他们，顽皮地笑着说："爸爸，今天你请冯阿姨吃饭，我和玫瑰给你当陪客吧！"

滕冲说那敢情好。滕飞英选了一张离水果区近的位置坐下，笑对高玫瑰道："玫瑰，你想吃什么，我替你选去。今天我得好好谢谢你！"

滕冲听她话中有话，便问玫瑰帮她什么事情。滕飞英神秘一笑："暂时保密，等事情有眉目了再告诉你！"

四人吃得十分尽兴，滕冲把冯敏告诉他的事情惟妙惟肖地讲给女儿听。讲到卜崂获叫"座羖哥"时，滕飞英和高玫瑰惊诧不已，不由得对视了一眼。滕冲讲完，滕飞英捉住高玫瑰的手，激动不已地晃着，一面说道："成功了！成功了！"

高玫瑰不明就里，直嚷"好痛"。滕飞英才放开手，高玫瑰的手背上已鲜明现出几个指甲印痕。滕飞英连忙道歉。滕冲奇怪地望着女儿，不知她今天中了什么邪。

饭后，滕冲父女在自助餐门口分手。高玫瑰坐进滕飞英的车里，迫不及待地问她，吃自助餐时她喊"成功了"是怎么回事？滕飞英笑了："玫瑰，这正是你的功劳呢！"

原来昨儿下午，滕飞英送詹晓龙回医院后，跑去电子市场买回一个MP3定时播放器。之后，她在花店里屋用极慢的语速录了一句话"还我的车——还我的车——"，复制到MP3里面，定上间隔6小时的播放时间，交给了晚上即将与甄座羖约会的玫瑰，告诉她只需将此MP3塞到对方的黑车座下就可以了。高玫瑰对此毫不知情，但她满面恐惧地问滕飞英是不是定时炸弹？滕飞英笑了，点着她的额头道："看枪战片看多了吧？定时炸弹哪这么好买？！傻瓜，是MP3，里面装有他喜欢的音乐。不过，你塞时要小心，不要让甄座袭发现，也不要告诉他，我呢，只是想给他一个惊喜。"

今儿一早，高玫瑰告诉滕飞英，她安排的任务已经顺利完成。滕飞英喜不自禁，抱起她转了两个圈，说中午一定请她吃饭。不想，中午遇见父亲和冯敏，从而证实了MP3已经发挥效力。

高玫瑰听滕飞英讲完缘由，说道："原来如此。不过呢，甄座袭不像坏人，反正他对女孩子挺体贴的，出手也很大方。昨晚，他还说喜欢我，要送我一条金项链，被我拒绝了。"

滕飞英听到这儿，想起妈妈去世前给她买的生日礼物，微微一怔，随即点头："就该这样，玫瑰。我也希望他不是坏人。"

说完这话，她坐到玻璃圆桌前，左手托腮，右手食指和中指不断敲击着玻璃桌面。突然，她双目放光，起身说道："玫瑰，跟踪冯阿姨的车，怎么会是甄座袭的北京现代呢？这说明了什么？"

高玫瑰还未回答，滕飞英的手机却蓦地呼叫起来。滕飞英瞧了一眼，居然是詹晓龙，一丝欣喜，在她眉梢眼角浮现。

"飞英，外婆初步打算，后天让晓晴和你们兄妹去配型，不知道可不可以？"詹晓龙开门见山问道。

"没问题啊。"滕飞英爽快地应着，又道，"我要立刻把这事告诉爸爸，让他安排司机送我们。"

"你们兄妹真是心有灵犀，外婆中午做这个决定时，你哥也在，他和你一个想法。"

滕飞英听到话筒里传来一声喊叫："詹医生，有事找你！"

"那么后天早上，我们先接晓晴再去接你，好不好？"滕飞英得到詹晓龙确定的"好"字后，赶紧说，"你先忙，再见！"

高玫瑰期待着滕飞英挂断电话后回答她的问题，不想自己的电话此刻响了，她接起，打开门跑到花店外边去了。

重生

滕飞英在她身后问:"是谁呀,神神秘秘的?"

高玫瑰斜眼伸舌做个鬼脸,摆摆手,在滕飞英宝马前停下,身子倚着车身,一脚后蹬车轮,抬头仰望着天空,完全沉浸到与对方的通话中去了。

滕飞英看高玫瑰肥大的白色韩版上衣在风中飘飘荡荡,配上又细又直的黑色紧身裤,与她的红车相接,形成一种强烈的视觉美感,而她的样子,又极具青春范儿,脸上不由得散开几圈笑纹。打开手机,调好镜头,她把高玫瑰定格成影像。

高玫瑰打完电话后,刚接到电话时的兴高采烈仿佛被一阵大风刮走了,不见一丝踪迹。她烦躁地抚弄着头发,往花店里走来。花店门口,陈慧琳版《爱上一个人》的手机铃声再次响起:"用心爱一个人/他的心却给别人/要我不必等也不必问……"

高玫瑰咬住嘴唇,看都不看,直接挂断了。然而,打电话的人很执着,接着又打了过来。高玫瑰摁上接听键,气呼呼地大声质问道:"你没毛病吧?是你自己说,我们不要再联系,干吗还要三番五次打我电话?!"

滕飞英忙着用电壶烧开水,奇怪地瞅她一眼。对方不知说了一句什么,高玫瑰态度立刻180度大转变,低声温柔地道歉:"对不起,实在对不起!座羲,我不是说你,别往心里去啊!晚上?有时间呀。去吃饭当然好,不过,总是你请多不好意思,这样好了,吃完饭,我请你K歌去。"

滕飞英从里屋端出一个绿色方形木制茶盘,上面摆着一套白瓷青花的茶具。她泡上一壶碧螺春,在两个精致的小杯中斟满水,用食指和拇指捏住杯壁,慢慢细品。

高玫瑰挂了电话,笑着坐到滕飞英对面,夸道:"飞英姐,这套茶具和你的红衣服好配,你坐在这儿,像极了古代的大家闺秀!"

滕飞英喜欢红色,今天身上穿的是件半袖红风衣,衬着白低领打底吊带,自有一种牡丹的雍容华贵。她被高玫瑰逗乐,笑着站起来,到镜子前面扭了几扭:"哪有半点像?你这丫头,总拿好话哄我开心!"

"我是说,你刚才坐那儿时,表情淡定,看上去是娴雅淑女,现在的样子，只能说像个爱动的孩子——哦，不，是天使。"高玫瑰尽量憋住笑说道。

"什么孩子、天使的，"滕飞英重回座位坐下，"空欢喜一场。还是不能像詹晓晴那样人见人爱。"

近几天，性格外向的滕飞英，却突然喜欢上那种文静的女孩形象，恨自己做不来，天天耐住性子练习，常问玫瑰她是不是变得文静一些了？高玫瑰只要说"有一点点改变"，她就会高兴万分；若高玫瑰说"变化不明显"，她则会心情低落，脸上好久难见笑影。高玫瑰问她为何要学文静，她却闭口不谈，总拿别的话支开。现在，滕飞英最后这句话，泄露了她的秘密，高玫瑰听清后如醍醐灌顶，豁然开朗，不禁"扑哧"笑了起来。

"如果詹晓晴人见人爱，那么依你活泼的性格，更是人见人爱了！"高玫瑰笑着说，"我的大美女，何时变自卑了？"

"哥哥说詹晓晴才是那种人见人爱类型的女孩。"滕飞英噘起嘴说。

"明白了。"高玫瑰想起滕飞英常挂嘴边的"詹晓龙"，恍然大悟，"古人说'女为悦己者容'，你这倒好，连天生的性格都想改变。'萝卜青菜，各有所爱'，詹晓龙未必像你哥哥一样喜欢文静的女孩。"

一语惊醒梦中人，腾飞英调皮地做个鬼脸，笑容如同穿透乌云的阳光，逐渐在脸上灿烂绽开。

"说得好，玫瑰！我再不必去东施效颦，扭捏为难自己了！"滕飞英说完，端起茶杯，"以茶当酒，谢谢你的提醒！"

说完，一口饮尽。

"玫瑰，我也有一句忠告：注意，不要对座羲动真情。你现在的身份是间谍。"滕飞英慢慢地说道。

高玫瑰啜着茶水，一片红晕在脸上悄悄弥漫。她把玩着手中茶杯，叹口气，神色黯淡道："飞英姐，其实，我爱上的人并不是甄座羲。可惜那人心里另外有人，他只是通过我，探听他喜欢的女孩子信息。起初，我以为人的心总会被捂热的，但现在，我发现自己错了。爱情不是一个人的事，只有两个人互相喜欢，才会有圆满的结局。今天，那人终于说出不喜欢我，我很心痛，同时也感到如释重负。座羲不是我想要的，可是他对我很好，好到我无法拒绝。我会记得你的话，并时刻提醒自己的，飞英姐。"

滕飞英听着高玫瑰的爱情故事，沉入到自己的思绪中去。她或者还不及高玫瑰，毕竟，玫瑰能够确知谁对她好。她心中的人儿与她的关系，仅仅是需要，如果这需要以后成为不需要，他们，还能够如现在常常见面吗？对方几乎从没主动约过她，他的心如同大海一样深不可测。而她却痴且傻，控制不住地每日都要给他一个电话。如果某一天，她和詹晓晴一样得了白血病，他会不会变得对她好些？

冯敏和竺美再次踏上寻人之路，这次寻找难度比较大。她们首先来到西关村。从高楼大厦间穿过车水马龙的街道，车子拐入整齐划一的平房区域：清一色的水泥地面，街道洁净异常，不见人影。在这儿，所有的喧闹都被隔绝，小村犹如扰攘红尘间的世外桃源，安静悠然。车子在村主干路上跑着，路边人家常会传出狗的叫声。终于遇见两个提鸟笼的老年人，坐在路边闲话家常，竺美下车，打探出了村支部的位置。

村支部的房子是一户独门院落，里面并没有人。邻近的小卖部老板认出竺美，热情地帮忙打电话，然后告诉他们：村长一会儿就到。

村长是个大腹便便的中年男人，得知他们来意后，自己思索了好久，先是摇头，后又电话问了几个人，最后确定：他们村，没有米米这个人。

第一站没找到，她们又来到第二站南关村。

南关村村支部在村子东边，一圈平房将院子围起，从大门向里面望，中间房子是大会议室，两边分别有几间办公室。其余的房子内，或有台球，或有书刊报纸，或有大鼓和扭秧歌用的红绸，或有棋盘，看得出，这些房间是村民的俱乐部。不过，这些房子只有阅览室和棋艺室开着，而这两个房间里，静静坐着的都是一些老人。

阅览室门口处，一位头发雪白的老人正在翻看一本杂志。竺美上前先讲明身份，然后低声询问他是否认识米米——四十多岁，老家可能曾是这儿。老人抬起头，眼睛从老花镜上方望着竺美，甚是滑稽。他摇摇头，大声喊道："老赵！老赵！该你这俱乐部部长出面了！"

紧邻的棋艺室里，有人答应，但好久不见动静。老人又喊了两声。不一会儿，走来一个瘦瘦的老人问："老张，什么事？老赵下棋正在节骨眼上，他要我来问问。"

"电视台找人。"老张扶着眼镜腿说。

"电视台？"在瘦老人的后面，不知何时已站了一个有点驼背的老人。

"老赵，你问她。"老张把手向竺美一指。

竺美把寻人的事情又讲了一遍。棋艺室里的老人，此刻都围了上来。

老赵激动地说："主持人竺美同志！"

竺美笑着说明来意。他认真听完后立刻回头大声说："弟兄们注意了，竺美同志今天来请我们帮个忙，有认识米米的，赶紧说一声！"

"是米善家的女儿。"有个矮胖的老人说，"她现在北京居住，前些天把米善老两口也接去了，据说要让他们玩个十天半月才会回来。"

冯敏有些奇怪，米米怎么会到北京居住？老人告诉她，多年前，施恩从人造板厂辞职下海赚了大钱，然后带米米去了北京。

冯敏释然地笑了。这位好心老人当着大家的面，给老友米善打了电话，问他何时回来？说电视台有事找他女儿。米善告诉他，他即将到广州儿子家，恐怕一时半会儿回不去。女儿和女婿出差，会顺便回老家给他们老两口带点东西，他把女儿电话留下，电视台可以自己联系她。

有了米米的电话，一切也就不足为虑。回程路上，冯敏和竺美都很高兴。冯敏等不及地给米米打电话，但米米的电话正在通话中，第二次打过去便没人接了。如此三次，冯敏像泄了气的皮球，身子在座椅里萎成一团。竺美觉得奇怪，便用自己的电话打过去，依然如旧。幸而车走出不远，于是又返回南关村委，找到米善那位老友，告诉他不接电话的事情，希望他帮忙通融一下。这次，老人直接把米善的电话给了竺美。米善收到竺美的电话，说可能女儿在忙，他已经把电视台找她的事告诉她了，她问是什么事？他说不知道，等电视台打电话时，她自己问。竺美连说"谢谢，麻烦您了"。她帮冯敏分析此事：米米一定认为电视台的电话不会是私人手机号码，因此才会不接。愁眉不展的冯敏点头，脸上灰云渐渐飘散，她望向窗外的眼睛里，又有了平日的神采。

第十九章 萝卜青菜，各有所爱

重生

傍晚，高玫瑰因有约，梳洗打扮一番，5:20便离开了花店。滕飞英见她走向新华书店路口，立即将头发拢起，戴上红色大眼镜框，开车悄悄跟了上去。

新华书店路边，高玫瑰停下脚步，期待地东张西望着。秋风吹过，她白色的韩版上衣在身后翻飞，使她看起来像一朵盛开的白莲花。不久，一辆黑车停在她身边，把她请了进去。

甄座裘带高玫瑰来到开发区，走进远近闻名的小肥羊火锅城。滕飞英把车停在离黑车不远的地方，没有跟进去。可是肚子饿得咕咕叫，没办法，她只得下车到对面快餐店要了盘炒油菜和一碗炸酱面，吃完后出门时，她居然看到陈俊旭和两个男孩正走进火锅城。

高玫瑰和甄座裘走出火锅城时，已是晚上7:30了，高玫瑰在门外停了一停，说："外边真舒服。这样的夜晚，只在路灯下走走，就感觉是一件很浪漫的事。"

甄座裘抽一口烟，笑了："既然你喜欢遛马路，我们就沿大路走上一段。"

滕飞英本来预备启动宝马，听到甄座裘的话，放弃了这个想法。突然，她看到陈俊旭和他的朋友在高玫瑰身后出现了。

"改天吧，座裘。"高玫瑰扭头对甄座裘温柔一笑，甄座裘随即附和："好，你说了算！"

"玫瑰？！"一声惊异的声音，使即将离去的高玫瑰和甄座裘停住了脚步。

"俊旭？"高玫瑰微微吃惊，脸上神色似乎不太自然，"真巧。"

"是啊，这位是？"陈俊旭眼睛盯着甄座裘问道。

"我的——"高玫瑰沉吟着，加重语气慢慢说道，"男朋友。"

甄座裘惊喜万分，连连点头。陈俊旭愣了一秒，迅速调整表情，笑道："恭喜了，玫瑰。"

"谢谢。"高玫瑰轻点一下头，挽起甄座裘的胳膊，"我们先走了。再见。"

望着高玫瑰离去的背影，陈俊旭脸上写满了惆怅。与他一起来的男孩子问道："哎，陈俊旭，你眼睛黏人家身上摘不下来了？要不要我们帮忙？"

陈俊旭目光回收，自语道："工作和家庭都不怎么样，居然也这么抢手？"

"这样大方漂亮的女孩子，我们也喜欢！旭哥，你没本事，就不要吃不到葡萄说葡萄酸了，好不好？"跟他同来的男孩子起哄，拥着他进车里去了。

滕飞英直到黑车完全驶入正常车道，才悄然启动汽车，慢慢跟上去。陈俊旭在车内，见前方一辆后退掉头的宝马眼熟，等它掉好车身，他看清车牌号码，认出是滕飞英的车，心内一动，想上去搭个讪，可是宝马很快拐进了公路，一溜烟跑走了。

高玫瑰在市里名为"都市之夜"的KTV前下车，同甄座羧走了进去。快十点时，甄座羧一人来到楼下，几分钟后，一辆摩托车风驰电掣般而来，在KTV前面转了一个圈，"吱"的一声停下了。明亮的路灯下，滕飞英看得清清楚楚，骑摩托车的人正是孟成强，而摩托车后座上坐着的，居然是那晚邀请她跳舞的男孩。

本来，她跟踪高玫瑰的目的，是想瞧瞧甄座羧对录音的反应，但她做梦都没想到，孟成强以及那个男孩会与甄座羧认识。她的思想成了一团乱麻，理不出思绪。

第十九章 萝卜青菜，各有所爱

第二十章　宝贝

　　孟成强与甄座羧一见面，便把车钥匙交换了。之后，两人低语了几句，孟成强望了望身边的男孩，脸上露出一丝不屑的笑容。

　　滕飞英瞧见他们挥手作别，甄座羧走进KTV，孟成强和同来男孩开车离去，她立即悄无声息地跟到黑车后面。

　　路上行人几乎绝迹，车辆也已非常稀少，滕飞英怕被黑车发现，不敢跟得太紧，便在拐角处停一停，尽量拉大距离。黑车似乎毫不知情，无忧无虑一往无前。

　　十分钟后，黑车在回归大酒店不远处停下。路边一个小个子坐进了车内。滕飞英也停在路边。不一会儿，黑车掉转头，迎面逆行而来。滕飞英有点发慌，以为他们是冲她而来，但黑车并未在她车边停下，她松了口气。两车交错过后，她突然听到宝马后部"砰"地响了一声，心顿时悬了起来。赶紧下车查看，却发现车后地上有块石子，再细瞧车尾，已经陷下一个坑。她猜是黑车上的人故意所为，不由得抬头望向黑车的离开方向，却被一个黑影挡住了视线，定睛一瞧——广场上曾邀请她跳舞的男孩此刻已站到她身边，不等她反应过来，一手捂住了她的嘴，另一手从背后揽住了她的腰；紧随其后的小个子，则迅速上前抓住她的脚腕，两人抬起她向黑车走去。滕飞英努力挣扎着，挽起的头发散开了，眼镜也落到了地上。小个子身后的孟成强见到她，不由得惊喜地叫道："飞英，是你！我们真是有缘！"又对两个男孩说："小心点，别伤着你嫂子。快，快！"

　　挣扎之中，捂住滕飞英的那只手滑下来，滕飞英借机狠咬了一口，然后大喊:"救命啊——救命啊——"

滕飞英身子被人放开,"哎哟"叫着不由自主向后仰去,在重重摔到地上的瞬间,她仍大喊了一声:"救命——"

一辆奔驰在他们身边停下,车上有人喊道:"警察来了!"

被咬男孩飞速跑进车内,孟成强仓皇四顾,想要扶起滕飞英,小个子拉住他说:"强哥,逃命要紧!"

跑进车内,孟成强仍旧念念不忘滕飞英,心痛不已地埋怨他们成事不足败事有余。被咬男孩生气地说:"谁让她那么狠,哎哟,痛死了!强哥,求你先去医院,给我包一下手。"

正说着,车内蓦然响起一个女人的声音:"还我的车——还我的车——"

"鬼!鬼!"被咬男孩和小个子顿时脸色苍白,浑身发抖。孟成强大喝一声:"有本事出来,老子和你单挑!就是鬼,老子也不怕!"

声音停止了。孟成强哈哈大笑:"哈哈……看到没,胆大鬼也怕!你们这两个胆小……"话未说完,声音再次响起:"还我的车——还我的车——"

孟成强不由得头皮发麻,但他仍壮着胆子问道:"你,你是谁?我们三个人,你出来也打不过我们!"然而,那声音已经消失得无影无踪,并且再没响起。

在他们三人逃跑时,奔驰车上走出两男一女,女人把手放到滕飞英鼻下试了一试,说道:"大约是晕了。施恩,快打120,把她送医院去。"

女人身边四十多岁的男人点头,把拨出电话的手机放到耳边:"急救中心吗?我们这儿有个病人,地址,地址在幸福路中段回归大酒店附近。"

10分钟后,救护车赶到,女人跟随滕飞英上了车,施恩对年轻男人说:"小宋,你开女孩的车,我们一起去医院。"

滕飞英吃力地睁开了双眼。眼前的一切模糊不清,她只觉嘴里干得冒火,声音微弱道:"水……"

一个人影闪过,端来一杯水。滕飞英的头微微一动,立刻觉得面前

重生

模糊不清的一切仿佛飞快旋转的汽车轮,而胃里亦是翻江倒海。她闭上眼睛,虚弱地推开水杯:"恶心,想吐。"

话未说完,她已控制不住地干呕起来。胃里如同有人在舞弄棍棒,难受至极,却吐不出东西,只呕出了一些酸水。有人轻轻在她嘴角垫了一些柔软的纸巾,并不时帮她擦着嘴角溢出的酸水。她不知道那人是谁,这阵恶心过去后,她平静下来,仔细回忆是怎么回事,脑中只有一个清晰的情景:她跟踪的人抱住了她,而她在不断挣扎大喊"救命"……接下来,任凭怎么回忆,大脑都是一片茫茫雪原般的空白。后脑勺痛楚阵阵,嘴里干渴异常,她再次用微弱的声音喊着:"水。"

不一会儿,一根吸管悄悄放到她唇边,轻轻一吸,水顿时漫溢满口,她咽了下去,胃里却不舒服,只吸一口便停止了。

闭着眼睛,她轻轻推开水杯。嘴角的水很快有人替她拭去。又是一阵恶心蓦然袭来,嘴角处,立刻有了绵软的纸巾。她怀疑自己是在梦中,因为守在她身边的人,与妈妈无微不至的照顾完全一样。滕飞英心内暗想,如果是妈妈,即使是梦,也是幸福的。等这阵呕吐过后,她微微睁开了双眼。眼前依旧是奔跑的汽车轮子,但这次是匀速的,没有上次转得那样快。她模糊地看到一个人来到面前,问道:"好些了吗?"

女人的声音温柔亲切,滕飞英顿觉温暖如春。

"嗯。"眼前世界的旋转让她心神俱疲,应了一声,她重又闭上眼睛,"这是哪儿?几点了?"

"医院。凌晨三点半。"女人为她拂去脸上几根乱发,轻问着,"你叫什么名字?要不要通知你家人?"

"我叫飞英。"滕飞英吃力地说,刚欲抬头,一阵恶心袭来,吓得她立刻放弃了这个想法。呕了一阵,平复下来,她乞求道,"阿姨,请先不要告诉我家人。等身体好了,医药费我会还你的。"

女人抚着她的手道:"好。不要再说话了,你休息一会儿,天亮或许就会好起来。"

滕飞英答应了,但却无法入眠。脑袋后部阵痛不断,而思想也在昨晚的旋涡里打转。这样不知过了多久,她听到门响,睁眼一瞧,只见爷爷、奶奶、爸爸、哥哥一起拥进了病房。爷爷严厉地训斥她不该私自出门；奶奶嘴唇一撇，说她向来如此，总有让人操不完的心；爸爸一脸疼惜地跟她说没事了，以后有事要记得找哥哥护驾；哥哥则不住地点头。然而就在此时，孟成强推开她的家人，弯下身子，脸几乎贴着她的脸，笑嘻嘻地说：“飞英，我们又见面了。你是我的，任何时候都走不脱，跟我走吧！”

家人全部在此，滕飞英感觉有安全保障，因此愤怒大吼：“我不去！”

可是孟成强哪管这些，一把拉起她，她感到头部痛得钻心，而爷爷、奶奶、爸爸、哥哥却突然隐身一般，全部不见了，她惊恐万分，伸出一只手对着爸爸和哥哥哭喊道："救我——"

一身冷汗，蓦然醒来，她只觉头痛欲裂。额部有温热的手在抚摸，一个温柔的声音问："做噩梦了吧？"

眼角的泪水仍在汹涌流出，滕飞英哽咽着说："是……"

"好孩子，不怕不怕，阿姨在呢，谁都不敢来欺负你了。"女人为滕飞英拭去泪水，又轻抚着她的额头，使她情绪逐渐稳定下来，她紧握住女人的手道："阿姨，你真像我妈妈。"

"如果你喜欢，就叫我'妈妈'好了。"女人轻声说。

"妈妈，我的头痛死了。"或者因为"妈妈"这两个字的魔力，滕飞英在说出这话的同时，居然感觉头痛减轻了一些。

"宝贝，你忍住再睡一小会儿，等天亮时妈妈让医生给你止痛，好不好？"

"好。"这温柔的声音如同春雨，丝丝润进心田，滕飞英安心入睡了。

再次醒来已是下午，阳光明亮耀眼，从窗口射到对面雪白的墙上，给病房添了一片温暖的光影。头痛轻了许多，车轮般的旋转消失了，腾飞英的眼前一切清晰如常。墙上石英钟的指针显示：15点。病床上搭着件小黑皮衣，一个女人坐在她身边，卷发及耳，睫毛修长，手捧一本书看得津津有味。绿色的七分袖薄衫，给人亲切随和之感，下身是件黑色修身裙，显得时尚洋气。她不禁忆起那双温柔的手，于是轻喊道："妈妈。"

第二十章 宝贝

重生

女人抬头,滕飞英看到一双清澈的大眼,充满母爱的目光从里面流溢出来:"醒了宝贝?感觉好些没有?"

放下书,她起身端来一杯温水。滕飞英望着她发福的背影,忍不住又喊了一声:"妈妈。"

"哎,宝贝,妈妈来了。"女人笑问道,"要不要喝水?"

正说着,门被推开,进来一个穿白色衬衣打条纹领带的男人。他最突出的是额头和肚子,额头宽大如飞机场,按民间说法,这是聪明的象征;肚子凸出,如怀孕六个月。看他高大威猛的块头,体重绝对不会少于200斤。不过,脸色却红润和蔼,显得极易与人相处。他年龄约五十岁出头,与女人年龄相当。

"米米,孩子怎么样?"他悄声问着,似乎怕惊醒滕飞英。米米直起身子,他望见了滕飞英向他微笑的脸。

"孩子,你好!"他红润的脸上浮起和蔼的笑,转脸对米米夸道,"瞧这孩子,像朵花似的!比你当年还漂亮呢!"

"施恩,瞎说什么呢,我怎么能跟这漂亮孩子比。"米米嗔怪地说着,又喜不自禁道,"孩子认我叫妈了,你也跟着沾点光吧。"

"你当年也是一朵花!"施恩对米米笑着,弯下身子对滕飞英自我介绍,"孩子,我是你这位妈妈的老公。"

"爸爸。"滕飞英嘴甜,把施恩乐得心花怒放。他像对小孩子一般说道:"孩子,快些养好身子,爸爸带你到北京玩去。"

"孩子刚醒,还很虚弱,别老跟她说话。"米米微笑着坐下,关心地问滕飞英,"饿不饿?想吃什么,让爸爸去买。"

"不饿。"滕飞英摇头,笑着说,"妈,我只想喝水。"

"米米,我出去转转,给孩子买点花、玩具之类的。病房里太冷清了。"施恩完全把滕飞英当成了小孩子,笑着挥手,大步离开了。

米米喂滕飞英喝了一点水,又洗了一串葡萄,慢慢剥给她吃。一面跟她讲,她只有一个儿子,今年刚毕业,在北京郊区的工商银行上班。他们夫妻都很喜欢女孩儿,只要见到人家有女孩的家庭,就会羡慕不已。前些天,施恩还跟她说想抱养个女孩呢。没承想老天有眼,竟让他们夫妻在路边捡到个女儿。

"飞英，你喊'妈'时，妈心里高兴得简直——就想流泪。"米米说着，把一颗葡萄放进滕飞英嘴里，又细心地将她嘴角的汁液擦去，"因此，妈妈才会很自然地喊你'宝贝'。"

滕飞英微笑静听，心内溢满幸福。"宝贝"这个词，只有妈妈会喊她，妈妈去世后，这是她第一次被称呼为"宝贝"。

滕飞英也简略讲了一下自己的家庭成员，并告诉米米，她妈前年过世了，因此，当她第一次醒来时，差点以为是做梦。两个人互诉着心里话，感觉更加亲密。

而与病房里安宁平静的情形不同，滕冲家中已经乱成一锅粥。最先发现滕飞英失踪的人是滕飞虎。昨晚他回家已经九点多，爷爷告诉他，飞英说要去玫瑰家，晚上不回来了。他本想同她商量后天去配型的确切时间，见她不在，只得等第二日跟她商量。今上午打电话给妹妹，手机却关机了。过一会儿再打，仍未开机。直到临近中午时分，滕飞英依然联系不上。他觉得蹊跷，便拨通了高玫瑰的电话，问飞英在不在花店？高玫瑰说不在呀，整个上午都不见人影，手机也关机了。滕飞虎惊讶万分地说："飞英昨晚对爷爷告假，要去你家住下，你们今早没有一起来花店？"

滕飞虎的话让高玫瑰吃了一惊，赶紧澄清事实："飞英姐昨天比我走得晚，我们压根儿没在一起！"

滕飞虎心内惊跳，冒出一丝莫名的惶恐："这臭丫头，昨儿整晚不见人影，也不知跑哪儿疯玩去了！"

挂断电话，他又询问詹晓龙，詹晓龙也说没见过她。听滕飞虎讲了事情大概，詹晓龙十分着急，说大家应该分头出去找找她。滕飞虎心乱如麻连连称是，他焦急不安地把这事告诉父亲，滕冲说马上回家聚头商量。

滕冲家里，奶奶讲起滕飞英高一暑假某天突然不见人影，在她房里发现一张字条，上面写着"和同学出去旅游，怕你们不同意，先斩后奏，希望理解"，说这次不定跑哪儿去旅游了。没有人赞同她的话。毕竟，这次她任何讯息都没留下。滕飞虎苦思冥想一阵，蓦然拍着大腿，说道："我想起一个去处，飞英要是出去，一定是去了这儿。"

大家问是哪儿？滕飞虎向南一指，道："回老家，可能是到妈妈坟前去了。"

滕冲点点头，但是，随即又摇头质疑："不会，她要去绝不会晚上去。"

詹晓龙的目光从滕家人脸上挨个儿扫过，迟疑着问道："那个，我和她捡到车钥匙的事情，你们知道吗？"

滕飞虎手在头上自拍了一下："她跟我说过的，我反倒忘记了。"

滕冲问儿子："什么钥匙？"

"飞英捡到一把车钥匙，是妈妈的。我提醒她报警，她却要亲自为妈妈报仇。"滕飞虎说。

"你，你，这么大的事情，干吗不告诉我？！"滕冲心内冒火，急得声音都变了，"后来呢？"

滕飞虎摇头。

詹晓龙说："后来，她托玫瑰在广播电台播出寻钥匙失主的信息，丢钥匙的人联系了玫瑰。此后的事情我就不知道了。"

滕冲听着詹晓龙的话，眉头越拧越紧，等詹晓龙说完，他嘘口寒气说道："飞英的胆子也忒大了！这样的事情，警察都不好弄，她一个女孩子家——真是初生牛犊不怕虎，不撞南墙不回头！"

滕飞虎说："爸爸，现在我们最紧要的，不是给妹妹下定论，也不是埋怨，而是先问清情况。我给玫瑰打电话！"

高玫瑰接到滕飞虎电话，便把这段日子发生的事情都告诉了他。当然，MP3之事也没有漏掉。最后她说道："哦，对了，昨天中午，飞英姐听了滕叔叔吃饭时讲闹'鬼'的事情，回来就说'跟踪冯阿姨的车，应该就是丢钥匙的那辆车。'"

滕冲想起女儿昨儿中午奇怪的表现，恍然大悟，原来，女儿的疯癫是有缘由的，只怪自己忙工作，对女儿关心太少，不然，她若同自己讲讲这些事情，自己一定会给她出主意，也不至于导致她失踪了。

大家一致确定，滕飞英去跟踪那辆北京现代了。滕冲电话问冯敏，昨晚是否见到跟踪她的那辆黑车。冯敏的回答却让大家看到的一线光明消逝得无影无踪："没有啊，昨晚电视台的车把我送回后，那辆车一直没露面。"

　　詹晓龙右手食指敲着额头，似在自言自语地说道："听玫瑰讲，失主常约她，那么，飞英为弄清这事，一定……"

　　大家的目光齐刷刷盯住他，期待他说出下面的话。滕飞虎蓦然醒悟，拍掌道："一定去跟踪玫瑰了。"

　　讲完这话，他立即拨电话给高玫瑰，问她昨晚的行踪。高玫瑰详细说了一遍。大约5点30分甄座羕到新华书店接她，7点30分左右从小肥羊火锅城去了"都市之夜"KTV，这期间，她都是坐那辆黑车，但在近10点30分从KTV回家时，她坐的却是摩托车。

　　黑车变摩托车？滕飞虎抓住这个疑问，再次询问高玫瑰。高玫瑰回程路上也问过甄座羕，他说朋友借去了，并给他送来一辆摩托车。

　　高玫瑰只知道这些，至于黑车去向，她可以给问一下。滕飞虎用的免提键，屋里的人全部能听见她的声音。电话里高玫瑰话音刚落，滕飞虎就感觉肩头被人轻轻一拍，随即耳边响起詹晓龙低低的声音："绝对不能问，不怕一万，就怕万一，千万别打草惊蛇。"

　　滕飞虎轻轻点头，对高玫瑰说现在不必问了，等需要时他再找她问。

　　滕冲凝着眉头细细分析说，飞英如果遭人绑架，作为父亲的他现在早该收到劫匪的电话了。既然没遭人绑架，事情就好办得多。滕飞虎问父亲是否要报警，滕冲说："先找找看，找不到再报警。飞虎，你和晓龙去印传单，记住，上面弄上飞英的近照。然后你们就去人多的公共场所发放张贴。我回公司找几个人帮你们。传单最后不要忘记写：如果提供线索准确，奖现金10万元。"

　　滕飞虎和詹晓龙领命而去。滕冲回到公司，先找手下去电视台联系播放寻人启事事宜，然后安排人马去帮滕飞虎。做完这一切，他在办公室里一会儿站起、一会儿坐下、一会儿用手指敲桌子，焦躁不安。

　　一个小时后，滕飞虎电话告诉父亲传单都印好了，已开始四处分发

第二十章　宝贝

181

重生

张贴。滕冲问滕飞虎的位置,说他也要去发传单,滕飞虎劝他回家陪爷爷奶奶,但他坚持己见。滕飞虎拗不过他,便说将传单放到公司北面的那个报亭,父亲可以去拿,这样节省时间。滕冲答应了,正要出行,冯敏打来电话,也要帮他寻找女儿,滕冲不由分说拒绝了。冯敏却说多一个人多一份力量,她乘坐的出租车已经在路上。滕冲被冯敏说服了,告诉了她滕飞虎放传单的报亭位置,两人在那儿集合。

传单很快发到大街小巷。傍晚时分,大家疲惫不堪地在滕冲家里会合了。谁也没有带回好的消息,甚至一点有价值的线索都没有。爷爷、奶奶一言不发;滕冲坐在沙发上,右手支着头,不断叹气;冯敏望望这个,瞅瞅那个,不知说什么才好;高玫瑰也赶来了,她十分懊悔当初帮滕飞英装 MP3 定时播放器的决定,总觉得她的失踪自己有一部分责任,因此她坐在那儿,低头垂首,有点像等待审讯的犯人;只有腾飞虎和詹晓龙,两人小声交流着 S 市的各大公共场所,看有没有传单遗忘的角落。

当晚,寻人启事在本市电视台播出,大家看到它并没有感到放松,临散时一致商定明天继续在市内寻找滕飞英的踪迹——用最笨的办法,手拿寻人启事,在人多地段逢人问询,这个办法也许比播放和张贴寻人启事更有效些。

第二十一章　车祸女孩

詹晓龙回到宿舍已经十点半，因记起明天是滕飞虎兄妹与晓晴去配型的日子，虽然时间晚了一些，但他还是拨通了妹妹的电话。手机只响一声便接通了，詹晓晴的声音低得犹如耳语："哥，什么事？"

"晓晴，飞英昨晚失踪至今联系不上，明天可能没法去做配型了。"詹晓龙低声安慰妹妹道，"我想她一定是出了什么事。不要感到失望，晓晴。"

"不会的，哥。正巧昨晚我后脑勺不舒服，到现在身子都懒懒地不乐意动呢。这样也好，等她回来，我的身体说不定也好些了。"

"谁呀？"手机里传来外婆的问话。

"我哥。你接吧，外婆。"詹晓晴说。

詹晓龙又把滕飞英失踪的事情讲了一遍。外婆的想法出乎他们兄妹的预料，她认为是滕飞英害怕给晓晴配型找地方藏起来了。这样的事情她在医院听得多了，不足为奇。不过呢，飞英与晓晴非亲非故，她不给晓晴配型，也怨不得她。亲骨肉都不肯帮忙，外人帮就要感激人家，不帮，也在情理之中。

詹晓龙听了外婆这番话，怔住了。他不知晓晴如何想，但他不相信滕飞英是这样的人。挂了电话，他呆坐在床边，好久都没回过神来。桌上的水晶器在灯光下散发着淡淡的光泽，两条红色的鱼儿不知忧愁地游来游去。他怕外婆的想法让妹妹失望，于是给妹妹发了一条短信："晓晴，我相信飞英绝不是临阵脱逃的人，希望你不要因此心情不好。"

"我和你的想法一样。本来因明天的配型而难以入眠，现在得到这个消息，反倒全身放松，有了睡意。哥，晚安喽。"詹晓龙从短信的字里行间并未发现妹妹的沮丧情绪，悬着的心也落了下来。他伸手关了灯，衣服也没脱，就把自己撂倒在床上，疲惫在他放松的刹那以无可阻挡的势头汹涌扑来，瞬间将他淹没了。

第二日，冯敏吃完早饭出门，经过服务台时无意间听到了两个服务员的对话。大眼睛的服务员绘声绘色地模仿着："救命——救命——"

丰满些的服务员"扑哧"笑了："钏言，难道你亲耳听到了？这么传神。"

"是朋友这么说的。她说是个女人的声音，我才学给你听的嘛。因她自己在家，这声音让她特别害怕，她蜷在床上侧耳静听，声音却消失了。但是，后来又听到了一声'救命'。"

"到底是个什么人？"

"爱文，别打岔，慢慢说给你听。最后'救命'的喊声过后不久，她起床悄悄到窗前一望，只见对面路上停着两辆车，三个人围着地上躺着的一个人，又过了一会儿，救护车把地上的人带走了，那两辆车也跟着去了。"

"我前晚值班，怎么没听到？"爱文紧接着问道。

"我说过了，离我们有点远，我朋友离得近些，另外还有一点，你睡觉特别死，这点你该比谁都清楚啊！"钏言右手在服务台上点了两点。

"还有呢？"爱文意犹未尽地问着，"后续——那晚到底发生了什么？地上躺的是什么人？站着的又是什么人？"

"这些问题我也想弄清楚，可惜没人知道。"钏言笑着两手一摊，耸了耸肩。

"没劲。把人好奇心勾起来，结果有头无尾。"爱文摇头说着，不满地离去了。

冯敏只把她们的谈话当作一件稀奇事，并未放到心上。来到宾馆外，滕冲的车居然已经到了，她说道："来得真快。还有没有寻人启事？给我几张。"

接过滕冲递来的传单,她转身跑进酒店,把寻人启事放到服务台钏言面前,说请她帮忙给问一下来服务台的客人,看有没有认识这个女孩子的。见钏言点头,她连声"谢谢"后又跑出了酒店。坐进车里,她对眼睛深陷,胡子毛刺刺,明显憔悴不堪的滕冲讲,应该把搜索范围扩大,在郊区地段张贴寻人启事。滕冲接受了她的建议。

司机开车向郊区驶去。出了城,路两边立刻涌现大片绿油油的玉米、小段小段的菜地,以及整齐排列的大棚。明亮的阳光斜射进车内,在人身上不断地跳跃着。若是平日,滕冲早已心情大好,说"乡村就是好"之类的话了,如今心情郁闷,他对乡村的美丽景色也视若无睹了。

一路上,他们不时下车张贴,电线杆、路边饭店、村庄公示栏都留下了他们的足迹。

一天很快又过去了。大家电话互通消息,依旧一无所获。

傍晚,滕飞虎接到高玫瑰的电话,说得到了滕飞英的最新情况。

原来,高玫瑰按照大家的决定,没有外出寻找滕飞英,只在花店静候。每个顾客或从花店前走过的人,都会带走一张寻人启事。五点半多一点,高玫瑰正要离开花店,陈俊旭和两个比他矮些的年轻人走了进来。陈俊旭开门见山,要约她晚上一起吃饭。高玫瑰淡淡一笑,称还有事情拒绝了。与陈俊旭同来的年轻人,立刻对陈俊旭挤眉弄眼。陈俊旭瘦腰杆一挺说:"玫瑰,总不至于因为我那天的电话,这点面子都不给了?我的朋友想认识你。"

高玫瑰瞥他一眼笑了:"我没那么小气。况且说'我们不要再联系'的人又不是我。"

陈俊旭脸上飘过一片红云,他仔细咀嚼高玫瑰的话,猛然不能置信地问道:"这么说,你答应了?!"

"你想哪儿去了?告诉你,你喜欢的人失踪了,我现在要去她家,看今天有没有进展。你请自便。"高玫瑰拿起钥匙说道。

"等一等!"陈俊旭愣了一秒,回过神来问道,"你是说滕飞英失踪了?"

重生

高玫瑰点头。陈俊旭得到确定的回答,不由得蹙起了眉头:"我前晚在小肥羊火锅城还见到她的车。这是什么时候的事情?"

"说清楚点。她就在前晚失踪了。你怎么见到她的车?她人呢?你们没打招呼?"高玫瑰的问话仿佛连发的子弹,一气打完才停下。

陈俊旭回忆起当时情景,说就在遇见高玫瑰后不久,就看到滕飞英的车从火锅城前的一排车里开出,没来得及招呼,她已经走了。

高玫瑰脸色陡然变了,急切地问:"她的车当时开往哪个方向?"

"向南而去。"陈俊旭不解地望着她,不知高玫瑰为何会如此激动。

高玫瑰恍然大悟,滕飞英一定是去跟踪她和甄座羗了。因为当时她和甄座羗的车向正是南方。只是后来黑车被甄座羗朋友开走了,如果能得到那晚甄座羗朋友开车去的目的地,找到滕飞英的希望就多了一点。这样想着,一个好主意从心中冒了出来。

"俊旭,谢谢你提供的线索!我得赶紧联系滕飞英家人,飞英若能平安回来,我请你!"高玫瑰说着,拿起桌上几张寻人启事塞给他,"这个麻烦给你的同事、朋友们看一下,赏金很可观的。"

陈俊旭接了寻人启事,知道今晚的约会如同天上的云可望而不可即,只得说:"好!"

高玫瑰将这些情况一五一十反映给了滕飞虎。滕飞虎听完不禁叹气:"如果飞英真是奔黑车而去,那就必须问黑车主人——他朋友开车去了哪儿?可是,如此一来说不定又会打草惊蛇。"

"我有办法打探出黑车当晚的去向,并且不会打草惊蛇。"高玫瑰说,"飞虎哥,十点前给你消息。"

不等滕飞虎回过神来,高玫瑰挂断了电话,想了一下,随即又拨出一个电话:"喂,座羗吗?我是玫瑰呀,今晚有没有空?我想请你吃饭。"

绿色家园是一家快餐厅,坐落在S市东部,以一个弓棚的形式存在着。里面小桥流水、竹林树木,很有田园风格。在一个小单间内,甄座羗和高玫瑰对坐着,高玫瑰不时拿起果汁与甄座羗干杯。甄座羗瞪着红通通的双眼,含情脉脉地望着她说:"玫瑰,只要你让我喝酒,就是喝得烂醉,我也决不推辞。你懂我的心,是吗?"

高玫瑰起身给他斟酒,笑着说:"当然懂。先吃点菜,别把胃烧坏了。"

"你真好,玫瑰。"甄座羲一把握住高玫瑰的手说,"玫瑰,你,喜欢我吗?"

"座羲哥,这样的问题当面回答,太让人难为情了吧?"高玫瑰抽回手,捧住自己的脸斜瞥着甄座羲说。

"好,玫瑰。我就喜欢你这样的女孩。我太直接了,没风情,自罚一杯求你原谅。"甄座羲一口干尽杯中啤酒,笑着对高玫瑰照了照杯底。

"玫瑰,玫,玫瑰……"他的舌头已开始打结,说话的速度显然慢了下来,拍着自己的胸脯,他说,"我喜欢……你!"

高玫瑰笑而不答,继续斟酒。又是两杯酒下肚,甄座羲垂下头说:"我……不喝……喝了。"又问,"几点……了?他们该……该来开……车了。"

"谁呀?你朋友?"高玫瑰夹起一片牛肉放到甄座羲嘴边,含笑问道,"他们天天借车做什么?"

甄座羲不语,张大嘴只想吃肉。高玫瑰把肉移来移去,就是不让他吃到。他急了,站起来,一手握住高玫瑰的胳膊,把肉直送到自己嘴里,一面摇头晃脑地说:"真……好吃……"

高玫瑰嘟起嘴:"座羲,吃到我夹的肉,就该回答问题了。你朋友借车做什么?"

"到……到香格……里拉小区……帮……忙。"甄座羲的上下眼皮开始打架,醉眼蒙眬道,"过……过一会儿,他们,他们……还要……来开车……"

高玫瑰问:"座羲,过会儿他们开车走了,我们又要坐摩托车回去吗?"

甄座羲也斜着眼睛,晃着身子说:"我们……我们打车……回……"

重生

话未说完,头耷拉下来,高玫瑰扶起他的脸,只见他双目紧闭,已经睡着了。

"这可怎么办?"高玫瑰急得团团转,她虽然会开车,但不知甄座羲的家住哪儿,因此犯难了。

正在这时,甄座羲的手机响了。她仿佛看到了救星,马上接起:"喂,你好!"

"你是谁?甄座羲呢?"电话里传来一个男人不客气的粗浑声音。

"我是甄座羲的朋友,我们在绿色庄园,他喝醉了。你是?"高玫瑰问。

手机里传来一阵大笑声:"哈哈……这小子,酒量不行,还硬充好汉,这下,出丑了吧!哎,你叫什么名字?"

"高玫瑰。你们能不能把他送回家?"高玫瑰抓到救命稻草般问道。

"高玫瑰,名字倒不错,"那边的男人戏谑地笑起来,"不知人长得怎样?嘿嘿……"

"你来不来?不来,我开车把他带回家了!"高玫瑰火气上来,声音登时变得凌厉许多。

"哟,还挺厉害的!等着啊,我们一会儿就到!"那人说完,对身边人说道,"隋丛,快走,甄座羲喝醉了!"

10分钟后,甄座羲的手机再次响起来。

"你们在哪儿?"

"第5包间。"

不一会儿,来了两个男孩。他们一个彪壮,一个瘦小,两人上下打量了高玫瑰一阵,高玫瑰如芒刺在背,皱眉道:"看什么看?重色轻友的家伙。甄座羲在桌子上呢!"

"长得挺标致,就是脾气大了点!"彪汉回首对小个子说着,两人会心一笑。

高玫瑰假装没听见,拿起随身包说:"你们带他回去,我打车走。"

"那个什么玫?"彪汉拍着脑袋,高玫瑰白他一眼说:"高玫瑰。"他如梦初醒般道:"对,高玫瑰,我们可以送你回家的。"

"不必了,谢谢你们!"高玫瑰说着,已经如蝴蝶般飘然离去。

当晚,高玫瑰把得到的消息告诉了滕冲。这个消息给他们一家带来了希望。滕冲在脑中确定了香格里拉小区的位置,诧异地说:"香格里拉小区在回归大酒店那条街上。"

他想起那晚跟踪冯敏的黑车,握起拳头沉吟道:"这辆车是黑色北京现代,跟踪冯敏的车也是黑北京现代,飞英的猜测应该没错……"

"爸,你是说,这两辆车是一辆车?"滕飞虎注视着父亲的表情问道。

滕冲点头:"飞虎,我们明天先到香格里拉附近去看看。虽然那儿张贴了寻人启事,但人们也许不会去看;如果我们主动问附近的居民,说不定能打探到飞英的踪迹。"

第二天,所有寻找滕飞英的人马,全部来到了幸福街。他们分散开来,直接进入小区和各个店面挨个儿询问。冯敏打电话给滕冲问他今天的安排,他告诉她高玫瑰提供的线索,说他们现正在幸福路上。冯敏只觉有件事要告诉滕冲,一时又想不起了。问了滕冲确切位置,马上下楼去找他。经过酒店大厅,一眼瞥到服务台,她不由得豁然开朗,要告诉滕冲的事情自动从脑中蹦了出来。

滕冲听冯敏讲了两个服务员的对话,认为很有必要去医院急诊科查一下记录。他安排滕飞虎去市人民医院,自己和冯敏则奔向了市中医院。

滕飞虎到达市人民医院先到普外科病房请詹晓龙陪他一起去了急诊科。他们找到那晚的记录,发现当晚共有11个病人,其中五个女性,两个超过四十岁,显然不是他们要找的人;三个年轻女性,姓名分别是刘玉萱、章芳、米贝贝;年龄分别是28岁、22岁、19岁;刘玉萱因宫外孕住进急诊室,章芳急性胃出血,米贝贝则是脑震荡。这年轻的三个人,无论姓名还是年龄,都与滕飞英对不上号。詹晓龙和滕飞虎犯了难。最后他们决定,挨个儿确认。他们先来到消化内科,通过护士站,找到了章芳。然而章芳是一个脸色蜡黄的女孩,鼻子两侧几点雀斑,根本不是他们要找的人。章芳的父母亲都在,以为他们是章芳的朋友,热情让座。

他们说明缘由道过谢，准备再去妇科确认刘玉萱。滕冲却在这时打来电话，说中医院急诊科8月29日有个急诊女病人，在幸福路香格里拉小区南段路口遭遇车祸重伤，医治无效后去世，现在停尸房无人认领，要滕飞虎赶紧过去。滕飞虎吓了一跳，脸色登时变得苍白，他挂了手机，和詹晓龙立即奔赴了中医院。

停尸房门前，当滕飞虎和詹晓龙气喘吁吁地赶到时，滕冲正在那儿焦急万分地转着圈。冯敏则一脸凝重地望着滕冲。见到滕飞虎来到，滕冲立刻上前一步抓住他的胳膊，眼里瞬间浮起一层雾气。父子两人如同茫茫大海里两只迷路的孤舟，彼此依靠着走进停尸房。停尸房的护工带他们走到一张停尸床前："就是她了。"

滕飞虎扭头望父亲，滕冲点了点头。滕飞虎上前一步，一把拉开盖在尸体身上的白布——面前的人，长卷发，上身红衣，脸和身体都血肉模糊，已经无法辨认模样。滕冲看到女孩子的长卷发和红衣，全身瑟瑟抖着，泪水如泉喷涌而出；冯敏低低"啊"了一声，慌忙别转了蒙上雾气的眼睛；滕飞虎完全无法面对这种血腥景象，立刻把白布蒙上了。他惨白着脸颤声道："爸，我不相信这是飞英！我不相信！我有预感，飞英还活着！"

詹晓龙身子一震，目光从他们三人的身上掠过，最后落到白布蒙住的尸体上。心中只觉有无数的棍棒在敲打着，疼痛到几乎不能忍受。他呆怔了一会儿，倏地落下泪来。从来以为与飞英的关系是因为妹妹而在乎，如今面对如此凄惨的一幕，他才蓦然明白她在他心中的位置。此刻的他，热切地希望飞虎的话是真的，可是，要怎么来证明呢？

滕冲嘴唇哆嗦着，一句话也讲不出，只是不断地摇头。滕飞虎不懂父亲的意思，暗哑着声音坚定地说道："飞英一定没事，我们可以用DNA来确定是不是飞英。"

滕飞虎的话，让詹晓龙看到了一点希望，虽然希望只是那么一点，仿佛黑夜中的一点荧光，但已足够。

滕冲擦着泪，点了点头。艰难地咽下一口唾沫，他用带着浓重鼻音的声音道:"飞虎,先不要把这事告诉你爷爷奶奶。"

滕飞虎点头,神色凝重。停尸房的护工告诉他们,交了医院欠费,才可以将尸体领走。滕飞虎接过欠费单,大家一起走出停尸房。

交了欠费,他们到取血处留了滕冲和车祸女孩的血,由医院送往省城做 DNA 鉴定,而他们则等待三天后的结果。走出门诊楼,滕冲说有点恶心头晕,扶住了滕飞虎,然而他的身体却不受控制地软瘫了下去。滕飞虎立即抱起父亲飞奔进急诊室,冯敏和詹晓龙紧随其后。当班医生连掐滕冲人中,不一会儿,滕冲喉中微响,睁开了眼睛。经过医生诊断,滕冲晕厥的原因是休息不好和过度悲痛所致。不需要住院,只要回家好好休息,调养一下即可。

滕冲的这一晕厥,可把滕飞虎吓得不轻,他立即遵从医嘱送父亲回家,一路上不断宽慰他:那个 DNA 想都不用去想,车祸女孩绝对不会是飞英。飞英那么聪明,一定会保护好自己的,不信,就等着瞧好了——用不了几天,她一准儿会像从前一样自己回家。滕冲明白儿子的心,连连点头,但他眼中的那份悲伤却丝毫未见消失。

冯敏和詹晓龙坐进滕冲的车,由司机把他们送回去。詹晓龙心情沉重,怔怔地望着车窗外边,安静异常。

公园偶遇、同书"相遇是缘"、广场遇险、送他水晶器、捡到车钥匙,在这一桩桩一件件两人共同经历的事情里,滕飞英或喜或嗔或惊或哀的表情不断变换,逐渐成为詹晓龙心的底影。车祸女孩的惨景再次从脑海中冒出,他打了个寒战,心内本能地抗拒着:"不会的,那个女孩绝对不是飞英!她那么聪明,一定会平安无事。"可是心中却如被一把钝刀子一刀一刀地狠狠刺凿着,凿得血肉模糊,那样疼,直疼到麻木。

"晓龙!"冯敏轻轻叫着他,他却沉浸在自己的思绪里,恍若未闻。直到有只手在他肩头轻拍,他才茫然地回转头来。

冯敏望见的是一双失神而沉痛的眼睛。这双眼睛如此的熟悉,熟悉到令她心内一颤,不由自主地,脑海里已骤然浮现出詹雨儿那双抑郁的双眸。她慌忙移开目光,深呼一口气,问道:"晓龙,我可以见见你外

第二十一章 车祸女孩

公吗？"

詹晓龙默默地点了点头。良久又道："等妹妹手术后我安排你们见面。"

近几日，冯敏一直在积极地联系米米。但米米依然不接电话。竺美用电视台座机打给她，也是同样结果。竺美无计可施，只得又联系米善，米善讲手机号码没错，女儿不接电话他也没办法。至此，寻找米米之事暂时搁浅了。今天能够与詹晓龙同坐一辆车，冯敏认为是上天赐给她的一次机会，于是她想通过见到詹向阳，改变目前寻亲被动的处境。

冯敏心内刮过一阵失望的飓风——詹晓晴至今未找到配型，而她只有两个月假期，今年她能见到詹向阳吗？不过，转念一想，这总算寻亲的一点希望。她微皱的眉心舒展开来："谢谢你，晓龙！希望你说话算话！"

第二十二章　平安归来

　　滕冲卧室。脸色灰暗的滕冲用力揉着发痛的太阳穴对儿子说:"飞虎,我们报警吧!"
　　没有回答。躺在床上的他抬目正迎上滕飞虎疑问的目光,他立刻解释道:"飞英失踪,我总以为她是小孩子心性闹着玩的,因此才说先找找看。今天见到医院那女孩,我不敢再抱这种幻想,所以——还有,飞虎,车钥匙的事情也要报警,这关系到你妈车祸真相。最好带玫瑰一起去。"
　　滕飞虎答应了。停尸房的一幕搅得他心里乱糟糟的,现在的他没任何心绪,又不能违拗父亲,只得一人来到滕飞英的花店。
　　花店里,高玫瑰正坐在桌前,一手托腮凝视着路上的来往车辆出神。滕飞虎推门,她如梦初醒般站起来:"飞虎哥,你怎么来了?飞英姐有消息了吗?"
　　滕飞虎摇摇头,一脸沉重地坐到椅子上,垂了头,突然流下泪来。高玫瑰慌了神,递给他一张纸巾,轻轻问道:"怎么了,飞虎哥?"
　　"玫瑰,今上午在医院看到——"滕飞虎突然打住话头,拭去泪水叹口气,"不说了,这种事情谁听了都难过。爸爸要我去报警,陪我一起去吧。"
　　高玫瑰同意了。他们来到S市公安局,反映的情况备受重视,市局立即成立专案组调查此事。专案组经过研究,决定从甄座羱入手,当然,这需要高玫瑰的配合。高玫瑰自然同意,她约甄座羱中午一起吃饭,甄座羱还没起床,说昨晚喝多了,现在头还在痛,最好一起吃晚饭,饭后他可以请高玫瑰去蹦迪。高玫瑰没意见,事情就这么定了。

重生

滕飞虎送高玫瑰回花店，花店前一辆红色宝马像一片火焰耀亮了他的眼睛。他迅速停好车，三步并作两步跑到红车边，当看到驾驶座上笑吟吟望着他的妹妹时，感觉心脏似乎停跳了两拍，

"飞英？！"滕飞虎又惊又喜又恨又怒，脸上的表情变换着，好像天气预报中变幻的晴雨表。

"哥，别那么瞪着我好不好？"滕飞英嘟起嘴，若无其事地说。

"说，你这几日去哪儿了？"滕飞虎拍着车门，忍不住喊道，"下车，死丫头！你知道我们多着急吗？今上午在医院见到一个车祸女孩，我们误以为是你，爸爸都晕过去了。"

滕飞虎越说越激动，眼里蒙上一层雾气："死丫头，下车呀！看到你没事人的样子，真想揍你一顿！"

滕飞英打开车门，小心翼翼地走下车来。滕飞虎一把拉住她，在她头上拍了两下。滕飞英"啊"了一声，身子晃了两晃歪在滕飞虎身上。滕飞虎不料自己这一拍，居然会拍出事来，平日身体极其健康的妹妹，如今居然如此虚弱不堪，他脸色发白，扶住滕飞英道："对不起，飞英，哥哥不是故意的。你怎么了，哪儿不舒服？"

"我要进店里。"滕飞英被哥哥这一拍，眼前有些眩晕，她很想坐下或者躺下，于是手指花店道："玫瑰，开门。"

滕飞虎弯身抱起妹妹，把她抱进花店里屋，轻轻放到了床上。高玫瑰赶紧展开一床被单，帮她盖上。

"哥，我今天不回家可以吗？"滕飞英乞求道。

"这个过会儿再说。"滕飞虎在床沿坐下，一脸关切神色，"我现在只想知道，你这几天是怎么回事？"

滕飞英闭上眼睛，稳定一下心神，把跟踪黑车到幸福路时被发现，黑车上的人用石块击车，她下车查看，那些人强行要带走她的经过讲了一遍。

"后来呢？"滕飞虎和高玫瑰异口同声。

"之后的事情都不记得了。醒来在医院，米米妈妈在旁边。她告诉我，当时我昏迷了，她老公情急生智喊'警察来了'，才将那帮歹徒吓跑，把

我送进了医院。"滕飞英手指轻揉着太阳穴说。

"米米妈妈？还是米米的妈妈？"高玫瑰以为滕飞英口误，问道。

滕飞英快乐地笑了。她把自己认妈妈的故事，兴奋地讲给他们听，滕飞虎和高玫瑰不约而同瞪大了惊异的眼睛。她讲完了，滕飞虎伸手想点她额头，又怕妹妹会因此头痛，忙把手缩回道："你这丫头，奇遇和运气都不错！"

若在平时，滕飞英早会配上肢体动作调皮地做鬼脸了，现在却只能咧嘴笑笑。

"今天是怎么回事呀，飞英姐？既然米米妈妈对你那么好，怎么会舍得让你一个人回来？"高玫瑰按捺不住好奇心问道。

"玫瑰别急，听我说嘛。"滕飞英咽口唾沫，"给我一点水喝。"

滕飞英毕竟年轻，因此恢复得很快，昨天就可以下床走动了。米米一再要她给家人报个平安，她以包被抢走，电话号码不记得为由，不断搪塞着。米米后来要她说家庭住址，她可以帮她回家报个平安信。滕飞英立刻噤若寒蝉吓得不敢吱声。最后，在米米的劝导下才告诉米米实情：爷爷奶奶一向认为她淘气，这次回去准得挨骂。等她身体好了直接回家，撒一个谎这事情就过去了。米米总觉这样不妥当，于是和飞英商量，今儿她陪她回家把事情说清楚。滕飞英见米米这样热心，实在不好再拒绝就答应了。但今早米米接到一个紧急电话，马上就要动身回北京。她给飞英交了医药费，留下手机号码，说既然飞英现在能自理，她也可以放心回去了。唯有一件，就是不能陪她回家了。飞英说没关系，她会找人回家报信的。米米听了后，便跟随丈夫回北京去了。

米米走后，滕飞英自己权衡一番，决定先悄无声息地回花店。不想刚停车就遇到了哥哥和玫瑰。

"哥，替我瞒着点，不然会被爷爷奶奶聒噪死。"滕飞英皱起眉头，"现在最怕人唠叨，跟人说话久了，也会感到头痛。"

"放心，你只要跟我回家，"滕飞虎把胸脯拍得"噗噗"响，"哥保你平安无事，并且受到贵宾待遇。"

"晓龙，"滕飞英本想先问詹晓龙，转念一想不妥，随即改口道，"和

第二十二章 平安归来

195

重生

爸爸也很着急吧？"

"当然着急，他一直在帮忙找你。今儿先陪我在急诊室查你失踪那晚的记录，然后一起去中医院看那出车祸的女孩子——爸爸早已经等在那儿，他更不用说，这两天他好像老了十岁——咱们不说晓龙和爸爸，就说你，就因为你这臭丫头，今天上午我是什么滋味都尝了个遍！不要说爸爸见到那个车祸女孩子承受不住昏了过去，就是我——"滕飞虎话未说完，发现妹妹居然鼓着嘴，眉眼舒展，一副想笑的样子，不由瞪眼道，"死丫头，居然还想笑！"

滕飞英憋不住，"扑哧"笑了出来。一面却捂着头说："哥，别逗我笑，头不舒服了。"

滕飞虎瞥她一眼，命令道："好，那就跟我回家！"

"我怕——"

"怕什么怕？！飞英，说实话，现在大家都怕了你了！"滕飞虎说着，弯身抱起滕飞英，不由分说向外走去了。

高玫瑰赶紧跑到外边帮忙打开车门，手在滕飞英头上方护着："飞虎哥，慢点。"

"玫瑰，店里的事情有劳你了。"滕飞英伸出右手摆着。

高玫瑰笑了："没问题，你只管安心养病。"

滕飞虎来到自家楼下，摁门铃要刘姨下来帮忙，刘姨不知何事，匆匆跑下楼，看到车里的滕飞英，喜得眉开眼笑，不断重复着一句话："这下好了！"

家中，爷爷奶奶坐在客厅沙发上，一个戴着老花镜读报纸，另一个则在看电视剧。滕飞虎抱着妹妹进门，他们尚未明白是怎么回事，等刘姨说"大喜事，飞英回来了"时，两人才回过神来，跟在滕飞虎身后进了滕飞英的卧室。

滕冲在房里闭目休息，但他却难以入睡。脑中翻来覆去不断播映停尸房的一幕，心在悲伤的悬崖边徘徊又徘徊。蓦然听见刘姨的话，他怀疑耳朵出了问题，侧耳细听，只听到一阵纷沓的脚步声往飞英卧室那边去了。其中，飞虎重而有力的脚步声特别明显。他躺不住了，起身出了卧室。飞英房里已经传出父亲的问话声："飞虎，飞英是怎么回事？"

飞虎轻"嘘"，然后是一阵寂静。脚步声轻轻响起，滕冲看到父亲、母亲、儿子和刘姨一起来到客厅中。四个人猛然见到他，都有些诧异，问他是否好些？滕冲点头，然后急切小声地问道："是飞英吗？"

滕飞虎说"是"。滕冲听清这个回答，悲伤失神的眼睛登时明亮不少，仿佛雾气散尽后天空乍现的太阳。

滕飞虎招呼家人坐下，讲起妹妹的奇异经历。他把飞英跟踪黑车的事情变通了，称她给顾客送花，不知为何，在快到目的地时突然感觉眩晕，立刻打转向灯慢慢停到路边，再之后就昏迷了。醒来时在医院，有个叫米米的女人在照顾她。米米告诉飞英，当时见有人把她拖到公路上，想一定是打劫的，便大喊"警察来了"，把歹徒吓跑，她和老公救起了飞英。而飞英的包和手机被抢走，因此一直没联系家里。米米对飞英照顾得无微不至，飞英很感动，于是两人认了母女。今早，飞英突然忆起了花店，正想让米米到花店帮她捎信，米米却接到一个紧急电话回了北京。于是飞英自己开车来到花店，恰巧遇到他和玫瑰，他便把妹妹带回了家来。不过，她现在最怕吵，与人谈话也要适可而止，刚才他和她谈话后，她的头不舒服了好一阵。大家连连点头。刘姨听完滕飞虎的话，马上去了厨房，准备把午饭做得再丰盛些，一来给滕冲父女补补身子，二来庆贺飞英平安归来。

滕飞虎把妹妹的奇遇编得非常圆满，爷爷、奶奶对此深信不疑。只有滕冲，因知道钥匙之事，认为飞英绝不是自己晕倒这么简单。他当面并没戳破滕飞虎，只说道："飞虎，到我卧室来一下，有公司的事情要你处理。"

在滕冲卧室，滕飞虎没等父亲发问就把真实情形讲了。滕冲抚摸着下巴的胡楂说："危难时刻出手相救才是真正的见义勇为！滴水之恩当涌泉相报，飞虎，你务必找到救飞英的那对夫妇，我们得好好感谢人家！"

"飞英有米米阿姨的联系方式。"滕飞虎严肃地说，"我们可以先电话致谢，等飞英身体好了，我们带飞英一起去北京拜访米米阿姨一家。"

滕冲点头，认为儿子的建议非常好。他问飞英现在怎么样？滕飞虎

197

低声说:"没问题。"

滕冲推开女儿卧室,只见女儿安静闭目平躺,好像睡着了。他弯下身子,轻抚着女儿额头,想起这几日所受的煎熬,百感交集,落下泪来。滕飞英并未入睡,她怕爷爷奶奶打扰,故作姿态而已。感觉到脸上温热的液体流动,她睁开了双眼。

"爸爸。"她轻声喊道。

"哎——"滕冲想不到女儿突然张眼,慌忙擦着泪水。

"对不起,我让你们担心了。"滕飞英把自己的小手放到父亲温暖的阔手里,"但是,我也很高兴,因为我终于知道——你们都很在乎我。"

"傻孩子,爸爸怎么会不在乎你呢?"滕冲弯起食指在滕飞英鼻头轻轻一抹,"你和哥哥都是爸爸的心头肉。"

"爸爸,妈妈去世后,我感觉不到有人爱我了。"滕飞英眼里有泪涌上来,"你总是忙。爷爷奶奶只在乎哥哥,我像一个被人抛弃的孩子,不如人家养的宠物幸福。所以,这次跟踪黑车我谁都没讲,我当时钻进牛角里,只有一个想法——为爱我的妈妈报仇。"

滕冲为女儿拭去泪水,点头说道:"我理解,飞英。"

这句"我理解",彻底击垮了滕飞英的心理防线,她的眼泪犹如洪水决堤,一发而不可收拾。良久,她抽泣着说:"爸爸,以后我再不让你为我担心了!"

滕冲陪着女儿落下悲喜交集的泪水。这件事反而使父女二人倾心交谈,对滕冲亦是意外之喜。看来,人间之事,总有两面,所谓"塞翁失马,焉知非福",正是如此。

咱们先把镜头转移到市局专案组。中午时分,滕飞虎给李明打电话,告诉了他妹妹平安归来的消息。但市局既已立案,就会继续追查下去,况且,这牵扯到前年未破的车祸抢劫案。傍晚,专案组组长李明给专案组成员开会,部署当晚的抓捕行动。他是一个严厉的老公安,四十多岁,个头不高,在公安局已工作二十年。有型的国字脸,眼睛不大,但是炯炯有神;头发板寸,加上一脸严肃表情,让人不由自主产生一种畏惧。做事雷厉风行,有种"不到黄河心不死"的钻劲。市里多件大案、要案都在他手中侦破。专案组两个成员肖潇洒和梅聪，一男一女，都是工作仅两三年的新手，这两个人各有特色：肖潇洒个头高大，时尚潇洒，虽只有29岁，却性格沉稳，行事老练到如同三四十岁；梅聪人如其名，美丽聪明，近一米七的个头，穿上警服英姿飒爽。她是市局的警花，别瞧她身形纤细，却是今年市局散打比武的女冠军。她今年28岁，与肖潇洒一样，因整日忙于工作，至今未婚。

李明决定，由他们二人化装成夫妻，跟踪高玫瑰和甄座裁进入饭店，并由此认清借甄座裁汽车的那几个人。他自己则化装成司机在外等候。抓捕行动最好在人少处进行，以免犯罪分子狗急跳墙，危及普通公民的生命安全。会毕，两个成员均无意见。

当晚，身材高大的肖潇洒穿一件黑色风衣出场了，他的身边是一袭咖啡色套裙的梅聪。两人亲密地挽着胳膊走进了甄座裁和高玫瑰刚刚进入的京都粥店。

甄座裁选了一张靠窗的散桌，肖潇洒和梅聪则在他们不远处坐下了。半个多小时后，肖潇洒起身，和梅聪离开了京都粥店。他们二人坐进李明的白色越野，静等甄座裁出来。此刻，粥店门前车来车往，李明把车开出车位，到路边停下，以便随时跟踪。很快，甄座裁和高玫瑰走了出来。黑车徐缓启动，径直向市南边驶去。李明立即驱车悄无声息地跟了上去。黑车拐了几个弯，最后停在了市内有名的"迪震"迪吧前。

越野车停在了黑车旁边。肖潇洒建议李明先到对面的快餐店去吃饭，进入迪吧的人，一时半会儿不会出来。李明接受了这个建议。果然，他吃完饭后，甄座裁和高玫瑰并没出来。

10点半，甄座裁到迪吧外黑车边打了一个电话，说过会回去，反正时间早耽误不了事。甄座裁的这个电话改变了李明的计划。他决定继续跟踪甄座裁，看他下一步要去做的、耽误不了的"事"是什么。

凌晨1点，甄座裁终于和高玫瑰从迪吧出来，他把高玫瑰送回家后开车来到南环路，把等在路边的三个黑影收进去之后，黑车又开始继续向前。

夜静得像一潭水，似乎所有的生灵都已经睡了，一切显得那么安谧。

重生

蟋蟀凄切的叫声像微风拂过水面，更显出夜的寂静。在市北段慧心小区路边，黑车像头野兽般骤然停了下来。四人下车后翻越过一人多高的花格墙，悄无声息地进入了家属院。

李明严肃地安排了当下的任务："现在，我和保安去抓现行，你们在外边一级警戒，预备捉贼。"

越野车停在市慧心小区门口。李明走进值班室，一边拿出证件，一面三言两语与当班保卫说明了情况。当班保卫是个五十出头的男人，他二话不说，抓起警棍飞速与李明向院内走去。一边走，一边用对讲机低声呼叫："西门，西门，我是南门，院内进入小偷，请求支援。"

"好，请说明位置。西门立刻赶到。"

"小偷从南墙翻入，位置不确定，正在大力寻找。请你们协助从西边排查。"

"立刻就到！"

李明带南门保卫来到甄座我一伙的翻墙地点，这儿静悄悄的，不见一个人影。只有一排大杨树，夜风一吹，发出一阵"哗啦啦"的声响。李明根据以往经验判断，此伙人定在附近楼区。因为这儿离黑车近，方便运输赃物。他让南门保卫在楼角处守候，自己转到后面楼区贴楼边四处张望，突然听到一声轻响，猛然抬头，只见前面楼壁管道上一个黑影正滑下来，随后，黑影又跑到附近一根管道前面，像蜘蛛侠一般攀爬着向上而去。而在另一根楼壁管道上，此刻也出现了一个从高处刷然而下的黑影。李明确定了两人位置，悄悄返回楼角，正要同南门保卫交换情况，却发现南门保卫两眼发痴，眺着楼层的高处。李明顺着他的眼光望去，又有两个蜘蛛侠，从高处悄然滑落。他示意南门保卫来到阴暗处，低声要他跟西门保安说清位置，请他立即赶来协助；自己则摸出手机，低声通知肖潇洒和梅聪马上赶来支援。几分钟后，西门保安和肖潇洒、梅聪三人差不多同时赶到，李明安排肖潇洒和梅聪，分别看住南墙向内第二排家属楼上两人，南门保卫、西门保卫和他各守住南墙内第一排家属楼上的两人。

不一会儿，李明守望的管道上，目标出现了。他迅速跑过去，飞起一脚，将那人踢倒在地。不料，那人翻身而起，把手中抱着的一个物件向他一扔，转身跑到墙边，抓住花墙空格，一跃跳上墙头。只听一阵口哨声，那人不见了踪迹。李明欲跳过墙去追赶，却听到南门保卫气喘吁吁喊道："别让他跑了！"回头一瞧，南门保卫和西门保卫合力追赶一个黑影，黑影眼看就要越墙，他三脚两步跑过去，一拳捣在黑影胳膊上，一个趔趄，黑影差点歪倒，后面赶来的两个保卫左右围攻，一人拧住黑影一根胳膊，把他制伏了。

第二十二章 平安归来

第二十三章　心结

李明用手铐铐住黑影,把他交给两个保安,自己悄悄来到后面那栋家属楼,准备协助肖潇洒和梅聪。可是后面声息皆无,一片悄然。肖潇洒和梅聪蹲在暗处遥眺楼上,望眼欲穿期待目标出现。李明潜到楼角,等了一会儿,觉得不对劲,以蜘蛛侠刚才的速度,早该出现了。耳边划过一声口哨,他暗叫道:"不好!"

他沿楼边向前走去,一声引擎启动在耳边隐隐响起,顾不得多想,他反身向南墙奔去。从花墙墙格中,他看到黑车一溜烟跑走了。肖潇洒和梅聪看到李明奔跑的身影,不知出了何事,随后跟来。李明回头对他们二人道:"口哨是暗号,被他们逃脱了!不过还好,捉住了一个!"

他们三人来到慧心小区南门,那名被捉的小偷正神色紧张地站在屋内。李明发现此人白净帅气,并不是甄座羕。他谢了两个保卫,带着这名小偷回到了市局。

第二天一早,他们三人共同审讯了这名小偷。他自称卜崂获,25岁,中专毕业后在家待业。父母双亡,与爷爷、奶奶一起生活。这次偷窃是他们的第一次,所以被抓个现行。其余三人,他只认识27岁的霍强,他曾在南环路一家物流处干货车司机,去年夏天辞掉了工作,现在南刘村租房住。

李明根据卜崂获提供的情况,安排肖潇洒和梅聪带卜崂获到南刘村寻找霍强住处,他自己则来到了卜崂获家。

卜崂获家住在一幢破旧的居民楼里,远望去,这幢居民楼楼梯间玻璃破碎,窗户成为一个个黑洞,像饥饿的野兽一般。这儿曾是破产的曲轴厂家属楼，已有三十年历史，大部分人家或卖或出租，如今，仍旧住在这栋楼上的原曲轴厂职工，仅剩他们家一户。

卜崂获家住二楼，楼梯间都是尘土，仿佛多年无人居住。一楼至二楼楼梯拐角处，有堆捡来的树枝，一个烧水器黑着脸蹲在旁边。李明找到卜崂获的家，轻轻敲着生锈的防盗门，里面传来一个苍老的声音："谁呀？"

他忙大声回答："是我。"

门开了，一个佝偻的矮小老太太，穿一件泛白的深蓝的衣服仰头望着他问："你找谁？"

"我找卜崂获的奶奶。您，应该就是吧？"李明笑着问。

"是呀，快请进。"老人的脸如同核桃裂开，热情地迎进客人。

这是一套约60平方米的两居室，进门即是客厅，破旧的拐角沙发，简陋的木制茶几，19英寸的电视，这一切，都在向李明显示着这个家庭的贫寒。

卧室里传来断续的敲打声。

"请坐吧，沙发虽旧，但擦得很干净。你找我什么事？"卜崂获的奶奶见李明向卧室张望，便说道，"是我家老头子，在做木工活。"

李明拿出工作证和搜查证递给她。老人慌了神，喊道："老头子！老头子！"

卧室里的敲打声停止了。一个红脸的白发老人，身穿蓝色大围裙，耳朵上别着铅笔，嘴中咬着一颗铁钉，手握锤子走了出来。

"不要怕，老人家，"李明接过证件，赶紧安慰老人，"我只是来了解一下情况。"

"什么情况？"卜崂获的爷爷摘下嘴里铁钉问道。

"卜崂获昨晚行窃，被我们抓住了。"李明简单介绍了情况，又说道，"和他一起行窃的还有三个人，都逃跑了。我想知道卜崂获平日都和哪些朋友往来？"

"这孩子心思重，从不把朋友带家里来。"卜崂获爷爷坐到沙发上，把锤子递给卜崂获的奶奶，"你不了解我家情况吧，警官？哦，你贵姓？"

重生

"免贵姓李，李明。"

"李警官，我只有一个儿子，崂获7岁时，他得了癌症，一年后去世了。儿媳见家庭累赘多，很快便改嫁他人。是我和老伴省吃俭用把这苦命的孩子抚养大的。但这孩子不争气，学习不好又不爱劳动，中专毕业后四处闲逛。我们劝他找个工作好好干，他立刻凶巴巴地没个好脸色。我们年龄大了不想生气，自然不再管他。刚毕业那会儿，他常跟我们老两口要钱，如果拿不出就几天不见人影。我们这家子，只有我有退休金，还低得可怜，老伴又没工作，靠我微薄的退休金养着她，我哪来钱供他乱花！后来，这小子好像明白些事理，不但不跟我要钱，还常给老伴三五十块贴补家用。我们把他给的钱积攒起来，这不，我会木工，买了一些木板，做个大衣橱、床什么的，给这小子准备结婚用。谁承想，这小子居然出去做小偷——我的这颗心是哇凉哇凉的啊！"

老人拍着胸脯失望地摇着头。他的头发，雪白中不夹一丝黑发，在这暗沉的客厅里有种说不出的凄惨。

李明问道："卜崂获的妈妈，改嫁后就不管孩子了？"

"别提那个女人，提她就来气。"卜崂获爷爷叹口气，不说话了。

李明于是把目光投向站在一边的卜崂获奶奶。卜崂获奶奶见老伴不肯再说，就把卜崂获妈妈陈斋蕾改嫁后的一些事，告诉了李明。

起初，陈斋蕾还带着些钱物一年来看孩子一两次，后来她又有了孩子，便与他们断绝了关系。卜崂获长大后，性格虽然非常内向，但却常与人打架。老两口劝他，他反问他们："人家骂我是没人要的野种，你们说我该不该打他？！"

老两口哑口无言。卜崂获15岁那年，有一天回家对老两口说："爷爷、奶奶，从此以后不要在我面前提起我妈，从今天起，她彻底死了！"

老两口极少提起儿媳，不明白孙儿的话是什么意思。卜崂获说自己去找妈妈了，她不认他，因此她在他心中已死了！从那之后，这孩子开始自暴自弃，毕业后也只是闲逛，他们老两口干着急，不知怎样才能让孙儿走上正路。

老太太讲完了，抹着眼泪说："李警官，我们求你看在这孩子苦命的分上,网开一面……"

李明安慰老人道:"据他说只是第一次偷窃,应该不会有太大问题。老人家,我能到卜崂获的房间看看吗?"

卜崂获的爷爷带他走进卜崂获的卧室。房间内整洁干净,床上的被褥都像是新的,叠得整整齐齐。床头柜上一张全家福,爷爷、奶奶坐在前面,十来岁的卜崂获微笑着站在他们后方。窗前有张三抽桌,摆着几本杂志。看得出,卜崂获的爷爷奶奶虽然自己清苦,但对孙子还是很大方的。李明蹲下身子,床下只有几双鞋,别的什么都没有。卜崂获奶奶拉开一个老式带镜衣橱,请李明查看。里面的衣服分类叠放,最上面挂着几件冬天棉袄。李明有种预感,卜崂获不会把任何东西放在家里。他只翻了几下,便说:"老人家,我先走了,有事可以去市局找我。"

回到市局,肖潇洒和梅聪刚刚进门,兴奋地对他说霍强虽然不在,但这次收获很大。他们搜出两台手提电脑,三部手机,还有几件女人首饰。这些物件全部是用过的旧物,很明显是偷来的。李明听了微笑道:"我也收获不小,这样吧,我们先开会交流,下午再提审卜崂获。"

专案组经过研究,最终决定与高玫瑰保持密切联系,甄座羲有什么动静,立即对他抓捕;下午提审卜崂获,重点突破他"这是第一次偷窃"的谎言。

然而,现实并无想象的那么容易。在下午的提审中,卜崂获一口咬定自己是第一次,霍强住处的东西与他无关,如果不相信可以到他住处去搜。卜崂获的话更证实了李明的预感。现在没有任何证据证明,他有过另外偷窃的经历,此事在他身上好像很难打开缺口。

提审卜崂获后,三个人的情绪都很低沉。案子似乎走入了死胡同。李明经过深思熟虑,要梅聪陪她再访卜崂获家。肖潇洒去高玫瑰处,打探甄座羲的家庭住址。

李明和梅聪在卜崂获家,得到了陈斋蕾抱着一岁儿子卜崂获的照片和她的茶庄地址。陈斋蕾改嫁后,在丈夫帮助下开了一家茶庄,据说生意不错。

他们找到了诚信茶庄。吧台里的中年女人,头发纹丝不乱,在脑后

重生

拢成一个髻,显得精明干练;瓜子脸,丹凤眼,细眉小嘴,很像照片中的陈斋蕾。李明趁吧台前无人,上前递过相片问:"请问是陈斋蕾吗?可否借一步说话?"

陈斋蕾莫名其妙地接过照片,大吃一惊,不知他们为何事而来。李明摸出自己的证件,在她面前一晃:"是为你儿子的事情。"

陈斋蕾慌忙请他们来到里间办公室,急切地问卜崂获怎么了?李明看她对卜崂获的态度,并不像卜崂获奶奶讲的那样无情,便开门见山道:"卜崂获因盗窃被捉住了。"

"这孩子,怎能去做违法的事?!"陈斋蕾满面通红地说,"都怨我没尽到一个当妈的责任,警察同志,崂获会不会被判刑?"

李明并未回答陈斋蕾的问题,而是定睛望着她说:"我听卜崂获奶奶讲,卜崂获是从你不认他开始自暴自弃的。"

"我不认他,我不认他是有原因的!"陈斋蕾急切地说着,眼里突然蒙上了一层雾气。

从陈斋蕾口中,他们得到的是另一种不同的说法。

陈斋蕾丈夫查出肺癌后,四处医治,尽管手术、化疗所需的巨额医药费单位会报一大部分,但剩余的小部分却足以让这个普通家庭负债累累。丈夫去世之后,债主的不断追讨,令陈斋蕾承受着巨大的心理压力。微薄的工资永远无法还清债务,她有种走投无路的感觉。后来经人介绍,她认识了现在的丈夫常春。常春比她大六岁,妻子出轨后与他离婚。他是个老实本分的男人,长相一般,对娇俏漂亮的陈斋蕾一见钟情。陈斋蕾认为这样的男人靠得住,便跟他挑明,说若嫁过去,一定会带着债务,因为她虽是女人,却不愿做出背信弃义的事情。说这番话时,陈斋蕾已有心理准备——被拒绝的准备。出乎她的意料,常春居然痛快地答应了。于是,她决定同他结婚,但同公公、婆婆商量,却遭到了坚决反对。公公、婆婆最后说,她改嫁可以,只能带走债务,孩子想都甭想。陈斋蕾经过几天激烈的心理斗争,还是选择了常春。结婚后,不安于现状的陈斋蕾在常春的帮助下开了一家服装店。由于陈斋蕾人活泛,嘴又甜,且进的衣服新潮时尚,因此小店备受帅男靓妹的青睐。生意的红火为陈斋蕾带来不菲的利润，她算计着，如果凭这个收入，三年后，她会是一个无债一身轻的女人。但婚后第二年，她怀孕并生下一个女儿，服装店于是转让了出去。女儿两岁，她开了家茶店，那时店面极小，只卖茶叶，起初差点亏本，但凭着她的诚信，逐渐迎来不少老客户，这些老客户又给她介绍新客户，店内生意起死回生，有了生机。此后她一直经营茶店，前年换了一间大房子，改为了茶庄。

　　的确，在她生女儿之前是常去看望儿子的，给他带些生活用品，也给卜崂荻爷爷、奶奶一些钱。但两位老人对她的态度不冷不热，还故意不让她见孩子。在她怀孕8个多月时，有次去看儿子，结果门都没让她进，儿子自然没见到。失望至极的她来到楼下，正遇与她同龄的女邻居下班回家，两人亲热地聊了起来。女邻居告诉她，卜崂荻奶奶曾对她说过，儿子没了，以后只能指望唯一的孙子养老送终，而陈斋蕾常来看孩子，他们怕她把孩子的心哄走。陈斋蕾感觉自己一颗热心捂到了凉灶上，回家路上暗下决心，即使想儿子想得流泪，也不会再来自找屈辱。很快，女儿出生了，陈斋蕾精神有了新寄托，因忙于照顾女儿，一年多没去看儿子。那年年底，卜崂荻奶奶找上门来，称自家无钱过年，要她照顾一下。她不想跟她计较，给了她几百块钱。但此后，卜崂荻奶奶隔三岔五几乎每个月都来聒噪，终于令陈斋蕾忍无可忍。她在家照顾孩子这段日子，因服装店转让，所以只能依靠丈夫工资维持家庭生活，卜崂荻奶奶的出现，让他们本不宽裕的日子变得捉襟见肘。陈斋蕾认为自己有拒绝的权利。然而，卜崂荻奶奶被拒绝后，恼羞成怒，以陈斋蕾不养儿子为由，将她告上法庭。陈斋蕾忍无可忍，手拿诸多借条来到法院，最终经过法官调解，卜崂荻爷爷奶奶同意独力养孙子，但不分担债务。因法院这一闹，陈斋蕾与前公婆之间的情分，彻底毁灭。他们之间自此再无往来。

　　卜崂荻从小在爷爷、奶奶身边长大，耳内所听都是母亲对他的绝情，心内虽然极度渴望母爱，却又十分恨母亲，他对母亲的感情是爱恨交织。15岁那年，在学校因同学骂他"没人要的死孩子"，他对同学大打出手，然后跑到陈斋蕾的店里，质问母亲为何多年不养他。陈斋蕾见儿子气势

第二十三章　心结

重生

汹汹来者不善,猜他一定是受前公婆的指使,心内极度不满,跟儿子说这事得回去问他爷爷奶奶。卜崂获指着她骂道:"爷爷奶奶早告诉我了,是你不要脸,爸爸死去半年,你扔下我跟人家跑了,爷爷把你告到法院,你嘴上答应付抚养费,实际并没有,法院都拿你没办法!这些事,不用问他们,我从小都知道!你——是个没良心的女人!"

听着儿子如此颠倒黑白,陈斋蕾气得脸色铁青,嘴唇哆嗦着说不出话。多年来自己拼死拼活只为还债,却成了儿子口中"没良心的女人",她毫不思索地举起手,只听"啪"的一声,卜崂获捂住通红的左脸,极度仇视绝望地望着她:"你打我?!"

陈斋蕾如梦初醒,自己真是气疯了,居然打了自己的孩子。她可是最反对武力解决问题的一个人呀!尤其是在家庭教育上面。于是,她急忙道歉解释:"对不起,崂获,妈妈不是故意的。你说的事情,事实不是这样,你坐下,妈妈跟你好好谈谈。"

卜崂获怨恨地盯着她,冷冷说道:"不必了!从此之后,我妈和我爸一样,都死了!"

说完他转身就走,任凭陈斋蕾在后面呼喊,头也不回。陈斋蕾感觉天眩地转,晕了过去。

常春得知此事,劝她想开些,说卜崂获毕竟是个孩子,等他长大了再讲这些事情他才能理解。陈斋蕾也只能这样安慰自己。但她和儿子之间的结成了她的一块心病。近几年家庭收入宽裕些,她曾去找过儿子,希望解开母子之间的心结。卜崂获见了她却如同见了陌生人,一言不发,给他钱则扔到地上,说不需要。儿子的态度令陈斋蕾彻底绝望,从此,她断了与儿子和好的念头。

李明听完陈斋蕾的叙述,问道:"如果我们从中帮你们母子解开这个心结,你能帮我们一个忙吗?"

"如果我能帮忙,自然会尽力帮。但要解开我们母子的心结,恐怕不可能——'冰冻三尺,非一日之寒',我现在很清楚,这一切也不能总怨别人,我当初如果不怄气,继续常去看孩子,也不会造成这种结果。"陈斋蕾擦着眼泪,懊悔地说。

"只有让他感觉到你没有抛弃他,此后的卜崂获才会听你的教导走上正路。"李明沉吟道,"你如果有时间,我希望你能见见卜崂获。"

陈斋蕾想了一下,答应了。她把店里的事情交代好,跟随李明来到市局看守所。

接待室。卜崂获出现在门口,陈斋蕾激动万分地站了起来。卜崂获目光在接待室搜索一圈,目光最后定在李明脸上:"我家人呢?"

陈斋蕾微笑的表情僵住了。梅聪轻拍着陈斋蕾的肩膀说:"卜崂获,这可是你亲妈,你不会不认识吧?"

"我亲妈?你别说,我还真不认识!"卜崂获一副吊儿郎当的样子,仰起头说道。

"古语道:'羊有跪乳之恩,鸦有反哺之义',你倒好,对生养自己的母亲,居然冷酷无情地说不认识!"梅聪反击道。

"我不懂什么古语,但我早跟你们说过,我父母双亡!"卜崂获斜起双眼望着窗外。

"哪有你这么咒自己亲妈的?"梅聪气愤地说。

李明对梅聪丢一个眼色:"梅聪,这是他们的家事。"

陈斋蕾求救似的望着李明。李明笑了:"陈老板,这么多年了,你忍辱负重背骂名,现在也该让自己的儿子知道,他妈妈是个怎样的女人了。"

卜崂获疑惑的目光闪烁不定,李明看出此话已勾起他内心的好奇,对陈斋蕾点一点头,和梅聪坐到他们母子对面的沙发里。

卜崂获不耐烦地说:"你来做什么?看我的笑话?告诉你,我无所谓!"

"不是的,崂获,妈妈怎会看自己孩子的笑话呢?"陈斋蕾叹口气,说道,"这些年,都怪妈妈没有联系你,才使我们母子产生了误会,崂获,对不起,请你原谅妈妈!"

陈斋蕾低低啜泣起来。

"猫哭耗子,没安好心!"卜崂获眼睛斜眺房顶说道,"你到底要说什么,快点说,我洗耳恭听。说完了,请你快点走人!知不知道,我,很,烦,你!"

第二十三章 心结

重生

"你爸爸得什么病去世的,你总该知道吧,崂获?"陈斋蕾心情稍微好了一些,只要儿子肯听她的解释,心结解开就有希望。

"当然知道!"卜崂获不屑地说。

"那你知道你爸爸当年手术、化疗花费多少?"陈斋蕾继续问着。

这下,卜崂获卡住了。陈斋蕾借此机会,把当年债务压身,带着债务改嫁,看望儿子被拒,一一向卜崂获道来。卜崂获起初跷着二郎腿眼望房顶,一脸的无谓表情,不知何时,他已坐正身体,目光从房顶落到了陈斋蕾脸上,认真地倾听着她的诉说。

陈斋蕾讲完了,他仍旧呆呆地望着她出神。

"崂获,听完妈妈的这番话,你还认为妈妈是个'没良心的女人吗'?"陈斋蕾问儿子。

第二十四章　出奇制胜

"妈，对不起。"卜崂获回过神，低头说道，"我不知道你也有苦衷。"

陈斋蕾微笑握住儿子的手："好儿子，都是妈妈不好，现在妈妈想，其实你爷爷奶奶也没错，他们身边只剩你了，任是谁处在他们的位置，那些顾虑都会有的。"

"早知这些原委，我也不会沦落到此了！"卜崂获目光中流露出一丝悔恨，母子心结的打开，令他开始重新审视自己。

"走错路可以改正的呀！崂获，"陈斋蕾满怀期待地说，"妈妈想以后帮你弄个五金门头店面，听说五金门面很赚钱。"

"也许会被劳教好些年！"卜崂获垂头丧气地说。

"没关系，妈妈等你。"陈斋蕾握紧卜崂获的手说，"不是说'坦白从宽'吗？ 妈妈希望你把自己知道的都说出来，从此金盆洗手，出来后走另一条金光大道。"

卜崂获瞅了一眼陈斋蕾，低头道："让我想想。"

陈斋蕾看出儿子在做心理斗争，趁热打铁："所谓'金盆洗手'，妈妈的理解是要把从前全部洗掉。你懂的，是不是，崂获？"

"懂。"卜崂获点头。

"记住，崂获，不只是妈妈在等你，爷爷、奶奶也在等你。"陈斋蕾无限慈爱地望着他，"等你回来时，妈妈要让你同妹妹以及现在的爸爸见面，你愿意吗？"

这句话等于告诉卜崂获，母亲已接纳他进入她的新家庭，卜崂获抬起头，目光倏忽一亮："真的？"

重生

"真的！"

"我听你的，妈。"

卜崂获的目光转向李明："其实，那晚去慧心小区的另外三人，我全认识。"

梅聪坐在李明身边，打开记录本放到腿上，飞笔疾书。李明看一眼精明强干的女下属，目光中流露出赞许。

卜崂获说，从小学到初中，他因母亲改嫁，总被同学瞧不起，因此常与人打架。初三分班，他与甄座羕成了邻桌。于是卜崂获成了甄座羕的人，无人再敢欺负他。而小个子隋丛，早已是甄座羕的跟班，自此，三人总是同出同进，俨然一个亲密的小团伙。

三人初中毕业后，他和隋丛一同进入市职业中专。而甄座羕根据母亲意愿先上高中，高一下半年逃学，最后也来到市职业中专。毕业后，他们三人以甄座羕为首，开始小偷小摸，居然屡屡得手而未被发现，胆子渐渐大了。后来，在甄座羕策划下开始有目标的偷窃。而他觉得这是一条挣钱捷径，自此死心塌地跟着甄座羕。前年秋天，他们在超市金银首饰处闲逛，发现有个女人买了套价值不菲的金耳坠、项链，便起了歹心，偷偷跟踪，想把她买的东西偷走。但那女人警戒心极强，直到她坐进自己的车，都没得机会。他们三人不死心，骑摩托车跟着，结果那女人却开往郊外去了。甄座羕大喜，打通一个电话让人来帮忙，他们三人依然紧随其后。在一处乡村阒无人迹的路上，有辆大十轮撞翻了女人的车，女人头部受伤，昏死过去。甄座羕指挥他和隋丛把女人拖到路边沟里，拿走她的手提包，还把那辆车开走了。那辆车当晚开进甄座羕租的一间平日盛放赃物的车库内。第二日，在关闭的车库里，他们三人用应急灯照明打磨车，之后，曾做过汽车喷漆工的隋丛用一套偷来的喷漆设备，为车喷上黑漆，那辆红车登时变成了黑车。后来，甄座羕又弄了一个假牌子，此后，这辆车成了他们行窃时的专用工具。平日这辆车仅在晚上出门，今年因跟踪詹晓龙一家以及冯敏，它开始白天现身市里。

霍强是撞女人车的大十轮司机,他当时在一个沙场给人拉沙,因为此事辞职转行做了货车司机,但最终受不了跑长途的苦累,加入了他们的团伙。平日如果出去行窃,卜崂荻和隋丛所得都会交给甄座羲,由甄座羲再给他二人分配,一般是甄座羲五成,卜崂荻和隋丛各得两成半。霍强虽与他们一起出动,所得却归自己,甄座羲也默认。卜崂荻和隋丛暗地常会抱怨不平。上午,卜崂荻说只认识霍强,就是要故意翻倒他。

春天,他们在希望小区做了一次案,甄座羲把一个窃听器安装到一个名为詹向阳的人的家里。甄座羲告诉他们,詹家祖宗留下了价值连城的宝贝,在今年一定会取出来。前段日子在甄座羲安排下,他和隋丛跟踪詹向阳外孙詹晓龙去了L县。他早一班车先到,等隋丛到后,将租的出租车交由隋丛,由他安排司机紧跟詹晓龙,他自己另租一辆车到镇上等他们。詹晓龙入住宾馆后,他们也住进同一家宾馆。为防詹晓龙怀疑,他请司机帮他们打开宾馆门,顺便看看詹晓龙的动态。到了晚上,二人用迷香(隋丛根据他家一个祖传秘方自制)迷倒他,从门上窗将门锁打开,悄悄进入詹晓龙房内。为了找到寻宝图,他们将他房内翻了个遍,但一无所获。第二日,隋丛按照甄座羲的安排在山上假扮道士,为詹晓龙和他的同行者滕冲算命(詹晓龙的家事是甄座羲告诉他的,而滕冲是腾飞有限公司的总经理,隋丛曾在他的公司做过保安,因此认识。隋丛用电话联系从前同事,知道了一点滕冲的家事,所以给他们算命算得很准确),他则暗地跟踪他们。当他偷听到他们要去南崖山洞的谈话时,他先抄小路进入了山洞,想等他们找到宝贝,他再伺机抢走。在洞内他听到詹晓龙说"可找到了",一时激动,握着的手机落到了地上,不知道摔坏了哪儿,音乐大响,把詹晓龙给吓跑了。第一次抢宝失败。回来的路上,隋丛在全羊店割破了詹晓龙的包,期望会得到那张图,但依然一无所获。再后来,窃听器失灵,他们只得时不时跟踪这家人。

詹晓龙再次去福山时带了一个大纸箱,他们猜是要装宝贝用的。此

重生

次甄座衾和霍强都出动了，但他们四人拼命抢来的箱子，却只盛着几块石头和一件旧羽绒服。甄座衾不肯放弃，要卜崂获三人继续追踪这家人，谁知当他们从福山回来后，詹家突然平地消失，不知搬到哪儿去了。跟踪詹向阳被他甩掉，跟踪詹晓龙吧，他却从此只住单身宿舍不回家了。但有次他和隋丛在外吃饭，无意中遇到了詹晓龙兄妹，他们二人大喜，把情况反映给甄座衾。甄座衾要他们跟住詹晓龙兄妹，必要时把詹晓晴当人质，并让霍强去帮他们。为证实是否是詹晓晴，他还特意请那女孩跳了一支舞。但是，因詹晓龙会武功，那次他们没有得手。并且后来经霍强证实，那个女孩是他的网友飞英，不是詹晓晴。就在抢宝陷入困境之际，突然不知从哪儿冒出个冯敏，悬赏1万元寻找詹向阳一家。甄座衾指使卜崂获给冯敏提供詹晓龙的信息，虽然甄座衾信誓旦旦说一万元唾手可得，可惜功亏一篑，冯敏在医院通过验血，反而确定了詹晓龙不是她要寻找的侄儿。不过甄座衾并不死心，他总以为冯敏就是詹晓龙的姑姑，既然她请电视台帮忙寻找，他们只要跟踪她，就可顺藤摸瓜找到詹向阳家。从此目标转换，开始跟踪冯敏。8月29日晚上，不知怎么回事，他们接了甄座衾的车，却被一个女孩子跟踪了。霍强用了一计，让隋丛上车时捡一小石块，扔到女孩车后身，准备乘女孩下车之际连人带车一起劫走。而那女孩却是霍强的女网友。女孩咬伤了卜崂获的手，抱住她的卜崂获松手后女孩倒地昏了过去。眼看成功就在眼前，紧要关头却停下一辆车，有人喊"警察来了"，把他们惊得魂飞魄散，立刻逃离了现场。

而这几天黑车老是闹"鬼"，常响起一个女人阴森的声音"还——我——的——车——"，把他们弄得毛骨悚然，因此近段日子除去晚上探点或者盗窃，一般尽量不用这辆车。

卜崂获讲完这些，不解问道："李警官，你们是什么时候注意我们的？"

李明笑了："通过捡到车钥匙的女孩。"

卜崂获恍然大悟："'常在河边走，哪有不湿鞋？'这话说得很对，其实即使没有这女孩，我们早晚也会有这一天。"

李明问："甄座羑所租的车库地址以及他和隋丛的住址，你应该知道吧？"

"上学时去过甄座羑家几次，前几年他搬了新家，我和隋丛却都没去过。但有次听他说起，他家在小区外开了一个小百货超市。隋丛嘛，在南刘村住出租房，我常去他那留宿，因此熟悉得很。车库则在南刘村北面的小区内。"卜崂获把自己知道的全盘倒出后，深呼一口气，如释重负。

"你了解霍强的背景吗？"梅聪紧接着问。

"不了解。因为忌妒他不受甄座羑控制，我和隋丛除了有事必须跟他在一起外，平日与他很疏远。不过，"卜崂获补充道，"甄座羑与他走得很近。"

李明眉头皱起，思索着什么。梅聪放下笔又问道："你们每次作案的时间、地点以及偷盗的财物，能清楚写出来吗？"

"没问题，现在就可以。"卜崂获点头，望了一眼陈斋蕾，他得到一个赞许的微笑。

卜崂获写完，陈斋蕾也要告辞。分别时刻，她给了儿子一个深情的拥抱。卜崂获满足万分而又恋恋不舍地与母亲分开了。

就在陈斋蕾离开不久，肖潇洒从外边回来了。不过，他没有带回任何有价值的消息。而此刻已到了下班时间，李明紧急召开专案组临时会议。

会上，他讲了两个重点：其一，总结卜崂获的供词，确定前年车祸抢劫案的主角正是以甄座羑为首的盗窃小团伙。其二，布置明天的任务，通过查寻甄座羑的户口找到他家，对甄座羑的居住房屋进行搜查。之后由卜崂获领路，搜查车库和隋丛的出租房。

自昨日回到医院，詹晓龙心情郁闷得快要发疯，他很想立刻得到DNA的否定结果以确定滕飞英活着的消息，可是这消息最少需要三天。而他毫无办法，只能等。今天傍晚，他给滕飞虎打电话问询滕冲身体状况时，才得知滕飞英归来的大好消息。这一刻，他连日来的心痛、惊惧、

重生

骇怕如同阴霾密布的天空突然见到光芒四射的阳光般，彻底消失得无影无踪，取而代之的只有巨大的火烧云般的惊喜。这惊喜在他心中如洪水般汹涌激荡着，几乎要把他的胸膛撑破了。也是在这一刻，他蓦然明白，飞英已经成为他生活中无可替代的太阳。滕飞虎在妹妹归来后，因滕冲身体欠佳，只得勉强代替父亲打理整个公司事务，反而比寻找滕飞英时更加忙碌，于是居然忘记告诉詹晓龙这件大事。不过，欣喜若狂的詹晓龙完全没有怪他，挂断电话后，他立即跑去超市，买了一堆滋补食品和一个异常可爱的雪人娃娃，然后兴冲冲赶往滕家。

冯敏此刻正在滕冲家。昨天滕冲告诉她滕飞英回家的消息后，她立刻赶来问候。由于家中两个病人，晚饭比平日多加几个大补汤，刘姨显然比平日忙碌许多。冯敏见此便自告奋勇给刘姨打下手，她发现刘姨厨艺精湛，于是心甘情愿拜刘姨为师，跟她学习厨艺。这不，今儿一天她都在滕冲家，刘姨走到哪儿，哪儿就能见到冯敏的身影。一时间，她成了刘姨的贴身跟班，门铃响时，她正在刘姨指导下切黄瓜块。刘姨要去开门，冯敏笑着拦住她："师傅，我去。"

门开后，门内门外的两个人都吃了一惊。詹晓龙反应快，嘴角噙了一丝笑意道："冯阿姨，你好！"

冯敏浅浅一笑："晓龙，快进来！"

詹晓龙进门，先同客厅里的爷爷奶奶打过招呼，又去滕冲房里问候过，最后站到滕飞英卧室门前轻敲了两下。

滕飞英正半倚在床上闭目听音乐，嘴里一边轻声地哼着。听到敲门声，她漫然睁开双眸："谁呀？进来。"

她想当然地认为是家人或者刘姨，因此身体并未有任何动作。但等了许久，毫无声息，心内觉得奇怪，于是直身扭头想瞅瞅是谁没事闹着玩。不想发现身后站着一个约有1.3米的雪人，红帽红鼻红围巾，见她回首，立刻点头示意，而低沉的声音，像捏着鼻孔憋出来的："美丽的飞英小姐，你好！"

滕飞英笑了，她招手道："可爱的雪人，来这儿。"

雪人慢慢挪动身子来到床边，它的红帽刚好与滕飞英眼睛平齐。滕飞英逗弄着它长长的红鼻子，问道："是谁派你来的，雪人？"

"是世界上最帅的帅哥派我来的！"雪人晃着脑袋说。

"哟？世界上最帅的帅哥？"滕飞英忍俊不禁，"哈哈……雪人，给我讲讲，他有多帅。"

"他的眼睛大又亮，他的鼻子直又挺，他的嘴巴阔又方……"雪人摇头晃脑非常沉醉地唱起来。

滕飞英趁其不备，一把抓住雪人胸口把它拉到身边。歌声戛然而止。

"晓龙，是你？"滕飞英料不到平日内向的詹晓龙会如此别出心裁，她的脸上绽开了一朵惊喜之花。

"还，还喜欢吧？"詹晓龙想不到自己的小把戏这么快就被拆穿，红着脸站起身问道。

"喜欢，太喜欢了！"滕飞英斜瞥着他，被他的脸红逗得忍不住"咯咯"笑起来。

詹晓龙今天特意穿了黑色西服，脖子上系了领带，显得帅气干练。他被滕飞英笑得心里发毛，把自己浑身上下瞧了个遍，并没找出哪点不对劲，纳闷问："怎，怎么了？"

滕飞英想起他们第一次见面，他怔怔瞧着她的眼神，至今想起还觉得脸红。现在看詹晓龙的傻傻模样，算是报了当时之仇，她笑得更起劲了。

"没什么。"她好不容易止住笑，亲着雪娃娃说。

詹晓龙伸手替滕飞英拂去脸边的几根长发，微笑道："只要高兴就好。"

滕飞英低了头，紧握住面前那双温热的大手，轻轻把它们贴到自己脸上。刹那间，一股热流从脸上涌入贯穿了整个身体。她幸福地闭上了眼睛。

静止的一刹，电脑中流淌的音乐填充了这段空白："石对雨的爱／就像蓝的海／虽有万千语／不知怎么去表白……"

詹晓龙只觉五内灼热，静静地在床边坐下来，低头去瞧滕飞英，只见她脸色绯红如云，羞赧的表情如桃花欲语还休，他看得呆了，忘情地

第二十四章 出奇制胜

重生

伸出另一只手,捧起了她红灿灿的小脸。

滕飞英低垂的睫毛如同蝴蝶的翅膀轻轻扑扇,那对丹凤眼显得更加有神,小巧的鼻子因呼吸的急促而微微翕动,嘴巴红润润好似熟透的樱桃,透出甜美的诱惑。詹晓龙被面前的她迷惑了,忘了身在何处,轻吻着她的额头说:"飞英,你真美!"

滕飞英脸上一层层红云迭荡上来,如同珊瑚的殷红般绮丽。詹晓龙抚着她柔软的卷发,目光深情地凝视着她:"我喜……"话未说完,敲门声骤然响起,只听刘姨喊道:"飞英,吃饭了。"

詹晓龙霍然一惊,猛地立起身来,未出口的话被硬生生地压回了肚中。滕飞英忙抚着发烫的脸颊回应:"知道了。"说完斜睨詹晓龙一眼,笑容满满地绽放开来,如三春的花骨朵一齐骤然盛放:"傻瓜,你刚才要说什么?"

詹晓龙低头注视她,目光灼灼如跳跃的火焰,他重新坐下,伸出长臂缓缓抱住了她。眸中浮上一层潮湿的雾气,他在她耳边轻轻地一字一顿道:"飞英,你不知道我有多喜欢你!"

滕飞英微微一怔,随即无声而幸福地笑了,一如似火榴花。

两人来到餐厅时,大家已经各就各位。滕飞虎没有回来,据说代替滕冲陪客户吃饭去了。

冯敏笑道:"飞英今天气色真好。"

滕飞英顽皮一笑:"这都是冯阿姨的功劳啊!"

见冯敏有些莫名,滕飞英忙笑着解释道:"冯阿姨做的饭可口呗!"

冯敏的脸微红了:"飞英,别取笑我,我不过是在学习……"

"已经出师了。"刘姨正端出一个汤菜,赞许道,"不仅如此,有些菜甚至比我做得还要好。"

"我就觉得,冯阿姨做的菜有我熟悉的味道,嗯,比如昨晚的炒茄子,特别像我妈妈的手艺。"滕飞英讲完这话,突然记起了什么,转首望着滕冲道,"爸爸,我上午给米米妈妈发短信,她说今天会回S市老家。"

冯敏听到"米米"两个字,身体一震,筷子落到地上一根。

"对不起。"她的脸红到耳根。

"没关系。"滕冲瞥一眼冯敏,目光略显惊异。转头问女儿道:"飞英,我们明天去米米家,你觉得怎样?"

"爸,你身体恢复了是不是?"滕飞英诡谲笑道,"我知道的,你并不想去上班,有哥哥代劳嘛!"

"就你鬼精!"滕冲被女儿说穿心事却并不着恼,反而乐呵呵道,"你说的没错!爸就想放松几天。好,明天,我们父女去感谢你的救命恩人!"

刚捡起筷子的冯敏,又差点把自己的汤碗碰倒,她望着大家,自嘲地笑道:"看我,今天真是毛手毛脚。"

大家都笑了。滕冲探寻的目光停在冯敏脸上,神色微微一动。

"我能同你们一起去看望飞英的救命恩人吗?"冯敏眸中满是期待的神色,"这么善良的人,说实话,我也很想结交呢。"

"当然可以,冯阿姨。"滕飞英立即表示欢迎,并夸耀道,"我的米米妈妈很漂亮,沙宣不等式直发,皮肤白嫩,眼睛圆溜溜的,可有神了!并且她人很好,你去她一定会欢迎的。"

"去吧,多认识个朋友,不错的。"滕冲说着,目光意味深长的一笑。

当晚8点多,滕飞英接到了米米"平安到家"的短信,她按捺不住喜悦,把这个消息分享给大家。

不过,因为米米的到来,也让滕飞英添了心事,她蹙起双眉挠着头说:"可是,我们买什么礼物呢?"

"买些干果,比如核桃、榛子、栗子之类的,送给米米的父母;带一箱名贵的葡萄酒,给米米的老公;然后你到花店给米米包一大束花。"滕冲略一思索说道。

"爸爸,我太爱你了!"滕飞英抱住滕冲,在他脸上亲了一口。

第二日,按照滕冲的安排,滕飞英亲自给米米包了一束百合和满天星混搭的鲜花,自己宝贝般抱着去了米米的老家。

滕冲的车拐入南关村,冯敏望着路边熟悉的景色,激动地问道:"米米老家在南关村?"

"是啊。"滕飞英转首对冯敏微微一笑,又道,"她这次是专为送父母回家的。"

"原来她真是……"冯敏心内所思，不知觉中脱口而出这几个字，猛然听见自己差点泄密，她吓了一跳，慌忙打住话头。

"冯阿姨，你说米米妈妈真是什么？"滕飞英不放过任何人对米米的评价，追问道。

"她真是个大好人，不仅对陌生人好，对自己的父母也很孝顺！"冯敏灵机一动，顺口夸道。

滕飞英自豪而满意地笑了："那是自然喽。"

一户三层楼的小院前，滕冲的车停了。滕飞英抱着花束，在绿色大铁门前拍了几下。

"来了！"院内响起苍老的应声。

门开处，一个瘦小老人微笑着问："你们是？"

"你一定是米爷爷！"滕飞英快乐地说。

老人眯起眼睛，上下打量着她："是飞英吧？米米天天在我们面前夸你，说你聪明、活泼、漂亮，现在见了，果不其然，很阳光的女孩子。"

又觑眼望着滕冲和冯敏问道："飞英，这是你的爸爸妈妈？"

滕飞英笑着介绍道："米爷爷，这位是我爸爸。但那一位却不是我妈妈，她是我爸的同学冯阿姨。听说米米妈妈救了我，她很想认识米米妈妈，就一起来了。"

老人点头，把他们让进屋内。米米从一间卧室走出来："快请坐。我妈昨天晕车晕得厉害，今天还是不舒服，因此不好意思，没去迎接你们。"

"没什么的，妈妈。照顾老人要紧。"滕飞英走到米米身边，双手把花束递过去，"送给我最亲爱的米米妈妈。"

"谢谢！"米米接过，低头闻着花香，一手亲密地揽住飞英肩膀，幸福地笑道，"有个女儿真好！"

"飞英爸爸，对不起。"米米笑着说，"我认女儿先斩后奏，没经过你的同意。"

"这是你们的缘分，飞英喜欢，我们一家都没意见。不过，我提个建议,"滕冲瞅一眼滕飞英,见她瞪大眼睛盯着自己,微微一笑,"今天是个好日子,你们简单举行个仪式,我们作见证,飞英呢,从此就是你的干女儿了!"

"幸亏我有备而来。"米米莞尔一笑,从随身包中取出一个精致的盒子,"飞英,这是干妈给你的见面礼!"

滕飞英打开盒子,里面居然是一条黄灿灿的金锁项链!

第二十四章 出奇制胜

第二十五章　上代人的恩怨情仇

滕冲见米米拿出礼物，也从钱包中取出两张名片样的东西递给滕飞英："来，飞英，这是你孝敬干爸干妈的礼物。"

滕飞英接过一瞧，居然是两张代金票。一张是巴迪女士鞋票，一张是雅戈尔男士西装票。她喜上眉梢，感激地望着父亲，父女二人会心地笑了。

"干妈，请笑纳！"滕飞英双手捧上代金票，恭恭敬敬说道。

米米接过看了看，又把它放回滕飞英手中："飞英，你和你爸的心意干妈心领了。不过，大人怎能要孩子这么贵重的礼物呢？"

滕飞英不接，米米则硬是往她手中塞，两人推来推去谁都不肯妥协。滕冲笑了："米米，这是飞英的一点心意，也是拜干妈必须准备的东西，你若不要便是看不起我们了！"

"飞英爸，既然你这么说，我是必须拿着了。"米米不再推让，轻抚着滕飞英的卷发说："飞英，谢谢你！"

"不用谢，干妈！"滕飞英一手揽住米米的腰，亲热而调皮地说。

滕冲笑道："飞英，以后我们不会再受你'米米妈妈'四个字的冲击了，'干妈'两个字干净利落，听起来舒服多了。"

"原来你早有预谋！"滕飞英歪头瞥着父亲笑道。

滕冲忙笑着对米米解释："这孩子，从上次回家就时不时讲起她亲爱的'米米妈妈'，劝她改为'干妈'，死活不肯，说没拜干妈就叫'米米妈妈'。我呢，早早准备下礼物，一心只想了了这件心事，今天算是心想事成了！"

"我们的心思差不多。本来准备那天带飞英回家报个平安信,顺便告诉你们我要认干女儿的事情,没想到我爸一早来电话,说我妈晕倒了,虽然掐人中醒过来,可是脸色蜡黄、浑身无力,却又不肯去医院。我吓得不轻,立即赶回北京带我妈去了医院,全身检查没查出任何异常。我妈自己也放了心。她跟我说,在北京这段日子,每天出门也没个认识的人聊天,可闷死了。在老家的时候,邻居们没事就聚在一起说话,晚上还会一起去扭秧歌,天天都很快乐。而想起过几天去我哥家,又是这种闷日子;想回家吧,孩子们一片孝心,不好意思开口。思来想去寝食难安,郁闷难受着急上火,也不知怎么就晕倒了。我听了她的话,觉得孝顺老人这事吧,不一定非要让老人在自己身边,只要老人过得开心就好。于是我便跟我哥解释了一番,我哥也同意我的想法——让我爸妈回老家。施恩这几日忙,我就自己开车送他们回来了。"米米说完,手指着院中挂的鸟笼道,"今儿一早,爸爸的老友就来看他了,手里提着帮爸爸养的画眉,两人聊得那个热火呀,外人根本都插不进话去,临走,两人又约好下午到俱乐部去下棋。你们来时,他们两人的聚会刚散一小会儿。"

米米的父亲道:"我们这儿的俱乐部办得很红火,老人们一点都不寂寞。"

滕冲含笑点头。冯敏望着米米父亲,脑中浮出一个人名"米善"。

"确实,我们村的文化生活搞得不错,我妈是俱乐部秧歌队队员,老人们在一起,可高兴了。是不是,爸?"米米问父亲,见他连连点头,又对滕冲笑道,"我回北京的头晚,先到金店为飞英挑了这条项链。而挑金锁项链,我也是有缘故的。"

"你的心思我知道。"米善对女儿点头,"你又想起曲儿了。"

米米低了头,再抬起时,眸里有一层雾气浮动。

当年,米米婚后头胎产下一个卷发女婴。特别喜欢女孩的米米欣喜若狂,为女儿取名施曲。施曲长到 3 岁,能歌善舞,活泼聪明,一家人都非常喜欢她。一天傍晚母女二人去公园,米米用绳子牵着施曲坐的儿童车,两人在路边慢慢走着,一辆小货车突然歪歪斜斜直冲过来将施曲卷入车底,瞬间,一条鲜活的生命变成了一堆血肉模糊。米米无法接受

重生

这个事实,昏死过去。小货车没有停下,调转头横冲直撞地开走了,路人记下了车牌号。交警通过查询,很快找到小货车所在单位,但司机霍一首却已逃逸。小货车单位给米米做了相应的赔偿,然而赔偿并不能减少一个人的悲痛,伤心欲绝的米米每天抱着女儿的照片,或哭或笑,几近精神失常。所幸她很快怀孕了,新的精神寄托减少了她的痛苦。儿子出生后,她的创伤才逐渐平复。这次伤痛经历,在她心中烙下不可磨灭的深刻印迹,多年来,每每想起,依旧是一声叹息。上次路遇滕飞英,她曾私下对施恩讲,这女孩子简直就是上天赐给她的礼物。施恩说那就认她做女儿吧,也了却你多年的遗憾。没想到飞英醒来,居然说米米像她的妈妈,那一刻,米米更坚定了"飞英是上天赐给她的礼物"的想法。

施曲死后,米米的母亲曾找了一个自称能掐会算的"神婆",给他们家算一算家事。"神婆"说家里今年有大事发生过,这大事,是因没给孩子带锁子造成的。米米的母亲把"神婆"的话告诉了米米,那时米米已经怀孕,能够客观看待这件事,对"神婆"的话并不相信,只认为这是一次偶然事故。儿子出生后,她并没给儿子带锁子,儿子也健健康康地养大了。可是,被滕飞英喊"妈妈"后,她却想起这件事情,虽然依旧不信鬼神,却感觉应该给女儿买个金锁,为她锁住幸福,锁住生命,锁住想要的一切。因此,米米为滕飞英选了这件礼物。

大家听完米米痛失爱女的故事,唏嘘不已。滕飞英搂住米米的肩膀:"干妈,你若喜欢,就喊我施曲好了,我一定会答应的。"

"傻孩子,干妈不会叫你施曲的,你是活泼可爱的飞英,独一无二的飞英,无人可替代的飞英,比施曲都重要的飞英!"米米点着飞英的手心说。

"成为干妈小棉袄的飞英!"滕飞英补充着,忍不住笑起来。

大家都笑了,这一刻,屋内的气氛是幸福温馨的。

冯敏一直关注着米米。这么有人情味而又热心肠的女人,该不会拒绝帮助自己解开谜团、找到侄儿侄女吧?她想。

当所有话题告一段落,冯敏瞅准时机问道:"米米,你认识詹雨儿吗?"

米米一愣。

冯敏淡淡笑道："詹雨儿是我嫂子。她在世时曾说起，米米是她最好的朋友。"

米米点头："是啊，我们是最好的朋友。"

"上次辗转从你父亲处得到你的手机号码，但不知为何，拨通电话，你却一直不接。"冯敏想解开上次的疑惑。

"不好意思，父亲说是 S 市电视台找我，因此没接。如果知道是你，一定会接的。"米米歉意笑道。

冯敏说："是我委托电视台帮忙寻亲的。"

"哦，"米米眸中现出一丝惊讶的神色，随即恢复如常，"是这样，我呢，曾匿名帮过两个孩子读书，因此以为是他们找到电视台要向我表示感谢——我最怕这个了，所以——对不住。"米米眼神微微一黯，"说起雨儿，她当年死得可真冤。这话你也许不爱听。嗯，我记起来了，当年雨儿去世时，你似乎不在家。"

"那时我在北京，后来因读博去了美国定居，今年回来想要见见自己的侄儿侄女，却找不到他们了。当然，我所说的侄儿侄女就是雨儿的两个孩子。"米米的话使冯敏仿佛看到了指路灯，她希望顿生，再接再厉问道，"你知道他们在哪儿吗？"

"我？"米米摇头，"女儿死后，我精神几近崩溃，此后便与他们失去了联系。后来我又去了北京，至今再没见过他们。"

冯敏的希望如同火浸冰水瞬间熄灭了，但仍有一丝不甘心的青烟冒出来："我一直以为你会有他们的消息，毕竟你和雨儿曾是最要好的朋友。"

米米摇头。

"詹向阳，詹雨儿的父亲。"冯敏提醒米米，瞥见米米微微颔首，即将熄灭的希望不由重见火花，"他家的外孙和外孙女是雨儿的孩子，对不对？"

"对！雨儿死后，确实是她父母把孩子接走了。"米米证实道。

"詹向阳的外孙詹晓龙不承认我是他姑姑，更奇怪的是，后来我哥验血型，居然与两个孩子完全不符。我哥现在的妻子铎佳，说雨儿的孩子一定是别人的。"

"血口喷人！哼！"米米气愤不已，激动地说，"傻雨儿真会如此，也不至于冤死了！"

"雨儿是怎么死的？可以告诉我一个真相吗？"冯敏紧抓机会不放，她希望心中那些谜团都能在这儿一个一个地解开。

"说出来恐怕对你哥哥不利。"米米冷冷一笑，"你不怕？"

"不怕！其实我也恨我哥哥！"冯敏真诚地说。

米米被冯敏的态度所感动，决定把当年詹雨儿为何自杀告诉她。

詹雨儿自杀前一天下午，冯敏的母亲来找米米，说雨儿想要见她。米米已知甄寰鸥出轨之事，在雨儿月子期间去探望过她三次，每次都好言宽慰，说有这两个可爱的孩子，甄寰鸥以后定会回心转意。而雨儿听完她的话，总会心情好一阵子。但那天，米米跟随冯敏的母亲走进甄寰鸥和詹雨儿的卧室，看到的却是一个完全绝望的雨儿。只见她头发散乱侧躺在床上，黯淡无光的眼神对着雪白的墙壁出神；床上两个婴儿的哭声此起彼伏，她似乎耳朵聋了，看都不看他们一眼。米米是带着三岁的女儿一起去的，看到这情景，忙松开牵着女儿的手，和冯敏的母亲一人抱起了一个婴儿。

冯敏的母亲说："雨儿，孩子饿了，喂他们吃些奶吧。"

雨儿呆呆地瞥了冯敏母亲一眼，嘴角咧开一丝浅浅的微笑："妈，你出去一下，我有重要的事情要跟米米谈。"

冯敏母亲把怀里的婴儿放到婴儿车里，又接过米米所抱婴儿说："宝贝，我们去喝奶粉喽！"

等婆婆和两个孩子消失在门外，雨儿苦笑着说道："米米，我想我爸妈了！"

"雨儿，那让他们来看你吧？"米米轻声问道。

"不必了。明天他们就会见到我！"她自嘲道，"我真傻呀！爸妈才是最疼我的人！我现在真后悔当初的决定。"

"寰鸥会改变的，雨儿……"米米想要安慰女友，却被雨儿打断了，她举起一只枯瘦如柴的手说道，"不必再说了！我很清楚我的处境和甄寰鸥的心，我比你了解他，米米。一切都没有意义，我只觉得对不住爸妈！"

"看看这封信。"雨儿从枕下抽出一个信封递给米米，然后大笑起来，"哈哈……我太傻了，米米！"

雨儿的笑声逐渐变成了哭声，她把头埋在枕头里，双手紧抓住床单呜咽起来。

米米打开信，只见上面写道："詹雨儿，你好！我是铎佳，是那个可怜的颠沛流离的人。看到这儿，你一定很高兴，认为自己胜利了是不是？我劝你不要高兴得太早，不要以为拉拢到婆婆和小姑，就能保住自己的地位，你错了，你的位子是甄寰鸥给的，他想把这个位子给谁，他说了算，家人怎么能奈何他呢？昨天，寰鸥再次向我保证定会娶我，为了不要我担心特意写了张证明，我请人给这张证明拍了照片，现在一起寄给你，也好让你瞧瞧你的丈夫是怎样爱你的。别怨我狠心，也不要怨寰鸥无情，要怨只能怨你自己，是你自己魅力不够，抓不住男人的心。而寰鸥身边的位子，我要定了，你想争，门都没有！劝你趁早放弃为以后的生活打算一下，别傻呆呆地等寰鸥休了你时才欲哭无泪。我写这封信的目的全是为你好，让你早做心理准备，不要到离婚时一哭二闹三上吊，既没用又伤自己。请好自为之！"

信封中有张相片，果然是甄寰鸥亲自签字的证明，里面写道："自今日起至詹雨儿的孩子满一周岁止，保证与詹雨儿离婚，同铎佳结婚，特此承诺！"

米米读完信和证明，只觉一股怒火冲上脑门，她安慰好友道："雨儿，别哭，我让施恩找这个没良心的甄寰鸥去！"

"找他有什么用？"

"至少可以打他一顿，为你出气。"

"米米，你的好意我心领了，为我伤他们的哥们儿感情，实在没必要。唉！"雨儿叹口气，泪如雨下，"我只是担心这对苦命的孩子，米米，如果有一天我不在了……"

"你说些什么，雨儿？"米米断然打住她的话，"像在交代后事一样，让人心里瘆得慌。"

"我活不了几天了，米米，我现在生不如死……"雨儿陡然坐了起来，惨白无血色的脸，散乱在肩头的长发，使她看上去像一个将死之人。阳光透过窗户斜射进来，窗前桌上的一对红镜子反射的阳光投影到墙上，好似一对幽怨的大眼。床上的大红被褥、屋顶的七彩吊饰、窗户上的大红喜字，室内的一切无不显示这是一间新房，可是，就在这新房内，新人已成旧人。

"孩子如果注定被爸爸抛弃，他们一定希望有妈妈在身边，因此，雨儿，你一定要好起来！"

"米米，这些都是废话，我不爱听！我累了，如果能好好睡一觉，无人打扰地，恬静单纯地，一直睡下去，该是多么幸福的事啊！"雨儿说着，又把身子躺倒轻轻蜷曲起来，"这封信和照片，你替我保存着，等孩子长大后拿给他们看，告诉他们，要做个忠于爱情的人，不许三心二意伤爱人的心，因为他们的妈妈就是伤心死的。你可以走了，我想休息会儿。再见，米米，再见！"

米米泪流满面，她拿着那封信，抱着女儿离开了。至今，那封信还保存在她的箱子里。

第二天，米米得到雨儿自杀的消息。又过了不久，施曲出了车祸。米米沉浸在自己的悲痛中，忘了去看望雨儿的孩子。等她再次怀孕精神好转时，父母帮她打听到两个孩子已成为詹向阳家的成员。

"如果不是你哥和铎佳一再逼她，雨儿绝不会轻生的。"米米擦着眼角说道。

"我知道。"冯敏低了头，"我代他们向你说声'对不起'，希望你能帮我与侄儿、侄女相认，我做姑姑的尽量补偿哥哥欠他们的亲情债。"

米米倒是爽快，但她也有顾虑："只要能够帮上，我一定会帮。不过，你得答应我，绝对不能伤害两个可怜的孩子。"

冯敏告诉米米，自己之所以在国外二十多年，就是因恨哥哥移情别恋铎佳，所以她大可放心，自己绝不会伤害两个孩子。

她的一番话打消了米米的顾虑，她点头同意了。滕冲笑着说："今天飞英拜干妈，中午我是要请客的，咱们顺便把晓龙一家都喊上，吃饭时你们就可以把这事轻松搞定！"

冯敏巴不得詹晓龙兄妹立刻喊她"姑姑"，自然求之不得。这事就这么定下来。

滕飞英给詹晓龙打电话，詹晓龙却说中午有事去不成，而外公、外婆则不喜欢出外吃饭，晓晴又怕感染，因此，他们一家恐怕要让他们失望。滕飞英故意吊他的胃口："我拜干妈，你来不来无所谓，但有个人你应该认识一下，因为她是你妈妈的生前好友。错过这次机会，可就见不到她了。"

这话果然起了作用，詹晓龙沉吟一下，改变了主意："好，那我一定赶到。但外公他们，我就不能保证了。"

"只要你能到就成。"滕飞英一手绕着卷发快乐地说。

中午，合家欢大酒店，滕冲与父母、滕飞英、米米和父母以及冯敏早已到了，他们在二楼雅间里闲话家常。不久，詹晓龙来到，滕飞英正把他介绍给米米及她的父母，滕飞虎的身影出现在门口，而在他身后，出乎所有人意料，詹向阳夫妇和詹晓晴走了进来。大家赶紧起立迎接。虽多年未见，詹向阳却一眼认出了米米，他笑着说："米米，这些年，你还是那么年轻，没变多少呀！"

米米摸着自己的脸，笑对詹木兰说："阿姨，叔叔可真会说话，我自己知道，这些年别的都没变化，只是脸上添了些皱纹。"

说完，她望望詹晓龙和滕飞虎、又瞅瞅滕飞英和詹晓晴，自嘲地笑道："现在没老就眼花了，面前的这几个孩子，怎么模样如此相像？"大家都笑了。米善夫妇也说很像。詹木兰指着詹晓龙兄妹道："米米，这两个是雨儿的孩子。"

米米感慨万千："一眨眼的工夫，都这么大了！阿姨，这些年，你们可受了不少苦吧？"

詹木兰人缝中瞥到滕冲，愣住了，米米的问话，她居然完全没听到。

滕冲在小声问飞虎，詹向阳怎么来的？滕飞虎微笑着附在他耳边说：

第二十五章　上代人的恩怨情仇

重生

"嘿，都是你儿子的功劳！"滕冲笑着对他悄悄竖起大拇指，然后，他的目光转向了米米和詹向阳一家的圈子，恰好与詹木兰的目光相遇。他的脑中闪过一丝熟悉的印象，但是，当他想要把这印象继续加深时，那印象却如同水汽蒸发，所有痕迹都消失得无影无踪。他对詹木兰微笑点头算是招呼，然而詹木兰目光虽在他脸上，思想却不知在哪儿，依旧木呆呆地望着他。

"哎，木兰！"詹向阳小声提醒着老伴，并用胳膊肘悄悄碰了她一下。詹木兰如梦初醒地望着詹向阳，不知发生了什么事。

米米重复了一遍问话。

詹木兰堆起一脸笑纹："是啊！不过，虽然苦些还是很有成就感的。如果不是晓晴得病，我们家一定是个幸福完美之家。但事情总有两面性，晓晴的病也让我们懂得了珍惜，更让我们看清了人情冷暖。"

米米挽住詹木兰的胳膊说："雨儿的孩子得病，这忙我是一定要帮的。等我回北京，先给你们汇些钱来救急。"

滕冲听了这话立刻应声道："米米，钱的问题，我已经包了，早就说好的，晓晴手术费由我来出。"

"不用争。"米米回首笑道，"这份力，我是必须出的。"

冯敏听他们争着为詹晓晴捐钱，说道："你们都不要争，这样吧，给晓晴做手术的费用，我们三个人每人凑一份。不过，我的钱需要回美国后才能汇来。"

"手术费用我们已经筹到，不劳大家费——"詹木兰话未讲完，滕冲抢过话头："阿姨不必推让，此事不劳你操心。"

米米笑着说："这事需要从长计议。叔叔、阿姨，我来介绍，这位是冯敏，甄寰鸥的妹妹，刚从美国回来；那位是滕冲，我干女儿的爸爸；他旁边两位，是他父母；这边两位，是我的父母。"

詹向阳和詹木兰见刚才说话的是甄寰鸥的妹妹，脸上笑容蓦然消失，不过，后面介绍的几位，又使他们恢复了满面笑容。

米米介绍完，滕冲立刻热情招呼他们坐下。冯敏望见詹向阳夫妻变换的表情，那熊熊燃烧的希望之火，如同突遇骤雨，扑灭大半，心内顿时变得忐忑不安。

米米等大家坐好，微笑着对詹向阳夫妻道："今天，是飞英和我成为母女的大好日子，在这儿，我想成全一件好事，希望叔叔和阿姨能够帮我这个忙。"

詹向阳夫妻面面相觑，不知何事。詹晓龙早猜到冯敏要认他们，附耳对身边的外婆低语一句，詹木兰点了点头。

米米笑指身边的冯敏道："叔叔、阿姨，这位是两个孩子的姑姑，我说得没错吧？"

詹向阳正要回答，腿上却挨了一脚，趁他低头，詹木兰说："错了！"

全桌人目瞪口呆地望着她。只听詹木兰说道："雨儿与甄寰鸥恋爱期间，她的同学吴有仍对她紧追不舍，有次雨儿烦闷地对我说，要和吴有好好谈谈，劝他死了这条心，不要因她耽误了终身大事。当晚，他们二人出去吃饭，雨儿一夜未归。一月之后，我见雨儿早起干呕，又吃不下饭，偷偷逼问她，她才承认自己已怀孕。说与吴有见面那晚喝多了，被吴有背到宾馆里，早上起来，居然见他睡在身边。因这，她给了吴有一巴掌，一个人跑回了家。没想到只这一次，雨儿居然有了身孕。"

米米恍然大悟道："吴有确实疯狂追过雨儿，后来不知为何突然从雨儿身边销声匿迹了，原来是这原因！"

冯敏的舌头如同被冻结，一句话也说不出来。

第二十五章　上代人的恩怨情仇

第二十六章 踏破铁鞋

专案组通过查询市内的户口网络系统找到了甄座羕的家庭住址。此时已经上午10点，专案组一行三人立即前往甄座羕家进行搜查。

秘园小区内，李明的越野车停在16号楼第一单元处。梅聪上前摁响一楼门铃，却一直无人接起。有位老太太打开单元楼防盗门走出来，梅聪立即上前询问甄座羕家的情况。老太太说："他家在小区对面开了家百货超市，闺女，我要去那儿买馒头，一起走吧。"

三人随同老太太来到超市。超市不大，有五十平方米的样子，收银台上坐着一个胖女人。老太太对她说道："座羕妈，有人找你。"

胖女人正是铎佳，她站起来，望着便衣的李明三人，有些茫然地问："你们是？有事吗？"

李明把工作证递过去："我们需要你的配合了解一些情况。能到你家谈谈吗？"

铎佳看过工作证后稍有发慌，但她随即镇定下来，转脸向超市里面喊道："寰鸥！寰鸥！"

甄寰鸥穿着一个大围裙从二楼跑下来，铎佳说："我有事要回家，你替我一会儿。"

甄寰鸥"嗯"了一声，解下围裙问："什么事？"

超市人多，铎佳附在他耳边悄声说："是警察，说要了解什么情况。"

甄寰鸥点头，望着妻子和李明三人出了超市，发了一阵呆，直到有人付款，才将他的眼神拉回。

甄寰鸥家。李明单刀直入问铎佳："你儿子这几天在家吗？"

"不在。"

"他去哪儿了？"

"到威海旅游。"

"什么时候走的？"

"昨天。"

"他走后，你们联系过吗？"

"我昨晚给他打过电话，提示关机了。今早打电话，也是这样。"

"他涉嫌盗窃在逃，如果有他的消息请尽快通知我们。"李明把自己的手机号码写在纸片上，连同一张搜查证递给惊愕的铎佳，"他的卧室是哪间？我们想进去看看。"

铎佳连连点头，打开甄座羲的卧室。卧室内有张四角欧式铜床，李明掀起垂落的床单，床下干净得很，只有一双崭新的白色运动鞋安静地摆在鞋盒中。李明拿起鞋，若有所思地瞅一眼鞋码，记在了袖珍记录本上。床头橱的抽屉逐一打开，里面没发现有价值的东西。梅聪拉开衣橱，依次打开里面的小抽屉，又搬出衣橱底部的一床被子，居然在橱底发现一个红色小盒。肖潇洒打开，里面是一套铂金项链和耳环。梅聪把手机调到录像，凑近细瞧，只见项链吊坠和耳环是同样的梅花造型，忍不住赞道："好精致的花朵！"

铎佳一惊，随即淡淡笑道："这不是我买给未来儿媳的项链耳环吗？！这孩子，怎么放被子下面了？"

李明接过肖潇洒手里的盒子，拿出手机拍了一张照片。然后眼光示意肖潇洒把盒子还给铎佳，一边说："回家给我媳妇看看照片，如果喜欢，也给她买一套去。"

屋里的人都笑了，衣橱里再没发现什么东西。走出秘园小区，李明果断地说："回局带上卜崂获，让他带我们再去车库及霍强、隋丛住处看看。"

"是！"肖潇洒和梅聪异口同声应道。

第二十六章　踏破铁鞋

重生

车库内，几台笔记本电脑挨次摆在墙边，最里面有十块电动车电瓶和一辆山地车。据卜崂获说，他们偷到的东西，一般会卖到外地，这些都是尚未出手的东西。

霍强住处，房东打开门，他们三人鱼贯而入。李明直奔门侧的一双旧皮鞋，依旧把鞋码郑重地写在记事本上。然后，悠然自得地背了双手四处打量。床头小镜框里的一张相片，引起了他的注意。相片里是两个身穿背心裤衩的男人，都是国字脸，模样有些相似。前面单手掐腰的中等身材，肤色黝黑，四五十岁的样子；手扶前面人肩膀、身体彪壮的那个，有二十四五岁，他们微笑着同时用左手做了个燕尾造型。一辆大货车是两人身后的背景，车门半开着，驾驶室内空无一人，好似他们刚从车上下来。李明微微一笑，把小镜框装进口袋。

梅聪也在四下搜索，床边有两双不同式样的鞋子，她拿起给肖潇洒看，肖潇洒说："这绝对是两个人的。"

李明凑上来，发现其中一双是43码，另外那双41码，认真的他又把这一情况又记到本子上。

在隋丛出租房里，李明第一件事依然是看鞋码。

肖潇洒问："李科，鞋码上到底有什么秘密？"

李明笑了："前年的抢劫案，犯罪嫌疑人都留下了犯罪证据：脚印。现在已经全了。"

因在这儿没搜到任何东西，肖潇洒和梅聪本有些灰心丧气，听了李明的话，不由得又精神振作起来。

李明问卜崂获可知霍强和隋丛老家地址？卜崂获说："隋丛家在北景镇隋家村，霍强的老家么，听甄座羲说起过，似乎是黎家镇河西或者河东村。"

李明笑着说："只要有了镇和村庄名，一切OK。"

从隋丛的出租房出来，已经十一点半多了，专案组将卜崂获送回市局后，在市局食堂匆匆吃过午饭，立即赶赴近一些的黎家镇。他们找到当地派出所，由户口查询确定了霍强是在河西村。在村民的指引下，很顺利地他们找到了霍强家。那是一座粗糙的红砖老房，从没有任何修饰的房子外皮就可看出这个家庭的清贫。走进种满青菜的小院，一只护院黑狗狂吠起来。房内女主人听见动静，影子在窗口一闪，随即出来迎接他们。

黑狗望见头发花白的女主人走来，猖猖叫着跑到她身边，以示统一战线。女主人伸手轻抚着它的脑袋："黑子，一边去。"

黑狗乖乖低了头，趴到院子角落的狗窝边。

李明上下打量着主人，只见她身体瘦弱，形容憔悴，年龄大约五十几岁，深红色薄毛衣已洗得掉色起球，黑色裤子异常陈旧，脚上的布鞋，居然破了一个洞。

此刻，女主人也在打量着他们三人。李明递过工作证说："你是霍强的母亲吧？我们想找你了解霍强的一些情况。"

女主人看到证件，吓得脸色蜡黄："我是他母亲，可是霍强很久没回家了。屋里坐吧。"

据霍强母亲讲，因霍强父亲嗜赌，所以家中一贫如洗。十几年前盖的这栋房子，如今债还没还完。她劝过丈夫，可上了赌瘾的人嘴上答应了，背地里却控制不住自己，依旧我行我素。输了钱就回家卖东西，夫妻二人常为此吵闹。霍强自小在他们夫妻的战争中长大，对这个家有种天生的厌恶，19岁就出外闯荡去了，从此后很少回家。偶尔回来，也只是偷偷塞给母亲一点零花钱，吃一顿饭就走，难得在家里住一晚。据霍强说他叔叔现在在市里，他们叔侄俩常在一起，因为这话，她这做母亲的也少了一些担心。

听完霍强母亲的话，肖潇洒只觉眼前一亮，问道："霍强叔叔叫什么名字？他做什么工作？"

"霍一首。具体工作不太清楚，听霍强说，他在菜市场打零工。"

"他平时常回老家吗？"

"很少回来。只有春节后，才会回来住两天。家中老人都过世了，他没什么牵挂。"

重生

李明从口袋中拿出霍强床头的照片,指着年纪大些的男人问:"这个人是?"

"他就是霍强的叔叔霍一首。"

"你有他的电话吗?"

"我丈夫有。你们想要的话,我去找他。"

霍强母亲去了一会儿,带回一张写有电话号码的纸片来。

李明三人谢过霍强母亲,告辞后直奔北景镇隋家村。隋丛家里没人,根据村民指点,他们来到他家的大棚。肖潇洒在棚外喊了几声"隋丛",有人在里面应声说:"他不在,找他什么事?"

"我们想找他了解一下情况,可以找您谈谈吗?"

"可以。"棚内人说着走了出来。

个子不高,瘦小身材,不用问,一准就是隋丛的父亲。李明自我介绍后递过工作证,说明了来意。

隋丛的父亲听到儿子偷东西,立刻眼内冒火,恨铁不成钢地说道:"这小子,从小被他爷爷奶奶惯坏了,天不怕地不怕的,这几年大了,成年不见人影,不怕你笑话,家里人想他了,都是到城里去看他。"

"他在城里做什么工作,你们知道吗?"李明问道。

"鬼知道。前几年先在市里一家公司做保安,后来听说又去一家汽车喷漆整容店做喷漆工,现在我们也不知他做什么工作。唉!"隋丛的父亲摇头叹息着。

"近段日子有没有联系?"

"没有。昨天他妈给他打电话,打了几次都关机。我只跟他妈说这孩子是混没钱了,谁知道是做下违法的事情了。"

"如果他回家或联系你们,请立刻通知我们。"李明留下了自己的手机号码。

回去的路上,三人商量着下一步的工作。隋丛暂时没线索,那就先从霍一首切入寻找霍强的下落。但菜市场打零工者众多,且都是没任何记录的,因此给搜寻工作带来很大难度。

肖潇洒瞥了一眼梅聪，意味深长地笑着说："可以用美人计——找个公用电话，梅聪可以冒充霍一首的熟人骗出他的地址，这样就好办多了。"

肖潇洒满以为梅聪会拒绝，谁知她斜睨着肖潇洒挑战似地说："哼，这有何难？到市里我立刻去打电话。"

李明从后视镜望见两人的表情，忍不住笑了："好，梅聪，这事就看你的了！"

越野车停在一个报亭旁边，梅聪接过李明递来的纸片，自信地对他们一笑，率先跳下车。

电话接通了。

"喂，你找谁？"一个粗浑低沉的声音问。

"你好，请问是霍一首吗？"梅聪用慢而柔的声音问。

"是啊，你是谁？"霍一首好奇问道。

"我嘛，是你的老同学。"梅聪故弄玄虚，"今天听一个熟人说你也在市里，让我好一个惊喜。我问他要了你的电话，忍不住就打给你了。"

"你叫什么名字？不好意思，我听不出来了。"

"哎呀，这么熟的同学，你居然忘记了，真叫人伤心哟！一首，我可从来没忘记过你！"

"对不起，对不起，你说一下名字，我立刻就能记起来。"

"名字暂时保密，算是给你留个惊喜吧。"梅聪婉转温柔地说，"如果你有时间，我现在就可以去找你的。"

"这样，不太好吧？"

"有什么不好的呀，我暗恋你这么多年，现在终于得到你的消息，见个面还不成？"梅聪嘟起嘴说，"要不是熟人说你没结婚，我也不会给你打电话，我家人多口杂，去你那儿方便。"

"我这边很简陋，"听说是曾暗恋自己的女同学，霍一首口气松动，"如果你不嫌弃……"

"老同学，你太小看我了，我也曾是农村人，怎会嫌弃什么？而且就是嫌弃谁，也不能嫌弃我心目中的白马王子呀！"梅聪的话顺口就来，

第二十六章　踏破铁鞋

重生

肖潇洒忍不住对李明丢个眼色，偷笑起来。

"好，你既然这么说，那就来吧。我住欢楠小区七号楼第二单元。过一会儿，我在单元楼口等你。"霍一首被忽悠得上了钩，"老同学，不见不散啊！"

"我打车过去，十分钟左右准到。"梅聪柔声说着，挂了电话。张开握话筒的手，她回头对李明和肖潇洒说道："哎呀，紧张死我了！看，手心全是汗！"

李明伸出大拇指："梅聪，真棒！"

"谢谢夸奖！"梅聪立正，"啪"地行了个军礼。

三人到车内坐好，肖潇洒突然哈哈大笑起来。

梅聪不满地瞅着他："吓人一跳，笑什么？"

"平日看你说话做事干脆利落，想不到，也能如此'温柔'！哈哈……"肖潇洒笑得上气不接下气，"我在你身后，听得都起鸡皮疙瘩。"

"肖潇洒！"梅聪鄙视着他，伸出勾起的食指冷不防在他头上弹一个爆栗子，"这下满意了？哼！"

"小肖，我们该佩服梅聪，她能把戏演得让对方相信，就是一个合格的好演员！"李明点上一支烟微笑道。

"梅大侠，我肖潇洒错了，你大人不计小人过，原谅我这没见过世面的无名之辈吧！"肖潇洒低了头，双手抱拳高高拱起。

梅聪瞥他一眼，满意地笑着把目光转向了窗外。突然，她惊喊起来："李科，停车！停车！"

李明和肖潇洒被她的喊声吓了一跳。肖潇洒顺着梅聪的目光向外张望，李明当即把车停到路边："什么情况，梅聪？"

"超市，我要去超市！"梅聪手指路边一家超市说。

肖潇洒"唉"了一声，皱眉道："大小姐，不要大惊小怪的好不好！我们是去调查，不是去超市购物。"

梅聪已经跳下车，伸出左手一摆："等我几分钟。"

不一会儿，梅聪从超市出来了。在她的手上，多了一个土里土气的

238

深蓝色头饰。上车后，她把自己的马尾散开，把头饰夹到从耳边拢起的两缕长发上，歪着头问他们二人："好不好看？"

肖潇洒抢先说："好看什么呀，像个土气的乡下妹！"

李明已经明白梅聪的用意，笑道："衣服不像，脸也太年轻。"

梅聪从口袋中摸出一个小瓶，倒出些水样的东西，两手对搓抹到脸上。登时，梅聪的脸油光鉴亮，将她的白皙掩盖了不少。

"嗯，像那么回事了！"李明再次佩服得伸出拇指。

梅聪得意地对肖潇洒做了个鬼脸。

肖潇洒嘴角向下一垂："你聪明，成了吧？"

梅聪和李明都笑了。

欢楠小区就在前方，李明嘱咐梅聪："小心应对，不要慌。我和小肖先去看一下情况。"

越野车停在欢楠小区五号楼处，李明和肖潇洒下车找到七号楼，正看见相片中掐腰那个男人站在第二单元楼口向两边张望。李明立刻确定此人就是霍一首。他来到霍一首身边，先笑眯眯递上一根烟，又随意说了个人名，问是不是住这个楼栋。霍一首接了烟，歉意地说："对不起，我刚搬来，邻居们都不认识。"

李明谢了他，请他帮忙打开楼口防盗门，说上楼去问问看，朋友讲过他住楼顶的。

霍一首毫无防备地打开防盗门，肖潇洒已经在给梅聪发短信："速来。霍一首在等你。我们已进入第二单元。"

梅聪看到信息，立刻小跑着赶来。一眼瞧见东张西望的霍一首，她慢下脚步，羞赧地上前问道："一首哥，还认识我吗？"

霍一首怎么也没料到，他的同学居然如此年轻漂亮，喜得声音都变了："你是？"

"我是你同学呀，进屋再谈吧，一首哥？"梅聪柔声说。

"好，"霍一首连连点头，开门请梅聪先进。梅聪进门就要上楼，被霍一首喊住："老同学，我住地下室——"

第二十六章　踏破铁鞋

重生

楼上的李明和肖潇洒听到，悄悄走下楼来。

"在这边。"霍一首停在一间地下室门前，"请进！"

李明和肖潇洒迅速跑过来，梅聪在门口打量室内一番，听到急促的脚步声，才慢悠悠进门。

霍一首尚未弄清怎回事，已被身后两个大男人挤到一边去，他恼怒异常，正要发火，却发现挤进门的人居然是刚才问话之人，于是皱眉呵斥道："你们到这里做什么？"

李明拿出证件一晃："警察！"

霍一首惊慌异常，扑通一下跪倒在地："我知罪！我全说！"

李明和肖潇洒微微一怔，只听霍一首低头说："我知道，你们是为那个车祸而来，我跟你们走。这些年每天担惊受怕，我过够这种日子了！"

肖潇洒诧异万分，正要问话，却被李明眼色制止。李明拉起霍一首说："我们不只为你的事，还为你的侄子霍强。"

"他，他不在这儿。"霍一首目光躲闪道。

梅聪已走到屋子最里面的墙边，回首对李明招手道："李科，看这儿。"

霍一首望着梅聪，结巴地问道："你们，你们，你们是一伙的？"

肖潇洒关上门，反问道："你说呢？"

墙边摆着几双鞋，大小不一。李明蹲下来翻看着鞋码：三双41码和两双43码。

恰在这时响起了敲门声。霍一首要去开门，肖潇洒伸手拦住他，自己走到门边。霍一首额上开始冒汗，他用力干咳了两声。

肖潇洒猛然打开门，门外一个颤巍巍的老人问道："墙边纸箱是你们的吗？挡住我家地下室的门了。"

"对不起，老人家，那不是我们的。"肖潇洒代为回答，顺手关上了房门。

"霍强一定在。"李明扫视一眼有两个枕头的大床，微笑道。

梅聪点头。

敲门声再次响起，肖潇洒厌烦道："肯定又是那个老人。"

打开门，却是霍强。霍强并不认识挡在门口处的肖潇洒，充满敌意地问："你是谁？"

霍一首突然剧烈咳嗽起来，霍强听到咳嗽声，扭转身就跑。说时迟那时快，肖潇洒一把抓住霍强，以迅雷不及掩耳之势将他压趴在地，反手戴上手铐。

"李科，我们是'踏破铁鞋无觅处，得来全不费功夫'，一举两得。"肖潇洒站起身，手在头上潇洒一抹，扬眉吐气地说道。

第二十六章　踏破铁鞋

第二十七章　各怀己见

　　拜干亲的餐桌上，当詹木兰说出詹晓龙兄妹惊人的身世之谜，受震动最大的除了冯敏，还有詹晓龙兄妹。他们惊讶地望着外婆，心海如同刮起狂风，掀起了巨大的波澜。

　　紧挨詹晓龙的滕飞英，见他一直沉默不语，知他受身世的影响而心情不佳，便悄悄告诉他一个好消息：那晚跟踪她的黑车劫匪，现在因入室盗窃，一人被捕三人在逃。詹晓龙早已确认这黑车亦是跟踪外公的那辆车，因此他心内顿觉轻松不少，脸上不由得微现出一丝笑意。他乐观地认为，他们家很快将不必如此东躲西藏。下午1点整他起身告辞，滕飞英要送他却被他悄悄摆手制止了，滕飞虎跟在他身后走了出来。詹晓龙拍着滕飞虎的肩膀，眼里闪过一丝忧虑："飞虎，你要帮我个忙，送晓晴回家后单独跟她谈谈，我看她今天情绪不高。拜托！"

　　滕飞虎点头："下午我爸去公司，我正好请个假，吃完饭带她出去兜兜风。"

　　詹晓龙谢过他，安心地踏上了回程。行至一个拉面店，他瞥到两张熟悉的面孔，居然是董医生和张青——他们二人走到董医生的车边，董医生赔着笑脸打开车门，张青好似高傲的公主，仰着头黑着脸坐进去。

　　车风驰电掣从他的电动车边跑过，詹晓龙不屑地撇嘴：时间还早，跑那么快干吗！

　　医院门诊。整个下午，董医生都无精打采的。偶尔来个病人，他也只是敷衍地问问，只求快些把人打发走。平日常来串门的张青，今天则难觅其芳踪。没有病人时，董医生就手拿指甲刀，脸色凝重地不断修剪指甲。指甲修完了，他就在室内来回转圈，然后呆望着门口发一会儿呆，又垂头丧气地坐下来。他从桌洞里掏出张白纸，在上面重重叠叠地乱写乱画，画完用力把纸团揉皱了扔进纸篓，之后又开始在屋内转圈。詹晓龙以不变应万变，稳稳地坐在椅子里用手机上网。

"女人啊，女人！"董医生突然自言自语道。

詹晓龙莫名其妙地瞥他一眼，继续浏览网上新闻。

"想要问问你敢不敢／像你说过那样的爱我／想要问问你敢不敢／像我这样为爱痴狂／为爱痴狂／到底你会怎么想……"董医生重新坐到椅子上，深情地哼起了《为爱痴狂》，一遍又一遍。詹晓龙不胜其扰，终于忍不住问道："董医生，你今天到底怎么了？"

"今天有些烦躁，对不起，小詹，打扰你了。"董医生说完，又继续哼他的歌。

詹晓龙无语，起身要到外边去。打开门，他与张青照了个对面，两人同时吓了一跳。詹晓龙嘴向里面撇撇，低语道："董医生不知为谁痴狂，唱情歌呢！"

张青"哦"了一声，转身就走："那就不打搅他了。"

等张青走远了，詹晓龙拨了妹妹的手机号码。

此刻，詹晓晴正和滕飞虎在市东郊的河边漫步。她的手提包和手机落在滕飞虎的车里，因此没有听到哥哥的电话。秋阳照在波光潋滟的河面像铺了一层碎银，闪闪地发着亮光；微风轻吹，水面荡漾起轻柔的涟漪，宛如有人悄悄抖动浅蓝的丝绸。詹晓晴沿着光滑的青石板台阶走至临水处，蓦然望见许多小鱼儿游来游去，忍不住惊喜呼喊："飞虎，快看，好多鱼呀！"

滕飞虎弯身在河边蹲下，把手伸进河水里。不一会儿，有小鱼来吸吮他的手指，他猛然向前一抓，直起身来。在伸向詹晓晴的手掌中，赫然挣扎着一条比手掌略小的鲫鱼。詹晓晴眼里闪出一道惊喜之光："可惜我们没带个小盆，不然带回家去养着多好啊！"

滕飞虎四下一望，瞧到不远处有个大雪碧饮料瓶，连忙招呼詹晓

重生

晴捡来，把鱼递给她，自己用钥匙上的随身瑞士刀割掉瓶子上半部，然后盛上清清的河水，一个简易鱼缸转眼做好了。詹晓晴微笑着把鱼放进去，一脸的幸福。滕飞虎站在临水青石板台阶上说："等着，我再给你捉一条。"

詹晓晴温柔地笑望着他，连连点头。阳光落到她脸上，白皙光洁的肌肤如同敷了一层亮膜，娇嫩若婴儿；长发披肩，淡紫色韩版立领荷叶边雪纺衬衫配一件白色 A 字裙，阳光中的她好似童话里的美丽天使，滕飞虎不由得看呆了。

詹晓晴见他发呆，眨眼笑道："飞虎，你怎么了？快捉鱼呀！"

滕飞虎蓦然惊醒，一片红色通透面颊。他立刻弯身像上次那样捉鱼，可是心定不下来，鱼儿也不来光顾，他的手在水里搅来搅去，一条鱼也没捉到。

扎煞着双手走上岸，他歉意道："对不起，晓晴，捉不到了。"

詹晓晴有些失望："把鱼放生吧，一条怪孤单的。"

"不要放生，等我一下。"滕飞虎慌忙摆手，拔腿往不远处的钓鱼者跑去。詹晓晴看他拿钱递给钓鱼者，但钓鱼者推掉了，笑着用鱼网网起一条鲫鱼，滕飞虎双手捧了，对那钓鱼者点头不已。詹晓晴不由得掩嘴偷笑。

他满头大汗地跑回詹晓晴身边，把鱼放进简易鱼缸，笑着说："现在两条鱼可不孤单了！"

"谢谢你，飞虎！"詹晓晴真诚地说。滕飞虎望着詹晓晴娇俏迷人的样子，目光灼热："怎么谢我？"

"晚上请你下棋吧。"詹晓晴躲闪着他的目光，珊瑚色的红晕溢满了玉色双颊，"成不成？"

滕飞虎戏谑地笑道："不成！但——那是不可能的！"

詹晓晴正要嗔怪他，滕飞虎后面的话却让她一笑。她捧起雪碧瓶鱼缸，滕飞虎左手接了，右胳膊弯成弓形，然后调皮地笑望着詹晓晴。詹晓晴不解其意，滕飞虎上前一步挽起她胳膊就走。詹晓晴竭力抽出胳膊，滕飞虎闹了个大红脸："我不过想亲密点嘛，对不起。"

詹晓晴不回答，低了头轻轻把纤细的胳膊插进滕飞虎的臂弯里。这意外之喜使滕飞虎立即神采飞扬，他微微一笑，随即昂首阔步地向前走去。詹晓晴抬头瞥他一眼，嘴角荡起几丝笑纹。

上车后，詹晓晴拿出手机看时间，发现六个未接电话和一条未读短信。电话和短信都是哥哥的，短信写道："晓晴，下午过得怎样？外婆的话也许不是事实，若是事实，也不要因此心情不好。我反而希望是事实，不管别人如何看，我们却多了一线希望。我想，这个爸爸总不至于像那个爸爸一样无情无义吧？而只要他肯为女儿做配型，你们就有配型成功的希望。下一步我们的任务是要确认此事真假，若真，就要寻找生父下落，然后认亲，从而为你的配型做准备。你觉得怎样，晓晴？呃，这几天我太想外婆做的饭菜了，可是仍旧怕人跟踪，还是不能够回家。所以这事就交由你来做，回去时问一下外婆，确定这事的真假，我等你的电话。"

"哥，谢谢，能做你的妹妹是我的福气！如果有来生，我还会选择做你妹妹！今下午在河边玩，心情很好，飞虎给我捉了好大的两条鱼，有时间你回来瞧瞧。确认生父的事情交给我好了，我想外婆会告诉我实情的。"詹晓晴回复了哥哥的短信，感觉非常累，她头靠着座位轻轻闭上了眼睛。

"好花不常开／好景不常在／愁堆解笑眉／泪洒相思带……"邓丽君甜美的声音在车内缓缓流淌，詹晓晴的头逐渐垂落下来。

滕飞虎路边悄然停车，他轻轻地为詹晓晴拂去面颊的长发，疼爱地望着她。詹晓晴的嘴角突然绽开了一丝微笑，樱唇因此而散发出诱人的魔力。滕飞虎闭上眼睛在她的柔唇上印下一个轻吻。此刻的詹晓晴脸上的微笑隐去了，只见她轻蹙双眉，嘴里喃喃道："俊旭，俊旭，别走！"一边说着，两颗晶莹的泪珠已从眼角滑落下来。滕飞虎为詹晓晴拭去泪水，听她继续说道："俊旭，你不爱我了吗？求你陪陪我！"

温柔甜美的詹晓晴，居然深藏着如此沉重的忧伤，这是滕飞虎没有想到的。他把她的头歪到他肩上，低声道："傻瓜，以后不许回头看，过去的就让它过去吧。即使所有人都离开你，我也会在你身边。走喽，

第二十七章　各怀己见

重生

我们回家。"

　　车在詹向阳院门外停下时，詹晓晴仍在熟睡。滕飞虎把她的头扶正了，帮她解开安全带，又下车打开副驾驶座边的车门，轻轻把她抱起。不料，在他即将出车门时，后脑勺撞到了车门上方，滕飞虎身体震了一下，胳膊不由得松动了，怀中的詹晓晴差点落回座椅。

　　"这是哪儿？"詹晓晴悠然醒来，茫然不知身处何地。抬头望见滕飞虎的脸近在眼前，蓦然意识到自己在他怀中，顿时，一片红色如纸上晕染的颜色通透面颊。

　　滕飞虎一面将詹晓晴抱出车外，一边解释道："你刚才睡着了，所以——哦，我们现在你家门外。"

　　两人双双进门。院中有十来盆菊花，白红相间，开得正艳。詹向阳正手拿喷壶浇花，听到脚步声，回头看是他们二人，不由得笑问道："晓晴，手里捧的什么呀？"

　　詹晓晴把雪碧瓶鱼缸放到他面前，詹向阳笑了："这下可好，有花有鱼，家里热闹了。"

　　滕飞虎蹲下细细观看这些菊花，极力称赞，詹向阳脸放红光高兴无比。自从他辞去工作后，他便常到附近花市去转悠，买回了这些品种不一的菊花，每天精心照料着，算是有了事情可做。

　　詹木兰织毛衣的身影出现在房门口，詹晓晴跑过去，亲密地拥着她的肩膀进房，低声说："外婆，我有事要问你。"

　　詹木兰一脸慈祥和蔼的笑，好像深知詹晓晴的心事。

　　"晓晴，想问什么？"詹木兰把织了一大半的毛衣放到沙发上，轻抚着詹晓晴的长发，"是不是外婆酒桌上的话？"

　　詹晓晴点头。

　　"外婆的话大部分是真话，譬如吴有狂热追求你妈。但最重要的部分，你妈与他一夜未归却是子虚乌有。"詹木兰望着愕然的詹晓晴，淡淡一笑，"外婆是为你好啊，晓晴。甄寰鸥可恶到不肯为你做配型，你这个姑姑，也从未关心过你们，谁知她是何居心？"

　　"可是，她说肯为我手术出钱的，她和爸爸不一样。"詹晓晴低下头，眼睛潮湿了，"爸爸从没想过我和哥哥，更不会亲自上门认我们。姑姑曾对滕叔叔说，她多年没有回国就是因为她哥哥和同学结婚，她非常愤恨，不愿面对他们。"

"也许吧。"詹木兰神色平静地拿起毛衣，一针一扣地慢慢织着，"在你手术前，我不想有任何意外。冯敏如果真心爱你们，我也拦不住，不过，'真心'需要经过时间的考验。"

詹晓晴嘟起小嘴半晌没说话。夕阳从窗口斜射进来，给室内添了一片橘红色的温暖。自小她就知道，她和哥哥与别的孩子不同，他们父母双亡，只能与外公、外婆相依为命。一次，外公与外婆不在家，她和哥哥翻红木柜子找衣服，居然在柜底找到一张照片，上面有对年轻男女，背靠背坐着，后方是浩瀚无边的大海。从他们坐的地方来看，照片是在室内拍的，那大海只是墙上挂的图片。女的银盆脸，肤如凝脂，头戴白遮阳帽，一对沉甸甸的黑眼睛，如同碾碎了的阳光，黑里面糅了金，鼻子笔直垂滑，嘴唇是丰满的厚重，一点淡淡的微笑，如同树叶罅隙间漏下的阳光斑点，在脸上似有若无。男的浓眉大眼，嘴唇上方两撇小胡子，在鼻翼两边向上翘起，有点卓别林的味道。那满脸浓浓的笑意，仿佛不断冒出的泉水，还在汩汩不断……他们各用一只手撑住地面，女的身着白色连衣裙，在胸前握一捧红花，白与红的搭配，鲜明艳丽；男的白衬衣蓝牛仔裤，一手轻摘头上的牛仔帽，眼光微向女的倾斜，流露出深深的爱意。他们的举止神情，一望而知是对甜蜜的恋人。

外婆回家时，詹晓晴和哥哥拿着相片问她，外婆的眼睛就红了。她说这就是你们的爸爸妈妈啊。詹晓晴和哥哥简直意外之喜，细细观看着相片，心中如同爸妈复生，只是到远方去了一般。

初三时，詹晓晴偶尔从同班女生口中得知，不但他们的爸爸没死，而且她还有一个同父异母的弟弟。弟弟名叫甄座我，在她就读的国办中学读初二。这是一个令人兴奋的消息，可是又让人难以置信。她盘问那女生，女生告诉詹晓晴，她的爸爸和妈妈分别是詹晓晴外公和爸爸的同事，因此对他们两家都颇熟悉。女生带着詹晓晴悄悄去看甄座我，结果正遇上甄座我和一小个儿男生在欺负另一个男生，詹晓晴心内起了厌恶，

第二十七章　各怀己见

与他相认的想法顿时烟消云散。她把这情况告诉哥哥,哥哥托人打听这个名叫甄座羲的弟弟,得到的回复令他们兄妹大失所望:他不学无术,自封为学校的"甄王",常带着两个小跟班在学校耀武扬威欺辱别的同学。后来,哥哥在同学指点下,曾见过这位弟弟和他的"手下"。而甄座羲的妈妈,听说极其厉害,在家里说一不二。他爸爸是个老好人,可是不能做主,事事都听妻子的。

詹晓晴知道了这些,对于爸爸再也不起任何妄想。配型之事更让她心底透凉——她和她的爸爸今生恐怕只能做路人了。然而,这个从大洋彼岸飞回的姑姑却打动了詹晓晴的心。她为了寻找他们兄妹,不惜找到电视台,虽遇到种种阻碍,但仍然坚持寻找他们。她喜欢她,虽然仅有一面之缘。不过她也清楚,外婆饭桌上的话,恐怕真正伤到姑姑的心了。詹晓晴想起外婆在说吴有和妈妈的事情时,冯敏神情黯然,默然无语的样子,不免暗暗为她抱不平。

詹木兰只道外孙女儿被自己说服,十指翻花织了一阵,抬头望了眼石英钟,起身道:"时候不早了,我做饭去。"

詹晓晴偷偷瞥了眼外婆,没有吱声。此刻,在她的心里,一个小小的浪花翻卷上来,占据了她整个思想。不一会儿,她紧紧握住了这团浪花,仿佛握住了快乐的源泉,大片笑意在她脸上漫延开来。看到外婆的身影已经消失,她给哥哥发了一条短信:"哥,我想见冯敏姑姑。"

甄寰鸥家,白惨惨的灯光下,冯敏与哥哥两人相对无言。铎佳从厨房端出水果热情地招呼着冯敏。冯敏谢了她,低头沉默良久,终于开口道:"哥,明天陪我去看妈妈吧,我想过两天就回去了。"

铎佳抢过话头:"阿敏,多住些日子嘛,搬回家来住,一家人和和睦睦的多好。"

"我习惯了一个人,谢谢你,铎佳。"冯敏脸露凄然,勉强笑问道,"座羲呢?怎么不见他?"

"他出差了。有事?"铎佳边削苹果边道。

甄寰鸥的身子动了几下,听到铎佳镇静的回答,脸上浮现出佩服的表情。冯敏叹了口气："唉，也没什么，就是想这孩子了。"

铎佳瞟丈夫一眼，微微笑了。甄寰鸥会意，点点头。只听铎佳说道："到底是有血缘关系，所以还是记挂着他。阿敏，你什么时间回美国？如果在那边孤单，带座羕到那边去陪陪你也好，顺便让这孩子开开眼界。"

"可以啊，只怕座羕英文程度不够，在那边会闷得慌。"冯敏被这个主意吸引，萎靡的脸上绽放出一缕光彩，"我最多再住一星期，而座羕出差……"

"这不简单？打电话呼他回来。"铎佳抢话，递苹果给冯敏，冯敏摇头，铎佳硬把苹果塞到她手中，"他要是在美国混得好，我们也到那边去。"

冯敏沉默了。铎佳立刻见风使舵："我和你哥怎会去美国？开个玩笑，别当真。不过呢，座羕这孩子真得你费费心，最好能够在美国找个工作留下。"

"你们去住几天，我不反对，但是，要让座羕在美国留下，恐怕很难。"冯敏耸耸肩摊开双手说。

铎佳脸上飘过一片阴云，声音高了许多："只这一个侄子，都不肯帮忙吗？"

甄寰鸥悄悄扯她衣角两下，铎佳不理，尖刻地说："冯敏，你心中还想着那两个私生子？"

"私生子"三个字刺伤了冯敏。她至今不肯相信，詹雨儿的两个孩子是吴有的。可是她也知道自己没办法与詹晓龙兄妹相认，因此失望之下决定提前回美国。若不是想和哥哥一起去给母亲上坟，她依然不愿来哥哥家。

铎佳由于生气，身体微微颤动着，她的胖脸在灯光下尤其惨白。冯敏浑身起了鸡皮疙瘩，她清楚得很，若要吵架，自己永远不是她的对手。惹不起还躲不起？冯敏暗暗自语，扭头看着哥哥："哥，我该回去了。明天我等你电话。"

铎佳碰了一鼻子灰却并不死心，她用力在甄寰鸥大腿上拧了一把。甄寰鸥痛得跳起来，喝道："铎佳，你干什么？"

第二十七章　各怀己见

重生

  铎佳只是瞪着他。他马上明白她的意思，向冯敏笑道："阿敏，我送你。"

  两人从楼上下来，冯敏一语不发。甄寰鸥诺诺道："铎佳是有口无心，阿敏，座羕的事情你考虑一下。"

  "哥，我不怪她，你回去吧。"冯敏笑着摆手，转身离去。

  路灯下，冯敏的背影格外纤细柔弱，甄寰鸥望着她，愣了一下，不知哪来的一股怜惜之心，赶上去与她同行："我陪你到大路上打车。"

  第二天上午，詹晓龙兄妹和滕飞虎一起站到了回归大酒店的服务台前，詹晓龙请服务员帮忙查一下冯敏的住处。大眼睛服务员笑着说："你们来得不巧，冯教授一早就出去了。"

  詹晓晴噘起嘴，詹晓龙安慰道："别急，我打电话。"

  电话接通了，冯敏惊喜的声音传了过来："喂，你好，是晓龙吧？有事吗？"

  詹晓晴紧张地望着哥哥，滕飞虎则四处打量着回归大酒店的大厅。

  "我是晓龙，冯阿姨，你在哪儿呢？我妹妹想见你。"詹晓龙一口气把话说完，憋了个大红脸。

第二十八章　曾经的恋人

冯敏接到詹晓龙的电话时，已和哥哥到达老家，她告诉詹晓龙，她估计得 11 点才能赶回市里，若有急事，可在这个时间段去找她。

因惦记着詹晓龙之约，冯敏和哥哥在母亲坟上祭奠一番，又到堂兄家稍坐了一会儿，然后不顾堂兄的热情挽留，匆匆赶回了市里。甄寰鸥猜妹妹急切回市里定与詹晓龙的电话有关，鬼使神差地，他跟随妹妹来到了回归大酒店。

回归大酒店门外，冯敏怕詹晓龙兄妹见到哥哥不自在，于是婉言恳请哥哥回去。甄寰鸥却执意要到妹妹住处瞧瞧，冯敏无奈，只得随他。甄寰鸥在冯敏房内东看西瞅，最后拿起滕冲买给冯敏的宋词，翻得"哗哗"响。冯敏忍无可忍，再次婉言劝他回去。他却笑说要和妹妹单独吃个午餐。正在这时，响起了敲门声，冯敏抢着开门，一眼望见门外站着的詹晓龙兄妹和滕飞虎，急忙一脸惊喜地走出来，并顺手把房门带上了。她微笑道："我们到楼下去谈。"

"等等我。"甄寰鸥从门内探出脑袋，"你们去哪儿？"

冯敏微皱起眉头："我们有点私事，你不要跟着。吃饭时我会给你电话的。"

"阿敏，你丢下哥哥孤单一人，太残忍了吧？"甄寰鸥欲以兄妹之情唤起妹妹的同情。

詹晓龙附在詹晓晴耳边低语几句。詹晓晴目光盯住甄寰鸥，脸色微变，呼吸逐渐急促了，只听她说道："姑——冯阿姨，我们没什么秘密事，一起去吧。"

重生

甄寰鸥怀疑耳朵出错，瞟向詹晓晴的目光中有太多的不确定。冯敏无可奈何地笑了："既然这样，我们都进屋去，晓晴讲完事情，我请你们吃饭。"

回到客房，詹晓晴紧挨着冯敏坐下。她有些顾虑地瞥着甄寰鸥，迟疑地说："冯阿姨，昨天的事情我向外婆求证过了，她承认那是子虚乌有的事。在这儿我代外婆向您说声'对不起'！"

冯敏惊讶得嘴不能闭上，两手握紧詹晓晴的手问："这是真的？"

"外婆是被伤过心的人，她这样做有她的道理，我也不便说什么。但第一次见到您，我就有种说不出的亲切感，因此一心要来看您。冯阿姨，我，"詹晓晴红了脸，轻问道，"我可以喊您'姑姑'吗？"

这真是意外之喜，冯敏笑逐颜开，脆声应道："当然可以！"

"姑姑！"詹晓晴的柔声轻喊，传到冯敏耳中如同天籁，她一把搂住詹晓晴，喜极而泣："哎，好孩子！"

形势急转直下，完全出乎甄寰鸥的设想，他瞪大了双眼，望着相拥的冯敏和詹晓晴，不明白为何会出现这种情景。

"阿敏，血型……"他只能说出这几个字。

冯敏擦着眼泪直起身笑了，此刻，在她眼中所有的一切都是美好的。她的猜想没错，詹雨儿没有背叛哥哥，血型的问题以后自会找出原因。

"晓龙和晓晴本就是甄家的孩子。"她说道。

甄寰鸥不是善言之人，他望着幸福满面的妹妹，一时竟然无话可说。詹晓晴附在冯敏耳边，悄悄道："姑姑，我们相认这事，暂时不要告诉我外婆，有空我会常来看您的。"

冯敏笑着点头。甄寰鸥盯着妹妹，知道事情已无可挽回，便起身说："我出去一下。"

客房外的走廊里，甄寰鸥通过手机把詹晓晴和冯敏相认之事告诉了铎佳，铎佳在那边骂道："你这个笨猪，不会阻止她们？"

甄寰鸥诺诺地说："我没办法阻止。"

"现在最要紧的是座我出国的事！"铎佳沉吟着，"寰鸥，今天你不必回来了，好好地陪着冯敏，直到她答应为止。"

甄寰鸥敲门进客房，滕飞虎正在张罗午饭之事。他说有张500元绿色家园的餐票，希望大家给他面子，帮他把餐票花出去。冯敏见哥哥回来，立刻问道："哥，你去不去？"

甄寰鸥抚着光亮前额道："去。"

"好啊！"冯敏心花怒放，觉得这是培养哥哥和两个孩子感情的好时机，因此笑指着甄寰鸥道："晓晴，你该认识你爸爸吧？"

詹晓晴木木地摇头，求救的目光划过滕飞虎直达詹晓龙的脸上。詹晓龙迅速闭了一下眼睛，示意妹妹不要怕，一切有他。

詹晓晴会意，说道："不好意思，姑姑，我从没见过他。"

冯敏愣了一下，突然明白了——要想打开这个家的快乐密码，哥哥和孩子之间的芥蒂怨恨必须一起消除。她感到肩上担子的沉重。

甄寰鸥眺望着窗外，仿佛此事与他无关。

"哥。"冯敏的呼唤使他的目光回转，"孩子们在这儿，你说句话。"

甄寰鸥将房内人挨个打量，冯敏的急切，詹晓晴的茫然，詹晓龙的了然，滕飞虎的冷眼旁观，他尽收眼底。而此刻，他的心病却蓦然冒了上来，于是顿觉虚怯无比。他想，我还是装傻吧，这是现在唯一的办法。这样想着，他立刻换上一副茫然的样子望着冯敏。冯敏瞅着哥哥的模样，猜他并不想认面前一对儿女，可是如果就这样去吃饭，大家坐在一处必会尴尬无比。她一不做二不休，干脆用激将法，瞧哥哥什么反应。

"晓龙、晓晴，爸爸也在，快喊'爸爸'。"她斜瞟着甄寰鸥说。

甄寰鸥心里暗暗埋怨铎佳，要他留在这儿，简直是把他置于荆棘丛中，要么乖乖就范，要么遍体鳞伤。但"是福不是祸，是祸躲不过"，事已至此，他无法选择，只好听天由命。

然而，詹晓龙和詹晓晴却对望着，喊不出最简单的"爸爸"二字。冯敏细瞅他们兄妹脸色，不知为何出现这种状况，忙问："怎么了，晓龙、晓晴？你们的爸爸在等你们喊他呢！"

詹晓晴泪光潋滟，猛然抱住冯敏："姑姑，从小没喊过'爸爸'，我们喊不出。你原谅我们吧！"

"别急，晓晴，以后总会喊出的。不怨你们，姑姑都了解。"冯敏爱

第二十八章 曾经的恋人

253

怜地抚着詹晓晴的长发安慰道。

甄寰鸥凝重的面色里，瞬间浮上了浅淡笑意。他感觉冥冥中有天神将他从荆棘间拔起带上了云端，俯瞰世间万物，他的心情妙不可言："真是天助我也！"

"爸爸！"

他正在云间自我陶醉，有个声音像爆开的手榴弹炸醒了他的白日梦，回视室内，冯敏和詹晓晴不再相拥，而是有些惊异地寻找声音来源，滕飞虎在微笑，詹晓龙则正直视着他，期待他的反应——现实反而如同梦境。

"爸爸！"詹晓龙再次叫着，一丝讥讽的笑意浮上嘴角。甄寰鸥并不知道，若没有他脸上的笑意，也不会催开这朵"爸爸"的声音之花。他愣在那儿，竟不知该怎么回答。

冯敏大喜过望，走至甄寰鸥身边，挽起他的胳膊笑道："哥，孩子都喊你了，还不答应？"

甄寰鸥脑中飘过一片阴云，这根本是个圈套！目的无非是要他为詹晓晴做配型，而铎佳的话滑过脑际："配型会损伤身体，千万别去！我可不要一个下半辈子伤残的丈夫！"

"我忘记了，还有急事要处理！"他胆怯地低了头，匆匆逃遁了。

冯敏的目光盯住关闭的房门，一腔兴奋顿时化为乌有，失望像风中的灰云在心中翻卷着。詹晓龙却早料到如此，他与滕飞虎使个眼色，滕飞虎巴不得这个眼色，立刻上前挽了詹晓晴和冯敏，笑道："两位美女，时候不早，我们该去吃饭了。"

且不说冯敏一行去吃饭，却说甄寰鸥狼狈地跑回百货超市，欲把事情讲给铎佳听，无奈人多耳杂，两人只得回家。

铎佳听到詹晓龙兄妹认了冯敏，气愤不已，拍着茶几大骂："瞎了眼烂了心的冯敏，明明有血型为证，他们不是甄家的孩子，她却私自认了，对自家的嫡亲侄子却是漠不关心！甄寰鸥，你告诉我他们在哪儿，我去搅他们一场。"

"在绿色家园。"甄寰鸥说着走到妻子身边，揽住了她的肩膀，"气大伤身，先消消气。铎佳，你去闹他们，于我们有什么好处？"

铎佳瞪着铜铃眼，邪恶地笑道："我要他们不得安生！"

"那座羲的事呢？冯敏还没同意，你这一搅岂不全黄了？"甄寰鸥倒一杯水给妻子，"你说过，座羲只有到国外才会安全。我们暂时只能忍。"

"你动作得快点！"铎佳喝一口水润润嗓子，道，"今早你走后，我去同学霍一首那儿了，你猜怎么着？"

"怎么着？"甄寰鸥挺直身子，眼中爆出几星嫉妒的火花，"有事直接找座羲，不要总去找他！"

"吃醋了？"铎佳难得的温柔一笑，随即脸色一凛，"听他们院里的人在议论，他被警察捉走了。"

"他被逮捕？犯了什么事？"

"据说是前年的一件抢劫案。幸而我的卡号是用妹妹的身份证注册的，不然警察若知道是我，座羲又将添些危险。"铎佳脸上带着劫后余生的恐惧，拿打火机把手机卡点着了，看火苗渐渐变大，又把它扔进桌上的烟灰缸里，"座羲的卡也不能用了，太危险。你得赶紧帮我和座羲各办一张新卡。"

甄寰鸥点头沉思道："不仅座羲的卡不能用了，他现在住的地方也不能再住了。"

"座羲昨晚打公用电话来说霍一首和霍强都不知哪儿去了。这孩子怕出问题，是戴着大口罩跑出来打的电话。幸而我怕他们在一起有意外，早另租了一间房子准备让座羲搬进去，这下派上了用场。座羲当即换了地方。现在他应该是安全的。"

"再给他送些吃的去，告诉他一定要小心，不要随便出门。他闲散惯了，怕坐不住。"甄寰欧嘱咐道。

铎佳点头，在孩子的事情上，两人向来意见一致："我知道。明天你先去办电话卡，中午我们一起去。他爱打游戏，有手提电脑在身边，不会乱跑的。你放心好了。"

绿色家园，詹晓龙又是第一个起身告辞。上午他让同事替半天班，

第二十八章 曾经的恋人

重生

下午必须要去上班了。走出绿色家园，心情特别好的他骑上电动车，仰望着蔚蓝高远的天空，忍不住快乐地放声高歌起来："一棵呀小白杨／长在哨所旁／根儿深／干儿壮／守望着北疆／微风吹……"

绿色家园大门外的人行道上一溜停了好些汽车，在一辆帕萨特旁边，两个手拉手的恋人听到歌声陡然放开了手，他们同时注视着詹晓龙，脸上露出了骇异之色。而詹晓龙忘情歌唱却并未注意到他们。如果他看到了他们，是一定会大吃一惊的，因为这两个人可是他的熟人呢！等他走远了，女的变了脸色跺着脚说："老董，都是你，非要握着我的手不成，这下好了，詹晓龙如果看到咱们这样子，回医院后四处一说，我们两个可怎么办哪？"

"他昂着脖子忘情得很呢，怎么会看到？"董医生谄媚地笑着俯身打开车门，"青，不要自己吓自己。"

"也许他故意如此，"张青越想越觉得有理，"唱歌只是为了提醒我们！"

"不怕，有我呢！即使看到，那就任他说去。"

张青满意地笑了。两人进了车子，忘情地抱在一起。

詹晓龙走后不久，冯敏称昨晚没睡好，头有些痛，也要回酒店。滕飞虎送冯敏到回归大酒店后，问副驾驶座上的詹晓晴累不累？如果不累，要带她到妹妹的花店去。他今天特意请了假，决定好好陪詹晓晴一日。詹晓晴很想见识见识滕飞英的花店，快乐地接受了这个建议。

车停在花店前面，詹晓晴下车后无意中抬头，蓦然发现店内有个久违的熟悉身影。她以为眼花了，定睛细瞧，果然是她曾经刻骨铭心的一个熟人。顿时，耳边的汽车声以及阳光下的一切，都变得模糊而不真实了，而她和面前这个人的曾经，却从心底跳出来，如水般充满了大脑的全部。

滕飞虎走到花店门口，回头发现詹晓晴手扶车门停在原地，目光空洞，脸色异常苍白，他不清楚发生了什么，于是迅速折回她身边急切地问："晓晴，你哪儿不舒服？要不要去医院？"

詹晓晴并不理他，茫然的眼睛直视着店内，像要把花店望穿。滕飞虎小心翼翼扶着她，轻声说："我们进去坐会儿。"

詹晓晴的胳膊在微微颤抖，她的目光一刻也没离开过那个瘦高的身影。然而瘦高身影背对着詹晓晴和滕飞虎，此刻正与高玫瑰聊得热火朝天，并未发现身后走来的两个人。当高玫瑰讲到滕飞英遇难脱险拜干亲时，两人同时啧啧赞叹，羡慕着滕飞英的际遇。

"俊旭。"一声轻柔的呼喊像一根隐身丝线，牵着瘦高身影的脑袋猛然扭转。

"好久不见……"詹晓晴从来不肯承认，她的恋人在她生病后抛弃她，她总是自欺欺人地安慰自己俊旭调到外省去了，所以不能经常回来，我要理解他。

那么深厚的爱都在胸中荡漾着，然后如海浪一般开始上涌，詹晓晴眼前模糊了。她上前握住陈俊旭的手，柔声问道："俊旭，近来好吗？晚上陪我回家吧！"

陈俊旭在回首的刹那，只觉头"嗡"的一声，脑中登时空白一片，面前的人居然是詹晓晴，这是他做梦都没想到的。而詹晓晴似乎并不怨恨他，依然如从前般的温柔，他反而不知该如何应对了。

滕飞虎终于找到詹晓晴脸色苍白、手臂颤抖的原因，也记起了妹妹跟他讲过的、在家中以詹晓晴的身份戏弄陈俊旭的事。高玫瑰则有些茫然，她虽然对陈俊旭一往情深，情深到陈俊旭虽然拒绝了她，当他们再见面时，她还是会温柔相对。然而，对于詹晓晴与陈俊旭的前尘往事，她却一无所知。

"说话啊，俊旭！"詹晓晴强忍着打转的泪水说着，那泫然欲滴的样子，使她显得更加楚楚可怜。

陈俊旭双眉紧蹙，一脸的惊诧和冷漠，他似乎完全没有听见詹晓晴的话，只以默然相对。詹晓晴太激动了，并未注意陈俊旭的神情，她轻轻走到他身边，把纤细的身体靠到他胸前，轻轻闭上了眼睛，顿时，眼泪如断线珍珠从她脸上滚落下来。

"我们有多久没见面了？"詹晓晴喃喃自语着，完全不知自己是在演

第二十八章　曾经的恋人

独角戏。陈俊旭丝毫不为所动，目中尽是沉重的冷淡与疏远。

滕飞虎不忍看这种场面，别转了头望向窗外。高玫瑰从这些话语中知道了，詹晓晴是陈俊旭的恋人，可是，陈俊旭的表情却显示并非如此，她越加迷惑了。

陈俊旭的沉默，终于使詹晓晴抬起头来，她看到的是一个冷漠的陈俊旭，与她心中的俊旭完全不同。

"你——怎么了？"她望着昔日恋人的脸惊讶地问道。

陈俊旭轻轻推开詹晓晴，后退两步以示距离，目光停留在几片铁树叶上："晓晴，我们已经分手了。"

"这是真的？"詹晓晴咬住了嘴唇，立刻，清晰的齿痕在上面显现出来，"俊旭，你不要我了？"

陈俊旭沉默不语，詹晓晴终于苦笑道："不用说了，我明白。你怕我成为你的累赘，是不是，俊旭？"

"俊旭，你有没有想过，也许我时日不多了，我只是，我只是需要你陪我走完最后一程路？"詹晓晴温柔说着，高玫瑰心有所动，眸中潮湿了，慌忙低下头去。

陈俊旭站成了一尊冰冷的雕像，那几片铁树叶，在他的目光中坚定地挺立着。詹晓晴卑微地恳求道："俊旭，求你了，装作爱我，好不好？我不会用你们家的钱，我的治疗费已经有着落了！"

连铁石都会被打动的声音，换来的却依然是一片无语。詹晓晴慌了，她跑到滕飞虎身边求救道："飞虎，你给我做证，好不好？"

滕飞虎的眸中流动着一层晶莹，他低了头好掩饰自己的情绪："好，我做证，你说的一切都是真的。"

滕飞虎虽为詹晓晴做证，但在他内心深处却涌动着一层暗流，这暗流汹涌澎湃，几乎要把他的胸膛撞破了。暗流中有个声音不断说道："晓晴，为什么要卑贱地去奢求爱？你回头瞧瞧，我的这份爱足以让你快乐一生！"

可是，此刻的詹晓晴满目全是陈俊旭，一心一意只求他回头。

"这与我有关系吗，詹晓晴？"陈俊旭终于回转目光，与詹晓晴的目光相接,詹晓晴被里面隐藏的冰冷刺到,她打了一个寒战。

一片茫无涯际的沉默。高玫瑰抬起发红的眼睛,她并不了解陈俊旭的过往,然而眼前的一幕把她心目中的白马王子形象彻底颠覆了……

滕飞虎伸出双手扶住詹晓晴的胳膊,好似怕她突然晕倒,因此早作预备。

"对不起,我错了。"詹晓晴泪流满面,"我不会拖累你的,俊旭!希望,希望你快乐!"

"只要你不在我面前出现,我一定会快乐!"陈俊旭说完,大步走出了花店。詹晓晴追到门外,陡然感觉外边晴朗的天突然阴暗了,几片黄叶从国槐树上静静飘落,无家可归般在地上打着旋……她停住了脚步,泪水再次弥漫了双眼。

"晓晴,晓晴。"滕飞虎在她身边轻喊着,詹晓晴却丝毫没有听到。陈俊旭走了,她的心碎了。失去了那片亲手编织的自欺欺人的情网,一时间她找不到生活的方向,迷茫了。

"是谁导演这场戏/在这孤单角色里/对白总是自言自语/对手都是回忆……"詹晓晴轻声哼起《独角戏》,慢慢在花店前蹲下来。滕飞虎扶着她同时下蹲,只见她用食指在花砖上用力画着,滕飞虎随她手指所动,看清那是一个人名:陈俊旭。

他心疼地握住那只食指,轻轻吹着,低声安慰道:"晓晴,一切都过去了。打起精神,继续上路。你这么可爱,以后会有很多优秀的男孩子爱你的!"

詹晓晴凄然摇头:"再不会有爱情了,再也不会有了!"

"怎么会呢,晓晴?只要你肯放下陈俊旭——看看你的周围,有人一直在爱着你,你没注意到吗?"滕飞虎深情凝视着詹晓晴的双眸,"这个人,只要你一句话,他就会陪你一生一世永不后悔!"

詹晓晴的眼睛里跳出一簇小小的火花,瞬间又熄灭了:"会有人爱我么,飞虎?我是一个病秧子,我只会拖累人,我不知道能活多——"

滕飞虎掩住她的嘴,不准她继续说下去。他的胸膛起伏着,激动地说道:"我不嫌,晓晴,只要你快乐我就高兴!你不知道我有多爱你!"

重生

　　这些话如同天籁在詹晓晴耳边缓缓流淌。她难以置信滕飞虎会喜欢她，会爱她这个病人。她心目中滕飞虎的爱是和哥哥一样的，照顾关怀她的兄妹之爱。听了这番话，她抬头注视着滕飞虎，直望进他眼眸深处去。一泓深不见底的清泉里，有灼热的光在翻卷着，她退却了，脸红心热地低下头去。

　　"哎，哥，你和晓晴蹲在那儿干什么？"

　　滕飞虎和詹晓晴双双抬头，看到滕飞英从车里出来。

　　"没什么，晓晴发现了蚂蚁，童心大发，在逗它们玩呢！"滕飞虎随机应变，悄悄对詹晓晴丢个眼风，笑望着妹妹说。

第二十九章　爱情阻碍

"两个大孩子！"滕飞英说着，脚步不停进花店去了。她把随身包扔到藤椅里，指着花架上一排袖珍小盆，道："晓晴，喜欢这花吗？送你两盆。"

詹晓晴由滕飞虎扶着走在滕飞英身后，听到这话，忙凑近拿起一盆细瞧，只见六七厘米长的花株上，盛开着一朵翘首向上的黄花，好似一个亭亭玉立的少女微笑仰望天空。呈羽毛状全裂的披针形叶片，犹如少女别具特色的大裙摆，时尚靓丽。每个叶片与花茎交叉点都有花苞，詹晓晴仔细数了数，共有大小不一的7个小花蕾。她微笑着闻闻花朵，眉头却皱了："花很漂亮，怎么闻起来一股菊花味？"

滕飞英笑了："这叫万寿菊，自然是菊花味，它的花色漂亮，花期又长，因此市面上卖得紧俏。"

"名字倒是不错，万寿菊。"詹晓晴把小小的白瓷花盆捧在手中沉思着，"万寿……我要了，飞英。"

滕飞英清楚詹晓晴已品出此花名的味道，微微一笑。滕飞虎从花筒中抽出两朵百合，问妹妹："再送晓晴两朵百合？"

滕飞英斜瞅着哥哥，意味深长地说："哥哥既然开金口，我自然得做这个人情，不然，反倒显得我斤斤计较了。不过呢，我想问你：为什么要送百合？"

"哪这么多事！玫瑰，包起来！"滕飞虎举着百合喊，"顺便找个纸袋，把万寿菊放进去。"

高玫瑰笑吟吟接过百合，自去包扎。滕飞英撇嘴，玩笑道："哥，花店如果亏本一定赖你，罚你替我补亏空。"

詹晓晴双颊泛起红晕，悄扯滕飞虎道："我只要这两盆万寿菊就好。"

"别在意，晓晴，我跟我哥闹着玩的。"滕飞英上前揽住她的细腰，"两盆花不值什么钱，只要你高兴，比什么都好。"

高玫瑰动作娴熟把花包好，装到一个手提纸袋中，递给滕飞虎。滕飞虎接了，一脸关切的神色，问道："飞英，今天感觉身体怎样？"

"完全恢复了。"滕飞英说。

"爸爸身体大安开始抓公司事务，我呢，也有了空闲，趁这机会，咱们商议一下给晓晴配型的事吧。"滕飞虎认真地说。

"原来你关心我是另有目的的——"滕飞英恍然大悟，"哥，你这样做可不对呀！"

"不过，为了美女我只能同意了。"滕飞英把詹晓晴按坐在藤椅里，拿起电壶笑着说，"我泡些茶，大家从容商议。"

"我去烧水，你们聊。"高玫瑰接过滕飞英的电壶走进了里屋。

"好，明天怎样？"滕飞虎微笑着，两眼闪出熠熠的光芒。

"太匆忙了。"詹晓晴代替滕飞英作了回答，提议道，"我们后天去吧，这样，大家都有时间准备一下。"

没有异议，事情就这样定下来。高玫瑰泡了一壶碧螺春，四个年轻人围坐在一起，边品茶边畅谈人生。

滕飞虎啜着茶微笑道："我的梦想是结婚后有自己的新家，可以不与爷爷、奶奶住在一起？"

"这也算梦想，飞虎哥？"高玫瑰"扑哧"笑出声来。

"当然算。想要成长必须离开。"滕飞虎煞有介事地说着，不料却被滕飞英抢白："爷爷奶奶的宝贝想离开他们，这样很不孝顺吧？"

"喂，飞英，这成什么话？你结婚了，正好可以住家里呀！"滕飞虎面皮紫涨地说。

"我的梦想跟你一样，远走高飞，眼不见心不烦，快乐地过自己的小日子。"滕飞英一口将杯中茶饮尽，爽脆地说道，"我呀，才不要住家里呢！"

高玫瑰忍住笑反问道:"飞英姐,你的梦想难道就孝顺了?"

"我想要我将来的老公,用爱把我包起来,你们想呀,如果老公对我特别好,爸爸倒罢了,爷爷奶奶两个老古董,我怕吃不消……"滕飞英说完,哈哈大笑起来。

詹晓晴笑道:"我如果结婚,最怕离开外公和外婆,实在没办法,也要住得近些。"

"我的梦想与婚姻无关,能够拥有自己的花店就知足了。"高玫瑰微笑说着,一脸向往的神情。她的目光落到詹晓晴脸上,"你呢,晓晴,你的梦想是什么?"

詹晓晴羞赧地笑了:"我希望身体恢复健康后,开一家有特色的服装店,家人以及朋友们需要什么衣服都可以到店里来拿。"

"我第一个报名去拿衣服!"滕飞虎高高举手,"不过,你要便宜些,嘿嘿。"

"只收本钱。"詹晓晴甜甜笑道。

"天真的想法。"高玫瑰端起茶壶一一斟水,"你提货的来回路费、房费、电费,如果这些都不算进去,很可能会亏本的。"

詹晓晴脸红了,讷讷地说:"我从没想过这个。"

"衣服卖给一般顾客还是要加利钱的,是不是,晓晴?"滕飞虎帮詹晓晴解了围,见她点头又道,"而凭衣服的时尚和晓晴的好态度,自然会顾客盈门,因此小店的利润一定很不错。"

詹晓晴的神态恢复自然,连连点头。

阳光从门外斜到他们身上,像镀了一层金。半下午的时光,随着阳光的缓缓移动,悄然过去了。

当詹晓晴的手机铃声响起时,时间已经近五点了。是詹木兰打来的电话,问詹晓晴什么时候回家?詹晓晴瞥一眼墙上的石英钟,匆促站起来:"外婆,我在飞英花店呢,马上就回家。"

滕飞虎笑向妹妹道:"晚上我有事不回家吃饭,飞英,麻烦你代我向爷爷请个假。"

滕飞英白他一眼:"说吧,怎么谢我?"

第二十九章 爱情阻碍

滕飞虎诡谲地笑道："我约个人，你接他到我们家去，保准你乐意，而爷爷奶奶也一准高兴。"

"谁有这么大魅力？"滕飞英好奇道。

滕飞虎附她耳边低语了一个人名，滕飞英脸上一层层红云迭荡上来，嗔道："哥，你——"

"嘘——"滕飞虎伸出食指止住了妹妹的话。他一边摁电话号码，站起向花店外走去，一边对妹妹说："飞英，我现在就打电话。"

詹晓晴向滕飞英告辞，滕飞英微笑着点头，和高玫瑰出门相送。

"嗯，好，就这么说定了！再见！"滕飞虎挂断电话后，立刻护花使者般弓身为詹晓晴打开车门，又回首对妹妹做个鬼脸："丫头，哥给你谈妥了。"

一丝喜色在滕飞英脸上弥漫，她调皮地眯起一只眼睛算作回答。哥哥的车不见踪迹了，她还站在原地望着车流出神。突然，她快乐地笑出声来，像个小孩子般蹦跳着跑进花店。

"玫瑰，我有事先走了。"她向收拾茶具的高玫瑰挥手，抓起自己的随身包，哼着歌出门而去。

人民医院单身公寓前，滕飞英侧倚红色轿车拨了詹晓龙的手机号码。原来，滕飞虎为她联系的那个人是詹晓龙。电话响了好久都没人接，如是几次，滕飞英简直有点失望了。她围着楼下一棵白玉兰转了几个圈，又捡起地上的几片枯叶，百无聊赖地把玩着。

"你好！是滕小姐吧？"一个熟悉的声音把滕飞英吓了一跳。她扭头望去，竟是上次主动为她带路的女孩。

滕飞英讶异问道："你怎么知道我的名字？"

"晓龙告诉我的。上次把你当成他妹妹，真是不好意思。你不会见怪吧？"张青温婉而诚恳地笑着道歉。

"没事的。"滕飞英眼里浮起一丝忧虑，"只是，晓龙不知去了哪儿，打他电话也不接。"

"在洗澡。他今晚要陪我出去吃饭。"张青笑吟吟地邀请她，"一起去吧。"

滕飞英面色一变，脸上不自觉地笼罩了淡淡一层郁郁的神情："我还有事，谢谢你。"转身上车向来路飞驰而去。

红色轿车拐弯不见了踪迹，张青斜目望向二楼，轻哼一声自语道："詹晓龙，一报还一报，我们两清了。"

滕飞英从人民医院回到家，怒气冲冲地打电话给哥哥，埋怨他约的人花心，居然又约了别的女孩子。说完，委屈至极地抽泣起来。滕飞虎安慰妹妹说这绝对是一场误会，晓龙不是这样的人。并要妹妹不要着急，他会帮她联系詹晓龙。

滕飞英回卧室躺到床上，打开了手提电脑。平日喜欢玩的扑克牌和小游戏，此刻也失去了吸引力。为了调节心情，她循环播放一曲轻音乐《云水之间》，轻柔缓慢的曲子，渐渐渗进灵魂，滕飞英感觉心情好了许多。但不一会儿，手机铃声却搅乱了她的思绪。她瞅了一眼手机，恨恨地说："一边去！"用力摁上了关机键。

电话正是詹晓龙打来的。他洗完澡奔回宿舍，手机上居然有五个未接来电，三个是滕飞英打来的，两个是滕飞虎的。他忖度一下，先拨了滕飞英的号码，滕飞英却不接，他只得打给滕飞虎。电话接通了，滕飞虎劈头一顿质问："晓龙，你是怎么回事？我给你们约好的事情，你怎能私自变卦，去陪别的女孩子吃饭！巧的是飞英遇上了那女孩，于是被气跑了——她现在家里哭呢。"

詹晓龙一头雾水，自问自答道："我约女孩出去吃饭？没有的事！"

"飞英遇见的女孩是谁？"为解开事情真相，他问道。

"听飞英的描述，好像是张青。"滕飞虎急切地催促着，"你赶紧把事情解决了，别让飞英伤心！"

张青？这段日子，张青非常安分守己，普外科难觅她的芳影，而他们偶尔遇见，也只是淡淡地打个招呼而已。他和她，已成为两条平行直线，再无交叉的可能。而且他今早偶尔耳闻，张青与董医生关系非同一般。她，为何要这样做？

詹晓龙猜不透。再给滕飞英打电话，却发现已关机。他用毛巾轻轻

重生

擦拭头部,脑中却闪过滕飞英躺在床上听歌的情景,眼前一亮,俊逸的面孔上立刻浮现出灿烂的笑容。把毛巾搭到床头,他打开桌上的手提电脑,登陆QQ"碧波万里",搜到滕飞英的QQ"在水一方",不出所料,她果然在线。自从加为QQ好友后,他们还从未聊过天,这次,QQ算是派上了大用场。"在水一方"的头像图片——渺茫水前独立的瘦弱女孩,几缕青丝随风扬起,显得格外孤单。詹晓龙的心隐隐作痛,点开了她的对话框。

"飞英,事情经过我已知晓,你误解我了。今晚,我只约了你,洗澡也是为了更加帅气,让你看着舒服顺心。我的一切,都只为你,现在如此,以后亦是如此。碧波万里,只为一人!在这儿,我斗胆说一句心里话:飞英,我爱你!

"'在水一方'与'碧波万里',细想怪有意思,在水一方,亦是在碧波万里旁,我希望,碧波万里的身边永远都有一个你!"

一口气打完这些字,詹晓龙点击发送后,左手撑住下巴静等回音。此刻,他的心狂跳不已,深怕那三个字冒犯到滕飞英而与他绝交。但与此相反的境遇,也在诱惑着他,那就是她接受这三个字。

对话框里出现了两个字:"不信!"

詹晓龙对滕飞英的回复很不满意,"不信"代表了什么?是不信他今晚没约别的女孩子,还是不信他爱她,或者两者全不信?

他吐出一口气,发送出如下文字:"你遇见的张青,同我只是一般的同事关系,如果不信我们可以同去求证!"

滕飞英此次回复非常快:"我要你立刻出现在我面前!你能做到我就相信你!"

詹晓龙点击一个调皮表情,打出两个英文字母"OK",发送后,左手在桌上猛捶一拳,然后整个人弹簧般跳起来在狭小的室内转了三个圈。当看到对话框内出现"OK"时,他关掉手提电脑,迅速穿好衣服,对墙上的镜子笑一笑,跑出了单身宿舍。

为争取时间,他舍弃了电动车,以百米冲刺的速度赶到医院外,气喘吁吁地上了一辆出租车。

滕家开门的是刘姨，不等詹晓龙招呼，她悠然道："是晓龙呀！快进来，飞英不知怎的了，满脸泪痕地把自己关房里，谁都不理！你快去劝劝她。"

詹晓龙的脸像火烧，好似被刘姨看破了他们之间的秘密。途经客厅，詹晓龙对爷爷奶奶微笑点头，然后站到了滕飞英卧室前。

刘姨敲门，里面传来滕飞英的声音："谁呀？"

"飞英，晓龙来了！"刘姨对詹晓龙微微一笑。

门开了，出现在他们面前的滕飞英，眼皮红肿，目光低垂，显得楚楚可怜。刘阿姨轻推詹晓龙："你们聊，我去厨房瞅瞅。"

刘姨走了。詹晓龙向前走了几步，滕飞英低了头后退着。两个人都没说话。詹晓龙把门关上。滕飞英转身欲走，詹晓龙上前一步从背后抱住了她，脸贴在她散着淡淡香味的秀发上，他低低喊道："飞英。"

滕飞英的身体陡然一颤，身子却软了下来，两大颗泪珠悄然落下。詹晓龙只觉手背一热，凭感觉，他清楚那是什么。轻轻拧转滕飞英的腰身，詹晓龙与她面对面了。额头抵住她的，他低声问道："还生我的气吗？"

滕飞英摇头又点头，泪如落花。詹晓龙抱紧了她，叹气道："傻瓜，听听我的心跳。"

滕飞英只听到一阵快如鼓点的"咚咚"声，有力、猛烈而节奏鲜明。

"它只为你而跳，宝贝！"詹晓龙轻声耳语着。

良久，詹晓龙松开滕飞英，轻声问道："飞英，相信我了吧？"

滕飞英的眼睛如同雨水洗过的世界，异常清亮，她并不回答，只以调皮的眨眼做了回答。詹晓龙被她逗乐，食指在她鼻尖上轻刮两下。滕飞英扑到他怀里，娇嗔道："晓龙，我要你永远对我好。"

詹晓龙笑了，握拳起誓："苍天在上，我以良心起誓，若以后有亏待飞英之处，天打五雷轰！"

滕飞英温热的手指覆到他唇上，抬头仰望着他："不要发毒誓，即使你以后真的亏待我，我也不希望你遭天谴，我希望你无论何时都平安快乐。"

第二十九章 爱情阻碍

重生

一股暖流穿过詹晓龙心间,他猛地抱起滕飞英,原地转了一个圈。滕飞英惊喜而快乐地大笑起来。

客厅里两个老人听到她的笑声,彼此对望一眼,奶奶向正在摆菜的刘姨说:"瞧这孩子,从小就这样,哭笑无常的。"

滕飞英告诉詹晓龙后天做配型之事,詹晓龙深情地凝视着她道:"飞英,你身体吃得消吗?这事不急的。"

滕飞英歪头调皮一笑:"身体绝对没问题。你不急,我可替晓晴着急呢。"

"爱心天使!"詹晓龙轻吻她额头,正色道,"这是一件大事,记得告诉滕叔叔。"

滕飞英点头,刘姨的喊声从客厅传进来:"飞英,开饭啦!"

第三十章　心有灵犀

审讯室。当霍一首供述完后，李明三人才弄清，由他导致的那场车祸其实是26年前的一场车祸。

26年前，霍一首与女友午饭后开着小货车去送货，打算顺路将女友送回出租房。路口见到一个手推儿童车缓缓而行的少妇，女友惊讶地"咦"了一声："是她？真是冤家路窄！"

转脸对霍一首道："把车开过去，吓唬吓唬那女人。"

"好端端吓唬人家干吗？万一出了事怎么办？"霍一首白了女友一眼反驳着。

"那次自行车相撞，跟我吵架的就是她！快点！"女友不由分说，手伸到方向盘上来。

"过去的事，算了！"霍一首脑中一闪。女友曾说过，有次她出外逆行，在某路拐角与另一骑车的女人相撞后，她的自行车链条脱落了，腿也磕青了一块，她要女人陪她去医院检查，女人却称有急事，塞给她30元钱就走了。她对着女人背影骂了一阵，反被路人劝说："你本来是逆行，见好就收吧！遇到个厉害茬，一分钱不给你，你不得照样走人？"她感觉很没面子，瞪眼骂了路人，而后一瘸一拐推着自行车离开了。

鸡毛蒜皮的小过节，怎能如此吓唬人家？他不同意，但女友已在强力操纵方向盘，车向变了，他用力掰女友的手，她则毫不相让，两人抢着方向盘，车歪歪扭扭冲向路边。等霍一首奋力打转方向盘，车已碾压童车而过，他"哎哟"一声，脸色蜡黄喃喃说道："完了，出大事了！"

女友却冷静地说："出什么大事？顶多把她压伤了，快点跑，别停

重生

车！只要停车我们就完了！"

一语惊醒梦中人，本预备停车的霍一首立即加速，逃离了现场。把车开回单位后，他开始了漫长的逃亡之路。近几年风声渐松，他从外省悄然潜回，在菜市场卖苦力为生。现在虽然与霍强住在一起，但他仅知道他前年也撞过人，并且同他一样逃离了现场。

霍强则没霍一首痛快，死死咬定自己是清白的，直到李明亮出霍一首和卜崂获的证词，以及在他出租房内搜出的东西他才默然无语。据他说，前年甄座羑的母亲和甄座羑一起来找叔叔（甄座羑母亲与叔叔是同学，多年未见，不想在菜市场相遇，那天她是来找叔叔叙旧的），他才得以与甄座羑认识。前年抢劫致死一案，当时在沙场工作的他本不想参加，但耐不住甄座羑对半分成的诱惑，便开了沙场的大十轮前去支援，故意斜撞了北京现代，谁知竟把那辆车撞翻了。他们把车里的女人拖出来，发现她已昏死过去。当时他吓坏了，要打120急救，被甄座羑当场制止，说万一被警察查到电话，四个人全得完蛋。吓得他只好放弃了这个想法。之后他开十轮返回了沙场，再后面的事他就不知道了。

"甄座羑开的黑车是谁的，你知道吗？"李明一针见血地问道。

"从前不清楚。前段日子车里闹鬼，卜崂获偶尔说漏了嘴，我才知道真相。"霍强说。

"那辆车在谁名下？你属于谁领导？"肖潇洒问道。

"自然是甄座羑名下。每次踩点什么的，基本是甄座羑安排，不过，偷到的东西，我的不归他，卜崂获和小个子则由他重新分配。"霍强低了头，叹气道，"唉，认识甄座羑之前我也是安分上班的人，从那次抢劫后，陡然轻松得了一笔钱，心花怒放，再上班就觉得又苦又累，从此死心塌地与甄座羑合作。"

李明和肖潇洒对望一眼，会意地点头，他的话与卜崂获说的完全吻合，可见并未撒谎。

"被捕之前，甄座羑联系过你吗？"梅聪紧接着问道。

"天天见面，他也住那片地下室内。"霍强的话引起李明三人的讶异，梅聪即刻问道："描述下具体位置。"

"我叔叔租的地下室向东走，隔三个门就是。"

这是一个意料之外的新情况。李明和肖潇洒当机立断，制订出新的追捕计划，并立即实施。

此刻已是晚上近10点，李明三人来到了欢楠小区。在物业值班人员的带领下，他们毫无阻碍地进入了第二单元，找到霍强所说的那间地下室，敲门却无人应。物业人员帮他们找到地下室原主人，但原主人却把钥匙都给了租主。无奈之下，他们请来110开锁人员打开了地下室。不出他们的意料，甄座羲并未在房中，不过，房内的一切倒是井井有条，不像仓促离开的样子。李明和肖潇洒决定在此处蹲守一晚。

然而，直到第二日艳阳高照，他们却连甄座羲的影子也没见到。李明给肖潇洒买回早饭，吩咐他继续蹲守，自己则回局里另想诱捕高招。

他把情况跟梅聪说了，梅聪右手拿钢笔帽在桌上点了两点，道："李科，你还记得我们去甄座羲家，看到的那套铂金耳坠和项链吗？"

李明抚摸着下巴的胡楂说："当然记得。"

"就从这儿下手。我认为耳坠和项链正是前年抢劫案被害人的。"梅聪浅浅地笑道，"这任务交给我吧。甄座羲母亲一定是知情人。而儿子的藏身之地，她应该最清楚。"

"你有什么打算，梅聪？"李明充满兴趣地望着女下属，提醒道，"最好不要打草惊蛇。"

"放心，我没那么傻！"梅聪胸有成竹，"甄座羲母亲当初不肯告诉我们实情，现在也不会告诉。给我几天时间，我跟踪她一下。"

"好。"李明赞许点头，又道，"梅聪，小心。"

梅聪点头，起身离去。两个下属各有任务，李明想正好利用这机会，去对证一下霍一首的案子。他已让人从档案库找到当年的卷宗，但二十几年前的货运公司早已风云流散，他只好改换目标——寻找案子的另一方当事人。

他在南关村很快找到了当事人米米。米米听完李明的来意，双手合十仰头向天说道："曲儿，你的在天之灵可以安息了！"

她跟随李明来到了看守所。在她心目中，害女儿身亡的凶手霍一首

重生

定是满脸横肉、凶气逼人的模样。她准备要给他一顿臭骂来发泄自己这些年来的憋屈。当脚步声响起,米米抬头看到的却是另一番景象:出现在她面前的霍一首,胡子拉碴、没精打采、满脸愧疚悔恨,尤其是最后一点,令她多年的愤恨在刹那间消失,只感到霍一首的可怜。

李明介绍道:"霍一首,这就是当年的当事人。"

霍一首扑通跪倒在地:"对不起!对不起!我向你赔罪!"

米米想起惨死的曲儿,流泪了。虽觉得面前的人可怜,但内心却不肯原谅他。她在心里一遍遍地告诉自己:是他,残忍地害死了曲儿!

"这些年,我晚上从没睡过一个踏实觉,天天噩梦缠身,梦见无辜惨死的孩子来索命,梦到警察从天而降,梦见认识的人指责、围殴……我虽然活着,却只是一具躯壳。被捉的当晚,我心安了,整晚没做一个梦。看来亏心事是做不得的,做了就得付出代价。为怕被捉,我常年漂泊在外,做的都是最累的活计,像虫子一样卑微地活着。直到近几年风声松了才敢回到 S 市。有家不敢回,更不用说娶妻生子了。当年的不负责任导致了我现在的凄惨人生。现在我认了,无论怎么判决我都不会上诉,也许刑罚会让我心安些。"霍一首跪在地上,早已声泪俱下,他连磕几个头,继续说道,"我给你造成的伤害,看得出至今仍在,因此我不敢求你原谅,只要你能听到我赔罪的声音就好:对不起!对不起!当年的错,就让法庭还你一个公道吧!"

米米掩面而泣,心内默默对女儿道:"曲儿,听到这忏悔的声音了吗?希望你放下这段仇恨,在天堂无忧无虑地生活!"

米米擦干了泪眼,说:"起来吧!我们两清了。以后做人,请记住两个字:承担!"

说完对李明点一点头,起身离开了。

"承担"两个字仿佛两个重磅炸弹,在霍一首身边突然爆开,把他震蒙了。从小遇事,霍一首只知道躲,"承担"两个字更是从没听人说起过,现在跪在原地默默思量,觉得如果早听到这两个字,也不会酿下如此苦果人生。如果有孩子,他一定会告诉孩子学会承担,可是,当年因逃避责任、害怕承担,他的孩子,未出世便被放弃了。这一生,他做了两件亏心事，导致了两个孩子的夭折。第一件正是那次导致他人生转折的车祸；第二件则是他逃逸后，已有身孕一个多月的女友，为了以后的生活而选择了堕胎。这是他回到S市后，偶然在菜市场遇见女友，她告诉他的。这些本在意料之中，况且是个未谋面的孩子，他以为不会动心的，然而，那两天他情绪低落，浑身无力，像生了一场大病。幸而侄儿霍强搬来与他同住，平复了他的失子之痛。因此他体会到了孩子对于父母的重要，于是车祸带来的愧疚更加深入骨髓。如今能够当面对受害人说出自己的愧疚之情，对他来说也是一种解脱。

米米与李明告辞后，在路边花店买了一大束红玫瑰，然后驱车直往市郊的坟地。高高低低的墓群里，施曲的墓只是不起眼的一个。一棵风中飘摇着柔软枝条的柳树，仿佛在热烈欢迎米米的到来。米米抚摸着墓碑顶部，犹如抚摸着女儿的脑袋。这墓碑是最近几年竖的，上面嵌着施曲扎羊角辫跳舞的相片。米米蹲下身子，久久地凝视着女儿，泪花纷纷飘落。一大束火红的玫瑰映亮了施曲的小脸，她的笑靥变得更加甜美。泪眼婆娑中，米米似乎看到女儿甩动起胳膊，轻盈地跳跃、旋转着，她惊讶地擦去泪水、睁大眼睛细瞧时，这一切却如幻影般消失了。

"世上只有妈妈好，有妈的孩子像块宝……"当稚嫩的童音响起，米米吃了一惊，以为是女儿的灵魂在歌唱，因为这首歌曾是施曲当年的最爱。环顾左右，当她发现声音来自手提包时，自嘲地笑了。从包中拿出手机，她先望了一眼屏幕，这才微笑着放到耳边："喂，是飞英呀，有事吗？"

"妈，我想见你。"滕飞英撒娇的声音传来，带给米米一股幸福感。

"好，你在哪儿？妈去找你。"米米擦干脸上的泪痕，微笑道。

"我在花店呢，妈，等你啊。"滕飞英的声音十分甜美，米米心中顿时泛起无数爱的浪花："乖宝贝，妈妈一会儿到。"

米米挂断了手机，用右手食指轻轻抚摸着墓碑相片中施曲的小脸："曲儿，妈妈要走了，但妈妈会永远爱你的。"

恋恋不舍地站起，一步三回头地走出墓地，米米在车边再次回望后，驱车直奔滕飞英的花店。

第三十章　心有灵犀

重生

"缤纷落英"花店。高玫瑰不在,滕飞英沏好茶,望眼欲穿地等着米米的到来。

一望见米米的车,她马上从花店里飞跑出来,亲热挽住米米的胳膊进了花店。

两人坐定,滕飞英旋转着茶杯说道:"妈,有件事需要你帮忙呢。"

"傻孩子,跟妈妈不用客气,直接说事!"米米品一口茶,点头道,"味道不错。"

"明天我给晓晴做配型,你能陪我吗?"滕飞英放下茶杯,歪头静等米米的回答。

"当然了,宝贝。"米米笑握住滕飞英的手,"别紧张,也别怕,妈妈会一直陪在你身边。"

"我并不紧张,"滕飞英啜一口茶水,"我只是担心,如果我们兄妹俩与晓晴配型都未成功,会让晓晴受打击的。"

"怎么,你们兄妹要一起去?"米米显然很吃惊。

"是,早说好的,由于我的身体原因才拖到现在。"滕飞英一口饮尽杯中茶,好像把所有担心也饮了下去,"妈,给你打电话前,突然莫名地心情不好,没人疏解,就打给你了。"

"放心,飞英。"米米注视着她乌黑的双眸安慰道,"你一定会与晓晴配型成功的。"

"这么肯定?"一点喜色在滕飞英眸中跳跃,她期望得到肯定的理由。

"当然喽,宝贝。"米米温柔一笑,"你们两人如此相像,身体条件想来也差不多,配型成功的几率应该很大,至于你哥哥,那就难说了。"

"妈,听你这么说,我就有信心了!"滕飞英亲热地搂住米米的脖子左右摇摆了几下,又把两手放到米米肩头轻轻揉捏起来,"妈,谢谢你!"

米米幸福地笑了。她的手按到飞英的手背上:"飞英,好舒服,不过别累着,休息会儿。"

"不累,能为妈妈服务,是我的荣幸。"滕飞英笑着,揉按得更起劲了。

"飞英,我觉得——我们应该去看看晓晴。"米米若有所思地说。

滕飞英停止揉按，笑道："没问题。等玫瑰回来，我们立刻动身。"

滕飞英给米米打电话之时，詹晓晴正躺在床上，愁眉不展。她怕给外公外婆他们增加心理负担，所以不敢把自己真实的心理状态告诉他们；哥哥呢，上午总是很忙，打电话又怕影响他工作。因为没人诉说，她的心理负担无处释放，积聚在心里就成了一个郁郁的结。

窗外有棵柿子树，青色的果实累累缀满枝头，好似要把树枝压断的样子。这种情形像极了詹晓晴内心的感觉。她不敢再望这棵树，叹口气，闭上了眼睛。阳光穿过窗户落到她身上，淡淡的温暖透过单衣直入心田，可是这温暖的力量太微弱，只在郁结的顶部开了一个小洞，并不能驱散她心头的郁结。

"如果没有遇见你 / 我将会是在哪里 / 日子过得怎么样 / 人生是否要珍惜……"床头柜上，邓丽君的声音从手机中缓缓流出，带着温婉的柔美。詹晓晴仔细品味着，两颗饱满晶莹的泪珠从眼角无声滚落下来。她边擤着鼻涕边拿过手机："喂，你好。"

"怎么了，晓晴？"滕飞虎磁性厚实的男中音传来，稳住了她即将塌陷的心壁。

"飞虎！"欲语泪先流，詹晓晴哽咽了。

"别哭，晓晴，慢慢说。"滕飞虎不知詹晓晴所遇何事，心内不由得有些发慌。他最怕的事情就是女孩子哭泣。电话打给詹晓晴之前，他感觉自己心内惴惴不安，便给父亲和妹妹各打了一个电话。爸爸说自己很好，没什么事；妹妹的情绪似乎有些低落。多年的兄妹了，他从口气就可以听得出来。但她只简单回答一句"没事"，如果心情好，她准会兴高采烈地说"谢谢哥记挂，你的妹妹飞英不是那种让人操心的女孩子，放心吧"。但妹妹亦有她特立独行的脾气，她不想告诉你的事情，任你如何问，她绝不会泄露一个字。因此他放弃了继续探问，只说"没事就好"。现在电话打给晓晴，他立即感受到她需要一个人依偎。在晓晴哽咽着叫他名字时，一种心有灵犀的喜悦和被信任的幸福，像一股电流瞬间击穿了他。

第三十章　心有灵犀

重生

詹晓晴哭得哽咽难收。滕飞虎倾听着她低低的抽泣，恨不得插上双翅飞到她身边，拥她入怀，替她承担起一切。而此刻，他只能呼唤着她的名字："晓晴，晓晴，晓晴……"

詹晓晴的激动情绪经过眼泪的冲洗，渐渐回归了平静，滕飞虎醇厚的声音一直响在耳边，像一波波温柔的海浪将她坚硬的心结逐渐冲软，她终于对他敞开了心扉："飞虎，我怕！"

"怕什么？说出来就不怕了。"滕飞虎鼓励道。

"我怕这次配型会不成功。"詹晓晴轻轻吐出这句话，心内果然舒服许多。

滕飞虎笑了："晓晴，不怕，即使不成也没什么，你的身体还好，来得及等骨髓库的配型。"

詹晓晴低头盘腿坐在床上，一手举电话在耳边，另一只手，轻捶着左腿的三阴交："如果配型失败，飞虎，我一定没信心了。"

"吉人自有天相，相信我，晓晴。"滕飞虎满怀信心地说，"我有种预感，这次配型将是你的转折点。要往好的方面去想，让自己放松，保持好的心态。只有这样，如果配型成功，你才会顺利度过排异期。如果只向最坏的方面看，人生便再无快乐可言了。晓晴，想想看是不是这样？"他的这番话语如同一阵春风，彻底吹化了詹晓晴心中那团冰冻的郁结。

"是我太悲观了。"她从床上下来，瞅了一眼窗台上的凤眼莲和水晶器底部的小鱼儿，又给窗台上另一个圆形鱼缸里的两条鱼撒了一点鱼食，然后抬目望向窗外。小院中的菊花红白相间、开得正艳，她突然感到生活是如此美好："对，我该想着明天一定会配型成功。"

听了这句话，滕飞虎一颗悬着的心终于回归原位。而心情平复的詹晓晴，在室内再也待不住，她来到阳光明媚的小院中，摘一个碧绿的柿子，采两朵外公的菊花，像只小鸟一样在院中穿梭着。她把菊花插到一个细长的空姜汁瓶里，摆放到卧室的窗台上，这瓶菊花俨然是一瓶精致的假花形象。她又用中性笔在青涩柿子上描出一个露齿大笑的人脸，也摆到了窗台上。她对柿子人脸说："我要像你一样，天天牙齿晒太阳。"

"有人吗？"听到熟悉的声音，詹晓晴透过玻璃窗向外望去，只见小院门外站着一对母女模样的人。再一细瞧，居然是米米和滕飞英。笑意漫上詹晓晴的眉梢眼角，她轻快地跑了出去："哎，来了！"

"米米阿姨，飞英，什么风把你们吹来了？快请进！"詹晓晴把她们迎进屋内，"你们先坐一会儿，我洗水果去。"

"不用麻烦的，晓晴。"米米拦住她，"我们一会儿就走。"

晓晴反身揽住米米的腰，指着墙上石英钟笑道："米米阿姨，都11点了呀，你和飞英姐的午饭就在这儿吃，一个都不许走。"

"我求之不得。"滕飞英笑望着米米，"妈，你呢？"

"我没什么事。"米米握住詹晓晴的手道，"就怕给你外婆添麻烦。"

"不麻烦。外婆和外公今天出门了，我打电话告诉她，她一准高兴。"詹晓晴兴高采烈地一边打电话，一边拿着果盘走进厨房。

滕飞英跟在她身后，笑着向米米做一个洗水果的动作，米米手在她胳膊上轻轻一拍，会意地点头。

不一会儿，两人同时出来，詹晓晴把果盘放到米米面前，笑着说："外公和外婆说非常欢迎你们留下吃中饭。"

米米笑了："那我和飞英可就不客气了。"

滕飞英右手托一个果盘，左手抓只苹果，"吭哧"咬一大口："妈，苹果真甜，你尝尝。"

米米用水果刀将苹果割开，尝了一口，赞道："不错！"

詹晓晴笑望着她们母女俩，摘了一颗葡萄放到口中慢慢咀嚼。

"晓晴，明天我们去做配型，你不紧张吧？"滕飞英问道。

詹晓晴摇头，温柔笑道："飞英，只要你不紧张就好。"

"我是天不怕地不怕的！"滕飞英挺身扬起胳膊，好似全天下女流数她最英雄。不过，她猛然记起她们的第一次见面，伸伸舌头笑道，"当然，偶尔也有怕的事，嘿嘿。"

米米和詹晓晴都被她的样子逗乐了。

"晓晴，飞英豁达，不会在意这些。"米米轻抚着詹晓晴的黑发说，

"你呢，情感细腻，别有心理负担就好。"

"从我个人观点出发，你和飞英配型成功的可能性非常大。这话我对飞英也说过，你们二人的模样相像，身体内部相同的地方肯定比一般人也要多。这虽是我的一孔之见，但你不妨记到心里，而只要心情好，配型乃至手术的成功率就会高。"

"米米阿姨，你的话我记住了。"詹晓晴感动地说，"谢谢关心。"

第三十一章 网

梅聪今早特意换了一身咖啡色的套裙，扎在脑后的马尾散开了，大波浪长发披在肩头，鼻梁上特意架了一副茶色墨镜，显得时尚又淑女。她先到百货超市闲逛了一圈，买了些小点心、瓜子之类的零食，离开时注意到店内男主人不在，门口收款台边一张黑色弹力椅里，女主人肥胖的身子似乎要从里面溢出来。

百货超市对面的咖啡店被她选为临时观察点。不过，这咖啡店九点才开始营业，现在时间尚早，她只得在人行路上假装等人徘徊了半个小时。咖啡店开门营业后，她成为店里第一位顾客。在靠窗的一张桌边，她一面吃着零食，一边轻啜着加糖咖啡，目光却时不时漫不经心地扫向对面的百货超市。

近中午时刻，一辆深绿色皮卡停在了超市前，男主人下车进了超市。不久，女主人从超市出来，向秘园小区走去。梅聪将观察点转移到了咖啡店紧邻的快餐店，依然是选临窗之座，点了西红柿汤加米饭，边吃边密切关注着超市的动静。李明来电话询问情况有何变化，梅聪报告暂时未发现异常。李明告诉梅聪，他已替换下肖潇洒蹲点，但这儿依旧不见任何风吹草动，他怀疑甄座我在霍一首被捕当天连夜搬走了。

"如果真是如此，我这儿的工作就成重点了！"梅聪笑嘻嘻地说。

"说的是，晚上让肖潇洒和你一起关注那儿。"

"看情况再定，也许你那边会突然出现转机呢。"梅聪的目光掠过百货超市，却看到男主人手提一个大购物袋从里面出来，将袋子放进车后座又回了超市，忙道："李科，男主人似乎要出门，先挂了。"

重生

匆匆吃光碗里的米饭，她付了款但并未立即起身。倒一碗白开水，慢悠悠地喝着，眼光紧盯住对面的超市。不一会儿，女主人肥胖的身子出现在她视野中，只见她走到皮卡旁边，把胳膊上挎的深蓝色旅行包也塞进了车后座。此刻男主人已从超市出来，两人都上了车。梅聪迅速起身，向外急走。仓促间与一个年轻男侍者擦身而过，重重踩了他一脚。手托热气腾腾的两盘菜的男侍者痛得龇牙咧嘴，正要骂几句解气，梅聪赶紧微笑致歉："帅哥，对不起，我不是故意的。"

男侍者见是位美貌女郎，忍住痛强笑："没关系。"

梅聪因这小小的意外耽误了一点时间，来到快餐店外边时，那辆车已经汇入车流向南而去。路边来往的出租车不少，空车却不多，当她心急火燎地拦下一辆出租车，皮卡却在前方路口拐弯了。她催促出租车以最快的速度向南，然后左拐。左拐不久，眼尖的她在众多车辆中终于发现了即将右拐的皮卡。她心内一喜，让出租车迅速跟了上去。

皮卡最终停在东关村最北面的一条街上，甄寰鸥和铎佳同时下车，两人一前一后走进了一户三楼小院。

梅聪示意司机拐进附近的胡同，她下车悄悄跟进了院内。小院里静悄悄的，甄寰鸥夫妻已经影踪皆无。梅聪等了一会儿，不见他们出现，便出门到一个背静处将情况汇报给李明。李明指示梅聪立即寻找房主，摸清最近时间租房情况，先确定租房人再确定下一步行动。他则马上给肖潇洒打电话，让他赶去支援梅聪。

梅聪怕打草惊蛇，先联系了辖区片警，由他带她找到村委，然后村主任给那家房主打了电话，说有人在村委等他，要他快点过去。

房主是个秃头的中年人，五十多岁，背微驼，说话有些气喘。他说前几天确实有人来租房，租的是他家一间阁楼。租房者是个女人，看上去五十岁左右，大眼睛，身材臃肿。但她似乎一直没搬来，因为住在二楼的他再没见她出现过。梅聪听了房主描述的租房者，立即和铎佳的形象连在一起，不由得微微一笑。

房主带梅聪和片警去看那间阁楼，梅聪怕片警的制服打草惊蛇，便让片警在附近胡同中等他们。路上接到肖潇洒的电话，说已到了，问梅聪在哪儿，他去找她。梅聪跟肖潇洒说清了甄座我租房的具体位置，打算等他来此会合后一起行动。

大门前的皮卡不见了，表明甄寰鸥夫妇已经离开，而肖潇洒已经等在大门前。房主带梅聪和肖潇洒来至阁楼一间房门前，轻敲门几下，里面毫无动静，问"有人吗"也没人应答。房主拿出备用钥匙开门，只见房内烟雾缭绕，桌上排着一堆桶装方便面，两个方便袋内各装着苹果和香蕉；床头柜上，摆着一个深蓝色的旅行包。床上被窝凌乱，一台手提电脑开着，《大话西游》的游戏犹未关掉。种种迹象表明，租主并未走远。梅聪的目光在房内游走，南边一扇窗户大开着，窗外阳台的栏杆上有棕色的麻绳紧系。她跳出窗外，走到阳台栏杆边，发现麻绳顺阳台垂直下到院内。

"不好！"梅聪恍然大悟，对肖潇洒说，"让他跑了。"

梅聪身后的肖潇洒立刻矫健地一跃，翻出了阳台栏杆，顺着麻绳"刷"地溜了下去。梅聪身穿及膝裙，不方便滑下，回身从房内下楼去了。

片警所在的胡同口位置，仰头正可望见嫌疑人所在的阁楼。他在胡同口边溜达边眺望着阁楼，猛然发现一个年轻人翻窗而出，把麻绳绑到窗外阳台栏杆上，像个猴子般溜下来。他的第一反应是：此人要么是小偷，要么就是梅聪寻找的嫌疑人。他迅速跑向那户人家大门外，正赶上顺麻绳溜下的年轻人出来。年轻人见到穿警服的他，立刻神色慌张转身就跑。他则在后面奋力追赶，一边大喊："站住！"

此刻肖潇洒也来到大门外，循着片警的喊声以百米冲刺的速度追赶着他们。梅聪出来得晚些，他们几个人已经影踪皆无。她立即把情况汇报给李明，请他速来支援。

打完电话，梅聪回到了院内。刚才跑得急，随身手提包跑丢了。沿楼梯一路寻至阁楼，房主迎面而来，手里提着她的棕色手提包。她道一声"谢谢"，正要转身离开时，却与一小个子打个照面。梅聪脑中蓦地冒出一个人影，她灵机一动，笑眯眯问道："是隋丛吗？"

小个子吃惊万分地睁大了眼睛，梅聪煞有介事地浅笑道："是甄座我告诉我的。"

"你是谁?"小个子没有回答梅聪的问题,狐疑地审视着她。

"甄座羲的女朋友。"梅聪甩一下头,自豪地说。

"切,这小子,他的女朋友可……"小个子适可而止,紧要关头停住了。

"你是不是隋丛?"梅聪再次追问。

"我是隋丛,座羲哥呢?"小个子问。

"他出去了,要我接你回房等他。"梅聪伸手做个请的姿势。

隋丛完全相信了梅聪的话,毫无戒备地在前先行。梅聪从随身包里拿出斜挂带,将包斜背了,然后趁隋丛不备,一步上前反扭了他一只手,脚在他腿弯中踢了一下,隋丛猝不及防地跪趴在地,梅聪迅速掏出手铐给他戴上。

"老实点!"隋丛此刻已完全趴倒,两腿跷起来,徒劳地想要翻身,梅聪拍他身体一记,呵斥道。

"风雨彩虹铿锵玫瑰/芳心似水激情如火梦想鼎沸……"田震的歌声颇有风范地响起,梅聪从包中拿出手机:"喂,李科。"

"梅聪,你现在在哪儿?我到了。"李明焦急地说,"给肖潇洒打电话,这小子也不接,情况怎样?"

"你到村最北边的东西街上,我去接你,有个意外礼物——"梅聪瞥一眼地上的隋丛说。

房主站在梅聪身后,战战兢兢地问:"这就是你们要捉的嫌疑犯?""这是他同伙儿,那个还没消息。劳驾替我看他一会儿,我马上回来。"梅聪说完,转身不见了踪影。

房主胆战心惊地注视着地上的隋丛,很怕他会突然翻身跳起来逃跑,而他因为气管炎是无法追上他的。时间如同胶住,他紧张得两手心全是汗,脸都红了。

梅聪跑到大门外,看到李明的车停在不远处的路口,她举起右手挥动着:"李科,这儿!"

李明听到声音,立刻将车向这边驶来。

"什么意外礼物？"李明跳下车迫不及待地问道。

"猜猜看。"梅聪故意卖关子。

"甄座羿房里搜到什么东西？"李明猜着。

梅聪在前引路，回头笑道："答案马上揭晓，自己确认吧。"

房主见到梅聪，像卸下了千斤重担："警察同志，你可回来了。我真怕你出去的时间长，他逃跑了！"

"就这两分钟，谅他也翻不了身。"梅聪感激笑道，"谢谢你，叔叔。你忙吧，这儿一切交给我们了。"

"隋丛？"李明难以置信的目光飘向梅聪，期望得到她的证实。

梅聪自豪地点头，脸上现出胜利的笑。

"怎么回事？"李明意外地问。

"自投罗网。"梅聪微微一笑。

李明拉起隋丛，将他押进车内。梅聪在后面说："李科，我们得去协助肖潇洒……"

李明的手机突然铃声大作，成龙振奋人心的《男儿当自强》，像激浪一波又一波，令人热血澎湃。车内垂着头的隋丛听到歌声，也忍不住抬起头来。

"报告李科，甄座羿追捕成功！"在肖潇洒喘着粗气的声音里，满是掩饰不住的喜悦，"我们现在的位置在东关村第二条南北街，希望你们来接应。"

"好啊！"李明手在大腿上一拍，笑道，"今天是连战皆捷，你等着，我和梅聪马上到。"

李明的车穿过几条街道，终于发现了肖潇洒和片警的身影。

车停下，李明和梅聪从车里走出，片警当即就要告辞。肖潇洒握住他的手，用力摇了两摇："祝片警，多谢协助！你这次可帮了大忙！"

"哪里哪里！肖兄弟过奖，全是你的功劳！"祝片警谦逊地说，与李明，梅聪一一握手之后，找他停在胡同口的警车去了。

肖潇洒把甄座羿推进车内，自己则坐在他身边。甄座羿上车前与隋丛对望，两人都吃了一惊，目光中交流着许多无法言说的信息。肖潇洒看见隋丛，讶异无比地问道："这是谁的功劳？李科守株待兔的结果？"

李明和梅聪都笑了。

"是梅聪的功劳，我可不敢随便给自己脸上贴金。"李明边开车，边笑道。

肖潇洒伸出大拇指："女中豪杰！"

梅聪斜瞥他一眼，笑了："那你呢，是英雄好汉？"

肖潇洒甩头道："潇洒英雄——肖潇洒也！"

"真酸！"梅聪撇嘴笑道，"我们两个如果没有别人的协助，也不会如此顺利得手！什么潇洒英雄，真要潇洒，一人独斗才是潇洒呢！"

梅聪的话勾起了肖潇洒的感慨，他不由得回忆起刚才惊险的一幕。甄座袭在片警快要追上他时，放缓了脚步，眼看片警即将近身，他伸腿将片警绊倒，然后狂奔而去。肖潇洒的耐力有限，总是与甄座袭相隔一段距离，既追不上也没有被甩掉。片警摔倒后爬起，自然落在了他们二人后面。肖潇洒不知这马拉松比赛何时结束，很是有些气馁。而跑在前面的甄座袭，常会出其不意地拐弯，他们之间的距离越拉越大，看当时情形，似乎不用多久，甄座袭就会完全消失在肖潇洒的视野中。李明给肖潇洒打电话时，他正处于全力以赴尚结果未卜的状态下，自然不敢分心接电话。然而即使如此，甄座袭还是不可避免地在他视野中消失了。肖潇洒那一刻的失望，就甭提了！他大喘着粗气在一个路口前停下，不知该直走还是拐弯。回头一看，片警的身影居然也消失不见了，他估计片警是累得不行，停下来了。不能在原地等！他忖度了几秒决定拐弯。但拐弯跑了一段路程，依然不见甄座袭身影，他后悔不迭，但返回已经不可能，只好继续下去。他的脚步越来越疲沓，跑得越来越慢，终于毫无希望地停了下来。

既然已无希望，他打算返回甄座袭租住的那户人家。正低头奄脑地走着，突然听到一声暴喝："往哪儿跑！站住！"

肖潇洒听清了，这是片警的声音，声音只隔了一条街。他顿时来了精神，拔腿向声音来源跑去。赶到那条街上时，甄座袭正朝他的方向跑来，片警在后面紧追不舍。肖潇洒喜上眉梢地迎了上去，甄座袭在前后夹击之下无路可逃，扯住一户人家墙外的爬山虎就要越墙。可惜爬山虎的藤蔓不能承受他的体重，他摔了个仰面朝天。肖潇洒先片警一步上前，扭住他的胳膊，给他戴上了手铐。喘两口匀气，他这才给李明报喜。如果没有片警，此次追捕他一定会失败。单打独斗不成大气候，团结协助才是真理！他心内暗暗自语道。

一行人赶回市局已经下午三点，回到办公室，三人匆促喝口水润润嗓子，立即开始审讯。

隋丛所供与卜崂获相差无几。甄座羲顽强抵赖前年抢劫致死案不是他所为。李明严肃地对他道："坦白从宽，抗拒从严。甄座羲、卜崂获、霍强、隋丛都已招供，说你们共同参与了这场抢劫。你开的那辆黑车，则是被害人的红色北京现代，你们当时在车身刷了黑漆，所以变成了现在这颜色。"

"我从来没有车，他们诬赖我。警官，求你们找到证据再来说话好不好？只凭几个人串通一气的供词就定一个人的罪，也太简单了！"甄座羲毫不畏惧，神态自若地说。

李明扭头与肖潇洒对望，肖潇洒轻轻眨眼，李明会意，说道："好，今天的审讯就到这儿。"

"李科，稍等。"做记录的梅聪站起，附李明耳边低声道，"我有个录像，给甄座羲看一下。"

梅聪打开手机，调出一个短短的录像，先递给李明，李明接过，原来是在甄座羲家的录像，画面上只见是一个红色小盒子，一套梅花造型的铂金项链和耳环呈现在面前，梅聪凑近小盒子细瞧，赞道："好精致的花朵！"

铎佳上前一步，说道："这不是我买给未来儿媳的项链耳环吗？！这孩子，怎么放被子下面了？"

甄座羲的神情，微微有些紧张起来。

李明把手机还给梅聪，梅聪把录像重放给甄座羲看，看完后，紧张的甄座羲反倒彻底放松了："我妈都说了，这是她买给未来儿媳的礼物。"

"这可以相信，但你放到衣橱的最下面，也太有违常理了吧？"梅聪慢悠悠地说。

"这有什么？如此贵重的物件，我必须藏得严实点，不然有小偷进去岂不是一下就被偷走了吗？"甄座羕神态自若地反驳着。

"你——强词夺理！"梅聪气哼哼地坐下了。

李明与肖潇洒对望一眼："梅聪，审讯结束，回办公室。"

办公室内。肖潇洒左手托腮，右手在一张纸上乱画着。李明拿钢笔旋个圈道："这个甄座羕，真像块冥顽不化的石头。"

"李科，依我看，他既然讲自己没车，我们就从他的车入手——只有这样，才能让他心服口服！"肖潇洒把笔"啪"地一放。

"是呀，他的车到哪儿去了？"梅聪皱起眉头自言自语。

无人回答。这个问题如同一块石头沉入水底，很快不见了踪迹。

"车……"李明右手食指与中指轮流敲击着桌面，猛然停下，"立即审问霍一首、霍强以及隋丛，他们应该知道去向。"

"好！"肖潇洒两眼放光，"这次一定能让甄座羕低头！"

提审的结果给他们带来了一丝希望。霍一首和霍强称，甄座羕自从入住欢楠小区，就从没出去过，而他的黑车也从没见露过面。不过，霍强提供了一条重要线索，说有天晚上他去找甄座羕，暗号拍门两下后，甄座羕手拿电话开门，他听他说道："好，那你快点把它开走，钥匙在我妈那儿。"

霍强问是谁，甄座羕告诉他是他的表弟，想要他的旧摩托车，他干脆送他了。霍强说，因并未听到甄座羕的前段对话，他也不能确定是什么车。而甄座羕用的"开"字却使人想到汽车，如果是摩托车，一般人会用"骑"。

隋丛这边则无任何收获，据他说，自那晚出事后，他与甄座羕的联系仅限于手机，车的事情一点也不知情。

审讯完三个嫌疑人已到了下班时间。李明根据霍强提供的线索，制订了第二日的工作计划：寻找甄座羕的表弟，查出黑车去向。

第三十二章　配型

　　9月4日清晨5点，鱼肚白的天空下，薄雾冥冥环绕着整个世界，一辆奔驰和一辆宝马先后进入S市通往省城的高速公路。奔驰由滕冲的司机小于驾车，滕飞虎兄妹和詹晓龙坐在车内。后面是米米驾驶的宝马，乘客分别是詹向阳夫妇和詹晓晴。他们已与詹晓晴的主任医师甘泉教授预约，赶到千佛山医院后将会立即为他们做配型。

　　天渐渐亮了，天空浮现出几片晕红的云彩，如同彩绸飞舞动感十足。太阳则像一盏扁圆宫灯，从地平线冉冉上升，终于一跃而出形成滚圆的火轮，喷射出万千道耀人眼眸的金光，给万物罩上了一层灿烂的霞辉。整个世界顿时一片光明，黑夜里所有失望的心，在这一刻又开始跳动起新的希望。

　　千佛山医院。詹晓龙将外公、外婆托付给米米，他陪同妹妹和滕飞虎兄妹先去做检查，之后取血配型。当詹晓龙再次穿梭在熟悉的医院，心内不禁感慨万千。春天的时候，他曾满怀期望地在这儿为妹妹配型，但没有成功。这一次，他希望命运不要再跟妹妹开玩笑。詹晓晴紧挽住哥哥的胳膊，好像他是她的支柱，只有紧紧依靠着他，她才有安全感。滕飞虎兄妹则表现出微微的紧张。

　　经过常规检查后，詹晓晴和滕飞虎兄妹进入最后一道程序：取血。10点10分，他们三人的任务完成，剩下的，就只有等待了。

　　詹晓晴近几日身体不适，但她直到昨晚才对哥哥吐露。詹晓龙当晚即与甘泉教授联系，将妹妹的症状告诉了甘泉教授，甘泉教授建议詹晓晴住院进行全身检查。詹晓龙已为妹妹办好住院手续，此刻，他们六个人走进了詹晓晴的病房。

滕飞虎对大家说,下午他和妹妹必须赶回S市,不然爷爷奶奶会起疑心。

米米握着滕飞英的手说:"要走我们一起走。等你们高配我再来。"

詹晓龙也决定跟他们一起走。

米米、滕飞虎兄妹、詹晓龙回去了,詹向阳夫妇出门相送,病房里热闹的气氛犹如哈到玻璃上的热气,立刻蒸腾不见了。詹晓晴突然感觉心里很空荡,病房内雪白的一切都使她的心感到冰冷。她拥被侧躺,心中漫上无尽的寂寞。

詹向阳夫妇回到病房,见詹晓晴安静闭目,以为她已睡着,两人的对话立刻变为悄语。詹木兰紧挨丈夫坐在床边,说晓晴福大命大,遇到了这么多的好人。詹向阳"嗯,嗯"地应着并无其他言语。

手机提示音响,詹晓晴睁开了眼睛。詹木兰站起,从随身包中拿出手机递给詹晓晴。

詹晓晴翻看手机,居然是滕飞虎发来的短信:"晓晴,刚离开就有些想你了。回家的路上感觉离你越来越远,心里说不出的落寞。我现在在祈祷上天,希望能让我与你配型成功,只有这样,你的身体里才将有赶不走的我,我才能在你心里扎根。而这次走得匆忙也是有缘故的,一是怕你累,人多吵得慌;二是我怕爷爷奶奶起疑。如果你能很快回去,那是最好的,如果还要住几日也没什么,隔两天我会来看你的。"短信末尾,是一个由标点符号组成的笑脸。

詹晓晴的眼睛湿润了,她回道:"我要你永远陪着我,直到我离开这个世界,你肯吗?"

手机好久没有动静。就在詹晓晴失望得要把手机放回原位时,短信来了。

"宝贝,这是你的真心话?我快乐得简直要疯了,心像小鹿在胸腔中乱撞。如果不是在车内,我一定会跳起来的。现在我的手因激动发颤,发短信的速度明显变慢,而这都是你的短信惹的祸。好想捧住你的脸……"

詹晓晴将这条短信读了又读，寂寞和孤独的感觉，早已不知何时隐去，在她此刻心中荡漾着的只有甜蜜的充实。窗外阳光明媚，几只鸽子从天空飞过，悠远的鸽哨声，犹如一阵天乐在她耳内回旋。

"我感觉好幸福，飞虎。真想枕着幸福睡一觉，醒来再给你短信，好吗？"

"好，我等你的信息。"

收到滕飞虎的回信，詹晓晴把手机递给外婆，轻轻闭上了眼睛。很快，她进入了甜蜜无忧的世界。

下午，詹晓晴几项化验结果出来，甘泉教授看过了，皱起眉头对詹向阳夫妇说："几项重要指标重新出现了问题。看现在这些结果，詹晓晴的身体一定另有许多不适。她没跟你们讲过？"

詹木兰摇头，她并未发现晓晴的异常，只是觉得她近几天饭量有些变小而已："甘医生，是我疏忽了。下一步怎么办？"

"先住院治疗。不过，看现在的情况，需要尽快进行干细胞移植手术。"甘泉教授严肃地说完，见他们老夫妇两个，脸色苍白，紧张异常，便改用和缓的口气道，"不用紧张，用药后，她的状况会缓解的。"

老夫妇两个点头谢了他，一前一后走出了医生办公室。老两口边走边商量，最后一致决定不把真实情况告诉詹晓晴。

早上7点，当甄寰鸥来到自己的百货超市时，站在超市外一辆越野车边的一对年轻人迎了上来。他们向他出示了工作证，说要找他了解一些情况。甄寰鸥最初照面只觉眼熟，等看到工作证才猛然记起这两个人正是上次来这儿找铎佳的警察，但他记得上次来的是三个人。他在两人的示意下坐进越野车，发现回头望着他的司机正是三人中少掉的那个。

"梅聪，做好记录。"司机说。

梅聪把手中本子摊开说道："李科，开始吧。"

"甄老板，我们想了解一下你的亲缘关系。比如说，你和你爱人的兄弟姐妹。"李明开口问道。

"你们问这些干吗？我有权利不告诉你们。"甄寰鸥意外而吃惊，警惕地说。

"甄老板,你不知道吧?你儿子昨天被捕了!"肖潇洒横插进一句。

"骗人!"甄寰鸥脸色陡然变了,但他强作镇定,"我不相信!"

"你当然不会信!昨天下午你还见他好好的,是不是?"肖潇洒缓慢地说,"多亏了你去看他,我们才不费吹灰之力地找到了他。"

"你……你瞎说。"甄寰鸥额上沁出冷汗,竭力为自己争辩道,"下午我哪儿都没去,就在超市待了一下午。不信可以问超市售货员。"

"不用问。"李明对梅聪招手道,"看一下这个录像,你自然明白。"

梅聪打开手机,找出一段录像递给甄寰鸥。画面上,皮卡停在一户三楼小院外,铎佳和甄寰鸥同时下车,两人一前一后走进了小院。

甄寰鸥鄙夷反问着:"这能说明什么?"

"不必废话,"李明直截了当地说道,"跟我们去见你儿子一面,你就——"

"我儿子,真,真的被捕了?"甄寰鸥截断了李明的话,右脸肌肉抽搐着,紧张地问道。

"是的!"肖潇洒严肃地说,"昨天他负隅顽抗受伤,审讯过程中高烧,现在已经送去医院紧急抢救。被捕后他认罪态度不错,坦白了黑车的去向,说是被表弟开走了。因为他如今处于昏迷状态,所以我们只好从你这儿了解一些情况。"

李明和梅聪对视着微微一笑。

"车的事情,我完全不知情。"甄寰鸥低了头,"儿子从没跟我说过。他,他现在,有没有生命危险?"

"医生说暂时没有,你不必担心。"肖潇洒向李明和梅聪瞥个眼风,问甄寰鸥道:"甄座弒有几个表弟?"

"两个,我爱人妹妹家的。大妹家一个,21岁;小妹家的只有15岁。"

"小孩子不可能开车,应该是你爱人大妹家的男孩了。"李明用排除法迅速进行确定,又道,"麻烦你给我们带路,一起去你爱人大妹家一趟。"

"我想见儿子一面。"甄寰鸥说。

"我们回来后自然会带你去见他。"李明说着已经启动了越野车。

口子镇以小枣出名，家家户户院里院外、田间地头都是叶子油亮泛光的枣树，甚至有些整片的大田地都种上了枣树。那些碧绿的小枣，在明媚的阳光中好像一个个绿衣顽童从树叶间探头探脑，以各种可爱的姿态面对着路人。肖潇洒的老家是这儿，他笑着对两位同事说："李科，梅聪，小枣熟时，我请你们来吃鲜枣。"

李明笑着点头。梅聪欣赏着外边的枣林情景说："听说枣儿美容，咱们先说好了，枣儿熟时，我不但要来吃，走时还要带些回去的。"

"这个绝对没问题。"肖潇洒一甩头说。

李明笑了笑，故意卖弄关子道："要想长久有枣吃，最好的办法么——"

梅聪和肖潇洒都瞪大眼望着他。

"很简单，成为口子人呗。"李明说完，忍住笑，斜眼瞅着副驾驶座上梅聪的反应。

肖潇洒大笑："梅聪，我可以给你介绍个对象——口子镇的帅哥很多。"

梅聪回味过来，脸登时如同熟透的西红柿，她瞪他们一眼，说道："哼，两个大男人欺负一个弱女子。我是宁折不弯，决不贪图嘴头舒服而放弃人生的原则。"

说罢，脸贴着窗口，目光在车外游移，不再搭理他们二人。

肖潇洒伸伸舌头，与李明在反光镜中会意地笑笑。

几声清脆的鸟鸣，吸引了李明等人的注意力，梅聪的目光从窗外收回，问："哪来的鸟叫？"

肖潇洒调侃道："梅聪，鸟在树上，你在车里找什么？"

"树上没有。"梅聪肯定说道，"声音来自车内。"

甄寰鸥完全沉浸在自己的思绪中，目光呆呆地望着前方，完全没有听到他们三人的谈笑。鸟鸣声将他惊醒了，他从口袋掏出手机放到耳边："喂，你好！铎佳——哦，我有点事情出来了，你别生气，回去我再跟你解释。"

重生

梅聪回首睨一眼肖潇洒，一脸的鄙视。肖潇洒嘿嘿笑了，给她发一条短信："照后视镜，瞅瞅自己模样，像不像魔女？"

梅聪看了短信，恨得咬牙切齿，回首握拳晃了两晃。

甄寰鸥挂了电话，又被自己的思绪包围。说实话，甄座羑的被捕给了他这做父亲的沉重一击。此刻心情异常沉重的他，回忆起了那辆黑车的来历。

是前年秋日的一个傍晚，他从超市回家，在单元楼口处遇见儿子从一辆黑色北京现代里走出，他当时并未多想，本能地问道："座羑，那是谁的车？"

甄座羑拍着车顶说："我朋友的。"

甄寰鸥信得过儿子的驾驶技术，但信不过儿子的话。儿子中专毕业后，他曾托朋友在企业给他找了份工作，只干了两天，甄座羑就平地蒸发般影踪皆无了。朋友打电话问甄寰鸥时，他还蒙在鼓里。气冲冲地将这事告诉铎佳，铎佳却轻描淡写地说："多大点事呀，值得动火上气的？座羑说工作太累，他干不了，因此就去他朋友那儿帮忙了。"

"嫌工作累跟我打声招呼不成？！"甄寰鸥在朋友前丢了面子，怒气无处发泄，于是转到铎佳头上，"都是你惯出来的自由脾气！"

"甄寰鸥，请你自重！"铎佳铜铃眼射出一道凌厉的寒光，"哼"了一声道，"有些事点到为止最好！"

甄寰鸥一愣，乖乖闭了口，此刻的他极其清楚，如果他再来一句气话，后悔的将是他自己。他心目中的温柔女神，在结婚后立刻变得面目皆非，只要稍不顺心，铎佳轻则破口大骂，重则拳脚相加。若论打架，他本不输于她，可是铎佳是疯子，是不要命的疯子——记得有次，因一件鸡毛蒜皮的事两人翻脸，在卧室扭打到一起，毕竟是男人，力气大，他一拳把铎佳打倒在了床上。之后，铎佳站起来，铜铃眼射出两道寒光，不声不响出去，不一会儿抓把菜刀进来，二话不说举起就砍。甄寰鸥只当她吓唬人，料不到动真格的，吓得他在卧室东躲西藏，最后，终于跑出卧室脱离了险境。恼羞成怒的铎佳把菜刀向他背影抛去，砍到客厅的门上。他像经历一场噩梦，在朋友家躲了两天。铎佳给他打电话道歉，又亲自到朋友家接他，使他挣足了面子，他才回家去。进了家门，回头一瞧，客厅门上示威一般仍挂着那把菜刀。他问铎佳为何不把刀取下，铎佳嘟起嘴说力气小扳不动。他不言语，上前用力抓住菜刀把，满以为一下子就可拿下，谁知菜刀只微微一动，最终还是两手握住，用了吃奶的劲才把菜刀取下。从门的另一面，指甲轻轻一刮，木屑飘落，刀痕成了一道长条猫眼。他吸口冷气说："铎佳，你这一刀足以杀死我了！"

铎佳温柔而歉意地笑道："当时真是气疯了，脑子一片空白，多亏你跑得快，不然后悔的一定是我。"

甄寰鸥自此不敢轻易惹铎佳。他在妻子面前练就一身看眼色行事的本事，只要她目露寒光，他的话会立刻打住。儿子工作引起的不愉快没有继续下去，他知趣地闭了口，夫妻俩和好如初。

从那之后，儿子的工作问题，他听之任之。有人问他儿子做什么，他会把铎佳的话复制，跟人家说在他朋友处帮忙。别人问得再具体一点，比如在什么公司呀，他则答不出来，只尴尬地笑笑说他不太清楚。

确实，儿子在什么公司具体做什么，甄寰鸥真不知道，但他知道，自从甄座羖有工作后，不再跟家里要钱了。而且，有次铎佳举着一个存折向他炫耀，说座羖这孩子有心，自己挣的钱居然存了五万。儿子这样有出息，他自然高兴，那天，他特意弄了一桌菜，要为儿子庆贺一下。儿子小时候跟他特别要好，长大后因第一次工作的事，父子俩的感情出现了罅隙，从此有事只与母亲商量，极少同他交流。酒桌上，父子俩前嫌尽释，他借夸儿子攒下五万块钱的机会，顺便问他的工作情况，儿子却含糊其词地说，给朋友打工，具体就不要问了。他没再问下去，儿子的工作于是成了一个谜。问铎佳，得到的回答冠冕堂皇："他朋友的公司刚起步，不想张扬，等到座羖想告诉我们时自然会告诉我们。"

甄寰鸥的满心疑团只好就此打住。

儿子常常开那辆黑车回家，有次他忍不住好奇问道："你朋友自己不开车？"

儿子却说："他另有一辆新车，这辆旧车是他看我工作努力，暂时借给我代步用的。"

重生

甄座羕平日常是白天睡大觉，晚上夜猫子一样出行。甄寰鸥问他，他则说朋友处的工作需要倒班，别人都想上白班，他只好上夜班。甄寰鸥奇怪，何时好强而不肯让人的儿子改变了脾气，这么肯为别人着想了？这问题，儿子自然是不会回答的，妻子的回答是——座羕一向是个好孩子。他无语，问与不问没什么区别。当然，儿子晚上出行，确实有诸多不安全因素，有辆车开着，甄寰鸥就放心多了。

但近段日子，这辆车却很少见到。儿子经常以摩托车代步。儿子的微小变化都落在他眼里，他关心地问他怎么回事？儿子的回答是：这段日子公司事多，朋友需要这辆车，便还给他了。他记得，当时他是称赞儿子做得对的。

再后来，有天铎佳突然告诉他，儿子被人冤枉了！有人诬陷他在公司贪污了许多钱，要追究他的责任。儿子辩不过公司的人，于是躲出去了。甄寰鸥惊讶而疑惑地问铎佳，公司的人有没有证据？铎佳说不知道，但处在风口浪尖还是躲为上策。不过她敢打保证，座羕绝对没有贪污他们公司的钱。甄寰鸥道："你们娘儿俩目光短浅，这事怎能躲？弄不好会影响孩子的名声。等我找个律师，还座羕一个清白。"

铎佳却不赞成，说只要官司缠身，三五年就甭想再做别的。甄寰鸥想想也是，便问她这事该怎么办？儿子躲一时可以，但不可能躲一世。

铎佳拍手笑道："有了！冯敏可以带座羕出国，在美国，谁还能找座羕的麻烦？"

这主意确实不错，甄寰鸥也十分赞成。他佩服铎佳心思细密，两个人共同商量该怎么同冯敏谈此事。巧的是，阿敏第二天晚上来到了他家，铎佳委婉讲了让座羕去美国的事，但阿敏却不同意。于是铎佳要他想法让阿敏点头，在宾馆的时候，他遇到认亲的詹晓龙兄妹，因无法招架他们兄妹，他只好逃之夭夭，此事也就不了了之。

再后来，铎佳因霍一首被捕而给儿子换了藏身之地，且铎佳和儿子的旧卡也都弃之不用了，他给他们母子重新另办了新的。他想这次是万无一失了，等儿子躲过风头后，公司的事情估计也有了眉目，儿子可以正大光明地出来做事，不必像个老鼠见不得天日的憋在出租房里。

岂料警察居然神不知鬼不觉地跟踪他们夫妻，找到了儿子的藏身地并抓捕了他。而儿子现在的昏迷状况，更是令他忧心忡忡。

甄寰鸥想着，脑筋却又转了一个弯：哦，对了，黑车。自己今天状态不佳，思路总跑题。黑车难道是儿子贪污的证据？不然，警察为何只奔黑车而来？无数个谜团像蜜蜂一样围着甄寰鸥"嗡嗡"乱转，搅得他头昏脑涨。

"甄寰鸥，前面路口走哪个方向？"李明的问话打断了他的思绪，他吐出一口浊气说："右拐。"

车子按他指引的方向拐弯，而他则又陷入了自己的思绪。

第三十三章　聪明反被聪明误

口子镇西边的西北河村，一色的白瓷红瓦房整齐排列着，瓦房四周，绿树掩映。几只麻雀从树上飘然飞到阒静的街道上，悠然自得地蹦来蹦去，车子的到来使它们受到突然的惊吓，约好一般同时展翅飞走了。

铎佳的大妹已在家中等候。枣红色的外衣，直筒裤子，平底布鞋，典型的农村妇女打扮；卷曲的头发在脑后胡乱挽着，蓬松似一堆乱草；身形、模样与铎佳极其相似，走动起来，下颌以及脖子上的几圈赘肉立刻会随之颤动。

把甄寰鸥一行迎进屋内，她一面倒水一边说："姐夫，我不知你们要来，家里什么都没准备，喝点白水吧。"

甄寰鸥按照李明的吩咐，车到镇上才给铎佳大妹拨的电话。他介绍道："铎花，这几位是市公安局的同志，想找你了解点情况。"

"公安局？"铎花万分诧异地抬头问，"什么事情？我们可都是安分守己的人！"

"你儿子……"李明思索着该怎样把事情说清楚，不料嘴快的铎花接上话头说："我儿子在镇化工厂上班。他昨晚上的夜班，一会儿就会回家。我老公是出租车司机，我呢，就在家里打理几亩薄田，农闲时也会出去打打零工。这就是我家基本情况，警察同志。"

李明笑了："谢谢合作。我们想了解甄座羑的黑车——他的黑车，据说在你儿子手里？"

"是啊！儿子说座羑让他先开着，后来来电话要他把车卖掉。儿子要买，座羑却不卖，非要他卖给别人。也不知座羑搞什么鬼。"铎花递给李明一杯水,"虽然是辆旧车,儿子却很喜欢,现在,车没卖出去,他还开着呢。"

正说着,外边传来车喇叭的响声,然后一阵有力的脚步声穿过院子来到房前。

"妈,我回来了。"推门而入的男孩,个儿不高,脸白净而秀气,看到屋内坐了几个陌生人,神情立刻变得有些局促。

"我儿子萌萌。"铎花自豪地介绍。

"你好,小伙子。"李明站起与萌萌握手,然后问道,"甄座羖的黑车开回来了?"

萌萌点头。

"有人指证这辆黑车是一次抢劫所得,因此车作为赃物,将被带回市局等待确认。"李明说。

铎花瞪大眼,问询的目光转向甄寰鸥,却看到甄寰鸥从座位上站起,脸上现出惊讶至极的表情。

"谢谢你们的配合。请把车钥匙给我们。"李明伸手,萌萌把车钥匙放到了上面。

甄寰鸥此刻有无数个问题在脑中盘旋,但他一个字都没问出来。

回程路上,肖潇洒驾驶着黑色现代,甄寰鸥和梅聪仍旧坐在李明车上。甄寰鸥终于忍不住内心的煎熬问道:"李警官,座羖到底犯了什么事?"

"入室盗窃。前年一件抢劫致死案也与他有关。"李明望一眼后视镜中甄寰鸥吃惊的表情,轻拍一下方向盘,"看来你对你儿子真的不了解。据甄座羖的同伙交代,他是盗窃团伙的头目,赃物由他来分配。而且他入室盗窃已有六七年的历史。"

"啊?!"甄寰鸥震惊不已,神色黯然望着窗外道,"那么,他从中专毕业不久就开始偷东西了。都怪我,没早些发现及时制止,不然——"

"这孩子完了!"他失望而有气无力地自语着,两手紧紧抓住了鬓角的短发。

重生

梅聪见他如此，劝道："其实你不必太责怪自己，你妻子的责任我觉得比你大。"

"一样的责任，无所谓谁大谁小。"甄寰鸥抬起失神的眼睛，"我们现在去医院？"

"甄先生，对不起，"李明道歉，"你儿子没有受伤，他现在在拘留所。我们可以带你去见他。"

甄寰鸥微感意外，神情里多了一丝不解。

"是怕你不肯配合，所以如此说。"李明解释，又道，"你太太要不要一起去？"

"一起去。"甄寰鸥点头。

"好。"李明应着加快了车速。

S市里，李明的车停在了百货超市前。甄寰鸥下车后走进超市。不一会儿，铎佳和他一起来到车上。见到李明和梅聪，铎佳有些尴尬地说道："李警官，给你们添麻烦了。"

"不麻烦，这是我们的工作。"李明说着发动了越野车。

他们回到市局时，肖潇洒开着北京现代刚到。相比李明的开车技术，他还是差了一截，因此平日开车，非到万不得已不会让他开。

甄座峩见父母双双来到，深感诧异。尤其是铎佳，见他第一眼便说："座峩啊，好好交代，争取宽大处理。"

甄座峩望着铎佳说："我都交代了。"

铎佳点头，沉默了一会儿突然说："座峩，都是妈害了你。"

"李警官，我告诉你实情，前年那次抢劫，幕后主使是我，座峩所做的一切都是我的安排。我要他给袁薇爱个教训，最好让她从此不要说话。这事都是我的错，要惩罚你们就惩罚我吧！"

李明深感意外，料不到半路会跳出个程咬金，使此事急转直下。甄座峩目光流露出惊愕的神色，但只是一瞬间，随即恢复如常。甄寰鸥简直难以置信，张开的嘴好一会儿不能闭上。梅聪和肖潇洒同样诧异，但肖潇洒心细如发，目光悄然从每个人的脸上飘过。

"原来如此。"李明若有所思。

"李科，这样会有串供的危险。"肖潇洒悄扯李明，附在他耳边低语道。

李明会意点头，转向甄寰鸥夫妇说道："现在，甄先生可以打车回家，你太太嘛，我们需要向她了解些情况。"

李明等人离去了。甄座羕瞧见母亲偷偷回首，对他一笑。

在审讯室内，铎佳口口声声说自己是前年抢劫致死案的主谋。肖潇洒淡然笑了："铎佳，你既然是主谋，抢劫袁薇爱的动机何在？"

"我们之间有宿怨。"铎佳挺起胖身体，理直气壮地说，"是前年夏天的事情……"

前年夏天，铎佳到佳家超市买肉，在超市门前的路上，袁薇爱为躲行人，车头蹭到铎佳的皮卡侧身，划了一道深痕。她找袁薇爱理论，袁薇爱却说她的车并未蹭到铎佳的车，因此车痕绝不是她划的。铎佳气愤不已，当街与她争吵起来。袁薇爱讲不过铎佳，便打电话告诉家人。不一会儿，她老公滕冲来了。当时铎佳并不认识滕冲夫妻，她身后旁观者中有人悄声说："哟，来大神了，腾飞装饰公司的老板滕冲。"

滕冲倒很客气，劝解自己的太太，说既然撞了人家，赔偿算了，又与铎佳商量赔偿价格。铎佳听说是大老板，立即狮子大开口说要三千，其实那道划痕几百块钱就可以搞定。滕冲为了息事宁人，从公文包内点出三千块钱递给了铎佳。铎佳满意地点头说："咱们两清了。从此你们走你们的阳关路，我走我的独木桥，井水不犯河水。"

袁薇爱不满滕冲如此息事宁人，愤恨地说："但愿不会有人像我，大白天遇上倒霉鬼。"

铎佳本来心内欢喜，因此事赚了不少钱，袁薇爱的话却让她很不舒服，她瞪起铜铃眼怒道："什么遇上倒霉鬼，我瞧是你自找倒霉！"

袁薇爱不屑地说："你就是那个倒霉鬼！"

铎佳平日是泼惯的，哪受得了袁薇爱的话，三两步跳上前就要动手。滕冲见势不妙，迅速挡到太太前面，铎佳的胖拳头落到了他的胸脯上。

第三十三章 聪明反被聪明误

重生

他回首推太太:"坐我的车,快走!"

袁薇爱走了,抛下三个字:"倒霉鬼!"

铎佳欲去追赶,滕冲健壮的身板挡住了她:"对不起,我太太说话刻薄了点,请你不要跟她一般见识。"

铎佳"哼"道:"便宜了她!"拧身上车离去。

回家后她越想越气,虽然赚了些钱,却在面子上输给了袁薇爱,因此怀恨在心。再后来她悄悄打探滕冲一家,得到了他们家住址,便伺机让儿子跟踪袁薇爱,出一口被骂"倒霉鬼"的恶气。那年秋天,她去超市时偶遇袁薇爱,于是打电话要儿子去跟踪她。后来袁薇爱出了市里,甄座羕找翻斗车撞了她车,然后把她扔到路边,开了她的车跑回家来。铎佳说,北京现代的改装——换成黑颜色,也是她出的主意。

铎佳讲完了。梅聪放下笔问道:"这么说来,前年的抢劫致死案,你还真是主谋了?甄座羕另外的入室盗窃案,你有没有出谋划策参与?"

"别的盗窃案,我全不知道。只有袁薇爱这一次,我确实参与了。"铎佳一脸诚实的样子。

"铎佳,你知道说这话的后果吗?如果你的话是真的,将会被判刑。"梅聪以研究的眼光盯着她的脸说。

"我知道。"铎佳并不闪躲,她的目光有种气势,在哪儿都不怕的气势,"所以,我不要我儿子替我服刑。"

"你儿子房里搜出的耳环项链,记得吗?"梅聪冷不丁问道。

"记得,那是抢劫得来的,袁薇爱的东西。"铎佳神态自若,宛如在讲别人的事情,"儿子回来交给我,我说给未来儿媳,让他自己留起来了。"

"你和袁薇爱撞车之事,甄寰鸥知道吗?"肖潇洒接着问道。

"不知道。我没告诉他。"

"为什么?"

"告诉他也没用。他是个老实人,要他为我出气,这辈子不可能。"铎佳目光中流露出鄙夷,"同他说这事与同南墙讲没区别。"

肖潇洒紧追不舍："这么说，只有你儿子知道这事？"

"我没告诉儿子实情。只说两人有矛盾，很深的矛盾。"铎佳垂下眼睛说道。

"既然当时滕冲在场，你应该认识他了？"李明紧接着发问，不给铎佳喘息的机会。肖潇洒嘴角轻动，浮上一抹不易觉察的微笑。

"当然认识。"铎佳毫不思索地镇定回答，令李明感觉这是一只很难对付的老狐狸。她真真假假的这些话，不经证实难以确定。

"今天到此为止。"李明对两个下属点头道。

铎佳站起来："我可以回去了吗？"

梅聪淡淡地望着铎佳，她现在的样子太像一个单纯的女人了，与前面对话的那个精明无惧的女人形成了明显对比。李明和肖潇洒也感到惊讶，这话出自铎佳之口实在令人难以置信。

"当然，"肖潇洒幽默地停了一停，"不能回去。从现在直到案子侦破为止，你都要待在拘留所。"

铎佳撇嘴但没再说什么。李明三人回到了办公室，梅聪进门就说："这个铎佳，我看是个大骗子。你们看她那精明的大眼，沉着的表情，简直就是个一流演员。我倒很愿相信她是抢劫案的主谋。但如此精明的人轻易承认自己是主谋，这就是最明显的疑点。"

肖潇洒拍掌道："精辟！"

"梅聪，"李明伸出拇指，"说得好！这正是我们下一步的工作。"

"马上审问甄座羧，我倒要看看他们母子的叙述究竟能有几分相合。"李明倒上一杯水，嘘着热气说。

"铎佳在见甄座羧时已经预谋好了，因此她才会当着甄座羧说那番话。现在审问甄座羧，估计不会审出什么漏洞。"肖潇洒抚弄着自己的下巴道。

"主要情节也许相同，但细节却会暴露问题。"梅聪一口气把杯中水喝干，提出了不同意见。

"梅聪说得对。"李明赞同，"先从甄座羧入手寻找疑点，然后让滕冲来确认铎佳是不是前年与袁薇爱撞车的人。一切很快会真相大白。"

肖潇洒拿着保温杯,默认地点头。

审讯室。这次里面的主角是甄座羑。他神态自若地坐下,与上次审讯时没什么两样。

"黑车已经找到了,甄座羑,你还有什么话好说?"虽然李明上来就抛出黑车这枚重磅炸弹,甄座羑却不见一丝慌乱神情,他轻松回道:"我没话说。但我确实如我妈所说,是受她指派的。"

"你妈为何指派你去跟踪袁薇爱,你应该知道吧?"肖潇洒故作漫不经心地问。

"知道。两人闹了一些矛盾。"甄座羑做回忆状,说,"但具体事项我不清楚。我妈没有告诉我。"

甄座羑的这句话像一盆冷水,一下将李明等三人想要在他身上找突破点的希望浇灭了。

短暂的沉默。李明两手紧握,低头做沉思状;肖潇洒左手抚下颏,右手食指在桌上乱画;梅聪把钢笔盖上帽放到审讯记录本上,轻描淡写地问道:"受害人那套项链和耳坠,你一直自己留着吗?"

"是啊。"甄座羑毫不犹豫地回答道。

"其余人,你给他们看过没有?"

"没有。不对,卜崂获和隋丛见过。"

梅聪笑了,是胜利的笑。李明和肖潇洒也会意地微笑。甄座羑的目光在他们三个脸上逐一滑过,想要弄明白何事令他们微笑,可是,这是徒劳,他无法破译他们微笑的密码。

"甄座羑,再问一个问题,你为何在詹向阳家安装窃听器?"梅聪脸上的笑隐没了,她严肃地问道。

"就是想安呗,没有任何原因。"甄座羑满不在乎地说。

"你组织人跟踪他家人所为何事?"梅聪猛然想起卜崂获的供词,问道。

"从窃听器中偷听到他家有宝贝,所以跟踪他们。"甄座羑翻起白眼说,"但宝贝没见到,他家人却不知搬哪儿去了。"

"到此为止吧,梅聪。"李明急不可耐地说。

三人再次回到办公室。

"铎佳的供词多半是假的。"李明举起水杯,说,"梅聪,若不是你,他们母子之间的漏洞,恐怕也打不开。"

梅聪笑了:"李科,只能说找到一个漏洞,打开还早呢。铎佳不是简单人物。不信,等再审讯时,自会见分晓。"

"我明白。"李明颔首。

"我给滕冲打电话,要他和他女儿来一趟。"梅聪把自己手机晃晃,"滕冲与铎佳面对面,这才是真正好戏的开始呢。"

肖潇洒眉毛抬起,笑道:"嗯,滕冲与她见面之前,我想……"

附到梅聪耳边低语几句,梅聪顿时眉开眼笑。肖潇洒又将自己的打算悄悄告诉了李明,李明大手一拍:"就这么办!"

当铎佳再次坐到审讯室时,她的神情似向李明三人说:"问吧,我不怕。"

"据你儿子说,他并没把项链耳坠给你看。"李明单刀直入,眼睛直直盯着铎佳。

"我忘记了。"铎佳蹙起眉头,又是一记反攻,"这事都过去两年了,谁还记得清楚?"

"甄座峩跟踪詹向阳一家的事情,你知道吗?"梅聪抛去一个疑问球。

"这个……"铎佳有点拿不定主意,她试图从梅聪的脸上看出点端倪,但她立刻发现这是徒劳。内心挣扎之后,她终于做出回答,"不知道。"

"你儿子说原因在你。"肖潇洒出人意料地说。

"他,他怎么说?"铎佳强自镇定,心内却乱了方寸。她不能确定儿子说了什么,而她的话也将会成为攻击儿子的借口,因此她必须谨慎开口。

"他怎么说不重要。"李明嘴角浮起一抹笑意,"重要的是你怎么说。"

"我——"铎佳真的纠结了。她低了头,好一会儿没开口。

第三十三章 聪明反被聪明误

李明三人静静等待。

"好吧，我全说。"铎佳终于抬起头来，"寰鸥一次无意中提到，当年詹雨儿曾对他说，她家有笔祖宗留下的财宝，在后辈有难时可以取出帮助渡过难关。詹晓晴得了白血病，要寰鸥父子为她做配型，我记起了这事，便对儿子说他们家大约要去取祖宗留下的财宝了。儿子问怎么回事，我把原委告诉了他。后来儿子曾喜滋滋地告诉我，詹向阳家那些财宝我有望见到。我问他怎么回事，他说在他家装了窃听器。当时我很高兴，嘱咐他一定要小心，但不知什么原因他最终并没有得手。"

正说着，梅聪的电话突然响了，她起身走出审讯室："你好！哦，是你们呀，在哪儿？好，我看见你们了。"

她挂断了电话，伸出一只手在空中摇着。滕冲父女正在一位工作人员的陪同下向她走来。梅聪与他们父女握手，低声讲起前年抢劫案的犯罪嫌疑人全部落网但主谋尚未确定的事。而请滕冲来正为此事。她把铎佳撞车的事讲了一遍，滕冲摸着头说："是有这事，那个女人也确实比较凶。"

"请在门外稍等。一会儿由你来确认前年撞车的女人是不是审讯室的女人。"梅聪低声说完又走进了审讯室，悄悄对肖潇洒使个眼色。肖潇洒会意点头，起身出去了。不一会儿，他带进一个穿西服打领结、气宇轩昂的中年男人。

"铎佳，这是滕冲，你认识他吗？"肖潇洒问铎佳道。

滕冲在门外惊诧，差点脱口而出："我是滕冲，他不是！"

铎佳点头说道："认识。"

肖潇洒再次问道："你确定？"

铎佳点头。

梅聪微微一笑，把门外的滕冲父女招呼进来。

"你认识这个人吗？"肖潇洒转身指向滕冲。铎佳的目光像燕子掠过水面，说道："不认识。"

肖潇洒拍着穿西服的男人肩膀说："谢谢你，老周。你忙吧，有时间请你吃饭。"

老周与他会心一笑，走了出去。铎佳两眼发直，不知道肖潇洒葫芦里卖的什么药。

李明右手叩击着桌面说道："铎佳，你不认识的这位正是滕冲先生。所以——前年的抢劫案，主谋不是你！"

铎佳有些崩溃了，精明的她算计了一辈子却被别人算计了。她不甘心但已无力回天，只得装痴卖傻："我忘记滕冲的模样了。"

这时，滕冲却冷不丁说道："你不认识我，我却认识你。"

第三十二章　聪明反被聪明误

第三十四章 老鼠爱大米

几近崩溃的铎佳眼前一亮："你还记得我？"

"岂止记得，一辈子也忘不了。你是我见到的最凶悍的女人。"滕冲冷冷地说道。

"怎么回事，滕经理？"肖潇洒眼看前功尽弃立即转身问滕冲，期望事情出现转机。

"她正是冤枉我妻子撞车的那个女人！"滕冲指着铎佳说，"她的模样，说话的神情，一点都没变。"

肖潇洒失望地叹气，他们费尽心机得来的逆转，此刻显示的却全是失败。李明双眉紧蹙，研究地望着铎佳；两手莲花般撑住下巴颏的梅聪，低垂眼睑，独自思量此事蹊跷之处。铎佳目光逐一从李明、梅聪、肖潇洒脸上掠过，眉梢眼角绽开了胜利的微笑。滕冲奇怪大家的态度，与女儿对视，想得到"他们怎么了"的答案。滕飞英一脸茫然，如坠云里雾里，不知上演的什么把戏。

一丝疼痛从梅聪的胃部传来，先是一点一点的钝痛，随后是尖利的针扎般的点痛，梅聪捂住了胃部，只觉眼前黑星乱蹦。然而就在这黑星里，突然出现的一点火花蓦地照亮了她黑暗的思维。胃部的疼痛仍在，可是被心中的快感取代，无足挂齿了，她抬起头问道："滕经理，你还记得她的名字吗？"

"铎花。"滕冲脱口而出，"这是前年她自己说的。"

一丝笑意如雨后彩虹在梅聪忍痛的脸上出现了。肖潇洒瞪大眼睛，怀疑自己的耳朵出了问题。李明右手食指在桌上点了两点："我明白了。

小肖，暂时停止审讯，下午你去西北河村证实此事真假。"

肖潇洒立正敬礼："是，李科！"

"不用去了，我说实话，我全说实话！"铎佳突然大喊起来。

原来，铎佳口中所说的撞车事件女主角恰好是她的妹妹铎花。铎花得了钱扬扬得意地同姐姐说起这事，但妹妹最后的一句话却使铎佳有了报复的想法。铎花说："那女人居然骂我'倒霉鬼'，我们铎家人从小就没受过这种气。姐姐，你若见到那女人，可一定要帮我出这口恶气。"

铎佳非常迷信，自家人被说"倒霉鬼"，倒霉事势必会牵扯到家人。她一心要替妹妹出这口恶气，于是便发生了那次抢劫案。

"你的这些话还需要你妹妹的证实。"李明说着，眼角无意中瞥到梅聪，见她脸色苍白，额上青筋暴突，豆大的汗粒直冒，不由惊慌失措地问道："梅聪，你怎么了？"

"饿。"梅聪低声说。

肖潇洒看表，下午1点30分。他立刻搀起了梅聪，滕飞英也帮忙揽住梅聪的腰。李明说要送她去医院，梅聪坚决不肯，说自己从小落的病根，饿过头了就会如此。

他们把她搀进办公室，滕飞英从随身包里取出一个蛋黄派给了梅聪。梅聪感激地接过，细嚼慢咽地吃下去，不一会儿，她的脸色恢复了正常。

李明见此，十分欣喜地说要请两位下属以及滕冲父女吃饭，请他们原谅自己忘记时间以至于让他们跟着挨饿。滕冲笑称已吃过午饭，和女儿一起告辞了。李明送走他们，在两位下属的建议下来到食堂，请师傅为他们下了三碗西红柿鸡蛋面。饭后，梅聪被安排在办公室整理一些文件，李明则和肖潇洒直奔西北河村。

中午下班后，詹晓龙在赶往食堂路上遇到一个年轻同事，问他去探望张青了没有。詹晓龙一脸茫然，问是怎么回事。这位皮肤黝黑的同事盯着他的眼睛道："呃——她和董医生分手了。"

詹晓龙恍然大悟，这几日只顾着妹妹配型的事，把张青的事全抛脑后去了。他拍着额头笑问："你去探望过她了？"

重生

"没有，不知该以什么名义去看她。"那男同事揽住詹晓龙肩膀道，"晓龙，要不我们两个一起去，你看好不好？"

"不好！"詹晓龙眼光雪亮，像瞧透明人般望着他，"怎么，郑果，有想法？"

"有点想法也正常嘛！"郑果黑皮肤上微透红晕，"晓龙，就算陪我去一次，成不？"

詹晓龙平视着他，目光里流露出一丝犹豫的神色："郑果，我如果去了，张青一定会尴尬的。"

"我听说了。"郑果打断了他的话，点头道，"她对你印象很好，这次你又救了她，况且，你现在有了女朋友，她不会再起什么妄想。晓龙，直接说吧，这个忙，你帮还是不帮？"

"我有女朋友？"詹晓龙推开郑果，正色问道，"在哪儿呢？"

"晓龙，大家眼睛透亮，不用打马虎眼。你女朋友的名字大家都知道了，听说叫滕飞英！"

"谁呀这是？八字没一撇的事，弄得我好像都订婚了！"

"别扯开主题，赶紧说，忙帮不帮？"

"以为你傻，没想到虑事倒很全面。"詹晓龙不禁刮目相看，他拍着郑果的肩膀，认真说道。

郑果一脸苦涩地笑："在这种非常时刻，我的出现只会令高傲矜持的她感动，而有可能接受我！晓龙，这是一次机会，就算我求你，好不好？"

詹晓龙的表情由吃惊转为敬重，爱一个人，在她可能有更好际遇时默默祝福她；在她最落魄失意时及时出现，包容接受她，这样的爱，不是真爱是什么？

"午饭后我们就去！"詹晓龙一锤定音，郑果大喜过望，握拳举起"耶"了两声。

饭后，两人来到医院全福元超市，郑果在鲜花区，请服务员包了11支红玫瑰，代表他的一心一意；然后在保健品处拿了固元膏，说要让张青好好补补。詹晓龙则挑选了一些水果。收款台前，郑果坚持由他来付账,詹晓龙不肯,为避免争执,他到另外一个收款台去了。

走出超市,两人打了一辆出租车,在郑果指引下向张青住处驶去。

张青现与同学合租了一间车库,就在医院东边不远处的新启小区之内,詹晓龙和郑果很快就到了。那间车库的大门是绿色,虚虚掩着,郑果推詹晓龙在前,自己躲到了他身后。詹晓龙敲门,里面一个熟悉的声音问道:"谁呀?"

詹晓龙回首低声道"是张青",然后高声回答:"我,詹晓龙。可以进来吗?"

门内响起一阵窸窸窣窣的声音:"稍等一下。"

门开了,一个形容憔悴的影子出现在门口,他们二人定睛细瞧,来人正是张青。她明显瘦了,脸色蜡黄,颧骨高耸,平日穿的一件荷叶边立领衬衫,此刻显得空空荡荡,好似买大了一个号码。平日极有主见的眼神此刻却低垂着在地上游移,不肯直视他们两人。张青目前的样子与从前判若两人,詹晓龙不由得暗暗唏嘘。

"你们怎么来了?"张青身子后退一步说,"进来坐吧。"

外边是晴朗的白日,车库在掩上房门后却与夜晚无异。郑果把花举到张青面前,张青没接。转身,她避开这尴尬的面对,拿起一只玻璃杯道:"喝点白水吧。"

詹晓龙打量着成为闺房的车库,两张床贴墙而立,墙上钉有衣架,衣架下面各有几朵粉色大贴花。此外,只有一张棕色木桌。

"请床沿坐,屋子狭小,别见笑。"张青递过玻璃杯。詹晓龙点头坐下:"收拾得很干净。"

郑果抱花紧挨着詹晓龙坐下。詹晓龙胳膊肘捅他,示意他把花放下,见他一脸为难,便说:"张青,郑果特意为你买的花,你看放哪儿合适?"

"放床上吧。"张青说着,递给郑果一杯水。

"插到花瓶里会开得久些。"詹晓龙放下水杯,眼光四处搜寻,墙角一只大可乐瓶定住了他的目光。

"郑果,来,把花放这儿。"他捡起可乐瓶,在旁边红桶里舀出些水倒进去,说道。

第三十四章 老鼠爱大米

重生

郑果感激又佩服，走过去，欲把花插进临时花瓶。

"瓶口太小了，怎么插得进去？"张青说着，从床底拖出一个大白瓷花瓶，"放这儿吧。"

郑果悄悄对詹晓龙伸伸舌头，詹晓龙微微一笑。

玫瑰花插到白瓷花瓶里，更加鲜艳夺目。黯淡的车库因这束玫瑰花的存在，有了一丝生机。

"谢谢你们来看我。"张青站在书桌前，背对着詹晓龙二人，手指轻轻抚着玫瑰温润的花瓣说道。一滴泪水，静静落到花瓣上，露珠一般滚来滚去，却终究没有滑下来。

"不用客气。"郑果的胳膊挨了詹晓龙的轻捏，立刻回应道，"好好养身体，争取早日去上班。"

"我要辞职了。"张青淡淡的一句话把身后的两个人镇住了。詹晓龙清楚，以张青要强的性格，这是迟早的事。

"这事并非全是你的错。"郑果不顾詹晓龙的轻咳和阻止的眼神，执拗地说下去，"大家都知道，是董医生不负责任。他既然稳坐不动，你凭什么要走？"

"我为什么非要留在这儿让别人看我的笑话？"张青回身，脸上多了一丝倔犟，"我有我的自尊。"

"理解你！"詹晓龙说，顺便悄捅郑果胳膊，希望他与自己保持一致。郑果只得随声附和："理解你！"

"晓龙，对不起。那天你女朋友到医院……"

"我都知道了。因为你，我们的感情反倒比从前更好了。"

"我这叫'恶有恶报'！"张青自嘲地苦笑起来。

郑果不知他们之间的因果，忍不住问詹晓龙："怎么回事？"

詹晓龙尚未回答，张青突然停住苦笑问道："郑果，你今天来是为了看我的笑话吗？"

"玫瑰做证，我一心一意地喜欢你！"郑果终于得到表白的机会，马上回答。

"虽然不喜欢你，但我还是有点感动。特别是在这种时刻，说这种话。

郑果，我们打开天窗说亮话，如果我在这时把你当依靠，以后，你会把我的痛当把柄来要挟我的。"张青微眯起眼睛，一针见血地说。看得出，她精神好了许多，至少她说话的神情，又恢复了从前的样子。

郑果大胆问道："没有验证，说这话有些不负责任。张青，你肯验证一下吗？"

"有什么不敢？只是我看透了，现在心累得很。"张青右手扶住额头说。

"也许我是一剂良药，可以让你的心重新焕发青春。"

"我觉得自己苍老如同老太太，再不会焕发青春了。"

"给郑果一次机会。"詹晓龙拍着郑果肩膀说，"此人肯定是真心，我敢打包票。"

"好，郑果，那我问你，我辞职你怎么看？"张青正色说着，抛过一个皮球。

"只要你觉得好，我都支持。况且你有技术，不怕找不到工作。"郑果应付自如。

"也许我不想出去工作，让你养着我，你肯不肯？"

"我求之不得。"郑果激动地站起来，"只要你不嫌弃我父母在农村，暂时还买不起房子，我们的生活也许会苦点，可是，我一定会让你幸福快乐。"

张青再次转身背对，眼前一片迷蒙。这个曾经被董医生迷惑，在他的山盟海誓下，以为可以走捷径进入生活富足圈子的女孩，蓦然回首却发现自己大错特错。而面前的郑果，她虽从未正眼瞧过他，却出人意料地在她人生低谷时刻，说出肯养着她的话，并且卑微地说"只要她不嫌弃"。生活戏剧性地改变，彻底颠覆了她对爱情的理解，此刻，她需要好好反省对人生的看法。

"其实，人的每一次痛苦经历都是走向成熟的一个阶梯，这是我对生活的理解。"郑果语重心长，如同一个大哥哥般说教着，"不要害怕这些经历，走过去，回过头来，会发现这是一笔财富。比如我。"

詹晓龙讶异地望着郑果，期待他下面的话，可是他却像说书者，讲

重生

到紧要处突然打住了，留给听众一片遐想。

张青显然也想知道郑果下面的话，回身问道："你怎么？"

"以后告诉你。"郑果一本正经地说着，立起身来："晓龙，我们是不是该走了？"

詹晓龙点头，向张青告辞。郑果眸中闪过一丝灼灼火焰："张青，晚上请你吃饭。"

张青既没拒绝也没答应，只淡淡地说："你们路上慢点。"

外面阳光依旧明媚，乍从车库中走出，两人眯起了眼睛，好一会儿才适应这世界。在出租车上，郑果兴高采烈没腔没调地哼起了《在那遥远的地方》，詹晓龙捂住耳朵笑道："赶紧打住，否则我打举报电话投诉你噪音污染。"

回到医院，两人在一楼分手了。

下午忙了一阵，病人渐少，詹晓龙悄悄出门给妹妹打电话，问她今天的情况。詹晓晴告诉他一切都好，不要挂心。但外公有件事不放心——新家里的菊花，不要忘记了浇水。詹晓龙让妹妹转告外公尽管放心，家里一切自有他照管。挂断电话没几秒，滕飞英发来信息，请詹晓龙晚上去她家吃饭。

下班后，詹晓龙在宿舍楼前，发现了滕飞英的车。滕飞英下车笑着说："知道你会来宿舍，直接在这儿等你。"

她今天换了装束，粉色泡泡袖外套，里面搭着粉吊带，下面是灰色百褶裙，粉色靴子，站在车边，如同从动画片里走出的漂亮美眉。

詹晓龙细细打量着她，忍不住衷心地赞叹："真漂亮！"又一扬眉毛，故弄玄虚道："跟我上楼，有惊喜给你。"

滕飞英眼神一动，讶异道："什么惊喜？"

詹晓龙拉起她的手就跑："现在不告诉你。"

宿舍内静悄悄的，詹晓龙打开床头的一个四方纸盒，拿出一个可爱的塑料娃娃。这个娃娃是个小男孩，白衬衣，黑色吊带裤，模样倒是很绅士。詹晓龙把娃娃举到滕飞英跟前笑道："送你的。"

滕飞英不接："我不是小孩子,要这个干吗?"

话未说完,娃娃突然扭起屁股唱起歌："我爱你/爱着你/就像老鼠爱大米/不管有多少风雨/我都会依然陪着你/我想你/想着你/不管有多么的苦/只要能让你开心,我什么都愿意/这样爱你……"

滕飞英的表情由惊吓到惊讶再到惊喜,瞬间之内变了三遍,她接过娃娃说道："我要了。"

詹晓龙笑问："算不算惊喜?"

"算呀!"滕飞英调皮一笑。

"再给你一个!"詹晓龙说着,猝不及防地在滕飞英额上印下一吻。

滕飞英脸红道："你真坏!"

"坏吗?"詹晓龙斜瞅着她,道,"再说一次看看?"

"你——"滕飞英只来得及说出一个字,腮上早又着了詹晓龙蜻蜓点水般的一吻。

詹晓龙挑战般向她做个鬼脸："怎样?还敢说我坏吗?"

滕飞英不再开口,而是动用粉拳,在詹晓龙胸膛上擂鼓般捶了几下。詹晓龙笑嘻嘻地说："再来几下,真舒服!"

"哼!"滕飞英扭转头,装作生气不再理他。詹晓龙小心翼翼赔罪："生气了?对不起,我开玩笑的。"

滕飞英瞥他一眼,忍不住"扑哧"笑了。

詹晓龙也笑道："不跟你闹了。飞英,我先去冲澡,你等我一会儿。"

冲澡回来的詹晓龙精神焕发,他在镜子前晃了晃,两手当梳,从前向后在头顶抹了几把,又拿起剃须刀在下巴颏处剃着,一边回首笑道："飞英,帅不帅?"

"臭美!"滕飞英走近他,指着镜子里的他说,"眼睛太大,鼻子太直,嘴巴的轮廓太性感,总之,是——"

詹晓龙等着她扁人的话出口,滕飞英却转脸面对他,点着镜子的手点到他额上："太帅了!"

说完又望着镜子,点着自己的小脸说道："不过呢,这个女孩子也不

重生

是一般的漂亮哦,配上帅哥正是亮目的一对!"

詹晓龙突然爆出一阵大笑,等笑平定后,他指着镜中洗澡后新换上的粉色衬衫,目光却望着滕飞英:"像不像——情侣装?"

"当然像了!"滕飞英挽住詹晓龙胳膊,晃了两下,"帅哥走吧,快点出去亮亮你的帅模样。"

詹晓龙一笑,挺胸大步走出宿舍。

第三十五章　一家欢乐一家愁

去滕飞英家的路上，詹晓龙将今天中午和郑果去看张青的事，一一讲来，只听得滕飞英唏嘘不已。

"张青虽然走过弯路，但如果郑果能与她修成正果，她的爱情结局还是挺圆满的。"滕飞英说这话时，他们已经来到滕家楼下。

"难说。张青性格倔犟，郑果虽然感动了她，以后的事却不敢妄下定论。"詹晓龙摇头说着，很自然地拉起滕飞英的手，"我们不必咸炒萝卜淡操心，每人自有每人的缘分，只要我们好好的就成！"

"说得对。"滕飞英莞尔，话题顺势一转，"有件喜事要告诉你，是关于我们家的。"

两人此刻走到楼梯上，詹晓龙停下脚步，微笑问："什么喜事？"

滕飞英正要回答，后面却有人说："回家再说吧，飞英。"

她和詹晓龙不约而同地回头，原来是滕冲和冯敏在他们身后。滕飞英惊讶道："爸爸、冯阿姨！"

詹晓龙慌忙松开滕飞英的手，脸微微红了。

"你爸说你家有大喜事，要我来贺喜。"冯敏笑着举起自己手中的礼盒，"我不知什么喜事，最后挑了一套比较实用的茶具。"

"谢谢了，冯阿姨。爸爸正想换套新茶具，你送的礼物立刻就能派上用场。"滕飞英笑睇滕冲一眼，"我来拿吧。"

"如果是你们两个的喜事，这个就不合适了。"冯敏脸上现出歉意的笑，把茶具递给滕飞英，"真要是你们，我会另补一份的。"

滕飞英脸上一层层红云跌宕上来，她撒娇道："爸爸，你看冯阿姨。

重生

我和晓龙能有什么喜事呢！"

腾冲温厚地笑了："你和晓龙嘛，现在暂时没有，以后就难说喽。"

"爸——"腾飞英嘟起小嘴微嗔着。

滕冲忙摆手道："好，好，我们不说这个。到家了，飞英赶紧开门。"

打开门，一桌丰盛的晚餐已经摆上桌，爷爷奶奶和滕飞虎已在等着他们的到来。大家依次坐下，滕冲举杯道："今天，薇爱的案子终于告破，犯罪嫌疑人全部抓捕归案，公安干警下午去西北河村，通过了解情况确证了主犯。据负责此案的李科讲，凶手很快会移交给检察院，等待他们的将是法律的严惩。"

"薇爱在天之灵可以安歇了，我们一家也终于出了口郁闷之气。"滕冲笑着，眼中却氤氲着一层雾气，"来，大家为这件大喜事庆贺一下！"

酒杯碰得一阵脆响，大家都把杯中酒喝干了。詹晓龙心中有个问号像皮球梗在那儿，不把它取出感觉好似要把心涨破了。他放下酒杯忍不住问："滕叔叔，主犯是谁？"

"甄座羲。"滕冲嘴唇微动，轻轻吐出三个字。

这本在詹晓龙意料之中，但他还是震了一震。尽管他对甄座羲没有好感，却毕竟是同父异母的兄弟，况且若是这件案子的主犯，判刑必重，突然减了兴致。

"甄座羲？"一声惊叫，汇聚了所有人的目光。冯敏眸中流露出难以置信，或者说不愿相信，"真是他，滕冲？"

滕冲如梦乍醒，冯敏是甄座羲的姑姑，他怎么把这茬给忘了？他家的喜事，在冯敏看来却是一件悲哀的事件。事已至此，他不知该如何收场了，点头或摇头似乎都不合适，干脆装作未听清不予回答。

滕飞英嘴快地说："是他！今天，他妈想把事情揽到自己身上，可惜经过核对情况没有成功。另外，他妈也牵扯进多年前的一件旧案，干妈的女儿施曲，当年就是因她才出了事故。"

滕冲想要拦阻女儿却已经晚了，他只得以眼色频频示意，然而滕飞英只顾自己讲得痛快，父亲阻止的目光完全没有看到。她讲完了，滕冲无奈地低下了头。

冯敏字字听得清楚，说不出的惊骇在她脸上一览无遗。

在这一刻，詹晓龙突然意识到冯敏和他有着一样的痛。但他并不知道，冯敏的痛比他厉害得多，她是站在哥哥的立场来看这件事，事件的结果自然不同。而詹晓龙只是一个旁观者，铎佳与他无关，父亲他也未曾考虑在内，他只是为同父异母的弟弟惋惜。

请来贺喜的两个人，居然都说不出祝贺的话语，而滕冲，此刻正暗怪自己粗心，忽视了冯敏和甄座羲的关系以致出现如此尴尬的场面。幸亏他见的世面多，很快心中有了主意，决定力挽狂澜扭转乾坤。

"对不起，冯敏。"滕冲诚恳致歉，"是我的疏忽，只记得自家的喜事，忘记甄座羲是你侄子，请你不要见怪。"

冯敏已从惊骇中恢复常态，她摆手道："不用自责，滕冲，即使他是我儿子也是罪有应得。你能告诉我这件事，我应该感谢你才对，不然这消息我恐怕没办法得到。"

"甄座羲是主犯，我也很意外。"

"父母是孩子的榜样，这话一点都不假。只要看他爸妈的样子，他走到这一步，也就在意料之中了。不知铎佳会不会被判刑？"

"这个不清楚。我帮你问问？"

"不用了。晚饭后我想去趟哥哥家。"

滕飞英听到父亲和冯敏的对话，不由自主地望了一眼詹晓龙。她记起詹晓龙与冯敏的关系。而詹晓龙此刻全神贯注在面前一双筷子上，不动也不说话，耳朵却极力伸长，想把滕冲和冯敏的话全部吸收进来。

"是该去看看的。他们家恐怕……"滕冲突然打住话头，因为他看到了冯敏眸中的泪水。夹起一个绿色的虾丸放到冯敏面前的小盘中，他转换话题道："冯敏，尝尝刘姨新学的绿茶虾丸，味道很棒。晓龙，你也尝尝。"

冯敏低了头，将虾丸放到嘴中，"唔"了一声。一颗眼泪悄悄滑落下来，她假装抚弄头发，用手指轻轻擦去。

晚饭的气氛有些沉闷。一直默然不语的滕飞虎将一切看在眼中，他觉得想要改变餐桌气氛，必须得另外转换话题，于是向詹晓龙发问道：

第三十五章　一家欢乐一家愁

重生

"晓龙,今天晓晴的状况怎样?"

果然,这个话题引起所有人的注意,大家都静等詹晓龙的回答。

"晓晴还好。哦,我差点忘了,她嘱咐我给外公浇花。"詹晓龙转头对滕飞英道:"飞英,记得提醒我,不然我一准会忘记的。"

"晓晴怎么了?"冯敏眸中的悲伤消失了,取而代之的是一片担忧的神色。

詹晓龙一副云淡风轻的表情:"姑姑,晓晴没事,例行检查后在济南住下了。"

詹晓龙的回答赢得了滕飞英的暗暗喝彩。刚才她怕他说出配型的事差点伸脚去踩他。

"没事就好。晓晴这孩子乖巧可人,可惜得了这个病。"冯敏叹息一声,"明天能不能回来?"

"可能会住些日子。"

"为什么?"冯敏脸上再现惊骇。

"有人为她捐献骨髓,现在刚做了初配,再过几日才能出结果。而她正好借此把身体调理一下。"

冯敏开心地笑了:"这可是大喜事。捐献骨髓的是什么人?"

"好人!这世上好人真的很多,姑姑。"詹晓龙意味深长地说。

爷爷因有人为詹晓晴做配型,从而减少了对滕飞虎兄妹的忧虑,非常高兴地笑道:"晓晴有福,来,我们祝愿她身体早日康复!"

滕飞虎悄悄地对滕飞英做个鬼脸,两人会意地笑了。他率先举杯大声说:"祝晓晴配型成功!"

餐桌的气氛终于活跃起来。奶奶说:"现今社会,还是好人多。"

她讲了一个好人好报的故事。说一个人在公司加夜班,因为想快些忙完,为免分心把手机关了,忙到半夜时疲累不堪地趴在桌上睡着了。醒来已近凌晨,打开手机,上面是十几个新婚妻子的来电。怕妻子担心,他决定立刻回家。在离家不远的路上,他听到路边有女人喊"救命"。因是凌晨,路上一个行人都没有,他听女人喊得十分凄惨,想都没想,抛下电动车,抓起车上的铁链锁就跑进了路边灌木丛。只见两个男人正预备非礼喊救命的女人，他把铁链锁抡起来，大喊道："来人哪！捉强奸犯！"

两个男人吓得屁滚尿流，一溜烟跑了。扶起衣衫不整的女人，他却发现是他妻子。问她怎么在这儿，她说睡到凌晨还没见他回家，打他电话又关机，不知出了什么事情，非常担心，便到路上等他。谁知被两个贼瞄上，先逼她拿钱，后来听说没带钱又想非礼，她竭力挣扎呼喊，没想到竟然遇到了他。

这个故事把大家逗乐了，滕飞虎说："奶奶，这都是人瞎编的，哪有这么巧的事情？"

"是件真事，飞虎。"爷爷说，"那人是我朋友的孙子。俗话说'无巧不成书'，事实上，书中的巧遇故事都是取材于现实的。"

滕飞虎抬眉耸肩，表示无话可说。

饭毕，冯敏稍坐便要告辞。詹晓龙要和冯敏一起走。滕飞英毛遂自荐送他们，滕冲伸手做了一个"停"的动作："飞英，让你哥去。"

"我要跟哥哥一起去。"滕飞英嘟起嘴急切地说。

滕冲要阻止，滕飞虎附他耳边低语道："爸，晓龙到哪儿，飞英一定会跟着。明白？"

滕冲微笑："好，你们去吧。"

秘园小区对面的店内几乎全都透出了灯光，唯有甄寰鸥家的百货超市，门前漆黑，无人营业，仿佛光明区域里的一点黑渍，孤独地瑟缩着。

在冯敏的指引下，滕飞虎直接将车开到了甄寰鸥家楼下。詹晓龙陪冯敏上楼，滕飞虎兄妹在车里等他们。

冯敏在门前敲了好久，门才开了。甄寰鸥两眼布满血丝，满身都是浓重的酒气，两手抓住门框问道："你们，你们找——谁？"

冯敏以手掩鼻道："哥，找你啊。怎么喝这么多酒？谁在家里？"

"喝酒怎么了？喝酒好啊！俗话说：一醉解千愁嘛！"甄寰鸥的眼皮仿佛有磁铁，不断黏到一起，又不断被他勉强分开。詹晓龙在冯敏身后，只恨不能拿个眼撑帮他把眼睛撑住。

重生

"哥,我们进去说。"冯敏架住甄寰鸥一只胳膊,回首道:"晓龙,来帮忙。"

客厅里酒气熏天、烟味浓厚,触目皆杂乱不堪:白色的沙发坐垫横七竖八,有几个滑落到地上,如同喝醉酒的人软塌塌地趴着;茶几上摆着的五六瓶啤酒,大部分空了,只有一瓶似乎刚开启,瓶嘴处尚有未消尽的白色啤酒沫;一盘酒鬼花生所余不多,主人似乎吃腻了,茶几、地上撒得到处都有;烟蒂塞满烟灰缸,电视开着,戴墨镜的老猫站在荒凉的旷野里如痴如醉演唱着。

冯敏呛得连声咳嗽,扶甄寰鸥坐到沙发上,立刻去开窗通风。窗开了,室内弥漫的烟雾随对流的空气开始出走,房里的人顿觉清爽不少。詹晓龙简单收拾下客厅,又倒了一杯水放到甄寰鸥面前。瘫在沙发里的甄寰鸥用呻吟般的声音问着:"你们,你们要做什么?"

"干吗这么作践自己呀,哥?"冯敏心痛地说着,将詹晓龙倒好的水递给他,"来,喝点水。"

甄寰鸥粗暴地推开冯敏的手,用尽所有力气吼道:"别管我!"

"我知道,你们是来看我的笑话的,我知道,哈哈……"苦笑着,他又说道,"家散了,你们高兴吧?座裁,我的孩子,你是个大傻瓜!铎佳,你是个大坏蛋!呜……"

甄寰鸥用拳头猛捶自己的脑袋,然后抱住它痛哭起来。

冯敏不知该如何安慰哥哥。现在,她既觉得哥哥可怜又觉得他可恨,家中发生的所有事情,他居然一无所知,直到真相大白后才独自一人吞饮苦泪。她放下杯子轻声问道:"哥,事情既然这样了,你只能接受,下一步你有什么打算?"

"就剩我一个人,我能有什么打算?得过且过——"甄寰鸥嘟囔着,"最惨的要数座裁,他还年轻就被判刑,这对他的人生有多大影响你知道吗?当初你若同意带他出国,这一切就不会发生了。可是你,狠心的你,不答应!铎佳也是个傻瓜,隐瞒了实情,我如果知道事情会弄成这样,无论如何都会求你带座裁走的。两个傻瓜!"

冯敏突然挺直了腰身,用异样的目光望着哥哥。她发现哥哥已经被铎佳同化，变得自私自利，没有一点正气可言了。

"我要请律师，为座我和铎佳辩护，辩护……"甄寰鸥自言自语着，头逐渐耷拉下来，鼾声立刻如雷般响起来，袭击着冯敏和詹晓龙的耳朵。

冯敏示意詹晓龙帮忙，两人连抱带拖把甄寰鸥安置到床上。冯敏给他搭了一床毛毯，然后和詹晓龙悄悄离开了。

回到车里，冯敏心情沉重，默然不语。滕飞虎见此表情，不知到底发生了什么事情，偷向妹妹递个眼色，随即启动了车。

车在回归酒店门前停下了，冯敏抬头望见酒店的霓虹灯，蓦然明白已到了目的地。她心绪不佳地默默下车，甚至忘记请车上的孩子们上楼小坐。

车子重新启动了，滕飞英按捺不住好奇心问道："晓龙，那个，冯阿姨的哥哥现在怎么样？"

詹晓龙叹一口气："唉，家中出了事，还用问吗？任是谁状态也不会好。"

滕飞英吐了吐舌头。

詹向阳家。詹晓龙打开了院中电灯，滕飞英找到蓝色喷水壶去给菊花喷水。

詹晓龙和滕飞虎来到屋里。滕飞虎一眼瞥见詹晓晴平日常穿的淡紫色韩版雪纺衬衫整齐地叠放在沙发上，不由得微笑着拿起来放到鼻边嗅了一嗅，他满以为会闻到詹晓晴的味道，结果扑鼻而来一片肥皂的香味。詹晓龙忙着用电壶烧水，见他拿着晓晴的衣服便笑道："晓晴最喜欢这衬衣，一定是去医院前收拾东西落下的。"

滕飞虎把衬衣放回原位："下次去时别忘了帮她捎着。"

詹晓龙摇头："不用。医院里有病号服，如果配型成功的话，更是一时半刻穿不着了。"

滕飞英像小兔般跳进门来，问他们谈什么话题，滕飞虎说在讲配型的事情。水开了，詹晓龙泡上一壶茉莉花片，三个年轻人边品茶，边谈论着关于配型的事情。

重生

"最好我和晓晴能配上。"滕飞虎端起茶，公开宣示道，"如果我们配型成功，我和晓晴就融为一体了。"

滕飞英故意大惊小怪地羡慕道："哟，晓晴真幸福！"

"飞英，你如果是晓晴，我的想法会和飞虎一样。"詹晓龙深情望着她，"我的爱不比飞虎少。"

"哎哟，有点肉麻。"滕飞英当着哥哥的面有些不好意思。

詹晓龙和滕飞虎相视一笑。滕飞虎想起平日与晓晴下棋的情景，棋瘾大发，请詹晓龙陪他下盘棋。詹晓龙拿出棋盘，滕飞英在旁观阵，滕飞虎迫不及待地坐下，一场大战瞬间开始。詹晓龙棋艺与妹妹相比差了一大截，完全不是滕飞虎的对手，滕飞虎大展身手，局局大胜，开心极了。詹晓龙想要赢回脸面，每输一场，马上要求继续，直到滕飞英熬不住打着呵欠请求他们罢战，他们才散。

第三十六章　八个点

六天后，千佛山医院。詹晓晴半躺在床上打点滴，心内却焦躁不安，眼睛不时望着关闭的病房门。坐在她身边的外婆深知外孙女儿心事，安慰道："别急，晓晴，外公很快就回来了。"

詹晓晴低头，咬住嘴唇"嗯"了一声。就在这时，病房门口闪进一个人影。

"晓晴，成功了！"是詹向阳，他双目放光，紧握住病床栏杆激动地说。

"真的？"詹晓晴猛地抬起头，难以置信地注视着外公。詹木兰则笑逐颜开。

"化验结果显示，飞英和晓晴初配成功。"詹向阳抚着头顶白发道，"甘医生讲，初配后要尽快高配，高配成功晓晴就有救了！"

詹晓晴温润一笑，期盼的结果如愿，对她仍属意外。此刻她觉得，生命能够延长是最美好的事。她给滕飞英发了一个短信。

"缤纷落英"鲜花店，滕飞英正在指导高玫瑰插花，花枝下部形状以及各种鲜花的搭配，她都做了详细的讲解。高玫瑰见过滕飞英多次插花，大略懂一点，只是一些细节火候稍欠。眼瞅花篮即将完工，手机的短信提示音转移了滕飞英的注意力。读完短信，她"哎呀"一声大喊，吓得高玫瑰双肩紧缩瞪大了双眼望着她。滕飞英突然满脸喜色地抱住高玫瑰，快乐地大笑起来。

高玫瑰皱眉咧嘴见到怪物般望着滕飞英。滕飞英放下她，自顾自举起一只手，突起假嗓子用京剧说白道："徒儿，快点恭喜师父，她有了特异功能，即将去救人一命了！"

高玫瑰怔怔地瞅着她，问道："飞英姐，你今天吃错药了？"

滕飞英不答，举着手机用京剧对白读着短信："飞英，首先祝你生日快乐！另外，初配结果已出，我们两个相合。初配成功还要进行高配，高分辨相合才能进行移植手术。"

高玫瑰放下剪刀，一脸惊喜："真的呀？"

她一把抢过滕飞英的手机细看短信。滕飞英笑望着她，撇嘴道："谁骗你！哼！"

"师父，刚才是徒儿错了，请原谅徒儿吧！"高玫瑰双手奉上手机一躬到底，"恭喜师父贺喜师父！"

"今天又是师父的生日，这叫双喜临门！"高玫瑰说完这话，恍然大悟般拍头道，"哦，你们两对孪生兄妹是同日生，我记得你讲过的，可是，这，这叫几喜临门呀？"

"傻徒儿，四个人的生日加上配型成功，五喜临门呗！"滕飞英接过手机，笑道，"师父这段日子要去救人，徒儿好好看家，啊？"

"谨遵师命。"高玫瑰低首垂头说完，笑道，"飞英姐，真羡慕你。救人一命，胜造七级浮屠。我也想救人！"

"如果成为骨髓库志愿者，说不定什么时候你就能救人了。"滕飞英说。

"怎么成为骨髓库志愿者？"高玫瑰急切问道。

"我也不太清楚，上网查一下呗。"滕飞英微笑，"不跟你唠叨了，哥哥和晓龙大概还不知道这事，我得告诉他们；晓晴那边，也要回个电话。"

"你忙，插花的事我自己解决。"高玫瑰又拿起了剪刀。

滕飞英先拨通了詹晓晴的手机，说她们配型成功，是晓晴给她的一次做好事的机会，她绝不会放过。另外，她将于下午动身去济南。最后祝她生日快乐。

詹晓晴非常感激，好多话拥塞在胸中却反而一句都说不出口了。滕飞英像个大人嘱咐孩子般要她好好休息，把身体调到最佳状态，等着她的到来。

滕飞虎得知妹妹与詹晓晴初配成功，兴奋得不知所措，挂断了妹妹的电话立即联系父亲，希望父亲想办法瞒住爷爷奶奶。因为妹妹去千佛山医院，他想陪在身边。当然，他还有私人的想法——可以天天见到詹晓晴——这当然不会告诉父亲。滕冲很高兴，一口应承下来，并要滕飞虎去财务科取五十万，作为詹晓晴首笔医疗款项。滕飞虎领命，立即着手去办。滕冲挂断了电话，默默地思考着应对父母的良策。不久，他脸上浮起一丝微笑，手在办公桌上一拍："就这么办！"

　　他打电话给儿子，却不知他跟谁在通话，老占线。转而打给女儿，电话接通后滕飞英甜美亲热的声音立刻在耳边响起："爸爸好！"

　　"飞英，配型成功的事，爸知道了。去济南不要紧张害怕，你哥会陪你的。"滕冲关切说着，建议道，"对这次出门，你们回家可对爷爷说去济南旅游。"

　　"爸，我们的想法不谋而合！"滕飞英欣然道。

　　"这叫心有灵犀！"滕冲温厚笑道，"飞英，祝你和哥哥生日快乐！本来打算今晚为你们隆重庆祝一下的，现在看来已不可能。爸爸中午有应酬，准备的礼物等你们回来再给你们。"

　　再说滕飞虎，把父亲交代的事情办好后，立即就要开车回家，而滕飞英恰好打来电话告诉他父亲的策划。滕飞虎想既然要统一口径，干脆与妹妹约好在自家楼下会合后一起回家。

　　巧的是，他在小区刚把车停好，滕飞英也赶到了。兄妹两人说笑着一起上楼。

　　爷爷和刘姨都不在，家里只有奶奶安静地守着电视机。兄妹两人的出现令寂寞的奶奶心情大好，她赶着他们问今天怎么回来这么早。滕飞虎告诉奶奶，一个大学同学邀他去济南玩，妹妹也想去，这不，他们两个想下午就走。

　　"跟你爸讲了没有？"见他们兄妹点头，奶奶脸上现出羡慕的表情，"听说那儿的趵突泉和红叶谷很不错，可惜我没有去过。"

　　滕飞虎特怕奶奶要跟他们同去，立刻笑着说："奶奶，这次我们两个先去探路，以后再带你和爷爷去，好不好？"

第三十六章　八个点

重生

"好啊！还是我孙子懂事，知道奶奶的心思。"奶奶满意地笑了，"有你这句话，即使奶奶以后去不成也知足了。"

中午，詹晓龙给滕飞英打电话，得知她和哥哥午饭后就要赶往千佛山医院，他因无法同去而焦急万分，最后只得道："飞英，对不起，我很想陪你去，但今下午实在走不开，明早我坐第一班车去。"

"等高配成功时你在我和晓晴身边就成。这次么，不必去的。"滕飞英的话使詹晓龙得到一些安慰，他的心安定下来："好，飞英，我听你的。"

滕飞英赶到医院的当天却并没有抽血高配，而是进行身体大检查，并在第二日继续未完的检查项目。等检查结果全部出来确定她身体无恙后，这才采集了她和詹晓晴的血样，一起送往高分辨实验室。据甘医生讲，高分辨同样需要七天出结果。一切完成时已是下午三点，滕飞英在病房稍坐就要告辞，詹晓晴再次谢了她。滕飞虎面对外公外婆不好表现出太多的关切，只对晓晴说："晓晴，好好养身体。"

詹晓晴点头，绽开一个微笑，目送他们兄妹离开了。

白驹过隙，七天转眼而过。高配结果出来，詹晓晴和滕飞英8个点全部吻合。第二天，滕飞英便在哥哥陪同下赶往医院，为捐献造血干细胞做准备。已回到北京的米米收到滕飞英的报喜短信，也风风火火地赶到了济南。她还带了一张20万的汇票，作为捐给詹晓晴手术的费用。

女儿能够救人一命，滕冲异常高兴，他觉得冯敏也该知道此事，便打电话告诉了她。当天傍晚，他在楼门前接到了冯敏电话，冯敏问他什么时候去医院？滕冲说飞英为晓晴移植血红干细胞那天。冯敏称赞他养了个好女儿，并恳请他去济南时带上她，他答应了。滕冲接完冯敏电话来到自家门前，回头却发现父亲跟在身后。

"爸，你去哪儿了？"滕冲诧异地问父亲。

滕老爷子黑着脸牢骚满腹地说道："大忙人，你哪有时间关心你老爸的生活？公园拜师学艺两天了，我们家除了你妈知道，谁还知道？"

"爸，对不起，都是儿子不孝，你拜师学艺学的什么？"滕冲一面诚恳垂首认错，一面感兴趣地问。

"太极拳。"儿子的话，消除了老人的满腹怨气，但他脸色并未阴转晴，而是突然跳转了话题，"冲儿，跟爸讲实话，谁为詹晓晴做什么细胞移植的？"

"是志愿捐献者同詹晓晴进行血红干细胞移植。"虽然事出意外，但滕冲毕竟见多识广，稍一思索立即沉静答道。他不清楚父亲是否听到了他的电话内容，但他知道自己必须这么说。然而父亲却并未就此罢休，而是十分威严地吼道："告诉你，我没老，耳朵也还不聋，刚才跟在你身后，你的话我全听到了。"滕老爷子激动得手臂发抖，"我既然没得老年痴呆，闭着眼也知道你们要去做什么事！说，你去济南医院，是不是他们兄妹为詹晓晴做配型？"

"爸，你都知道了？"滕冲惊讶万分地后退一步，仿佛父亲是只老虎，随时会扑上来将他吃掉。

"是不是？"滕老爷子厉声道，"我早劝过他们兄妹，想不到，想不到是你在给他们撑腰！"

"爸，别生气。"滕冲见父亲动了怒，忙扶住他解释着，"我错了，你就原谅儿子吧！是飞英和晓晴配型成功。"

"飞虎去配型没有？"滕老爷子念念不忘孙子。

听到"飞虎"两个字，滕冲心中一亮，此事主角如果是飞虎一定会有大阻碍；飞英么，据他对父母的了解，应该不会有什么问题。

"飞虎血型不符，没去。飞英一人去了，没想到居然配型成功。我们同晓晴算是有缘人。"为免父亲担心，滕冲在事实中加了一点谎言。这谎言就像一根细针，恰扎到滕老爷子如气球般的怒气上，那不留痕迹的小孔，却于无形之中把滕老爷子的怒气慢慢消散尽了。滕冲见父亲脸色缓和，赶紧趁热打铁把事实全爆出来，"移植是在所难免了，不然已经进入无菌仓的晓晴会因我们的失约而出现生命危险。"

"事情已经这样了，我们不能反悔。"滕老父转脸问道，"捐什么？呃，不会对飞英身体有伤害吧？"

"不会。这是造血干细胞移植，我听说只需飞英一点血就好。"滕冲扶着父亲在沙发坐下，一边对关注他们的母亲笑笑。

第三十六章 八个点

重生

　　这件事情就此落幕，滕冲心中的大石轰然落地，他抹着额角的汗水，紧张的脸色现出了一点轻松的笑意。

　　滕飞英住院后，先进行简单的查体，此后连着四天注射细胞动员剂，为采集造血干细胞做准备。第五天正式采集造血干细胞。詹晓晴则在滕飞英住院后进入无菌仓进行前期化疗，等待着手术的到来。

　　第五天一大早，滕冲和冯敏赶到了医院。滕冲拿出一个蝴蝶吊坠挂到了滕飞英的脖子上，然后和滕飞虎以及詹向阳夫妇、詹晓龙一起，将滕飞英送进造血干细胞采集室。米米作为唯一的陪同跟了进去。詹木兰看到蝴蝶吊坠，眼光如同胶住，收不回去。她用拐肘捅詹向阳，詹向阳与老伴会意地眨眼，表示完全知晓。

　　采集室内，滕飞英的病床床头处，有一台血细胞分离机，医护人员将分离机的几条导管连到滕飞英胳膊上，采集造血干细胞的工作就正式开始了。躺在床上的滕飞英有些激动，耳边血细胞分离机在轻微作响，像是专为她而放的简单音乐。她笑着眯起眼睛，望了一眼米米。此刻，米米正坐在她床边的凳子上，神情异常紧张。看到滕飞英的微笑，她立刻轻声问道："飞英，痛不痛？"

　　米米紧张的神情在滕飞英心中激起一阵暖流，她清楚，这是爱的自然流露。摇着头，她反过来安慰米米："妈，不用担心，一点都不痛。"

　　血细胞分离机上各项数字不停地变换着，一旁的医护人员目不转睛地紧盯数字，不时对数据进行调节。约一个小时后，血液袋中出现了类似血浆的血细胞，随着时间的推移，血细胞一点一点从滕飞英体内提取出来。滕飞英一直微笑着等待捐献的顺利结束，因为她知道，捐献的结束才是詹晓晴重生的开始。4个小时后，采集结束了。医护人员称，采集过程中，滕飞英身体各项指标完全正常。

　　滕飞英造血干细胞采集完成后，詹晓龙立刻跑到无菌仓外，告诉妹妹这个好消息。身着病服、戴大口罩的詹晓晴微笑道："哥，下午等我手术成功的好消息吧。"

　　詹晓龙挂了电话，和无菌仓外的外公外婆再次来到采集室外。采集室的医护人员告诉他们，滕飞英已回病房去了，他们三人随即赶往病房。

病房内，滕飞英正在闭目休息，滕飞虎则在打电话叫外卖。中午这顿饭，他们决定在这个单人病房吃。此刻，滕冲正与米米、冯敏聚在一张圆桌前，低声谈话。

詹晓龙三人的到来使病房内的气氛变得热闹起来。不过，为防止吵到滕飞英，大家很自觉地压低了声音。滕飞虎趁人多，悄然溜出去给詹晓晴打电话。无菌仓内，詹晓晴望着电话屏幕上的滕飞虎，开心地笑了。滕飞虎则面带歉意地笑着说："晓晴，原谅我上午没来看你，下午我一准在手术室外等你。"

詹晓晴微笑点头。滕飞虎握起拳头在耳边晃晃："飞英很顺利，你也会很顺利。走过今天，就跨过了生命中最难走的那道坎，晓晴，要有信心！"

"我有信心，飞虎，等我。"詹晓晴握拳做同样的动作。

滕飞虎直到詹晓晴提醒他去吃午饭，才恋恋不舍地离开无菌仓。病房里，滕飞英恢复了精神，也来到圆桌边参与大家的谈话。而外卖在此时刚好送到，圆桌边的人们赶紧站起，等送外卖的小伙子把饭菜摆好，才重新落座。

滕冲坐了主座，左右是詹向阳夫妇，詹木兰无意中瞥到滕飞英脖子上的蝴蝶吊坠，神情立刻激动起来。她手抚胸口，轻呼一口气平稳了下情绪，然后说道："飞英戴的项链是漂亮的雄蝴蝶，我有一个雌蝴蝶项链，我想它们应该是一对。"

此言一出，全座哗然。最好奇的要算滕冲，他立即问道："阿姨，你带来没有？"

"在这儿。"詹木兰点头，从口袋中掏出一个小木盒，打开看时，只见里面躺着的蝴蝶项链果然与滕飞英的大同小异。她用拇指和食指捻起来递给滕冲。

滕飞英把自己的项链摘下来交给了父亲。滕冲细细观看，发现自家的蝴蝶吊坠翅膀斑点清晰，而詹木兰的蝴蝶吊坠，翅膀外缘的边带宽而深，且翅膀上的整体图案更加漂亮。

他对蝴蝶研究不深，因此并不能确定这两只蝴蝶的雌雄。

重生

"阿姨,你怎么会有这个?"滕冲惊奇万分地问。

詹木兰微微一笑:"我的蝴蝶项链从前是一对,失去的那根,上面的蝴蝶吊坠与你的一模一样。"

滕冲难以置信地望着她:"从我记事起,这项链一直挂在我的脖子上。"

詹木兰点头,变魔术般从口袋中拿出一张黑白照片:"你认识这个人吗?"

照片上是个清秀的小男孩,四五岁的样子,胖嘟嘟的圆脸,眼睛晶亮,一字眉,右眉心有个痦子,嘴唇厚嘟嘟,带点憨厚相。滕冲拿着这张照片,慢慢地站了起来。滕飞虎因为好奇,站在父亲身后看照片,忍不住大叫:"爸,这不是你吗?我们家相册里你小时候的照片,就是这样子!"

儿子的话,滕冲仿佛没听到,他快步走出座位,"扑通"一声跪倒在地:"妈,孩儿终于找到你了!"

说罢,泪落如雨。

詹木兰赶紧离座扶起滕冲,哽咽道:"孩子,妈也终于找到你了!"

母子两个抱头痛哭。

这戏剧性的一幕把所有人都惊呆了。最先回过神来的是滕飞英,她莫名奇妙地问道:"爸,这是怎么回事?"

"飞英,爸小时候被人拐走,带到现在你爷爷家,这根项链是我身上唯一的信物,所以我把它奉为珍宝。你爷爷奶奶对我视如己出,我怕伤他们感情一直不敢贸然寻亲。但是,这却成了我的心结。我常想,等你爷爷奶奶作古后,我一定要去寻找我的亲生父母。谁知他们远在天边近在眼前……"滕冲讲完这番话,拭着眼角的泪水对詹木兰道,"妈,这是天意,天意让我们母子团聚!"

父亲的一番话使滕飞英目瞪口呆,心情复杂之至。如果此事当真,那么,她和詹晓龙兄妹就是表兄妹,她的爱情美梦岂不是一场空?

第三十七章　蝴蝶项链

　　滕飞英的目光停在了詹晓龙身上,只见他双手抱臂,雕塑般静默地注视着面前的一切,面上没有任何表情。滕飞虎回座途经詹晓龙,詹晓龙伸手示意他停下,两人目光对接耳语了几句,一起无奈地笑了。她望着他们,脸上流露出一丝绝望。

　　米米瞧着面前戏剧性的一幕,微笑着摇头又点头,目光滑过滕飞英兄妹以及詹晓龙,见他们的表情都不带欢喜,细细思量后蓦然醒悟,不禁暗暗为他们着急。

　　冯敏很是诧异,常帮她排解繁难的滕冲居然深藏如此心事,这完全出乎她意料之外。

　　詹向阳说:"归儿,你的名字还记得不?"

　　滕冲一笑:"爸,我虽不记得,感觉却很熟悉。"

　　"当年,你妈为你没少流泪啊。飞英认干妈的那天,你妈见到了你,回去后说你一定是她的归儿,一定要我带她找你确认。我只好安慰她,等晓晴病好了再谈这件事。这次飞英为晓晴捐献造血干细胞,你妈早有准备,相片、项链都带着,只要时机出现,她就认儿子。"詹向阳笑着说。

　　"滕冲当年走丢了?"冯敏忍不住发问。

　　"不是。"詹木兰解释道,"是被人拐走或者抢走了。具体情况得问归儿。"

　　滕冲分别给詹向阳夫妇端起一杯水,又举起自己的水杯说:"今天以水当酒,先预祝晓晴手术成功,再祝我们母子团聚。"

重生

大家举杯祝福,只听他说道:"记忆中,模糊记得是在家门外,两个男人经过这儿,其中一个问我:想不想看马戏团?我问他马戏团在哪儿?他回答在大院外。我说让爸爸带我去。他笑了,告诉我正是爸爸让他来带我的。我半信半疑,那人撇着嘴,说不信算了,你爸真在马戏团那儿。我相信了,于是,另外一个男人抱起我,坐上了他们的自行车,然后我们就一起离开了。"滕冲一面说,一面不停地给詹向阳夫妇夹菜,詹木兰趁他话语停顿间隙,心疼地说:"归儿,不要总给我们夹菜,你也吃。"

滕冲点头,继续说道:"那人带我走了很长一段路,我问马戏团在哪儿,怎么还看不到?他说快了快了。我有些疑心,闹着要回去,他紧抱住我不放手。我心内惶恐万分,觉得受骗了,开始挣扎大哭。抱我的男人使劲掐我的脖子,不一会儿,我失去了知觉。再醒来,是在一个破旧房子的床上,而且是夜晚,我哭着找妈妈,把身边的人吵醒了。那人二话没说,给我一巴掌,然后又掐住我的脖子,我又一次失去了知觉。再次醒来已经换了地方,面前有两张温和的脸轻轻地问我饿不饿?他们就是我的养父母。"

"养父母家没有孩子,他们待我如己出。刚开始,我每天会哭喊着要妈妈,渐渐地,我被他们感化了,再没提起回家的事。但是在我心里,老家、爸爸、妈妈还有妹妹,都是我无法割舍的情哪!"

"你妹妹没福气,"詹木兰提起女儿,一阵伤心,"如果她现在活着,一家团聚该多好!"

"老伴,不要得陇望蜀,世事哪能十全十美?你现在了了一桩大心事,能够向隋静水交代了!"詹向阳怕老伴控制不住情绪,立即提醒她。不过,他后面的话却使在座的人迷惑起来。滕冲则疑惑地望着詹向阳。

"说来话长,隋静水是你妈的同学,也就是你的亲妈。"詹向阳解释着。如此简单的解释,滕冲显然并不满足,他的目光中反而显现出更多的疑问。

滕飞英仔细玩味着詹向阳的话,突然醒悟过来,白皙的脸上立刻出现了一片惊喜的红云。

另外几人都在期待着故事的下文。

"当年，刘毅与隋静水都是我的高中同学，我们三个读完高中，只有刘毅上了大学。隋静水的舅舅是S市棉纺厂副厂长，通过他，我和静水成为了棉纺厂的员工，而当兵复员的向阳也因他的帮助，在盐业公司谋到一份工作。"詹木兰接过老伴的话头，回忆起了如风往事，"高中时期，刘毅和静水已在悄悄恋爱，刘毅上大学后，两人书信来往，感情更加深厚。而静水，更是常把自己的工资分出一小部分，寄给刘毅做生活费。可静水的家人因为嫌弃刘毅家庭条件差，不同意他们交往。每逢放假，刘毅总会先来探望静水，然后才会回家。于是，两人便瞒住家人，私自拿户口本去登记结婚。没多久，静水发现自己怀孕了。这事她只告诉了刘毅和我。刘毅给她来信要她保重身体。静水怕被家人知道，思来想去要去堕胎，再次写信征询刘毅的意见。刘毅回信讲孩子是他们爱情的结晶，请求静水不要堕胎。静水答应了刘毅的请求。可真要留下孩子，许多事情都需要考虑，单纯的静水并未想到这些，只一心一意地等待刘毅大学毕业。三个月后，静水变胖了，厂里开始有风言风语，静水做出了一个决定，悄无声息地离开，等生下孩子后再出来上班。

"静水是家中老幺，上面有三个哥哥，父母从不收她的工资，而她平日又节俭，因此手中积攒下一笔钱，足以支撑一段时间的生活。她在三里村租了一间小房子，请我帮她把被褥搬过去。并一再叮嘱我，切不可把她在哪儿说出去。后来，她舅舅和哥哥找我询问她的下落，依照我们的约定，我只说她去了大城市闯荡，一年后才会回来。

"静水刚搬走的几个月，深居简出，即使出门也会戴个大口罩，由此，尽管家人四处寻找，却并未打探到她的落脚地。时间很快到了仲夏，静水的产期临近了。她给刘毅去信，希望他能回来看看她。处在毕业前夕、马上面临分配问题的刘毅，风风火火地赶回S市住了一晚，第二天又风风火火地赶回了学校。静水没想到，刘毅这一走竟成了永别。

"怀孕期间，静水为免被家人发现，从不去医院检查，只是隔段日子就到三里村一位接生婆婆处，由她抚摸突起的小腹，检查孩子是否健康，从而推测产期。有天我去看望她，她告诉我产期就在近日，恳求我每天去瞧她。为此我请了假专门陪她。第二日凌晨，静水的肚子开始阵痛，

第三十七章　蝴蝶项链

重生

天亮后我去找三里村的接生婆婆。接生婆婆问了静水痛的时间和痛的程度，告诉我孩子会在下午或傍晚出生，又给我列了一串接生孩子需要准备的物件，要我马上准备，她午饭后再过去。下午，接生婆婆如约而至，在她的帮助下，一个健康的男孩顺利地来到人世。静水给孩子取名'浩归'，寓意刘毅好好归来与他们母子团聚。孩子出生后，我续了几日班在出租房里照顾她。她给刘毅写信报喜，我帮她寄了出去。信在十天后退回，上写'查无此人'。静水非常着急，不知出了什么状况，再写一封寄出却依然被退。静水愁得茶饭不思，觉得退信只有一种可能：刘毅有了新欢。我帮她分析，刘毅如果真有新欢是不会求她生下孩子的，等她堕胎后两人一刀两断，岂不是更加干脆爽快？况且，生孩子前几天他还回来看过她，信誓旦旦地要她等他。静水听了我的话，不再怀疑刘毅的感情，可是因为没有他的消息，心里依然万分着急。又过了几天，她突然想到了一个打探刘毅行踪的好办法。刘毅在大学时有个老乡叫陈桥，两人特别要好，他经常在信中提到他。她立刻给陈桥去了一封信，请他转告刘毅，说她有重要的事情要告诉他，希望刘毅给她回信。信寄出十天后，她收到了陈桥的回信。

"陈桥告诉她，一个多月前，刘毅有事返家，回校的第二天，便在横穿马路时被车撞倒，当场死亡。现在的刘毅已经入土为安，如果要去祭奠刘毅，他可以给静水详细的地址。信的末尾，写着刘毅老家详细的地址和刘毅父亲的名字。这个消息如同晴天霹雳，把静水炸蒙了。清醒后，她默默流了一阵眼泪，埋怨刘毅狠心抛下他们娘儿俩独自离去，又对着孩子自言自语，要他好好长大，因为这是他爸爸的愿望。收到陈桥信后的第二天，静水交给我一个小木盒，里面盛着两条蝴蝶吊坠项链，她说近段日子总要我帮忙，这是她的一点谢意。又让我帮她看着小孩，她要去刘毅墓前祭奠。我劝她过几天再去（因她刚出月子，身子虚弱），或者让向阳陪她一起去。她坚决不肯，最后一人独去了。不知为什么，那天我心里总是忐忑不安，感觉似乎要发生什么事。傍晚，静水没有回来。第二天一早，我在家照看着浩归，向阳去了刘毅老家。"

詹木兰一口气讲到这里，喝了一口水，詹向阳便接着说道："我赶到刘毅老家,路上听村人在讲一件奇事,说昨天有个清秀的女孩在刘毅墓前喝药自杀了,今早上刚被发现,公安人员已经封锁现场,现在办案人员正在墓地勘察。我跟着几个人去了墓地,在那儿,听围观的人说,女孩手中握着一封遗书,发现她的人抽出看过了,上写着她是为情自杀,希望在死后与刘毅合葬,并把她的死讯告诉她家人。又说请她的朋友帮忙照顾她的孩子,她和刘毅的在天之灵会感激不尽。遗书最后写着:'刘毅,等我,我来了!'这些话如当头一棒,把我打得晕头转向。我回来把当时的所见所闻毫无遗漏地告诉了木兰。木兰听到这番话呆住了,冷静下来后,她忍着悲痛,将孩子抱回老家交给母亲抚养,而我们也因此在秋天仓促结婚。这个孩子于是成为了我们的浩归。"

"五年后的一个周末,我和向阳在家中小院垒兔窝——我们住的一楼有个小院,买了两只孩子喜欢的小兔,因为还缺几块砖,向阳骑车到附近废楼区寻找旧砖,五岁的浩归带雨儿在院外玩,雨儿嚷着口渴了,浩归送她回了家,一转身自己却又跑了出去。等到雨儿喝完水找哥哥时,我们才发现浩归没在小院里。我和雨儿来到小院外也没看到他,我有些着急,大喊着浩归的名字跑遍了家属院的每一个角落,然而他却平地蒸发了一般毫无踪影。向阳回来后我告诉他浩归不见了。我们两人又四处找寻,遇到人就问,直到天黑,却连他的影子都没见到。不过,院里的一个小女孩给我们提供了一条线索,说她踩着凳子在阳台上玩,看见一个男人抱着浩归坐上一辆自行车出了大院。我们报了警,但这条线索并无想象中管用,因此浩归自这一去如泥牛入海,我们从此再没有听到过他的消息。两年后冬日的一天,S市郊区有个流浪的孩子冻死了,有个熟人告诉我说孩子的年龄跟浩归相似,可能会是浩归。我和向阳心急火燎地赶去,结果发现那孩子眉间没有黑痣,不是我们的浩归,心里便松了口气。多年来,我常在心里想象与浩归相认的情景,却没料到会是现在这种方式。"詹木兰感叹着往事,眼睛再次湿润了。

"爸、妈,我虽然有亲生父母,但却是你们当初收留了我,你们就是我的亲生父母。爸、妈,浩归回来了,以后家里有什么事情,就让我顶起来吧。"滕冲诚挚地对父母说。

重生

"好！"滕飞英的兴致又回来了，她站起笑道，"爸，现在是不是该我和哥哥认爷爷奶奶了？"

"还有，我饿了。大家都在听故事，我不好意思先吃……"她嘟起嘴道。

"飞英，你现在是重点保护对象，我们不唠叨了，先吃饭。"詹木兰立即转移话题，笑着把自己碗里的鸡肉夹给滕飞英，"怪不得晓晴与你长得像，原来呀，我们是一家人！来，吃鸡肉，好好儿把身子补起来。"

米米听了这话，垂目而笑。冯敏研究着詹木兰的话，分析得出养子与亲女儿的孩子们之间并无血缘关系，由此她的话是个漏洞。无意中瞥到米米的笑容，觉得与此事有关，不由得又笑了笑。

"谢谢奶奶！"滕飞英嘴甜，一声"奶奶"喊得詹木兰合不拢嘴。

滕飞虎悄悄地对詹晓龙说："我们现在是亲戚了！"

"幸而滕叔叔，哦，应该叫舅舅，是外婆的养子，"詹晓龙注视着滕飞虎的眼睛，"若是亲舅舅——"

"你们两个大男人私语什么？有话讲出来大家听听。"滕飞英好奇他们的谈话，大声说道。她现在心情好得很，嘴角的笑意甜美可人。

"唔……"詹晓龙如同小偷被抓了现行，低了头躲避着全桌人的目光。

滕飞虎急中生智，救詹晓龙于水火之中："我们在感叹今天的经历不像现实，仿佛在做梦，又如小说中的故事情节。"

大家都笑了。

滕冲瞅一眼腕上的手表，居然已经下午一点零五分，便说道："大家先吃饭，晓晴下午手术，饭后大家都去看她。"

大家没有异议，饭桌上顿时安静下来。詹晓龙把几只大虾剥好皮，放到滕飞英的小盘里。滕飞英瞅他一眼，幸福地笑了。

无菌仓外，滕飞虎是第一个赶到的人。他手拿电话对视频里的詹晓晴微笑，说她马上就要重生，大家会等在无菌仓外见证这一时刻。詹晓晴点头，要滕飞虎替她谢谢外边所有爱她的人，她对手术很有信心。滕飞英挤走视频前的哥哥，抢过电话对詹晓晴伸出拇指说："加油，晓晴！"詹晓晴点头拱手做谢。滕飞英随后把电话递给扶住她肩膀的冯敏，冯敏微笑着说道："晓晴，姑姑也来给你加油！"詹晓晴道谢不迭。詹向阳夫妇和詹晓龙一起出现在了视频中，詹向阳深知外孙女在无菌仓内的孤独寂寞，说道："晓晴，再忍耐几天，输完髓，离出仓的日子就不远了。"亲人的这句话，引发了詹晓晴的泪泉，她呜咽着说："我知道，外公。"

"好孩子，别哭，外婆跟哥哥都在。要不，让他们跟你说几句？"詹向阳不知如何安慰詹晓晴，立刻想让詹木兰代替他。詹木兰接起电话，听到詹晓晴的哭声，话未出口已是老泪纵横："晓晴，我们等的就是今天，你是个有福气的孩子！"詹晓龙拍着外婆的肩膀拿过话筒："晓晴，放松心态，我们等你的好消息。"詹晓晴渐渐止住了哭声："你们放心吧，哥，我累了，想休息会儿。"詹晓龙点头，让妹妹先挂断了电话。

输髓进行了整整两个小时。这期间，滕飞英在众人的劝说下，由米米陪同回到病房休息。

当甘教授告诉大家输髓已经完成时，詹向阳眼中雾气蒸腾，连说"晓晴重生了"；詹木兰听到这消息，趴在詹晓龙肩头喜极而泣；滕冲和冯敏交换着喜悦的眼神；滕飞虎喊了一声"晓龙"，伸出手掌，"啪"地击到詹晓龙迎来的大手上。

大家欣喜了一阵，此刻已是下午4点整，滕冲向詹向阳夫妇告别："爸妈，今天我先回去，改天再来看晓晴。飞虎、飞英和我一起回家。"

"公司离了你怎么成？应该的。"詹向阳微笑道。

滕冲揽住詹木兰的肩膀："妈，你同意吗？"

"同意，我们家你爸说了算。"詹木兰的话使詹向阳顿时红光满面，脸上的条条细纹里盛满了笑容。

滕飞虎向父亲表示异议，说自己要在医院留几天。滕冲看了他一眼，正要说话，滕飞英已经挽住了他的胳膊，替哥哥求情道："爸，你就成人之美吧。"滕冲望着一对儿女无声地笑了："好，你们长大了，爸爸准许你们自己拿主意。"

冯敏也要留在医院帮忙照顾晓晴，詹木兰劝她一同回去，因为晓晴还需要半月左右才能出仓。冯敏却态度坚决地说再有十几天她就要回到美国去了，恳求詹木兰同意她留下。詹木兰看冯敏多日来的表现与甄寰

第三十七章 蝴蝶项链

重生

鸥完全不同,早已改变对她的看法,便点头同意了。

　　回美国前夕,冯敏去探望甄寰鸥,半月不见,甄寰鸥的头发几乎全白了,人也消瘦了不少。他告诉妹妹,甄座崴的案子已经移交到检察院了。望着哥哥满目的颓废萎靡,冯敏疼惜地劝他打起精神,即使座崴判刑,也不要抛弃他,等他刑满释放了,他们家依然会和从前一样幸福。甄寰鸥用悲愤的眼神注视着妹妹:"这可能吗,阿敏?"

　　他痛苦地吼着,用尽全身的力气拍着茶几发泄心内的积愤,然后两手揪住花白的头发失声痛哭起来:"我到底造了什么孽呀,老天这样惩罚我?!"

　　生意无心打理,百货超市关门近一月,每日在家中以酒消愁成了他生活的全部。如今,没有生活目标的他如同一只失去航标的船,在暗夜的海上随波逐流。

　　冯敏望着哥哥红肿的双眼,不知该怎样安慰他。然而,她的脑海中浮现出詹晓龙兄妹的身影,形单影只的哥哥,还能找到属于他的那份亲情吗?

第三十八章　佳偶天成

　　一年后，詹晓晴的身体完全恢复了，在家人的帮助下，她如愿以偿开了一家品牌时装店。而她与滕飞虎的感情则呈稳定趋势不断发展。但是，有一点完美中的缺憾——滕老爷子一直不同意他们正式交往。他的理由是，世上好女孩多的是，他不要一个白血病的女孩做自己的孙媳妇。相对于滕飞虎和詹晓晴两人，詹晓龙和滕飞英就幸运得多，他们的爱情得到了所有亲人的支持。詹向阳夫妇希望他们快点结婚，来年好抱个重孙儿。两个年轻人合计一下，决定和滕飞虎、詹晓晴一起举行订婚仪式，然后再挑个好日子，他们两对同时举行婚礼。婚礼完成后一起飞去美国旅游。

　　这天，他们四个在外边吃饭，滕飞英讲了她和詹晓龙的想法，滕飞虎蹙起眉头说："私自订婚和结婚，爷爷一定会气得七窍生烟。"

　　"我有个好主意。"滕飞英眼珠一转，笑道，"只说是晓龙和我订婚，亮相时我们四个一起出现，然后由主持人告知所有的亲友是我们两对的订婚仪式，那时爷爷顾及面子，我想他一定不会为难你们的。"

　　"就你鬼点子多！丫头，"滕飞虎微笑着伸出拇指，"这主意真不错！"

　　"飞英，你真聪明。"詹晓晴由衷赞叹着。

　　"说好了，就这么办！"滕飞英被夸奖，心花怒放地伸出自己右手，"一言为定！"

　　"一言为定！"四双手紧紧地握在一起。

　　詹晓龙回家告诉外公和外婆，滕飞英同意尽快订婚。詹向阳夫妇喜出望外，立即请人选了一个好日子，买了好些礼品，亲自带着詹晓龙来到滕冲家。滕冲及滕老夫妇全部绿灯通过，于是十天后的 9 月 22 日，成了詹晓龙和滕飞英订婚的喜庆日子。

滕冲私下给了詹晓龙一笔钱，作为订婚仪式的费用。并让他不要告诉詹向阳夫妇。詹晓龙起初不肯接受，但滕冲说："晓龙，订婚仪式必须办得像模像样，这是詹、滕两家的脸面。而我既然是你外公外婆的儿子，出这份钱是应该的。顾及到养父母的感情，我不能公开与你外公外婆的关系，这已经令他们委屈了，因此，能够背后帮他们做一点事情，我这做儿子的才能心安。"

詹晓龙听后只得接受了。

十天后，詹晓龙和滕飞英的订婚仪式如期在回归大酒店举行。

回归酒店的二楼大厅已用山水画屏风隔成两半，墙边搭出了一个小舞台，舞台上方高悬着红色条幅："詹晓龙先生与滕飞英小姐订婚仪式"。

詹晓龙、滕飞英与高玫瑰以及一位高个儿男孩是最早到的人。他们四个人围坐在一张桌子前，正谈得热火朝天。高玫瑰已经梦想成真，在开发区拥有了自己的鲜花店，高个儿男孩正是她新交的男朋友。两人在朋友婚礼上认识，后经私下联系，迅速由普通朋友升级成了恋爱关系。滕飞英打趣地说："高林，以后我们的车都要到你店里去美容保养，你必须便宜些！"

高林笑了："不能便宜！"

滕飞英瞪大了眼，高林却出乎意料地说："直接免费！自己的汽车美容店，自己说了算！"

滕飞英在他肩上一拍，笑道："够爽快！"然后目光转向高玫瑰道："玫瑰，我和我哥打算同时举行婚礼，你和高林也加入吧，婚礼后咱们一起去美国旅游。"

高玫瑰为难地一笑："飞英姐，我们两个正处在创业阶段，结婚旅游恐怕只能在附近，高林，是不是？"

高林点头："是。"

正说着，詹向阳夫妇来到了，后面进来的是滕冲和他养父母。四个年轻人赶紧起立迎接。正当他们亲热交谈时，一个头顶微秃的中年男人，一边四下打量着大厅一边慢慢走了进来。詹晓龙瞥到他，微微一怔，随后拉起滕飞英迎了上去，同声喊道："爸爸！"

来者正是甄寰鸥，他脸色微红地扫了一眼室内其余人，低声应着递过一个红包："这是给你们的见面礼。"

詹晓龙接了，与滕飞英异口同声地道谢。

此刻，詹向阳夫妇和滕冲已来到甄寰鸥面前，甄寰鸥愧疚地低了头："爸妈，从前是我错了，请你们原谅我吧。"

说完，咬紧了嘴唇静等回答。詹木兰说："都是一家人，说什么原谅不原谅的。听冯敏讲晓龙的订婚仪式你能来，大家都很高兴呢。"

"妈说的是。"滕冲握住他的手笑道，"大哥，以后我们两个就是亲家，彼此不要客气才好。这边坐，我们聊一会儿。"

甄寰鸥随滕冲坐下，首先感谢他为晓晴手术出资，随后夸飞英懂事，为晓晴捐献造血干细胞。滕冲笑他见外，并问他近况。他说自去年与铎佳离婚后一直一人单过。冯敏前些日子打电话告诉他，詹晓龙兄妹对她这个姑姑坦承过，只要他肯见他们，他们会无条件接受他这个爸爸。但他总认为自己所做的错事太多，一直没勇气面对他们。昨天，冯敏又打来越洋电话，说晓龙今天订婚，她在美国无法赶回，希望他能代她参加。辗转了一晚，他最终决定来参加晓龙的订婚仪式。想不到大家对他如此宽容，令他非常感动。滕冲点头道："大哥，其实你也给了孩子们一个惊喜，他们都有一个简单的愿望：希望和你保持一份亲情。今天，你让他们愿望成真了。"

正聊着，外边一下拥进七八个人来，滕冲点头笑笑，立即迎了上去。走在最前面的是施恩夫妻。滕冲握住了施恩的手，詹向阳夫妇则同米米亲热地打招呼，滕飞英揽住了米米的腰，附耳低语了两句。米米笑着对詹向阳夫妇点头，然后随滕飞英到一边说私房话去了。后面几个人是滕家的老亲，滕老夫妇早已瞧见，未等滕冲招呼，已经与他们亲热地聊成了一片。

半小时后，订婚仪式开始了。头发直立如钢丝的年轻主持人讲道："阳光明媚，歌声飞扬，欢声笑语，天降吉祥，在这美好的日子里，我

第三十八章 佳偶天成

重生

非常荣幸在这里主持詹晓龙先生和滕飞英小姐的订婚仪式,让我们共同见证和分享这对新人的喜悦,度过一个幸福而难忘的快乐日子。有请他们!"

掌声响起,身着黑色西装的詹晓龙手挽一袭红旗袍的滕飞英缓缓走了出来。今天的詹晓龙显得特别帅气成熟,而脑后盘着圆髻的滕飞英,看上去则天真纯美、俏丽动人。

主持人等掌声低落后,继续道:"另外,他们特别邀请了他们最好的朋友,与他们共同举行订婚仪式,他们是滕飞虎先生与詹晓晴小姐,有请他们!"

主持人讲完,两个工作人员迅速上台,刷的打开一张条幅,台下的人们定睛看时,只见上面写着"滕飞虎先生和詹晓晴小姐订婚仪式"。条幅两边分别固定在竹竿上,他们将条幅放到墙边,条幅恰在"詹晓龙先生与滕飞英小姐订婚仪式"的条幅下面。很显然,这一切是早已准备好的。

滕飞虎挽着詹晓晴出现了,他们的衣服款式与詹晓龙和滕飞英的衣服款式一模一样,唯一的不同是詹晓晴的旗袍为粉色。

宾客大部分都吃惊了,只有施恩夫妇和滕冲微微一笑。很快,大厅里响起了热烈的掌声。詹向阳夫妇、滕老夫妇注视着徐徐走出的一对金童玉女,眼里写满了惊讶。然而,在这两对夫妇的惊讶里,詹向阳夫妇的眼里明显掺着喜悦的成分,而滕老夫妇则与之相反,愤怒充斥其中。滕老爷子料不到孙子居然如此大胆,当着众多亲友的面故意与他唱反调。老人脾气有时像孩子一样容易意气用事,此刻的他被愤怒冲昏了头,蓦然站起来手指滕飞虎吼道:"我不同意!"

掌声戛然而止,主持人也愣住了。滕飞虎和詹晓晴则呆若木鸡,停在了原地。所有目光齐刷刷地射向滕老爷子。只见他目光如刀,在詹晓晴身上凌厉地旋转,似乎要割她个遍体鳞伤。詹晓晴如同做错事的孩子,匆忙垂下了头。滕飞虎紧握住詹晓晴的手,直视着爷爷,一副不肯让步的模样。

"你们两个订婚,想都甭想。"滕老爷子气哼哼地说。

滕飞英在台上紧张地注视着这一切,她求救的目光划过众人落到米米脸上。而此刻,米米已悄然站到滕老爷子的身边,轻拍着他的胳膊以转移他的注意,然后低语了几句。事情出现了奇迹般的转变:先是老人的愤怒表情转为难以置信,随后,米米递给他一张泛黄的信纸,老人眯起眼睛看完,马上如同泄气的皮球,神色黯淡地低下了头。米米再次附耳低语,滕老爷子望了她一眼,无奈地点了点头。

"仪式继续!飞虎爷爷同意飞虎和晓晴订婚!来,让我们用掌声祝福他们!"米米的话语如同解除魔法的咒语,厅内像被魔棒点到,静止的一切瞬间又鲜活了起来。先是如雷的掌声,随后,如梦初醒的主持人边鼓掌边重复着米米的话:"来,让我们用掌声祝福他们!"

"这四位新人,属于特别有缘的两对:詹晓龙、詹晓晴与滕飞虎、滕飞英,他们不仅是两对孪生兄妹,滕飞英还与詹晓晴配型成功,为她捐献了……"

滕飞虎站在舞台上,望着不远处的爷爷,只见他表情凝重,目光四处游移,那感觉,好像迫不及待地在等订婚仪式的结束。滕飞虎看得出,爷爷虽同意他们订婚,但似乎有些被迫,米米究竟同爷爷讲了什么,使固执的他就范呢?滕飞虎感觉自己做了错事,毕竟,这是他自小到大第一次忤逆爷爷。他的情绪受此影响,脸上流露出愧疚,心想:回家后,一定要把老人家哄得开心起来。

订婚仪式结束后,滕老爷子推说身体不适,和老伴先回了家。送走爷爷,滕飞英来到米米身边,悄悄问她到底用什么制胜法宝让爷爷这个老顽固乖乖束手就范?米米微笑:"这个秘密,也该公开了!这封信,你们四个年轻人可以一起读。"

她的话刚完,詹晓龙、滕飞虎和詹晓晴立刻围了上来。滕飞英展开发黄的信纸,只见上面写道:"米米,我知道自己在日不多,所以才要写这封信给你。这对双胞胎儿女,只有儿子是我们的,女儿其实是袁薇爱的孩子。我和袁薇爱是在产房认识的,她当时生了一对女孩儿,我的是一对男孩儿,她提出要同我换个小孩,因为她公公和公婆重男轻女的思想非常严重。我当时想,既然寰鸥对我不好,换一个女孩子当贴心小棉

第三十八章 佳偶天成

袄也是不错的。于是我们把各自的老二互换了。袁薇爱希望我保守秘密，我答应了。这件事情，我们家只有我一人知情。本来我是准备把这个秘密永远封存的，可是甄寰鸥已另有了女人，我感觉自己的生活一团漆黑，因此身体每况愈下。我怕自己不能养大两个孩子，所以在此我郑重向你托孤：如果我不在人世了，而孩子无人肯抚养，你把男孩抱走，女孩送还滕家（袁薇爱丈夫姓滕）；如果甄寰鸥肯抚养，而后妈虐待两个孩子，也请你按这种方式将两个孩子安置；如果我爸妈出面，抚养两个孩子——我知道这是我的幻想，根本不可能的，但我还是希望他们能够抱走孩子——就请你帮助他们，直到孩子成人。拜托你了，米米！"

詹晓龙和詹晓晴早已泪流满面，兄妹俩交换了一下眼神，詹晓晴抱住米米的肩膀，哭道："米米阿姨，原来那个资助我们的神秘人是你！谢谢你！"

"不用谢，晓晴。"米米的眼睛也湿润了，"雨儿肯把你们托付给我，证明她信任我——可惜，当年我不知道她要自杀，如果知道，说什么也会去阻止……"

詹晓龙早已把信交给了外公和外婆，老两口读着女儿的遗书，禁不住老泪纵横。宾客们不知是何情况，窃窃私语起来。米米擦去眼角的泪水，站到了台上："今天，我公布一个20多年前的秘密——"

台下寂然无声，所有的目光都紧紧地盯住了她。

"詹晓龙和滕飞虎兄妹，当年被他们的母亲互换，变成了现在的龙凤孪生，真实的情况是，孪生龙虎是詹家外孙，而孪生姐妹花则是滕家的女儿。如今缘分使然，订婚后两家已合为一家，让我们祝福这两家人！"米米讲完后带头鼓掌，台下的掌声立刻潮水般响了起来。

此刻，墙角的屏风不知被谁挪动了，一个高瘦的人影填满了那窄窄的空隙，他的目光从台上转到台下，最后停在了两对订婚的新人脸上，顿时，惊讶、失望、沮丧与懊悔的表情，如同影像的重影在他的脸上交叠出现。突然，他的肩上各探出一个人头，他顿时变成了一个三首怪人。其中一个面孔笑着说："俊旭，你追的人怎么都名花有主了？咦，看，那个高玫瑰也在！"

陈俊旭如梦乍醒，眼睛沿朋友的手指望去，只见一袭紫色职业装的高玫瑰正和一个男孩亲密低语，他心内五味杂陈，立刻转身离开了，只留两个男孩站在那儿，对他的背影做种种猜测。

滕冲手掌拍得通红，心内异常高兴，想起当初发善心为詹晓晴捐款，到头来竟然是为自己的女儿所为。他难以置信地笑了。他身边的甄寰鸥听到米米的话，说不出的震惊，当年与詹雨儿生活的片段，瞬间如潮般涌上心头。愧疚的他低下了头，眼角无声地溢出了两行温热的泪水。

此刻，已回到家里的滕老爷子正闭目坐在沙发上，像睡着了一般。他的思想却是波涛汹涌，一刻也没有停过。珍爱二十七年的孙儿居然不是亲生，而那个生白血病的女孩却是他们滕家的骨血，老天真能捉弄人！是的，飞虎不能找个有病的女孩，但是，晓晴却是自己的亲孙女，他矛盾极了。当时怕米米当场公开秘密，他被迫点头同意，现在细想从前的生活，觉得这一切似乎都是上天的刻意安排，而他，看来是无力回天了。叹口气，他站起身对老伴说："走，我们去公园溜达一圈儿。"

订婚仪式后，两对年轻人去祭奠他们的两位母亲，一同前往的有詹向阳夫妇、米米夫妇、滕冲和甄寰鸥。詹雨儿灵前，詹木兰泣不成声："雨儿啊，爸妈不知道你受了许多委屈，看在帮你养大孩子的面上，原谅我们吧！"

詹向阳一手挽住詹木兰的胳膊，一手轻拍着她的肩膀，詹木兰流着泪又道："当年祖宗遗留的救急资金——十个金锞子，本来想兑换成钱后给晓晴手术用，后来有了你哥哥、米米以及冯敏的捐款，便没有兑换——等两个孩子结婚后平分给他们，算是我们代你送给他们的新婚礼物。"

讲完这话，又是一阵伤心的洪流来袭，她低头掩泣不已。滕冲在灵前深施一礼："雨儿妹妹，我是浩归，你还记得吧？如今爸妈与我相认了，此后爸妈以及孩子们的事情，我会好好照顾着，你在那边尽管放心吧。"

甄寰鸥站在一边，默然无语。等大家都转身离开了，他张开手臂，"扑通"一声趴到了坟前，泪水肆流。抱住冰冷的坟堆，犹如拥住詹雨儿

重生

温热的身体,他低语道:"雨儿,对不起!从前都是我的错,以后,我会好好陪着你……"

尾声

2013年春天,詹晓龙和滕飞英、滕飞虎和詹晓晴在回归大酒店举行婚礼,冯敏特地从美国赶了回来。婚礼后,两对新人和她一起飞往美国,同享他们的新婚之旅……